SORCEROUS STABBER
ORPHEN

魔術士オーフェンはぐれ旅

Season 1 : The Pre Episode 1

プレ編1

秋田禎信
YOSHINOBU AKITA

SORCEROUS STABBER
ORPHEN

CONTENTS

青春編
思えば俺も若かった

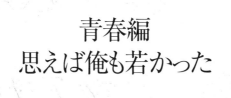

「これは陰謀だよ。絶対」

（……ま、そう言いたくなる気持ちも分からないではないけどね）

彼は嘆息混じりに、そんなことを独りごちた。同時に呆《あき》れた顔で、目を閉じてかぶりを振る——もっとも連れは、そのしぐさに気づかなかったようだが。

なおも愚痴る連れを半分無視して、彼は行く手を眺めやった。ただただなにもない街道が、なにもなく続く。もう夕刻。黄金色《こがねいろ》の下草がさらに鮮やかに染まっている。

黒髪に黒目の、特にどうといった特徴のない少年——まだ十五かそこらといったところか。《牙《きば》の塔《とう》》支給品のピーコートの裾からは、柔らかそうな黒革のズボンがのぞいている。コートの襟には銀細工の、剣にからみついた一本脚のドラゴンの紋章が、ピンで留めてある。

連れも同じ格好だが、髪は赤毛で、顔付きも少し軽い感触だった——少しそばかすの跡が残る顔には、今はうんざりした表情がありありと浮かんでいる。年齢はほぼ同じだが、実は連れのほうが数か月ばかり年上だった。

連れは、しつこく続けてくる。

「だいたいさ、こんなのは、アザリーあたりがやればいいんだよ——いつもみたいにさ。先生とふたりきりでね」

「ハーティア」

思わず、たしなめる。これがいつもの連れの手だとは知っていながら、つい反射的に口から出てしまっていた。

案の定、連れ——ハーティアは、にやりと笑みを浮かべた。

「なんて言うかさ、お前それ、まずいんじゃないか？」

「……なにがだよ」

とりあえず口をとがらせて、うめく。ハーティアは大仰な身振りで天を仰ぐと、

「姉貴のことになると、すーぐむきになるんだからさ。でも駄目だぜ。今回ばっかりは、ただの噂《うわさ》じゃないってよ」

「うるさいな」

彼は、実際うるさそうに腕を振って答えた。

「そういう話を、いったいどこから聞いてくるんだ？　だいたい彼女が自分で言ってたんだ。先生と助手、それ以上のことじゃないって」

「そりゃ本人に聞けば、そう言うに決まってるじゃないか」

ハーティアは、呆れたような声を出した。

「間の抜けた話だよな。お前、とうとう年間首席まで取ったんだぜ？　それがいまだに姉

さんから独立もできないってんだから」

「次席のお前が、学内ゴシップなんかに聞き耳立ててるほどのことじゃないさ」

彼は言って、あさってのほうを向いた。もうこれ以上は、この話題に付き合うつもりはない。もう沈みかけた太陽に向かって、彼はつぶやいた。

「一番近い宿まで、あと三キロだ。なんとしても夜になるまでには着くからな」

「着きっこないのにそういうこと言うのは、なんていうか、先生みたいだね。な？　キリランシェロ」

まだ茶化すように、ハーティア。が、彼――キリランシェロは、相手にせず黙々と歩きつづけた。


「きゃあああああっ！」

どんっ――

扉を開けた瞬間、タイミングをはかったかのように中から飛び出してきた女に、キリランシェロは突き飛ばされた。転びはしなかったが、こちらにぶつかった女は、突っ伏すように派手に転倒している。

どっ、と宿の中から、笑い声が聞こえた。

結局夜になるまでに間に合わなかった宿は、街道沿いの、いかにも貧相な代物だった。かえって昼間だったら、廃屋と勘違いして通り過ぎてしまいそうである――窓に明かりが灯《とも》っていたから気づいたのだ。

　なんにしろ、キリランシェロは倒れた女のほうを見やった。

「大丈夫ですか？」

　とハーティアが、手を差し伸べている。女は、きっ、と鋭い目で顔を上げた。

　赤い髪――炎の色というよりは濁った蜂蜜のような色の髪は、少し薄汚れている。身なりも旅の汚れにまみれているようで、見たところだいぶ長い間外を歩いていたらしい。年齢は、自分より年下ということはないだろうが、それでもさほど歳《とし》が離れているということはないだろう。

　キリランシェロは目ざとく、彼女のはいているズボンの裾から、ナイフの柄のようなものがちらりと見えたのに気づいていた。

　宿の中から、また笑い声が響く。

「いいじゃねえか亭主――商売禁止ってわけじゃねえんだろう？」

　それに追従するように、複数の男たちが、どっと騒いだ。

　女は、すさまじい形相で宿の中をにらみやった。そのまま、怒鳴る。

「てめえら！　あたしは商売女じゃないって言ってんだろ！」

「ほほ～う」

　と、それに答えて、入り口から三十がらみの大柄な男が姿を現した。女を見下ろして、あごに手をやりながら続ける。

「なら、商売抜きでお相手してくれるってのかな？」

「ゲス！　あたしは――」

「お――お客さん！　揉《も》め事は……」

宿の中から飛び出してきた亭主らしき老人を、男は軽く押しのけた。

「大丈夫だって――そりゃ、商売女に傷つけたりすりゃ、胴元が黙っちゃいないんだろうが……なにも俺ら、踏み倒そうってつもりはねえんだよ。懐は寂しかないんでね――」

「なら、あったかい懐を抱いてひとりで寝てろよ」

「……なにぃ!?」

横からかけられた言葉に、男は、ぎろりと視線を転じた。

それをにらみ返しているのは――ハーティアだ。

ハーティアは髪をかきあげながら、ゆっくりと口を開いた。

「ゲスとまで言われたんだ。普通は引っ込むもんだぜ？」

男の顔面が、はたから見て分かるほどに怒張する。それを見ながら、はあ、とキリランシェロは嘆息した。

にらみあっているふたりを、ぽかんと眺めている女の肩をぽんと叩《たた》いて、とりあえず後方にさがらせる。

「ガキがでしゃばるもんじゃねえぞ、おい」

宿から、男の仲間と思《おぼ》しき、実によく似た別の男が姿を見せた。いや実際よく観察すれば全然似ていないのかもしれないが、キリランシェロは特にそれらを見分けたいとも思ってはいなかった。

ハーティアは――いつも騒動を起こすときに見せるのと同じ――不敵な笑みを浮かべている。

「へえ？　こっちとしちゃ、せめて懐があったまっているうちに逃がしてやってもいいと思っていたんだけどね？」

「そうもいかないな」

キリランシェロは、ぽつりとつぶやいた。

え？　と声をあげて、周囲の目がこちらに集まる。

彼は、ポケットからくしゃくしゃになった手配書を取り出しながら続けた。

「懐のものは取り上げないとね。ハーティア、こいつらだ――三日前、魔術士同盟の輸送馬車を襲ったのは」

ぴく――と、その瞬間、女が表情を変えたのに気づいたのは、キリランシェロだけのようだったが――

そんなことより、言わなければならないことがある。キリランシェロは、地面に座り込んだままの亭主に顔を向けた。

「お爺《じい》さん、大陸魔術士同盟《ダムズルズ・オリザンズ》の超司法権限で、一時的にこの宿を徴発します。この期間内に与えられた損傷については後日同盟に賠償請求できますから、了承ください」

「水増し請求して、もっといい宿建てられるぜ、爺さん」

これは、ハーティア。もうコートのボタンを外しはじめている。

キリランシェロもそれにならって、コートを脱ぎはじめた。

唖然《あぜん》としてこちらを見ている男たちに、冷たい目で告げる。

「武装略奪行為に対し、我ら大陸魔術士同盟は私刑を執行する」

「くそっ！――」

こちらがコートを脱ぐよりも早く、男たちはふたりとも、とっさに宿の中に駆け込もうと身をひるがえした――その背中に向けて、キリランシェロは叫んだ。

「我は放つ光の白刃！」

瞬間、閃《ひらめ》く輝きが撫《な》で斬るように男ふたりを打ち倒す。悲鳴もあげられず悶絶《もんぜつ》する彼らをさっと踏み越えて、キリランシェロは宿の中に突入した。

（報告では――馬車の襲撃者は六人、すべて武装している――）

まあ、宿の中ではたいした武装などしていないだろうが。とにかくキリランシェロは宿の中に入ると、さっと視線だけ左右にはわせてその場にいる人数を確認した。

宿の一階の酒場は、見渡した限り左右五メートルというところ。テーブルはふたつ。厨《ちゅう》房《ぼう》へは完全に扉で仕切られている。

（右手にひとり、左手にふたり――）

それだけ確認すると、キリランシェロは左に身体《からだ》を傾けた。突然のことに呆然《ぼうぜん》としているらしいふたりに向けて、ひと呼吸で接近する。

「よくもクリイを――」

ふたりのうちひとりが、叫びながら腕を振り上げた。恐らく表で昏倒《こんとう》させた男のことだろうが、知ったことではない。

そのまま殴り掛かってくる男を、キリランシェロはいったん無視した――男のわきを擦り抜けるようにして移動し、その勢いでもういっぽうの男を突き倒す。キリランシェロが軽く無造作に突き出した拳は、蛇が獲物を呑《の》み込むように標的のみぞおちに突き込まれた。一撃で急所を貫かれて、男が唾液を吐き出す。それが視界を汚した。

キリランシェロは相手が床に倒れるよりも早く、反転した。最初に殴り掛かってきたほうは、今度は椅子など持ち上げている。顔を上気させながら、男は椅子を投げ付けてきた。

（よけたら体勢が崩れる――）

ということを冷静に判断していたわけではないが、身体のどこかがそれを知っていたのは確かだ。キリランシェロは目を細めながら腰を落とし、飛んでくる椅子を受け止めた。

「なに……!?」

まさか受け止めるとは思っていなかったのだろう――また別の椅子を持ち上げながら、男がうめくのが聞こえる。

同時に、その男の向こうで、残りのひとりが、それまで食事に使っていたらしいナイフを手にこちらに近づこうとしているのが見えた。

（素手で取り押さえる危険を冒す必要はないか……）

キリランシェロは簡単に判断すると椅子を床に落とした。そしてコートの表面に手を触れる。男たちには、こちらがコートを脱ごうとでもしているように見えただろう。実際、この隙を逃すまいと、ふたりとも勢い込んで接近してくる。

が、彼が手で触れたのはコートのボタンではなかった。コートの生地に隠してあるスポークを抜き取って、それを構える。

椅子を掲げた男が、奇声じみた叫びを張り上げた。同時に振り下ろされる椅子を半身だけ動かしてかわし、通り過ぎざま、ひざの裏をかかとで踏み抜く――奇声のような叫びは、そのまま悲鳴に転じた。実は《塔》支給の戦闘服のブーツには、かかとにエッジが仕込まれていて、使いようによっては人間の腱《けん》を切断することさえできる。もっとも今の場合はズボンの上から蹴ったので、それほどの重傷にはいたらないだろうが。

転倒する男はそのままに、キリランシェロはもうひとりの、ナイフを持ったほうへと神経を向けた。もう既に、ほとんど目の前にまで相手は接近してきている。表面に油の浮いた食事用ナイフの刃が、鈍く閃いた。

キリランシェロは、スポークを持つ手を握り直した。

そして次の瞬間には――ナイフが宙を飛び、床へと落ちる。

男が悲鳴をあげた。一瞬前までナイフを持っていた手に、深々と――甲から掌《てのひら》まで完全に貫通して、スポークが突き立っている。

「あああああっ！　手――手がぁっ！」

手を押さえて床にうずくまる男の背中を、キリランシェロは嘆息まじりに見下ろした。

「凶器なんか持たなけりゃ、重傷を負わせたりしないのに」

言ってから、うずくまった男の首の付け根に拳を打ち下ろす――男は、そのままがくんと失神した。

「……あのさー、お前……」

いきなりの声に驚いて向き直ると、入り口から、ハーティアが顔を見せている。さっきの男ふたりをロープで縛り上げて、例の赤毛の女といっしょにこちらをのぞいていた。

ハーティアは呆れ声で続けてきた。

「たまに思うんだけどさ、なんでこれだけのことができて、《塔》ではアザリーに勝てないんだろうね？」

「お前だってアザリーから一本取ったことはないだろ？」

「ぼくは、殴り合いみたいな野蛮なことはお前に任せてるんだ」

言いながらハーティアは、宿の中に入ってきた。倒れている人数を数えはじめる。

「ひーふー……ひとり足りないな」

「多分、上の部屋だろ」

キリランシェロは答えて、コートを脱いだ。コートの下から、耐刃繊維と黒革とを組み合わせた戦闘服が現れる。そして、コートの襟につけられたピンの代わりには、胸元にぶ

ら下げられた一本脚のドラゴンの紋章──

「《牙の塔》！」

今さらながら、女が叫ぶのが耳に入った。

きょとんと見やると、彼女はこちらとハーティアとを見比べるようにしてから、

「《牙の塔》の、黒魔術士……」

うめく。ハーティアが、得意げに笑った。

「そういうこと。ま、仇討《あだう》ちはぼくらに任せておきなって」

「仇討ち？」

キリランシェロは聞き返した。ハーティアは肩をすくめて、

「襲撃された馬車の御者がさ──彼女の父親だったんだってさ」

「それで……」

小声でうめきながら、キリランシェロは彼女を観察した──さっき、宿から蹴り出されたときの印象よりも、彼女はずっと痩せているように見えた。

体重がない、ということは、ごく純粋に、弱い。

表情を険しくはしているが──仇討ちなどという言葉を聞かなければ、あるいは、足にナイフを隠していることに気づいていなかったとしたら、むしろ可愛《かわい》げがあるようにしか映らなかったかもしれない。

彼女は拗《す》ねるように口をとがらせると、言った。

「当の仇《かたき》相手に、からまれたのは間抜けだったけどさ――」

その彼女の肩に手を回し、ハーティアが、軽い口調で恩に着せる。

「ぼくらが居合わせたのは幸運だったよ。親娘《おやこ》そろって仇にやられてたんじゃ、笑い話だもんな」

（馬鹿――）

キリランシェロは顔に手を当てて、胸中で罵った。案の定、彼女は険悪に顔を歪《ゆが》ませている。

彼女は肩にかかったハーティアの手を乱暴に振り払うと、爆発するように口を開いた。

「ふざけんじゃないよ！　冗談じゃない――誰が、あんたたちになんか助けてもらうもんか！」

「いや、でも――」

振り払われた手を空中でぷらぷらとさせながら、ハーティア。いきなりその顔面に、彼女の平手が炸裂《さくれつ》した。

ぱぁん！　と景気のいい音を立てて、彼女の手がハーティアの顔を通り過ぎる。

「なにが『でも』さ！　あたしだって、自分の仇は自分で取りたいなんて融通の利かないことは言わないよ！　でもそれなら、なんであんたら、ここまで来るのに三日もかかってるのさ！　こいつらがとんずらこいてたらどうするつもりだったんだよ！」

彼女はハーティアの胸倉こそつかまなかったものの、胸元に拳を当てて続けた。

「魔術士だってだけで、何様のつもりなんだよ！　なにが私刑を執行する、さ！　こいつらに同情するつもりなんてないけど――」

「どうしても時間はかかってしまうんだよ」

キリランシェロは、力なくつぶやいた。

「司法をも超越するような権限を発動するためには王都のほうへ伝達が必要だから。もちろん、権限が発動する見込みがあれば、伝達する前に準備はするんだけど――」

ぎろり――と彼女の視線がこちらへ向くのを見て、キリランシェロは遅まきながら失言に気づいた。

彼女は、つかつかとこちらに詰め寄ってきた。

「なるほど。あんたら、あたしら相手にはふんぞりかえってても、王様は怖いってわけね？」

へん、と鼻で笑って続ける。

「ざまあみろだね――あたしの親父《おやじ》はね、三十年以上も、あんたらいけ好かない魔術士のために馬車を走らせてきたんだよ。そいつが殺されても、あんたらは王様の顔色をうかがわないと出動もしねえんだな？」

実は現在の貴族連盟には盟主たる『王家』はあるのだが、王という絶対君主は存在していない――が、別にそれを説明するつもりはなかった。キリランシェロはかぶりを振ると、

「……ぼくらは別に仇討ちで出動してきたわけじゃないよ。荷物の中にあった――」

「キリランシェロ！」

張られたほおをさすりつつ、ハーティアが警告の声を発する。

キリランシェロは、目をそらして言い直した。

「まあ、くわしくは言えないんだけどね」

「言えもしないものを運ばせたってわけかい」

「そうじゃなくて、言えもしないものを運ばれちまったのさ」

吐き捨てるように、ハーティアが言い返す。キリランシェロは制止しようと目配せしたが、ハーティアは、わざと無視したようだった。

「なんだと？」

聞き返す彼女に、憮然《ぶぜん》と告げる。

「あんたの父親――リコエ・サンドは、本来の輸送品名簿にはない品物を荷に積んでいた疑いがかけられている。これには同盟反逆罪が適用されるんだ。あんたどうも、父親が死んだってことしか聞いてないみたいだけどな。行こうぜ、キリランシェロ――残りは上階《うえ》にいるんだろ？　積み荷が処分されていなければ、まだそこにあるはずだ」

「嘘《うそ》だ！　親父が――そんな……」

女が、叫ぶ。キリランシェロは、ふうと吐息した。ハーティアの失言は、もはや仕方ない。それにどのみち、本来ならとうに知られていたはずのことだ。

「ええと……ジニー・サンド……だっけ？　実はあなたにも、拘束命令が出ているんだ。

もちろんただの関係者を拘束するなんていうのは非合法だから、見つけるつもりはなかったんだけど」

きっ、と女――ジニーが視線を返してくる。キリランシェロは動じずに続けた。

「つまり、そのくらい重要な品物を運び出していたっていうことだよ。同盟反逆罪って……そうそう簡単に適用されたりはしないんだ」

「あたしを捕まえろよ！」

ジニーは、さっと腕を振った。

「あたしを取り調べなよ！　親父の無実を証明してやる――」

「見つけるつもりはなかったって言ったでしょ」

キリランシェロはそっけなくそう言うと、彼女を押しのけて階段へと向かった。いちいち彼女の相手などしてないで、早く残りのひとりを拘束すべきだったのだろうが――

「もう、逃げられたかな？」

つぶやくハーティアに、キリランシェロはかぶりを振った。

「強奪した荷物をかついで二階の窓から飛び降りたりはしないと思うよ」

「……あれひとつだけだったら、そんなにかさ張るものじゃない」

と、少し不安げにハーティア。キリランシェロは答えずに、階段を上りはじめた。

古くなった階段は、足を乗せただけで湿っぽくきしんだ。心なしか、壁まで揺れているような気がする。

（こんな足場じゃ戦えないな……）

が、そんなキリランシェロの危惧は、無駄なもののようだった。なにごともなく階段を上りきって、廊下を見やる。一本だけのその通路には、二枚の扉があった。通路の一番向こうにはゴミ袋が積まれている。

どちらの部屋に敵が隠れているにせよ、階下の騒ぎに気づいていないはずがない。残りひとりだけとはいえ、待ち伏せされていると思うとやっかいではある。

とりあえず手前の扉の横に取り付いて、ハーティアに目で合図する。相棒が階段に退く形で待機するのを見てから、キリランシェロは扉を開けた。

キイ……小さい音を立てて扉が開く。一拍おいてからキリランシェロは、部屋の中をうかがった。誰もいない。

同時――もう一方の扉が、勢いよく開いた。急いで向き直るが、そちらからも誰も出てこない。

「…………？」

キリランシェロは一瞬訝《いぶか》って、眉をひそめた。が、すぐにそちらのドアのノブにピアノ線のようなものがつながっているのに気づく。

（だまされるか……）

彼は胸中でつぶやきながら、そのピアノ線の行方《ゆくえ》を追った。線はドアノブから真っすぐに伸びて、積み重なったゴミ袋の山の中へとつながっている。

「出てこい」

静かにキリランシェロは、つぶやいた。刹那、ゴミの山がごそりと動いて——

とっさに、彼は叫んでいた。

「我は紡ぐ光輪の鎧《よろい》！」

同時に突き出した両手の先に、無数の光輪をつなぎ合わせたような障壁が現れる。そして障壁を叩くようにして、別の声も響いた。

「稲妻よ！」

声といっしょに、ゴミの山が爆発するように吹き飛び、そこから一直線に白熱した光線が障壁へと突き刺さる——轟音《ごうおん》と衝撃が安普請を不安定に揺るがしたが、キリランシェロの障壁は危なげなくその呪文を受け止めていた。

相手の魔術が力を失うタイミングをはかって、キリランシェロも障壁を消す。光輪が虚空へと消えたとき、そこにいたのは、黒ローブを身にまとった若い男だった。ローブはもとより、その胸元には、銀製のペンダントが下げられている。

「《牙の塔》の紋章……!?」

キリランシェロは、思わず口走った。それを聞いて、にやりと男が笑みを浮かべる。

そして——

がたんっ！

音とともに、ピアノ線で開けられた扉の奥から、顔に傷のある大男が飛び出してきた。

間違いなくこちらが、襲撃者の最後のひとりだろうが……

「くそっ！」

キリランシェロは毒づきながら、殴り掛かってくる大男の腕を片手でさばいた。死角へと素早く踏み込んで、渾身《こんしん》の力を込めて、腋《わき》の下の急所へと肘を打ち込む。

が、その動作は隙になってしまっていた。ハーティアが、階段からこちらへと飛び込んでくる。彼が口を開きかけているのが、はっきりと見えた。そして――

ハーティアが叫んだ魔術と、黒ローブが放ったらしい魔術とが、真正面で衝突する。

「――――！」

ふたりが互いにどういった魔術を放ったのかは分からなかった。とにかくキリランシェロは顔を両腕でかばいながら、ふたりの中間点――つまりキリランシェロ自身のすぐ目の前で炸裂する衝撃波に苦悶の声をあげていた。帯電した大気が弾《はじ》け、廊下の壁が細かく砕けて宙に散る。振動に目を回しそうになったときには、ふたりの魔術の効果は消えていた。気を失った男を床に落として、キリランシェロは黒ローブが立っていたところへと向き直った。

そこにはもう――誰の姿もない。積まれていたゴミ袋はすべてばらばらに破れて、あちこちにゴミをぶちまけている。熱衝撃波のせいで煮立っている生ゴミもあった。相手の立っていた場所を通り過ぎて、破裂の余波は、廊下の向こう側をあらかた消し飛ばしている。壁に開いた大穴から、外の風景が見えた。

（てことは、ハーティアの魔術のほうが威力はあったってことか……）

ハーティアの魔術が押し勝っていたのだ。

この熱量ならば、人間がひとり消し炭になっていてもおかしくはない――

キリランシェロは、肩で息をしているハーティアへと向き直った。

「やったのか？」

聞く。が、相棒は似合わない神妙な様子でかぶりを振った。

「駄目だった――逃げたんだよ。ぼくの力が勝っていたわけじゃない。途中で相手がいなくなったから、こういう結果になっただけで」

と、彼は向こう側の壁に開いた大穴を示した。

「この穴から逃げていった。追いかけたいところだけど、もう余力がない」

言いながら、その場に座り込む。

「ああ」

キリランシェロは、完全に気絶している大男を見下ろしながら言った。

「どのみち、こいつらを拘束するほうが先だ」

そして、壁の穴から吹き込んでくる外気に顔を触れさせて、続ける。

「でもこれで、最悪の事態になったな」

「……そうだね」

ハーティアがうめくように同意する。ふと気が付くと、階段の陰からこっそりと、ジーーがこちらをうかがっているのが見えた……

ぱちっ――

と爆《は》ぜた木片を、澄ました顔で避けながら、キリランシェロは手の中の割れたビンのようなものをもてあそんだ。完全に夜は更けて、虫の声が遠くに響く。地面に座ってたき火を囲みながら、森の中、じっと夜風に包まれている。

火の中に棒に刺した干し肉を突っ込みながら、ハーティアがつぶやいた。

「丸一日、経《た》っちゃったな……」

キリランシェロは、虚《うつ》ろにそちらを見やった。

「まあ、ここらに人里がなかったことだけがせめてもの救いだよ」

「まあね……うまくいけば、あのままどこかで力つきているってこともあり得るし……」

ハーティアの声はどこか力ない。恐らくは、自分があれを取り逃がしてしまったことを気に病んでいるのだろうが……

ともあれ、それを聞きながらキリランシェロは、手に持っている割れたビンをたき火に透かした。大きさはひとつかみほど、どこかに落としたように割れていて、ラベルには細かい文字がびっしりと記されているが、最後に一言だけ、はっきりと大きく書かれている文字がある――『危険。帯出厳禁』

と――キリランシェロは、視線をビンから、たき火の明かりの外の暗がりにたたずんでいる、ひとつの人影のほうへと動かした。

わざと明かりを避けるようにして、木の陰に座っているのは、ジニーだった。

「……せめて明かりの中にいないと、野犬に襲われるよ」

キリランシェロは、今夜何度目かになる警告を彼女に発した。が、やはりジニーは聞く耳持たないらしく、反応もしない。

ハーティアが、もうあきらめろというようにかぶりを振る。

だがキリランシェロは、続けた。

「できれば、このあたりから離れたほうがいいんだ――もうあの襲撃団は森林レンジャーに引き渡したし、仇討ちもなにもないだろ？」

「……全部終わったんなら、なんであんたらは《塔》に帰らないのさ」

低くうめくように、ジニーが聞き返してくる。キリランシェロは、なにも言わずに手の中のビンを足元に置いた。

しばし待ってから、別のことを言う。

「せめて、なんか食べたほうがいいよ。ぼくらは食料を余分に持ってきているから――」

「ごまかすなよ！」

ジニーの怒鳴り声に顔を上げると、彼女はいつの間にか、彼らのすぐそばに立っていた。たき火の炎が、下から彼女の顔を照らす。

揺れる炎に照らし出され、肩にかかった赤毛を手で背中に跳《は》ね上げながら、ジニーは続けた。

「あたしを部外者みたいに扱うんじゃないよ。あんたらの口ぶりじゃ、親父がなんかとんでもないことをしでかしたと思ってるみたいじゃないか。身内に濡《ぬ》れ衣《ぎぬ》を着せられたまま黙ってるほど、あたしはお人好《ひとよ》しじゃないんだよ」

　キリランシェロは彼女を見上げて――そして、ちらりと横目で、ハーティアのほうも見やった。ハーティアは完全に無視を決め込んでいるようで、火の中の干し肉を見つめている。ジニーの目の中に、たき火の炎の揺れが映っている。その光の移ろいに魅惑されるような心持ちで、キリランシェロは言った。

「……証言が取れているんだ」

「え？」

「あなたのお父さんは、半月毎《ごと》に一往復、《塔》からトトカンタ市の魔術士同盟へ、研究資金の一部と研究資材とを定期的に運搬していた。資材の持ち出しについては、担当の黒魔術士がチェックするわけなんだけど……新任の担当が、その横領を目論《もくろ》んだんだよ」

「なら、悪《わり》いのはその魔術士じゃねえか」

　ジニーは短絡的にそう言ったが、キリランシェロは、即座に否定した。

「《塔》のチェックシステムはそんなにずさんじゃないよ。つまり、実行犯がたったひとりでどうにかできるほどじゃね。二重三重のチェック――でもここまでなら、担当の者ひとりでなんとかなる。でもね、残りのチェックは、また別の人間が行うんだ。つまり――

部外者である、あなたのお父さんが。もちろん受け取り側のチェックもあるけど、これはまあ、目的の品物を輸送途中で下ろせばいいことだし」

「買収されたんだよ。ようするに」

唐突に、ハーティアが口をはさんだ。

「担当の黒魔術士――ティタンっていうケチな奴《やつ》だけど、こいつはとうに締め上げられたで、そいつがゲロしたのさ。チェックをごまかすためにあんたの父親を買収して、資材の一部を私有化しようとした」

「嘘だ！」

が、かまわずにハーティアは続ける。

「ティタンはよりによって、持ち出し禁止リストの最上位にあるような代物を持ち出したんだ！　そいつを自分のものにして、《塔》執行部を脅迫しようとしてたとか。でもその目論みは、たまたまその馬車が襲撃されたことで無為になった。強奪された荷のほとんどは、多分どこかで適当にさばかれたんだろうけど、実をいえば、奪われた研究資金なんて《塔》にとってはどうでもいいんだ――どうせトトカンタに送るものだったんだから」

「でもただひとつだけ、そうはいかないものがあるんだ」

キリランシェロは静かに、ハーティアの後を継いだ。足元に置いたビンを、また取り上げる。彼はゆっくりと、そのラベルを読み上げた。

「『ナンバー一四八二三。発掘年月日赤光帝三十一年春の第十二日。担当者マクミフォン・フォルン。解読者同上。名称・食人破壊装置Dタイプ。危険。帯出厳禁』」

ビンをジニーのほうに転がして、キリランシェロは続けた。

「残念だけど、あなたのお父さんの遺体は返却されない」

「……なぜ？」

「見つからなかったから」

彼女が転がってきたビンを拾い上げるのを見てから、彼は告げた。

「そのビンに入っていたのは……形としては、石でできた虫みたいなものだったんだ。その虫は古代、人間と対立していた異種族の魔術士が造り出したもので、ごく純粋に対人攻撃用にできている。遺跡で発見された時には、すでに作動していた――犠牲者が大勢出たんだそうだよ。当時の記録によると、虫は人を食べるんだ」

「食べる？」

「そう。食べた質量分だけ肥大する。その上、食べた物質をそのまま使って擬態を行うんだ。つまり人間に化けるんだよ」

「まさか……」

愕然《がくぜん》としているジニーを、キリランシェロは気の毒な眼差《まなざ》しで見た。

「人間に化けたときは、自分の遺伝子をも操作して、魔術を使うこともできたらしい。これはつまり、古代の魔術士が、ぼくら人間の扱う魔術の原理を解明していたっていうことで、それについては有名な研究結果も提出されているんだけど……」

と、うんざりと吐息しながら、

「虫そのものに対する効果的な攻撃法とか防御法については、誰も見いだせなかった。食べた物質はしだいに消化されていくから、擬態は大人から子供へと変化していく。閉じ込めておけばいつかは虫の姿にまでもどるわけなんだけど、そうなれば、新たな犠牲者を出さないかぎりは、虫は無力になる――」

「そんなことはどうでもいい！」

ジニーは叫んで、ビンを地面にたたきつけた。

「じゃあ、つまり――その虫とかいうのが、あたしの親父を食っちまったってのか？」

「多分、馬車が襲撃されたときにビンが割れたんだろうと思う」

キリランシェロは推測を語った。

「で――その――あなたのお父さんを利用して擬態し、魔術士に化けたんだ。予備のローブまで着込んでね。それで投降したふりをしてあの六人にくっついていき、ゆっくりと全員、自分の肉にしようと思ったんだろうと思う。ある程度消化するまでは、次の人間は食べられないんだ。なんにしろ、あの虫にはそのくらいの知恵があるってことだよ」

「ゴミ袋に隠れて、ぼくらを奇襲しようとしたくらいだからな」

と、ハーティア。拳を握って震えているジニーを見上げながら、キリランシェロは付け足した。

「激しく力を使ったりしない限りは、擬態はだいぶ長続きするんだ。ただ――ぼくらとの接触で、かなり強い魔術を使ったみたいだから……もうそろそろ、次の獲物を求めはじめるくらいに消化してしまったかもしれない」

「あのとき仕留められていれば！　くそ！」

ハーティアが、地面を叩く。その気持ちは同じだったが、それでもキリランシェロは落ち着いて言った。

「無理だよ。相手が上手だった。それにひょっとしたら、奴の魔術は外見こそ人間の音声魔術を『擬態』していても、実態はもっと強力な古代の魔術を使っているのかもしれない――この可能性があるかぎりは、正面から戦うのは危険すぎるな。結局のところ、人をひとり犠牲にして実験するわけにもいかないから、あの虫のことはなにも分かっていないも同然なんだ」

「なんでそんな危険なものを、いつまでもとっといたのさ！」

ジニーは激高して怒鳴りつけてきた。

「ビンづめなんかしてないで、さっさと殺しておけば、こんな――」

「それについては、言い訳はしないよ」

キリランシェロは言いながら、荷物から缶詰を取り出した。缶切りで蓋を開けて、火に近づける。

「でも、そういった危険なものをすべて放逐したとしたら……文明なんてものは、なにひとつ残りはしないんだよ」

夜は、嫌いではない。

──ただ、昔は夜を怖がっていたのを覚えている。

闇が怖かったのではない。夜は、ひとりにならなければならないから嫌だったのだ。

（どんなに力と技を身につけても、たったひとりでいるかぎりは、自分が頼りなげな気がする……）

時計はないが、もう真夜中になったろうか。月明かりのない森の夜にじっと身をひそめて、キリランシェロは、そんなことを考えていた。

火を絶やさないよう気をつけながら、周囲にも気を配る。毛布にくるまって器用に寝息を立てているハーティアをちらと見やって、キリランシェロは嘆息した。

がさ──と、背後で草を踏む音がする。彼はゆっくりと振り向いた。

「……あんまり驚かないんだね」

ジニーは静かに聞いてきた。あの後、彼女は火から離れて寝ていたのだが、どうも寝付けない様子で寝返りばかり打っていたのに、キリランシェロは気づいていた。

彼は、きょとんと聞き返した。

「なにが？」

「あんた、見張りをしてるんだろ？　音がしたのに、驚かないんだなって言ったのさ」

「ああ……ぼくは、訓練を受けたから」

それを聞いて彼女は、不意をつかれたように怪訝《けげん》な面持ちを見せた。

「訓練？」

「夜を我が物にする訓練……って、先生は言っていたけど」

キリランシェロは、肩をすくめた。

「ひらたく言えば、いつでも――どこでも、夜の感覚をイメージしておくんだ。光がなくて、静かで、そんな感じ。人間って、夜になると五感がものすごくシャープになるでしょ？　突き詰めていくと、心までシャープになっていくんだ。どんなことが起こっても、冷静でいられる。水面は揺れるけど、氷は揺れない……」

「あまりよく分からないけど――なんだか、殺し屋みたいだね」

呆れた顔でそうつぶやくジニーに、キリランシェロは、ふっと笑った。

「うん……」

「あんた、まだ子供だろ？」

ジニーはそう言うと、ハーティアが寝ているのを確かめてから、すたすたと火に近寄ってきた。

「《塔》の魔術士ってのは、みんなあんたみたいなのかい？」

「ぼくはだいぶ特殊な部類に入る。でも、あまりくわしいことは話したくないな」

「……ふうん」

彼女はうなずいた。ぱんぱん、とズボンのほこりをはらうようにしてから、こちらの隣に座り込む。

　キリランシェロがじっと見ていると、ジニーは、うるさそうにも見えるしぐさで少し照れながら口を開いた。

「あんた、なんかさばさばしてるよね。かといって冷たいのとも違うし。あたし、魔術士ってのはもっと偉そうで頑固なもんだと思ってたんだけど――そっちの奴みたいにさ」

　と、ハーティアのほうを示す。キリランシェロは、ははと笑ってから言った。

「あなたが、お父さんのこと大事にしてたみたいだから、ハーティアはおもしろくなかったんだと思うよ」

「……え？」

「《塔》の魔術士は、大半が孤児だから……ぼくや、ハーティアもそうだけど」

「…………」

　彼女は、少し気後れしたみたいに顔を引いた。

「あたしは別にあやまらないよ――知らなかったんだしさ。それに、あたしもこれで身寄りがなくなっちまった。まあ、食べてくのに困るわけじゃないけど……」

「仕事をしてるの？」

　キリランシェロが聞くと、ジニーは、にやと笑って、

「学生にゃ見えないだろ？」

　と、服をなでつけるようにしながら続ける。

「あんた、あたしが親父のこと大事にしてるとか言ったけど――正直なとこ、ンなことはないのさ。何年か前に、大ゲンカして家を飛び出してね。理由はつまんないことだったんだけど――それからアレンハタムで適当に仕事を見つけては辞めてってことを何回か繰り返してたんだけど……ま、そろそろ仲直りしようかなと思ってね。三日前、二年ぶりに落ち合おうってことになったんだけど――まさか、よりによってその当日に、こんなことになっちまうなんてね」

キリランシェロはなにも答えずに、彼女の横顔を見やった。炎に照らされた皮肉の笑み――

ジニーは、ふとその笑みを消して、真剣な顔を見せた。

「――で、例の虫とかいうやつ、捕獲できる自信があんの？」

「……興味ある？」

「そりゃまあね。なんだかんだで、結局親父を殺したのは、その虫なんだろ？」

そう答える彼女に、キリランシェロは、お手上げのしぐさをした。

「正直に言うよ。古代魔術の遺産なんて、本当はぼくの管轄じゃないんだ」

「え？」

「アザリーっていうぼくの先輩が、その専門だったのさ。でも、彼女は今《塔》を留守にしててさ。で、ぼくたちが駆り出されたってわけ」

あっさりとしたキリランシェロのせりふに、ジニーは少なからず驚いたようだった。

「で、でも、それじゃ勝算は？　ないわけ？」

「捕獲は無理だね。でも、破壊するならなんとかなるかな」

「あ――そう……」

気の抜けたような返事が、ジニーの喉から漏れる――

それを聞きながら、キリランシェロは付け加えた。

「どうせ始末書を書くのはアザリーだしね。さて――」

と、立ち上がる。彼女を見下ろして、彼は言った。

「見張りの交替時間だから、ぼくはもう寝るよ。ハーティアを起こすから、あいつと話してもいいけどね。でも明日には虫を捕捉できると思うから、今晩は寝ておいたほうがいいかな――明日も、ついてくるんならの話だけど」

「明日……？　なんでそんなことが分かるの？」

聞いてくるジニーに、キリランシェロは、あくびをしながら答えた。

「この百キロ四方を目当てもなく、虫一匹だけ探し歩こうとは思わないよ。この近くに、その虫を発見した遺跡があるのさ。虫が知恵を持っているのなら――」

彼は、きらりと目を輝かせた。

「こう考えるはずさ。ここらには、奴の餌になりそうな人間はぼくらしかいない。でも、ぼくらに勝つには、既に消化しはじめてしまった今の身体のままでは不十分だ。奴は絶対に、自分の生まれた遺跡で武装しようとするよ」

森の中を抜けて、ふと道が開けたかと思うと、その先がぽっかりと窪地《くぼち》になっている。広さは百メートルほどか――深さは三メートル。飛び降りるのにためらう程度。その窪地に、下半分だけめり込むような形でその遺跡は建っていた。

「……なにこれ……」

窪地と建物の隙間をのぞき込むようにして、ジニーがぼやく。隙間は、人がなんとかもぐりこめるほどである。

遺跡は、損傷がほぼない形で残っている。窓はなく、入り口も地下に埋もれているのか、どこにも見えない。ただ石を積まれた壁だけが、ずっと並んでいる。

「歴史書によれば――」

後から追いついてきて、キリランシェロは説明した。

「古代の魔術士たちは、この遺跡となった砦《とりで》を放棄するときに、貴重な品々を衆愚の手に渡すことを嫌って、地下深くに埋めてしまおうとしたんだってさ」

「……でも、埋まってるのは半分だけだぜ？」

と、遺跡を指さしてジニー。が、キリランシェロが答えようと口を開くより早く、別の声が割り込んできた。

「人間の貪欲さを甘く見てたのさ、そいつらは」

ハーティアである――少し遅れて森の中から姿を現しつつ、毒づくようにそう言う。

きょとんとしているジニーに、キリランシェロは微苦笑を漏らした。

「掘り起こしたんだよ――ぼくら魔術士の発掘隊がね」

「ここは、本当なら丘だったんだ。記録によれば。ま、遺跡の位置は秘密扱いになってるから、地図なんかでは、いまだに丘のままになってる」

荷物を下ろしながら説明するハーティアに、指をくわえるような顔をしてジニーが聞いた。あたりを見回してから、

「入り口は？」

「あるよ。向こう側に。それよりも――」

キリランシェロは、そっと足元の小石を拾い上げた。

「そろそろ出迎えがあるんじゃないかと思うけど？」

「え………？」

ぎょっとしたような声で、ジニー――次の瞬間、ハーティアが声をあげた。

「上だ！」

同時に、上空から、真っ白な発光体が急速に降下してくる――

「閃光球《せんこうきゅう》か」

キリランシェロは低くつぶやいた。あわてて近くのしげみに隠れようとしながらも、ジニーが耳ざとく聞き返してくる。

「閃光球って――？」

とりあえず無視して、キリランシェロは発光体に向かって小石を投げた。頭上三メートルほどのところで小石は光の中に呑み込まれ、そして――そのまま発光体を貫通して垂直に飛んでいった。

一瞬遅れて、発光体も、その小石を追うように反転して上に向かう。

天に腕を差し伸べて、キリランシェロは叫んだ。

「我は放つ光の白刃！」

真上に放たれた光熱波が、ろうそくの火でも吹き消すように、発光体を撃ち抜き、霧散させる――

「…………」

しばらく、ぱくぱくと口を動かしてから、ジニーがさっきの続きをつぶやいた。頭の半分だけ、しげみの中に突っ込んでいる。

「閃光球って、なに……？」

キリランシェロは、今投げた石が落ちてくるのを避《よ》けながら答えた。

「一番近くにある、大きな動きを見せる物体に向かって飛んでいく――ま、見たとおりのものだよ。古代の魔術士が好んで使った飛び道具で、遠隔射撃もできる。命中すると疑似的な球電を発生するから、人間なんかひとたまりもない。ところでハーティア」

と、ちらりとジニーのかたわらに視線を落とす。

「……いくらなんでも、民間人とまったく同じ行動を取ってるのは恥ずかしいぞ」

「うるさいな。言っとくが、ぼくらは軍人でも警官でもないぞ」

と、ジニーと同じしげみに似たような格好でもぐりこもうとしていたハーティアに、キリランシェロは続けて言った。

「そりゃそうだけどさ——まあ、とりあえずそのままの格好でもいいから、ここで彼女といっしょにいてくれよ」

「ひとりで潜入する気か？」

「相手がこっちに気づいてるんじゃあ、潜入とは言わないけどね」

キリランシェロは肩をすくめてから、コートを脱いだ。コートの内ポケットからナイフを取り出すと、腋の下のフックに鞘《さや》を留める。鞘は実際の刃よりかなり大きめで、急所を守る簡易防具の役割もあった。

準備をしているうちに、ハーティアがしげみの中から立ち上がる。

「おい、キリランシェロ——そりゃ、お前の腕を信用しないわけじゃないけど……ひとりで擬態虫《フォームワーム》を相手にするってのは……」

「捕獲するなら人手があったほうがいいけど、破壊するなら、ひとりでやったほうが気兼ねなく火力を振るえるからね」

あっさりと答えると、ハーティアはぎょっとしたように、

「捕獲をあきらめたのか？」

「どうせ長老連中に叱られるのはアザリーで、ぼくらじゃない」

「そのアザリーの恨みを買うのはぼくらなんだぞ」

「花でも贈っとけよ」

ナイフを鞘から出して確かめるキリランシェロに、ハーティアはいかにも情けない表情でうめいた。

「この前、彼女の洗濯物の上にワックスこぼしたときにそれやったら、本気で腕の骨を折られかけたんだぞ！」

「お前、普段からアザリーに恨みを買いすぎなんだよ。変な噂を吹聴《ふいちょう》したりしてるから」

キリランシェロは取り合わずに、ナイフを鞘に収めた。くるり、とジニーのほうに向き直る。

「……心配してくれてる？」

彼女は、複雑な表情でこちらを見ていた。

「え？——ええ」

不意に聞かれて驚いたように、彼女。胸元をさすりながら、

「勝てるの？　ひとりだけで」

「勝てそうになければ、逃げてくるよ」

軽く言って、キリランシェロは歩きだした。後ろ手に手を振る。

「じゃ、行ってくるね」

「うん……」

気の抜けたような彼女の返事を背に、キリランシェロは、振り返らずに遺跡へと向かった。

入り口とは、ようするに外壁に開いた巨大な穴のことである――発掘の際、事故で開いたものだが、おかげで土を掘り起こすのが半分ですんだのだ。苔《こけ》に足をすくわれないよう気をつけつつ真っ暗な遺跡の中に入り込むと、土中のためか、空気が湿っている。穴は斜め下に向かって開いており、遺跡の中の一室と思しき場所へと続いていた。にごった暗闇に目を向けて、つぶやく――

「我は生む小さき精霊」

キリランシェロのつぶやきとともに、彼の手の中から、ぽうっと鬼火のようなものが浮かび上がった、白い、無気質な明かりが部屋の中を照らす。

そこはどうやら、物置だったらしかった――あるいは、魔術士たちがこの遺跡からさまざまなものを持ち出す際に、いったんここでものを整理したために物置のように様変わりしたのかもしれないが。なんにしろ、部屋の中にはなにもなく、茶色く変色した紙切れが、湿気にやられてくしゃくしゃになって落ちているだけだった。

いや、それだけではない――

よく見ると部屋の隅に、針金を束ねて造った筒のようなものが転がっている。

「旧式の閃光球筒……単発のものか」

拾わずにキリランシェロは独りごちた。

「ここからぼくらを狙ったのは、間違いないみたいだな」

言いながら黒髪をかいた、その瞬間――

「倒れろ！」

かん高い声が、部屋の中に響く。

脳髄に直接電流を流されたような激痛が走り、思わずがくんとひざを落としそうになりながらも、キリランシェロは堪《た》えた。

(待ち伏せか――こんなに早く！)

毒づきつつ、一瞬で魔術の構成を編み上げる。

部屋から奥の通路へ続いている出口へ向けて、キリランシェロは叫んだ。

「我は放つ光の白刃！」

閃光と衝撃が、闇を貫いて通路の中を爆撃する。

が、爆音の中から、声――

「炎よ！」

熱波のこもった通路の奥から、その炎をそのまま押し返してきたような熱線が膨れ上がった。押し寄せてくる炎が視界を埋めるころには、こちらも呪文を唱え終わっている。

「我は紡ぐ光輪の鎧！」

光輪の壁が、部屋を二分するように拡《ひろ》がって炎を防いだ。手をかざし、障壁を維持しながら、額に汗が噴き出すのを感じる。一気に温度が上がった部屋の中で、キリランシェロは、じっと炎が収まるのを待った。

（奴の魔術は弱くなっている――）

冷静に、そんなことを考える。

（なら、もう二、三発が限度ってところか？）

あるいはもっともつのかもしれないが、おおむねそんなところだろう。といったところで、炎が収まる。

魔術の壁を消しながら、キリランシェロは通路の奥へと目を凝らした。濃い、闇の中、なお奥へ向かって逃げていく子供のような人影が、かすかに見える。

鞘からナイフを抜いて、彼は、通路へと足を踏み入れた。


青黒い闇が彼方《かなた》へと続く。

つま先が厚い苔を踏み潰し、湿気《しけ》った空気に飛沫《しぶき》が飛ぶのが見えた。かたわらに浮かぶ鬼火の明かりだけを頼りに歩を進める。

キリランシェロは、無表情だった――余計なことはなにも考えない。夜を我が物とし、肌の触覚を研ぎ澄ましていく。ナイフの切っ先から滴が落ちる。息苦しい地下の遺跡の中では、ひと呼吸たりと無駄にはできない――

数十分ほども歩いただろうか――もう遺跡の中は、だいたい一周している。遺跡の出口はハーティアが見張っているだろうから、目標がこちらをやり過ごして逃げ果《おお》せるということはないだろう——なによりも、相手はこちらから逃げるのが目的ではないのだ。完全にもとの『虫』にもどってしまうよりも早く、新たな餌を見つけること。ここらに人間がキリランシェロら三人しかいないということは、一日以上もさまよって知っているはずだ。少なくとも、消化が終わるまでにたどり着ける範囲には、人家はない。例の宿の主人も、とりあえず避難してもらっている。

（ぼくらを食うしかないわけだ……）

と、彼はぴたりと足を止めた。すっとひざを沈ませると、素早く後方に跳び退《すさ》る。

彼が数歩分の距離を飛びのいた直後、さっきまで彼が立っていたあたりに、なにかがぼとっと落ちてきた。

きょとんと——落ちてきたものは、目をぱちくりさせながらぎこちなくあたりを見回した。小柄な子供の姿をした、間違いない、例の虫の擬態だ。ずっと天井に張り付いて待っていたらしい。

こちらの背後に降り立つはずが、こっちがそれを見越して飛びのいたために前方に落ちてしまい、混乱している。虫の持っている〝知恵〟は、いかにも人造物のそれらしかった——自分の計画に少しでも狂いが出たら、それには対応できないのだ。

「我導くは——」

キリランシェロが唱えかけた瞬間、子供の目が、きらりと光る——

（しまった――）

彼は、胸中で舌打ちした。魔術の攻撃は、どうやら『虫』の対応パターンの中では容易なものらしい。こちらを見ている子供の顔から、迷いの色があっさりと消えた。呪文すら使わずに、その身体が薄く透き通りはじめる。

「――死呼ぶ椋鳥《むくどり》！」

かまわずに、キリランシェロは魔術を放った。差し伸べた指先から、破壊振動波が標的に向かって収束する。が、ぶわっと塵《ちり》になって消えたのは、子供がそれまで立っていた場所に生えている苔と水だけで、子供自身は、一瞬前にとうに姿を消していた。

（空間転移――本物の空間転移だ。こりゃ、本気で人間の魔術じゃないな）

キリランシェロは、さっと身構えた。

（逃げたか？――いや、そんな悠長なことができるはずがない。今の魔術で、また奴の限界は近づいた……）

読め――相手を読め。呪文のように、彼は繰り返した。

（相手はぼくより数段勝る決定打をいくつも持っている。読み勝つことでしか、あいつの上をいくことはできないぞ……）

勝つことは簡単だ。相手が力つきるのを待てばいい。

問題は、相手の力を使い果たさせるには、その力を使わせなければならないということだ――それも使うとなればこちらに向かって使ってくるだろう。それを防がなければならない。

(奴の思考は単純だ)

キリランシェロは、ナイフの柄をぎゅっと握り締めた。

(さっき背後取りに失敗したから――もう背後はない。背後以外の死角で……効果的に攻撃するためには……)

彼は、叫んだ。

「頭上を崩す!」

それと同時に――

まるで彼自身がそれを命令したかのように、通路の天井に巨大な亀裂が生じる。

「崩れろ!」

まだなお無意味な擬態を繕いながら、どうやら天井裏に転移していたらしい『虫』は、衝撃波を以《もっ》てその床――つまりこちらにとっては天井を破壊した。

雨のように――それも、たたきつけんばかりの土砂降りのように崩れ落ちてくる瓦礫《がれき》の中で、キリランシェロは、高らかに叫んでいた――

◆◇◆◇◆

「遅いよ!」

遺跡の入り口でジニーが、壁を叩きながらそう怒鳴る――別に誰に向かって言ったつもりもなかったかもしれないが、なんとなくハーティアは、自分に向けられたものだと思った。

「……ンなことを言われてもね」

口をとがらせて、そんなことをつぶやく。と、ジニーはやつあたりぎみに、こちらをじろりとにらんだ。自分と似たような赤毛が、ばさりと振り回される。彼女は肩をいからせながら、少しこちらに詰め寄ってきた。

「さっきの子――キリランシェロとかいってたっけ？――、すぐそこの通路から奥に行ったみたいだけどさ。いくらなんでも遅すぎやしない？　もうだいぶ経ってるよ！」

「まだ十五分てとこだよ。ぱっと見て分かるほど太陽が動いてないから」

草原にあぐらをかいて、ハーティアは落ち着いていた。

ジニーがさらに険悪な視線を投げ付けてくる。

「……あんたちょっと、友達がいがないんじゃない？」

「そうかな」

「心配するとか、ちょっと様子を見にいってくるとか、いろいろあるでしょう⁉」

彼女はかなり本気で怒っているように見えたが、ハーティアはあまりかまわなかった。

「ぼくがこの場を動いたりしたら、めちゃくちゃになっちまうよ。ぼくがここで見張ってなかったら、擬態虫――あ、ちなみに例の虫の名前だけどね――が最後の手段としてここから逃げ出すかもしれないだろ。たまたま近くを旅人とかが通りかかったとしたら、ここまで追い詰めたことが御破算じゃないか」

「それ！　その話し方も！」

びし、と指を突き付けて、彼女が怒鳴る。

「自分は安全なトコにのうのうと座り込んじゃってさ！　本気でまったく心配してないわけ？　ちょっとは爪を噛《か》むとかしなさいよ！」

「そりゃ、あいつがぼくを心配することはあるだろうけどね」

ハーティアは、えらく気楽に伸びをしてみせた。キリランシェロの置いていったコートをぽんと叩いて、

「ぼくがあいつの心配するなんてのは、十年早いさ――先生なら、そう言うだろうよ」

「え……？」

意味が分からなかったのか、聞き返してくる。彼は、少し伸びた赤毛をかきあげながら続けた。

「決戦能力――あ、これは《塔》の用語だけど、ま、とにかくそいつにおいちゃ、あいつは文句なしのトップレベルさ。戦闘技術では、あいつより勝《すぐ》れた人間は《塔》だけで何人かいる――それにしたって決して多くはないけどね。でもいかなる状況でも標的を仕留められる技は、あいつに特有のものだ」

「なにを言ってるわけ……よく分かんないけど……？」

ジニーが、眉をひそめて聞いてくる。ハーティアは、目を閉じて嘆息した。

「ひらたく言えば、正面から取っ組み合いする能力は一流以下、混戦の中で敵の心臓をわしづかみにする技は一流以上ってことさ。あいつがものを壊すと宣言したんなら、ぼくの出る幕なんて――」

せりふは、そこまでしか続かなかった。途中でなんとなく目を開けてみると、ジニーの姿が消えている。

「…………」

彼はしばらくぼんやりと、虚空を見上げた。さっきまでの言動から察して、ジニーは遺跡の中に飛び込んでいったのだろうが――

「別に止めないよ、ぼくはね」

ハーティアは独りごちた。

「この遺跡の中が今どんなに危険かってことが分からないわけじゃないだろうしね。分かってて、あんたは入ったんだ。自分の意志でね。どっかの酒場で妙な男にからまれてるのを見たら助けるけどさ、自由意志でなにかをしようってんなら、それは勝手だ」

ぶつぶつと、続ける――

「冷淡だなんて言うなよ――いやつまり、なにかあったとしても枕元に立ったりするなよってことだけど。これが《牙の塔》の魔術士としての常識的な見解だからさ」

（キリランシェロだったら、どうか知らないけどね）

あいつは非常識だからさ――

そんなことを付け加えながら、ハーティアは、じっと入り口を監視しつづけた。

◆◇◆◇◆

「……ハーティアが言ってたな――お前も、お前の創造主と同じように、人間の貪欲さを甘く見てたんだろう」

通路を埋めるほどに積み重なった瓦礫の中でひとり立ち、キリランシェロはつぶやいた。右腕だけを高く掲げて。

「ここに帰ってきたとき、驚いたんじゃないか？　なにひとつ残っていないからさ――それでも旧式の道具が一個残っていただけ幸運だったんだ。ここにあったものは花瓶一個に至るまで、今は《塔》の倉庫の中なんだから」

彼の立っている周りには、瓦礫はない――まるで瓦礫が彼を避けて落ちてきたように。彼の周囲をぼんやりと燐光《りんこう》のようなものが取り巻いている。そして、掲げた右腕の先には――

「武装しようにもどうしようもなかっただろうね。仕方ないだろう？　もうお前の生きていた時代とは違うんだ……」

そこまでつぶやいてキリランシェロは、初めて上を見上げた――足元に落ちている自分のナイフを軽く蹴る。掲げた右腕から、まるで指だけで握られているように、掌から光の剣のようなものが伸びていた。光剣は真っすぐにそびえ、その切っ先に、はやにえのように例の擬態虫を突き刺していた。

虫は、もう子供を通り越して幼児ほどの大きさにまで縮んでいて、短い手足をもたもたと動かしてもがいている。表情はない——そんな細かい擬態をする余力はないのだろう。

（でも人はどうしても、この姿を哀れと思ってしまうんだろう——）

そんなことを思いながらキリランシェロは、言った。

「暴れたところで、この超力場の剣を逃れることはできないよ。腕力で持ち上げてるわけじゃないから、ぼくが疲れるのを待っても無駄だ。ぼくが自分で造った魔術の構成でね、先生にも秘密にしてある」

と、少し間をおいて息継ぎしてから、

「この剣から逃れるためには、魔術を使うよりほかはない——」

それを聞いたから、というわけでもないだろうが、また不意に、擬態虫の姿がすうっと薄くなる。薄くなりながらも目に見えて、擬態虫の姿は小さく縮んだ。そして——

虫は姿を消した。

キリランシェロは落ち着いた目で、手の中の光剣を消した。左手で右手首をつかみ、身構える。

一瞬後、ほんのすぐ目の前の空間に、擬態虫が姿を現した。それは奇襲というよりは、転移する場所を選ぶ余裕すらなくなって出てきてしまったかのようだった——擬態虫の姿は、もう人形ほどに小さくなっている。その最後の力を用いるべく、虫が身構えた。

が――

（遅い……）

キリランシェロは、右腕をまた斜め上段へと振り上げた。手首をつかんでいた左手もはなし、掲げた右腕に添えるように振り上げる。そのまま、彼は叫んだ。

「我掲げるは降魔の剣――！」

瞬間、ぶわっと後ろ髪が総毛立ち、掌《て》の中に発生した超磁場に、あたりの空気が細かく振動を始める。

そして、彼の手の中に、先程と同じ光剣が発生した。先刻《さつき》と違うのは、長さがその数倍はあるということ――

五メートルはある閃光の刃を手の中にまとめつつ、キリランシェロは渾身の力で前方の擬態虫へとたたきつけた。余った刃が周囲の通路の壁を穿《うが》ち、衝撃波が虫の姿を、一瞬ならずいびつに歪ませる。

放電する火花が、細かい瓦礫を弾きとばしていた――

虫は、小さい手の中で発生させているらしい力場で、刃を受け止めている。爪が割れ、指が折れはじめているが、擬態は痛みを感じないのか、なんとか必死に堪えていた。

が、その力場を維持するだけでも、擬態の姿は小さくなっていく……

キリランシェロは必死に魔術を制御しながら、さらに威力を高めた。剣がさらに強く、放電をはじめる。

そのまま数十秒が過ぎて――

ふっと、虫が維持していた力場が消えた。剣がさらなる轟音を出して擬態の肉の中に埋め込まれる。

そして――大爆発と、剣が消えた後には――

力を失った擬態虫本体が、ぐったりと石の床に残っていた。

「さて――と」

キリランシェロは、すぐさまにポケットから小さなビンを取り出した。ラベルも白紙の無傷なビンで、その中に擬態虫をほうり込む。きゅっ、と蓋を閉めてから、彼はビンの中の虫を見やった。

虫は、石の甲羅をつなぎあわせた芋虫のような姿をしている。動きは緩慢で、虫の姿をしているかぎりは、寝ている人間か死体にしか取り憑《つ》けない。ただ、いったん擬態を完了しさえすれば、あとは食欲の赴くまま、延々と擬態の維持を続けるわけだ――つまり、人間の捕食である。

ビンの中の虫は、まだ死んではいなかった。のろのろと蠢《うごめ》くこの虫は、この姿では、ガラスのビンを割ることすらできない。それを観察し、そして、ふとあたりを見回してから、キリランシェロは、頭をかいた。

「ま、いいんだけど……」

壁に残った剣の跡を見てから、

「余力が大きすぎるよな。剣が放電なんかしてるかぎりは、まだ未完成か――」

と、背後を振り向いて、顔を上げる。

「こんな派手に破壊を撒き散らしたんじゃ、ギャラリーにも迷惑だしね？」

「………」

いつの間にか、じっとこちらを見つめて立っていたのは、ジニーだった。呆然としているのか、口が半開きになっている。

キリランシェロはかまわずに、くすと笑った。

「ハーティアは止めなかったんだ？」

が、彼女もまた、こちらの言葉を無視して聞いてきた。こちらを――というより、彼が持っているビンの中を指さして、

「……あんた……捕獲は無理だって言ってなかった？」

「ぼくだって、まさかアザリーの恨みを買うほど向こう見ずじゃないよ」

キリランシェロはあっさりとそう答えて、ビンを振った。虫は反応もなく、もったりとうずくまっている。

彼女は、妙な表情を見せた。もごもごと口を動かす。

「で――でも、さっき……」

「そう――どうしても、後をつけてこなけりゃならなかったろうね。ぼくが、この虫を壊してしまうんじゃないかと思えばさ」

キリランシェロは、足元にピンを置いて、代わりに落としたままになっていた自分のナイフを取り上げた。

彼女へと向き直って、続ける。

「つまりあなたは、この虫がほしかったんだ」

「とぼけかたが不十分だったんだよ。だってそうだろ——あなたは、父親の仇討ちがどうのこうのと騒いでいたくせに、父親の死因については初耳のような顔をしてた。死亡の連絡がついていたのなら、その死因を聞いていないなんてことがあるわけがない。被害者になりきって、ぼくらの裏をかこうと思っていたわけだ」

あう……

とうめいたきり、なにも答えてこなかった彼女に、キリランシェロはさらに続けた。

「ぼくの勝手な推測だけどね——あなたのお父さんは、多分買収には応じなかったんだろうな。性格もあるだろうけど、なにより《塔》の報復を恐れなかったわけがないんだ。長年《塔》で仕事をしていればね」

そこまで言って、ナイフを鞘に収める。

「お父さんを抱き込まずに《塔》の品を横領することは可能か——答えはノーだ。でも例えば、こんな筋書きはどうかな。ティタンって男が、お父さんに頼み事をするんだ。ティタンって魔術士はぼくも大嫌いでさ。あまりくわしくは知らないんだけど……つい最近、アレンハタムの魔術士同盟から異動してきたんだ。あなたも、同じ街にいたんだっけ？」

彼女は答えてこない。鬼火の明かりの中で、震えるように自分の指先を見ている。

同盟反逆罪――その刑罰が常に死を以て執り行われてきたことを、彼女が知っていたとは思えないが、うっすらと予想はしているはずだ……

「で、話をもどすと、ティタンはお父さんにこう言うのさ――『実はアレンハタムで知り合った、とある女性に贈り物をしたいんだが、頼まれてくれんかね？』――普通なら、こういったことは厳禁されている。《塔》の魔術士は郵便を公費で扱ってもらえるから、そんな頼み事をする必要もないしね。でもその宛先が〝偶然〟家を出た娘のものであれば、お父さんはティタンに聞き返さざるを得ない。『これは誰なんだ、特徴は？』――」

「やめろ！」

ジニーははじめて、そこで反応らしきものを返してきた。震えながらも顔を紅潮させ、口早に怒鳴る――

「偶然とはいえ、どんぴしゃだよ！　その通りさ！　あたしは、親父からその『贈り物』を受け取る手筈《てはず》だった――その虫をね！」

叫びつつ、彼女はさっと身をかがめると、ズボンの裾から小型のナイフを抜いてみせた。

「その後は、ティタンが自分のコネを使って虫を金に替えて、あたしも分け前をもらうことになっていたのさ。それを、あの山賊どもが馬車を襲ったせいでみんなめちゃくちゃになっちまった――ティタンは捕まったんだってね？　あたしの親父も死んだよ！　ならせめて、あたしがその虫を手に入れなけりゃ収まらないだろ！」

「そういうのを、勝手な話っていうんだ」

「うるさいね！」

彼女はやけくそぎみに、そう叫んだ。キリランシェロは手を振って制すると、

「ま、なんにしろあなたは野盗に横取りされた擬態虫を取り返そうとしていたんだけど、虫のくわしい実態を知らなかったんだろうね。ぼくからそれを聞いたら、自分の手に負えそうもないってことに気づいたんだろう。ぼくらを利用して虫を掠《かす》め取ろうとしていたけど、ぼくがこの虫を壊すなんて言ったから、のこのこんなところにやってきた。ぼろを出すのが早すぎるんだか、遅すぎるんだか……」

くっ、とうめいて、彼女はつぶやいた。

「あんた……最初っから疑っていたんだね？」

「………」

キリランシェロは、しばらく考えて、くすっと笑った。

「性格の悪い姉がいるからね。女の言うことなんて信用できなくなっちゃったんだよ」

「あたしを、どうするんだ……？」

ナイフを構えながら、彼女が聞いてくる。その格好はなかなかさまにはなっていたが、だからどうだということでもなかろう。

キリランシェロは、ビンを拾って肩をすくめた。

「別に」

「別に……？」

おうむ返しに、ジニー。キリランシェロはすたすたと彼女のほうに――というか、そっちが出口だからだが――歩きながら続けた。

「別にどうもしないよ――最初からお父さんを殺すつもりじゃなかったんだろう？」

「あ――当たり前だろ」

横目で、彼女はうなずいた。もうすれ違うほどに近づいている。

彼女は嘘を言っているようには見えなかった。

「なら事故だ。ぼくには関係ない。アレンハタムに帰りなよ。仕事があるんだろう？」

言いながら、キリランシェロは彼女の横を通り過ぎた。

「…………」

じっとナイフを両手で持ったまま、彼女が沈黙する。

が、三歩ほど通り過ぎてから、キリランシェロは立ち止まった。

「――とまあ、《塔》の常識的な魔術士なら、そう言うんだろうな」

くるりと、振り返る。彼女もきょとんと、肩越しにこちらを見ていた。

「でもまあ、ハーティアの口癖を借りれば、ぼくは少し非常識だから――」

と、キリランシェロはため息をついた。

「こんなところかな――あなた、馬車は扱える？」

「え？　ま、まあ――小さい頃から、親父に教えられたから……」

「なら《塔》は今、運搬係をひとり失って、少し困ってる。あなたにその気があるのなら――お父さんの後を継いでみるのもいいかもよ？　気づいてなかったかもしれないけど、かなりの高給だよ」

　突然の申し出に、彼女はぎょっとしたらしかった。からかわれたと思ったのかもしれない――が、とにかくむきになって言ってくる。

「あ――あたしは、横領の片棒をかついでたんだぞ!?　それを――」

「心配しなくても、新任の管理者は、ぼくの先生だ。彼なら、横領するのにもっとマシな手を考えつくよ」

「か――」

　彼女は、急に口ごもった。ゆっくりと、視線をそらして続ける。

「考えておくよ……」

「なら、先生に頼んで推薦してもらうことにするよ。ついてきてもらえれば、《塔》で先生に紹介するから――」

　言いながらキリランシェロは、ひとりですたすた通路を歩きはじめた。その後を、ばたばたとあわてた足取りでジニーが追いかけてくる。

「ち――ちょっと待てよ！　あたしは、考えておくって言ったんだ！　勝手に話を進めてもらっても――」

「こういうのって、ひょっとしてひとりの女の人生を救ったってやつなのかなぁ」

ひとりで感慨にふけっていると、いつの間にか追いついた彼女が、呆れたような顔で横を歩いている。

「分かったぞ……」

彼女は、低くうめいた。

「あんたって、別に変わってるんじゃない――単に生意気なんだ」

「そうかな？」

キリランシェロは聞き返しながら、頭の後ろで手を組んだ。内心くつくつと笑いながら、彼女の顔を見やる。

やがて、鬼火ではなく外界から差し込んでくる光が、彼女の顔を照らし出し――

彼らは《牙の塔》への帰路についた。

血風編
リボンと赤いハイヒール

大陸黒魔術の最高峰《牙の塔》――

言わずと知れた、最強の黒魔術士たちの養成所である。その施設内の、とある体技室――つまり体術等の訓練場で――

「――――!」

声もなくキリランシェロは後方に飛ばされた――衝撃も、爆圧もなしに。単に見えない手で背中をつかまれて引っ張られるように、とにかく自分が後ろに飛んでいるのだけが自覚できる。

しかもその勢いには、抗《あらが》うこともできないのだ。

たっ、と踏みとどまって――それでも一瞬前に立っていた場所から三メートルは飛ばされていたが――、彼は視線を鋭くした。眼前の男に対して。

男はまだ二十代の半ばほど。あまりにも若すぎる年齢だった――つまり、当人の地位からしてみれば。長身で、あまり体重はなさそうだが、かなりしっかりした身体つきをしている。年齢に似合わない鋭い目――落ち着いた色の瞳――感情のない唇――色のない顔。黒髪を伸ばして、それをうなじのあたりで紐《ひも》でくくっている。男は身構えもせずにこちらを見据えていた。

そしてすぐに、視線をそらした。

「やあああ——！」

男が向きやったのは、キリランシェロとは別のほう——そちらから、男に向かって突進する別の生徒のほうである。キリランシェロとは学友の、赤毛の少年。まだそばかすが多少残っている顔に精一杯の表情を浮かべて、男へと打ちかかる。彼は《塔》支給のトレーニングウエア姿、そして木剣を掲げているが——

男は振り下ろされてくる木剣を気にもせず、生徒のほうへと踏み込んだ。たった半歩だけだが、それだけで身体のほとんどを木剣の軌跡の内側へと移動させてしまっている——こうなると、武器は意味がない。空《むな》しく空振りする木剣を横目に、男は右手を生徒の胸のあたりに軽く触れさせた。刹那、男の身体全体が、少し揺れるように動く。

その一瞬後には、赤毛の少年は宙を舞っていた。

「あああああっ?!」

さっきの掛け声の延長のような形で悲鳴をあげると、そのまま背中から床に転倒する——一瞬遅れて、木剣もからんと落ちた。

男のほうは、まったくなにごともなかったかのように、また自然体で生徒を見下ろしている。

「痛《い》てててて……」

うめき声をあげる生徒に、男は淡々と告げた。

「キリランシェロは倒れなかったぞ、ハーティア」

「以後……気をつけますぅ……」

赤毛の少年──ハーティアは、よほど強く背中を打ったのか起き上がれないまま、床の上からこちらを見上げて言ってきた。

「頼んだぞキリランシェロ……ぼくらの運命は、お前の腕にかかっている……」

「ったく……連帯責任って、誰が考えついたんだろうな」

キリランシェロは嘆息混じりに、そうつぶやいた。トレーニングウェアの袖をまくりながら、長身の男のほうへと姿勢を正す。

男は、特に余裕を見せるでもなく、静かにこちらを見据えている。

彼が身にまとっているのは生徒たちと似たような運動服だが、袖がない。そのため、恐ろしく鋭利な肉付きをしている腕がはっきりと見えている。

(あの肩で打たれるだけで、しばらくは身動きとれなくなるんだよな)

恐々《こわごわ》と考える。と、腰を少し落として構えを取ったとき、唐突に男が口を開いた。

「キリランシェロ。歴史上、超一級と呼んで差し支《つか》えない魔術士の名前を何人言える？」

「……は？」

キリランシェロは、思わず聞き返した──男の顔を見てみるに、別に挑発というわけでもない。口調もなにもいつもの淡々節で、結局いつも通り、その意図も知れない。

とりあえず、思いつくかぎりの名前を彼は並べてみた。

「王都の魔人プルートー、漂流鳩《ひょうりゅうばと》キーナ・カンナ、ヒュキオエラ王子、アーバンラマ初代自治長カルブラクス、オルトロック・サルスン、イエルとイエナのリデラロ兄妹《きょうだい》、ケシオン・ヴァンパイア……」

「……そんなところか？」

「あと十人はいけます」

「三人でいい」

「ならトップ3を。チャイルドマン・パウダーフィールド教師、死の絶叫《キーニング》レティシャ、あとは……アザリー――天魔の魔女！」

そこまで聞いて、男は、納得したようにうなずいてみせた――ぱっと手のひらを見せて、つぶやく。

「そのメンバーの中でなら、お前の名前を五本の指の中に入れてやる。自信を持っていい――だからそう逃げ腰にならずに、全力で打ってこい」

彼にそう言われて、ぎくりとキリランシェロは身をすくませた。

言われてみれば確かに、いつも彼が作る間合いよりも、少し遠くにはなっている――が、自分自身では、腰を退《ひ》いていたつもりなどまったくなかったのだ。間合いが遠ければ隙も大きくなる。むしろ相手が強敵であればあるほど、接近あるいは密着していたほうがいいのだ。

まあどちらにせよ、いつもよりどれほど離れているというわけではない。それを指摘されるとは思っていなかった。

あからさまにうろたえたこちらの顔を見て、まだ床にはいつくばったままのハーティアが、早くもあきらめたような口調でつぶやくのが聞こえる。

「あ～あ。ともに地獄か」

「うるさいな！」

キリランシェロは、いったんそちらに叫んでから、改めて構えなおした。眼前の男に意識を集中する。彼の師であり、この《牙の塔》で名実ともに随一の力量を誇る黒魔術士――チャイルドマン・パウダーフィールド教師に。


「――で、負けちゃったわけ？」

「…………」

ハーティアと並んで休憩室の長椅子に腹ばいになって、キリランシェロは憮然とした面持ちでそっぽを向いた。が、その顔を追いかけるようにして、彼女が回り込んでくる。

「ふたりがかりで？　さっき体技室に入っていってから十分も経ってないのに？」

「そーだよ！　ついでに言えば、ハーティアは武器まで持ってたんだ！」

キリランシェロはやけくそになって叫んだ。

「先生の寸打を食らって、二度も受け身が取れるかよ！　あれは異常だよ！　絶対へンだ！　なんかズルしてる！」

「実力が違いすぎるよなぁ……」

　と、力なくハーティアがうめくのが聞こえて、キリランシェロは口をつぐんだ。はあ、とため息をついて、彼女もつぶやく――

「ま、だからわたしたちの先生なんだけどね……」

「ティッシはいいよな。他人事《ひとごと》だからさ」

　キリランシェロは愚痴を言いつつ、長椅子から彼女――レティシャを見上げた。ぶつぶつと続けていると、上から見下ろして、レティシャが言ってくる。

「わたしは別分野で出場しなくちゃならないもの。アザリーもね。フォルテにコミクロン、コルゴンは野外研修でいないし――そうなると、あんたたちしか残らないでしょ」

　レティシャという女は、ようするに掛け値なしの美女だ――キリランシェロはそう思っている。ハーティアに聞いてみたら、彼もまったくそのとおりだと言っていた。教室最年長のフォルテも同意見だった。チャイルドマンでさえ、否定はしなかった。アザリーには怖くて聞いていない。

　少しぼんやりした感じはあるが、深い色をした切れ長の双眸《そうぼう》。手は少し体温が低いのか、いつもひんやりとしている。ダークヘアを腰まで伸ばしているのは明らかに《塔》の頭髪規定に反しているが、誰も文句を言わないのは、実はそれが似合いすぎているからだろうかと疑ったことがある（実際は、どうせ戦闘訓練で困るのは当人なので誰も口やかましく言ったりはしないのだ。こっそりと減点されていたりはするが）。

二十歳《はたち》になったばかりで、同教室のアザリーとは遠縁に当たる。幼い頃からいっしょにいたので、実質姉妹のようなものである。

言うまでもないが、姉妹ふたりいっぺんに敵に回したりすれば、はっきり言ってロクなことはない。チャイルドマンですら、そういった事態だけは万難を排して回避していると いう噂もあった。

なんにしろ、キリランシェロにとっては最愛の姉のひとりだ。

「でも、冗談じゃないよな……」

ハーティアが、うんざりしたようにうめくのが聞こえた。椅子に腹這《はらば》いになった姿勢のまま、赤毛を手で梳《す》いている。

「今さら公開試技なんて。要は見せ物じゃないか」

「いつまでも愚痴ってんじゃないわよ。見てもらえるだけありがたいと思いなさい」

レティシャはくすりと笑いながら、ほとんどこれが見本だとでもいうくらいにきれいな胸を張ってみせた。

キリランシェロは下から彼女を険悪に見上げると、

「他人事だと思って――ティッシはいつもそうなんだ」

「……なにがよ？」

きょとんと、レティシャ。キリランシェロは目を閉じて、かぶりを振った。

「その様子だと、まだ知らないんだな、ティッシ」

「…………？」

こちらの言葉に、怪訝そうに眉間をしかめる彼女に、向こうからハーティアも皮肉げに続けた。

「そうそう――ま、見てもらえるだけありがたいんだもんな」

「……ふたりとも、なにを知ってるの？」

わけが分からない様子で聞いてくるレティシャに、キリランシェロは、静かに告げた。

「つまりさ」

と、ごろんと回転して仰向《あおむ》けになる。

「ティッシが、公開試技のエントリーから外されて、なにに出場するかってことだよ」

◆◇◆◇◆

「要は見せ物じゃないですかっ！　納得できませんっ！」

ばんっ！――と彼女が細い拳をたたきつけた仕事机が、大きく揺れた。あるいは、一センチ程度なら飛び上がっていたかもしれない。空っぽのティーカップが、がしゃんと倒れる。

それが転がって落ちる前に、さっとつかみ取り――レティシャは、大声で続けた。

「ミス《牙の塔》コンテスト⁉　いったい誰が、そんな悪趣味なこと言い出したんですか！　いいですか、これは《塔》の根幹を成す性差廃絶主義《フェミニズム》に対する明確な反逆です！」

　唾を飛ばして、彼女は机の奥に泰然としている男に詰め寄った――が、彼は特に、臆した顔も見せずに言い返してきた。いや――言い返すと言うよりは、単に言っただけといった口調だが。

「たかが見目よさを競うだけのことだ」

　と、嘆息すらせずに、淡々と続ける。

「人間性を競わされそうになったときにこそ文句を言いに来るべきだろう」

「それは理屈です。心情的に耐えられません」

「……エントリー条件には、性別は記されていない。男女を問わずに参加できる。ミス・コンテストというのは便宜上の呼び名だ。性差別論議に抵触するとは思えんね」

「審査員が全員男です！」

「主要な女性の上級魔術士にも要請がいったらしいが、君と同じことを言ってみんな断ってきた」

「当然です！」

　がちゃん！――とこれは、手に取ったティーカップを机の上にもどした音だが――

「だいたい、今回のイベントには、王都の宮廷魔術士も見物に来るんですよ！　なんでわざわざ恥をさらさなければ――」

「わたしは宮廷に顔を出したことがあるが」

それがあたかも女子校と合コンの約束を取り付けた程度のことだとでもいうような物言いで、こともなげに彼は告げた。

「着飾ったあの連中の横に君を並べたところで恥とは思わんよ」

「茶化さないでください。分かって言っているんでしょう、先生――」

いらいらと、レティシャは彼をにらみ据えた。若きチャイルドマン教師は、机に頬杖《ほおづえ》をついてこちらを見上げている――その視線はゆっくりと彼女の顔から下へとずれると、ついさっき彼女が乱暴に拳をたたきつけた机の上のティーカップへと転じていった。

『生誕日を記念して――B．B．』と記された白いカップは、まっぷたつに割れている。この教師が《塔》に教師として招かれる以前から使っていると言われているものだが、その由来は誰も知らない。

レティシャは、深呼吸してから言い直した。

「《牙の塔》は、まだこんな時代錯誤なことをやっているのかと言われることになるんですよ」

「かまわんだろう」

と、チャイルドマン。表情ひとつ動かさない。

「奴らは分かっているさ――そも歴史というものが、時代錯誤の繰り返しだということくらいはな」

「わたしたちが、過去の過ちの申し子である必要はないと思いますけど」

とげのある口調で、レティシャは告げた。

チャイルドマンが、そのとげを追い払うように適当に手を振る。

「賢《さか》しき先駆者たろうと気負う必要もない」

と、振っていた手を割れたティーカップに向けて、短い呪文をささやく——ティーカップは次の瞬間には、なにもなかったかのように修復されていた。

そして、静かに——そしてさりげなく、顔を上げてくる……

「さてレティシャ。君はわたしにこう言わせたいのかな？——決定事項だ。逆らうなと」

「…………！」

一瞬、憤激で我を忘れそうになりながら——レティシャは、自分の背後で無意味な空気の爆音が鳴り響くのを聞いた。自制を失った彼女の魔術が、暴発して衝撃波を生み出し、壁にぶつかる音だ——集中も増幅もしていないため、なにか実害が出るということはまずないが、なるたけなら抑えようと努力している悪癖である。

ぐっと拳を握りしめ——いまだ無表情のままの教師を思いきり険悪ににらみつけてから、彼女はその場できびすを返した。

「失礼します！」

と、足音も高くチャイルドマン教師の教師控え室を後にする——

彼女は後ろ手に強烈な音を立てて扉を閉めると、そのまま廊下に飛び出した。背後で、チャイルドマンが意味ありげに苦笑しているのを気配で感じながら。

（話にならないわ！）

リノリウム貼りの廊下を踏み壊さんばかりに足音を立て、レティシャは歩いていた。たまたますれ違った魔術士見習いらしき少年が、びくっと後退りするのにも構わず、肩をいからせる。

（そーよ。キリランシェロの公開試技なら、まだ分かるわよ。ほかにも学生による体験講義とか、歴史研究の発表会とか、いろいろあるのに――でもミス・コンなんてまったく意味がないじゃない！）

つまりは、ちょっとしたイベントのことなのだ――

本義としては、この大陸黒魔術の最高峰《牙の塔》において、日頃の訓練の成果を外来者にも見せて、それによって権威を誇示すること。さらには外部の空気を取り入れることで、とかく退屈になりがちな研究生活の憂さ晴らしにもなろう。だいたい、そんなようなことである。

正式には、《牙の塔》対外公開日と呼ばれており、まあひらたく言えば、見栄《みえ》っぱりの学園祭といった代物だった。

学生たちにしてみれば、多分に息抜きの色が濃い催事である。が――この日には王都の宮廷魔術士《十三使徒》のメンバーも見物に来るため、そのスカウトの目を引こうと必死な人間もいる。それらにとっては、重大な自己顕示の場でもあるのだ。

もっともレティシャは、そのどちらでもなかった。なにに対しても息抜きができないくらい生真面目《きまじめ》でありながら、宮廷魔術士になるつもりなど毛頭ない。

（こうなったら、最高執行部に直談判《じかだんぱん》して――）

と、《塔》最上階にある最高執行部へと足を向けかけた、その時……

「ティッシ！」

真正面に、いきなり顔が現れた。

「へ？――きゃっ⁉」

悲鳴をあげながら、立ち止まる。気づかずにそのまま進んでいたら、正面衝突するところだった。

が――現れたその人物は、別に驚いた様子もなく聞いてきた。不思議そうにこちらの顔をのぞき込んで、

「ティッシってば……なにものすごい顔して歩いてんのよ？」

「アザリー」

レティシャは、ぼんやりと彼女の名前を口にのぼらせた。

どこか斜《しゃ》に構えた、くせのある双眸――ブラウンの瞳がきらきらと輝いている。くせのある黒髪は、肩にとどくあたりで切ってあるが、ことあるごとに彼女が、髪を伸ばそうか――例えばレティシャくらいに――と言っているのを聞いていた。背丈は、レティシャとほぼ同じ。長身と言って差し支えないだろう。どこか華奢《きゃしゃ》な感のあるレティシャよりは、

骨格がしっかりしているのか、肉付きがよく見える。

目の前に立っているのはアザリー――天魔の魔女。チャイルドマン教室内でも文句なしに最強の魔力を持つ、ほぼ同い年の彼女の妹だった。

上級魔術士の黒ローブを着ているのは、ふたりとも同じである。レティシャは、アザリーが小脇に抱えている革のファイルフォルダを気にするように一瞥《いちべつ》してから嘆息した。

「……そんなにすごい形相してた？」

と、顔にその表情が残っているのを心配するように、手でこする。

アザリーは、くすと笑うと肩をすくめてみせた。

「この前キリランシェロに着替えのぞかれたときもそんなには怒ってなかったじゃない」

「あれはハーティアが悪いのよ。キリランシェロにへンなことばっか教えて――」

答えながら、レティシャは話題がそれかけているのに気づいた。前髪を振るように、軽くかぶりを振ってから言い直す。

「そんなことより、もう大変なのよ」

「……なにが？」

聞き返してくる妹の顔を見つめながら――レティシャは、ふと思いついていた。

（……そーいや、この子って、先生のお気に入りなのよね）

かなり語弊のある言い方ではあるが、確かにそうだったと彼女は胸中でひとりうなずいていた。実のところ、この《塔》においてチャイルドマン教師に逆らうことができるのは、最高執行部ではなく天魔の魔女アザリー――彼女しかいない。

　きょとんとこちらを見ている彼女の前でレティシャは、ぽんと手を打ちながら、にっこりと告げた。

「そーそー。大変なの。大ピンチ。とゆーわけで、わたしの力になってくれるわよね？」

「なにが『とゆーわけ』なのかが分からないけど……わたし、先生に頼まれた資料を持ってかなくちゃなんないのよ」

　と、抱えているフォルダを見せるアザリーに、レティシャは目を閉じて身体をねじった。自分の胸元にグーをふたつ押しつけるポーズで、いやいやをしながら甘えた声をあげる。

「やん、もうっ――アザりんの意地悪ぅ」

「そーゆー呼び方を二度としないって約束してくれたら、すぐにもどってきてあげるけど……」

「ありがとうアザリー！」

　半眼でこちらを見つめている彼女の手を、レティシャはぎゅっと握りしめた。

「良かったわー。頼れるのはあなただけよ。わたしってば、もうどーしようか困ってたんだから。じゃあ、食堂で待ってるわね♥」

「はいはい」

　なぜか疲れたような顔で返事するアザリーに別れを告げて、レティシャは、すっかり足取りを軽くして一階の食堂へと下りていった。

……実は平和だったのは、この時までだった。

◆◇◆◇◆

食堂は、暇そうな学生でにぎわっていた。

黒魔術の最高峰、はたから見れば滑稽なほどにまで徹底した英才教育の《牙の塔》とはいえ、内部に入ってしまえば、その雰囲気は普通の学校とそう大差ない──ただ、内部に入り過ぎてしまえばその限りではないが。

キリランシェロはまだ痛む背中をさすりながら、木の皿に入っているポテトシチューをかき回していた。ゆっくりとつぶやく。

「ったく……結局、お前とタッグで公開試技かよ。賭になんて乗るもんじゃないな」

それを聞いて、テーブルの向かいに座っているハーティアが、うんざりと言い返してくる。

「お前だって先生から一本取れなかったんだから、ぼくのせいばかりじゃないだろ」

ため息などつきながら、

「だいたい、先生のいつもの口車だってのは、分かってたんだよなぁ──『わたしから一本取れるほどの力があるのなら、わざわざそんなものに出場する意味もないかもしれないがね』」

と、チャイルドマン教師の顔真似までしてそう言ってから、彼の声は急にすがる口調へと転じた。

「なあ――だからさ、とっとと負けちまえばいいんだよ、あんなケンカ大会。試技はトーナメント方式だから、一回戦で適当にやられたふりをすりゃ――」

時刻は正午をかなり過ぎた時刻――にもかかわらず、遅れた食事をとろうとしている学生は多かった。キリランシェロもあれからしばらく経ち、ようやく回復して昼食にありついているわけだが、ハーティアはよほどひどく背中を打ったのか食欲がないらしい。赤毛の少年の前には、なんの皿も置かれていない。

ハーティアを見返して、キリランシェロはぽつりとつぶやいた。

「……一回戦の相手、誰だか知ってるのか？」

「いや？」

あどけなさの残る目を、きょとんと丸くして、ハーティアが聞き返してくる。

キリランシェロは陰鬱に、ふたりの名前を口に上らせた。

「サリントンにブルネイ……」

「コリネリア教室のぶっ潰しコンビ⁉」

ほぼ絶叫にも近い大声で、ハーティアが叫ぶ――食堂の中はもともとざわついているため、誰に聞きとがめられるということもなかったが、それでも目の前の赤毛の少年は、はっと口を押さえて沈黙し、椅子に座り直した。

ゆっくりと、言い直す。

「あいつら、去年の公開試技トーナメントにも出てなかったか？」

「出てたよ。コミクロンの腕を折った連中だ。覚えてるだろうけど――」

キリランシェロはスプーンでシチューをひとすくいすると、それをじっと見つめ――結局、口をつけないまま続けた。

「去年のコミクロンとコルゴンも、お前とおんなじことを言ってたんだよな。適当に負けたふりすりゃいいやって。ところがだ、対戦相手のサリントンとブルネイのご両人が、そういったことに気づかないほどの脳腐りときた。審判の制止も無視して『我ら、チャイルドマン教室を凌駕《りょうが》せり』とめった打ち。去年やったことなら、今年もやるだろうな」

「はた迷惑な……」

ハーティアはうめくと、少し考えてから、あきらめるように嘆息した。

「じゃあ、一回戦はお前にあのふたりをたたきのめしてもらってだ、二回戦で――」

「二回戦の相手は、順当に行けばマーシーとステラ……リプトン教室の拷問姉妹だ」

「うっ……なら、仕方ない。あのサド女どもの相手までは、お前に苦汁をなめてもらうとして、三回戦で完全サボタージュ――」

「お前、対戦表を全っ然見てないだろ。となりのブロックに、プルーネリ・オリスとマシスがいるんだよ」

それを聞いて、ぶっ、とハーティアは吹き出した。さっきにも勝る声量で、悲鳴じみた声をあげる――

「おい──プルーネリ教師と一番弟子がか⁉　いったいどーなってるんだよ、今年は！」

「だからっ！　先生が、今年のトーナメントにぼくらが出場するってことをあちこちに言いふらしたらしいんだよ！」

キリランシェロは、ハーティアの叫びに対抗するように椅子を蹴ると、テーブルをたたきながら立ち上がった。

「これは陰謀だぞ！　あちこちの教室から、ぼくらを半殺しにしようって連中が名乗りをあげてるんだ。いいか、何回戦でリタイヤしようが、おんなじことだ──命が危ない！　生き残る方法はただひとつ、トーナメント開催前に、どこまでも遠くに逃げるんだ！」

「あぁっ！　ぼくたちに明日はないっ！」

意味不明なことを口走りながら、ハーティアが、こちらの手をがっしと握りしめてくる

──と、数秒ほどもしてからだろうか。ふとハーティアの目の中に、思い出すようになにかが閃くのが見えた。

「……でも、その名乗りをあげた連中って、ぼくらを倒して名を上げようというんじゃなくて──お前を倒すのが目的なんじゃないか？」

瞬間──ぎくりとキリランシェロは身をすくませた。ハーティアはひとりでぶつぶつと続ける。

「てことはつまり、むしろ巻き込まれたのは、ぼくのほうだってことか……」

「おい、ハーティア？――」

「貸しひとつだな」

ずん、とにやけた顔を一回り大きくして――というのはキリランシェロの錯覚だったろうが――ハーティアがにやりと告げた。

「い、いや、でも――」

言い訳しようと口を開くキリランシェロのことは無視して、マイペースにハーティアは低い声音を出した。

「しかも大きな貸しだ。ぼくのためにレティシャの部屋に忍び込んで身の回りのものをひとつ盗んできてくれるくらいの大きな貸しだな」

「……お前、そーゆうことそろそろやめとかないと、いつか本気で抹殺されるぞ……」

キリランシェロは半眼で警告したが、ハーティアは聞く耳ないようだった。

「今回やるのはお前だし」

「やるかっ！」

即座に叫んで、さっきから握られたままだった手を振り払う。

「だいたい、ティッシの私物なんて手に入れてどーしようっていうんだよ！」

「高く売れるんだぞ。知らないのか？」

「あのな――」

キリランシェロは指を立てて詰め寄りかけ、そしてふと、動きを止めた。

それまで気づかなかったのだが、ハーティアの肩越しに見慣れた後ろ姿が見えていた。艶《つや》やかな黒髪を腰まで伸ばした、若い女。こんなあからさまな頭髪規定違反の見本は、この《塔》に何人もいるものではない。

すぐ近く、ふたつ向こうのテーブルである。耳を澄ましていれば声も聞こえていたかもしれない距離だった。

その後ろ姿はテーブルを両手でたたきながら立ち上がり――

「なぁんですってぇ!?」

その怒声に、食堂の中の時間が停止した。

その女――レティシャだ、無論――の向かいに腰掛けている女も、知り合いだった。というよりも、知り合いどころではなかった。キリランシェロのもうひとりの姉、チャイルドマン教室の天魔の魔女、アザリー……

ともに《牙の塔》で一目《いちもく》も二目《にもく》も置かれている強大な魔術士の姉妹が、同じテーブルで話している。さっきまでは穏当なものだったのかもしれないが、少なくともそのときキリランシェロが気づいた時点では、レティシャは怒声をあげながら椅子を蹴って立ち上がっているし、その向かいのアザリーは、不敵な面持ちで姉を見上げながら、そのあごの下で手を組み合わせている。

レティシャの声に驚いて、食堂の目はすべてそのテーブルへと集まっていた――ハーティアもである。ぽかんと周囲が見つめているのに気づいているのかいないのか、レティシャがさらに大声で続けた。

「あなたも――出場するですって⁉」

「そうよ」

アザリーの返事は軽かった。そのまま、どこか楽しむような目つきで、続ける。

「研究発表なんてガラじゃないし、公開試技なんて本気で今さらだしね――へたをしてケガなんかしたら馬鹿馬鹿しいし。ほかに模擬店やお化け屋敷があるわけでもなし、残るはミス・コンくらいしかないでしょ――」

「そういう問題じゃないでしょう！」

レティシャの声は、激高のあまりうわずっていた。叫ぶと同時、すぐ後ろで大口を開けていた若い学生の頭になにか強烈な衝撃波のようなものが炸裂する。その学生はそのまま床に倒れた――言うまでもなく、レティシャの『悪癖』である。

（げ……）

倒れた学生を遠目に見下ろしながら、キリランシェロは口に指を入れて戦《おのの》いていた。

「キリランシェロ……」

かなりビビった様子で、ハーティアがつぶやいてくる。キリランシェロは、うんうんとうなずきながら、

「分かってる。この威力……いつもの癇癪《かんしゃく》の比じゃないぞ」

周囲も、すぐにそれと悟ったのか――レティシャとアザリーの対峙《たいじ》を見ながらも、ひとりまたひとりとその場から後退りしていった。やがてほどなく、彼女らの周囲五メートル以内から人がいなくなる。

一番近いのが、その場を移動していないキリランシェロとハーティアということになるが、それでもいつでも逃げられるように、腰を少し沈めていた。ちなみに、さっき床に打ち倒された学生は、ほったらかしである。

じっと続いた対峙は、やがてアザリーの声で再び動き出した。

「実を言えば、先生の指示なんだけどね――」

「反対すべきよ。分かってるでしょ？」

さっきよりはおとなしい声で――ただし声に含まれた怒気そのものは、まるっきり衰えていなかったが、レティシャが告げる。

ここに来てようやく、キリランシェロはふたりの言い争いの理由に見当がついた。

（ミス・コンのことか……）

だとすれば、生真面目なレティシャが怒るのはなんとなく予想していたし、逆にアザリーが嬉々《きき》として参加しようとするのも、分かると言えば分かることだった。が、そのためにこの姉妹が激突するのは、キリランシェロにも考慮の外だった。

「なぜ？」

と、アザリー。明らかに分かっていて、からかっているふうである。

ぎしり――と妙な音がするので目を凝らすと、どうやらレティシャが木のテーブルの端を握りしめているのだった。それが、音を立てるほどきしんでいる。

ぞっとする周囲をよそに、彼女は告げる。

「……《塔》の構成員として、黒魔術士組織の根幹を成す重要な性差廃絶主義の――」

口にのぼらせている単語は理性的なものだが、声は怒りに震えている。だが、アザリーは一歩も退《ひ》かず――どころか椅子から腰も上げずに、にっこりとしてみせた。

「《塔》にも結婚主義者はいるのよ」

「そんな退廃的な――」

言い合っているふたりを眺めながら、キリランシェロはなんとなく、この姉妹が命を賭けた決戦を開始したとき、この《塔》に構造上の損害を与えずにそれが終結するだろうかと危惧しはじめていた。

と――震え声で続けるレティシャを、アザリーが制止した。

「主義の強制は廃止されたはずよ」

「それはっ！　各自の黒魔術士たちが自《おの》ずと正しい道を選べるという前提で――」

テーブルの上に身を乗り出して、レティシャが必死に抗弁する。が――唐突にアザリーが立ち上がったことで、それは無理やり中断された。

だんっ！　とこれは、アザリーが後ろ足に椅子を蹴飛ばした音だが（ちなみに思いの外飛んだ椅子は、ギャラリーのひとりを直撃した）、

「うっさいわね！　そんなこったから、いつまで経っても処女なのよ！」

「なっ……！」

レティシャが、一瞬口ごもる。その隙にアザリーは、さらに続けた。彼女に指を突きつけて、

「いい加減にしときなさいよ――たかだかイベントでしょ！　目先のことでぴーぴー騒ぐんじゃないわよ！」

「なにが目先なのよ！　大陸の向こう端から宮廷魔術士までやってくるっていうのに！　王都に笑い話を持ち帰ってもらいたいわけ⁉」

しん……と、静まり返る。テーブルをはさんで対峙する姉妹は、そのままじっと、ひどく凄絶ににらみ合ってから――

息を呑むギャラリーの見つめる中で、口火を切ったのは、アザリーだった。

ふふん、と鼻から息を漏らしつつ、

「本音を言いなさいよ、ティッシ……わたしに勝てると思ってる？」

ぴくり――とレティシャの肩が痙攣《けいれん》するようにわなないた。

同時に、ざわわ、と周囲を取り巻く黒魔術士たちからざわめきが漏れる――風に撫でられた森の木のように。本来なら、目の前で友人が死んでも、動揺せずに次の手を打てるべく訓練を受けている黒魔術士たちが、だ――

（尋常じゃないぞ、これは……）

キリランシェロはぞっとしながら独りごちていた。その間に、レティシャがゆらりと後退りするのが見えた。だが無論それは、敗北の後退などではない――

「アザリー……そんなこと言っちゃっていいわけ？」

と、それまで爪を立ててテーブルに置かれていた手を、ゆっくりと優雅に伸ばしなおして、長い黒髪に触れさせる。レティシャはそのまま、穏やかに声を発した。

「わたしを追いつめたりしないほうがいいんじゃなくって？――あなたの挑発に乗っちゃって、もしわたしがミス・コンに出場せざるを得なくなっちゃったら……あらあら、現実を知るって言うのは残酷なことよね、アザリー」

「言ってる意味が分からないんだけど？　ティッシ……」

そう言いつつも、肉眼で見えかねないほどのオーラ――だかなんだか――を背後にわきたたせて、アザリー。

レティシャも、同じような格好で応じる。

「すぐに分かるわよ、アザリー」

「あらぁ。それって、あなたも出場するってことかしらぁ？　ご立派な性差廃絶主義者《フェミニスト》さんがねえ。堕落、ってことかしらぁ？」

「無駄でも一応は努力なさいな、アザリー――結婚主義者なら衣装だってそれらしく、エプロンパンティーなんて審査員受けするわよぉ」

「うふふふふふふふふふふふふふ」

「ふふふふふふふふふふふふふふふふふふふふふ」

様々な意味で周囲を深刻な不安感に陥れるような声音で、姉妹が互いに笑い合う。

ギャラリーたちは蒼白《そうはく》になった表情で手近な連中と顔を見合わせ、なにやら厄払いじみた仕草をする者までいた。隅っこで、泣いている女をなだめている者までいる。

「……ここは魔界だ。逃げようキリランシェロ」

ぼそりと小声でつぶやいてくるハーティアに問答無用でうなずいて、キリランシェロはその場を逃げ出そうとした。が――

がしゃん！

いつの間にか落ちていた食器を、つま先で蹴飛ばしてしまう。ちょうど静まり返っていた食堂の中に、それはひときわ大きく響きわたった。それこそ、死人だって飛び起きかねないほどにだ――キリランシェロは声にならない悲鳴をあげつつ、全身の血が退いていくのを感じた。

「馬鹿！」

ハーティアの叱責。

違う。違うんだ――キリランシェロは、表情だけで必死に言い訳しようとした。こんなミスは、すべきじゃない。なにはさておき、すべきではない……

祈るような気持ちで、キリランシェロはレティシャらのほうを見やった。恐る恐る、ゆっくりと。

周囲の視線は無情にも、こちらへと集まっている。その視線の真ん中に——どこか虚ろな表情で笑みを浮かべているレティシャとアザリーの瞳もあった。

「あ……ああ……」

死の恐怖を通り越し、死の覚悟までが胸に去来する。言葉を失ったキリランシェロにできることはと言えば、ただ口を開けて慈悲を乞うだけだった。

誰の慈悲だかは分からない。ただ、とにかく慈悲だ。

にっこりと——どちらの口からだろう。それすら認識できなかったが——問いかけてくる。彼などとうてい敵《かな》わないほど強大な魔力を持った、ふたりの姉妹の声。

「で……あなたたちは、どちらを支持してくれるのかしら？」

答えられるはずなどない。キリランシェロは呆然と、彼女らを見つめ返した。

「貸し、ふたつ目だな……」

床にあぐらをかいて投げやりにぼやくハーティアの言葉にさえ反論できず、キリランシエロは、その場にぐったりと力つきたのだった。


すり切れた革のザックに数少ない私物を詰め込んでいる。ちょっとした着替え——地図——買ったまま食べていなかったチョコレートの箱……ちょっと古いけど……

ぶつぶつとつぶやきながらキリランシェロは、蒼白な顔で荷物を点検していた。《塔》の裏手にある、学生寮の彼の部屋。一応仮にも上級魔術士ということで、個室をあてがわれてはいるが、たいして上等な部屋でもない。傷ついた壁を隠すために大きなベニヤが立てかけてあるほどで、床には絨毯《じゅうたん》も敷いていない。ベッドは二段ベッドの上の段をノコギリで切り離して持ってきたもので、四隅からじゃまっけな支柱が突きだしている。ベッドが変わると寝られないので、もといた四人部屋から持ち込んだのである。

日常品――そして武器装備はたいがい《塔》で支給してくれるので、純粋な彼の私物というのはさほどない。研究員ではないので定期的な収入があるわけでもなく、ごくごくたまに上層部から命じられる任務に対する報酬だけが、彼の手元に現金となって入ってくる収入のすべてだった。

というわけで、金もあまりない。

薄っぺらい財布をポケットに――ちょっと前に古着屋で手に入れたジーンズのポケットに押し込む。基本的に《塔》の支給品を持ち出すわけにはいかないので、黒のローブではない。少し寒いので、今着ているトレーナーだけではきついかもしれない……

（街で上着を買っていこう。借金してもいいや。とにかく動きやすい格好で、一刻も早くできるだけ遠くへ……）

暗唱するようにそれを唱えながら、キリランシェロは立ち上がった。ザックの紐を肩にかけ、扉へと向かう――

と、ドアがノックされた。

「うあわうわうううあああっ⁉」

めちゃくちゃな悲鳴をあげながらキリランシェロは、ザックをその場にほうり出してベッドの上まで後退した。満面に汗をたらしながら、青ざめた表情で、肺病にかかったような音を出す。

ぜーっ、ぜーっ……

怯《おび》えきった視線は、扉に集中していた。震える手で――自分のほおを引っかく。

「ど――」

なんとか声を出して、唾液を呑む。ふう、と深呼吸してから、彼は続けた。

「どなたです……か？」

そこはかとなく声が震えている。ドアの向こうにはほとんどうめき声にしか聞こえなかったかもしれない。

が――ドアの向こうからは、しっかりと返事が返ってきた。

「俺だ。フォルテだ」

「フォルテ！」

ぱあっと顔を輝かせて、キリランシェロはベッドから飛び出した。きらきらと、希望の輝きに飛び込んでいくような面持ちで――というのはそのままの意味だが――ドアに飛びつき、ノブを回す。

「助かった！　この事態を収拾できるのはあんたくらいだ――聞いてくれよ、アザリーとティッシが――」

がちゃがちゃとノブを回すのだが、あわてているせいか、なかなか開かない。キリランシェロはそれでも、無理やりにノブをひねった。

　扉が、開く――

「でもホントにフォルテなのか？　出かけてるはずじゃ――」

「う・そ♥」

　開いた戸口に立っていたのは、アザリーだった。

「うげぎれどぎがらあぐがぎがぁぁぁっ！」

　再び謎の悲鳴をあげながら、キリランシェロは部屋の中に舞いもどっていった。ベッドに飛び込んで枕で頭を隠す。その間アザリーはまったく怪訝な顔も見せず、ただにっこりと笑いながら、部屋の中に入ってきていた……

　その笑顔を崩さないまま、人差し指をぴっと立てて告げてくる。

「彼の声だけ連れもどしたの。さすが白魔術士って感じよね♪」

　えらく気楽な様子で説明する彼女に、キリランシェロはどうしても素直にうなずけなかった。ちなみにアザリーは、教室内で最強と言われるほどの黒魔術の使い手であるのみならず、白魔術まで用いる。

　バケモノである。

　彼女はつと、今さら気づいたように、彼の格好と、部屋の真ん中に落ちているザックを見回した。立てていた指をくにゃりと曲げて、小首を傾《かし》げる。

「どこか出かけるの？」

「あ……う――いや別に」

　もごもごとつぶやきながら、キリランシェロは枕の下から顔を出した。アザリーは邪気のない様子で――といっても、いつだって邪気はないのだ。いつだって――こちらをじっと見ている。

　彼がなにも切り出せずにいると、アザリーは、にこっと笑ってみせた。

「トーナメント表見たわよ――大変なことになっちゃってるわね」

「うん……」

　出るつもりはないんだけど――と胸中で付け加える。

「ま、でも、あんたのことだから、心配するだけ損だって思ってるけどね」

　ブラウンの瞳に光をちりばめるようにしてそう言ってくるアザリーに、キリランシェロは少しだけ余裕を取りもどしていた。

「そ――そうかな」

　その隙――だろう、多分――を見て取ったのか、アザリーが、さっと部屋を横切ってベッドの縁《へり》に腰を下ろす。

　くせのある髪が触れるくらいに近くに座った彼女に、内心多少どぎまぎしながらキリランシェロは、口を開いた。

「なに？　アザリー」

「実は、お願いがあるんだけどね……」

　刹那――

　がしゃあああああああんっ！

　部屋にひとつしかない窓ガラスが突如として砕け散り、輝くガラスの破片が部屋の中に散らばった。と同時に、壊れた窓枠を蹴りつけながら、すらりとした人影が飛び込んでくる――

　たっ！――と部屋の中央に優雅に降り立ったのは、長い黒髪、美麗な姿態――言うまでもなくレティシャだった。ベッドのほうを振り返る表情はどこかひきつり、手にはなぜかロープなどつかんでいる。そのロープは窓の外まで伸びていた。

「あ……あああ……ああああ」

　ベッドから転がり落ちて――驚いたのだ、もちろん――キリランシェロは、床の上からうめき声をあげていた。

　そのすぐ横に、すっと音もなく、アザリーが立ち上がるのが見える。

「窓から飛び込んでくるなんて、はしたないことね、ティッシ……」

「よくもそんなことが言えたものね！」

　ロープを抱えて、レティシャが弾けるように怒声を返す。

「人を屋上からロープで宙づりになんてしてくれて！　その隙にキリランシェロを味方に引き込もうなんて、えげつないんじゃないの⁉」

この部屋は三階にあるのだが、窓から飛び込んできたのは、そういう理由らしい。

だがアザリーは、むしろ涼しげにその声を受け流すと、髪の中に手を差し込むポーズで、

「わたしの手配した睡眠薬入りケーキを食べて、だらしないカッコでいびきなんてかいてるもんだから、ちょっと吊《つる》してみただけよ」

「怪しいとは思っていたのよ！」

なら食べるなよ、と呆然としながらもキリランシェロは思っていたのだが、まあ食べてしまうものなのだろう。

だがそんなことには構わずに、びし、とレティシャがアザリーに指を突きつける。

「わたしが寝てる間に何人籠絡したのよ！　フェアじゃないわよ！」

「籠絡なんて、人聞きが悪いわ」

やれやれ、と首を振るアザリー。

「育ちが悪いと発想も下劣よねぇ、ティッシ」

「なんですってぇ⁉」

ロープをひねって、すさまじい形相を見せるレティシャ。

「あんたなんて、子供のころ、鼻ほじってポケットの中に溜《た》めたりしてたくせに！」

ぎしぃっ！――と比喩でなく、姉妹の中間で空間が軋《きし》むような音が響く。

「あああああああああ」

ふらふらになりながらキリランシェロは、その場から逃れるべく床を這って部屋から出

ようとしていた。ガラスの破片を避《よ》けつつ、できる限り急いで――

だが――

びく、といきなり、身体が動かなくなる。

震えながら見上げると――にっこりと笑顔で、レティシャが彼の襟首を、アザリーが左足首をつかんでいた。

「あ……う……え……」

なにも言えずにいるうちに、姉妹ふたりで、えらく軽々と彼の身体を持ち上げて、どすん、と部屋の中央まで引きもどす。部屋の真ん中で、所在なくぽつねんと座らされるキリランシェロをはさみ、彼女らはそこで、ようやく笑みを消した。

笑顔がなくなったらなくなったで、凄絶な眼差しでお互いにらみ合いつつ――つまり座り込んでいるキリランシェロの頭上で火花を散らして、ぼそりとした声を発した。

「決着は……」

レティシャのつぶやきを、アザリーが後に続ける。

「公開日当日の、ギャラリーの投票で決めるわよ……」

それで話がついたものらしい。レティシャもアザリーも、あとは視線すら合わさずに、のしのしと部屋から出ていく。

そして、去り際にこちらに告げた――ただ、それが姉妹どちらの発した声か、はたまた両者が同時に告げたものか、まったく分からなかったのだが――

「もちろんキリランシェロは、わたしに一票入れてくれるわよね♥」

「……あ……あ……」

引きつけを起こしたようにキリランシェロは、無意味な音を喉から吐き出していた。そのうちに、身体に震えまで走り始める。

「あ……あ……あはははははは」

虚ろな笑いを響かせて――ガラスの破片が散らばる部屋で、キリランシェロは、涙をこらえて天井を見上げていた。

対外公開日までは、それ以降さほどの騒ぎもなく、当日はつつがなく訪れた。
花火の音――糸が切れて飛んでいく風船。敷地の入り口に並ぶ屋台や出店。公開日は、実質ただの祭りである。街から訪れた親子連れや、わざわざ足を運んできた旅行者、とにかく仕事を見つけようと、適当に大道芸を始める者――よほど出し物に問題がない限りは、黒魔術士のほうでそれを取り締まったりはしない。もともと収益金を見込んでいるわけでもなし、おおむねのどかな催事だった。
「どーするんだよ、キリランシェロ……」
そこは控え室である――といっても、公開試技トーナメント会場の裏手に設《しつら》えられた、ただのテントだが。出場する選手たちが、それぞれ着替えなりなんなりをしていた。テントの隅で精神統一のための座を組んでいる者もいる。

無論、こちらは男性専用のテントなので、男ばかりである。

そのテントの一角で、プログラムカードを片手に持ったハーティアが、さっきからしつこく問いかけてきている。が、キリランシェロは、ひとりぶつぶつと口の中で無意味なことを唱えながら、それを聞き流していた。

ハーティアもハーティアでこちらのことは無視して、げんなりと続けている。

「この公開試技は逃げ出せてもだ、おい――ティッシやアザリーは……ぼくらが投票に行かずに逃げ出したりしたら、どんなことになるか――」

言いながら、ふとその『どんなこと』にいくつかの予想が浮かんだのか、ハーティアは身震いしてみせた。

彼らふたりは――ほかの大多数の参加者と同じ――《塔》標準の戦闘服を着ている。魔術の使用が禁止されたトーナメントのルールでは、それほど本格的な戦闘になることはないのだが、王都の魔術士まで見に来ている状況では、トレーニングウエアで参加するというのも、なにやら田舎臭《いなかくさ》くてできたものではない。ただでさえ、ここ西部は、王都などがある東部より下に見られているのである。

自分の戦闘服の表面をそっと撫でつけながら、キリランシェロは虚ろな目で独り言を続けていた。ハーティアはなんとか身震いを抑えると、

「どーするんだ？　あのふたりを敵に回したらしゃれになんないぞ。いや待てよ。戦って勝てるかな？――ああ、ごめん。馬鹿なことを考えるんじゃなかった。懐柔策は……そり

だなあ。ホウ酸団子とか。運良く風上に陣取ることができれば、風に睡眠薬の粉末を乗せて……あとは、お前に死ぬ気で殴りかかってもらえば――なあ、どうかな、キリランシェロ――」

と、そこまでぶつぶつと言ってから、ハーティアは、はっとして言葉を止めた。

「……キリランシェロ？」

どうやら、こちらがいつの間にか目の焦点を取りもどして彼を見返していたことが、意外だったらしい――完全に生ける屍《しかばね》と化したものと思っていたのだろう。だが、キリランシェロはまだ、あきらめてはいなかった……

ふと思いついたように、ハーティアの持っていたプログラムカードを引ったくる。カードにはこの対外公開日の全イベントのプログラムが記されていた。さっと目を通し……何度も何度も繰り返して見る。

「おい……」

ハーティアのつぶやきに、キリランシェロは、ふっとカードから視線を引き上げた。顔を上げて、じっと赤毛の少年を見つめる。

「やっぱりそうだった……」

ぼんやりとつぶやくキリランシェロを、ハーティアは怪訝そうに見返している。キリランシェロは、がし、とハーティアの肩をつかんだ。

そして、唐突に告げる。

「優勝するんだ、ハーティア！」

「……はぁ？」

　すっとんきょうな声で、ハーティアが聞き返してくる。キリランシェロは、だが相手に反論させる前に、熱っぽく続けた。

「このプログラムを見ろよ――」

　と、カードを差し出す。イベントの中に、公開試技トーナメントと問題のミス・コンがあるのだが、それを交互に指さして、

「いいかハーティア。公開試技は、十一時の開始だ――ミス・コンは正午から。これの意味が分かるか？」

　ぴくり――とハーティアの顔に、洞察の閃きが走る。

「トーナメントの終了予定時間は……二時間半後だな……」

「実際は、もっとかかる。ケガ人の収容とか、入場の手間とか、そんなので」

「なんだかんだで、決勝戦が終わるのは――」

「二時以降になるはずだ。ミス・コンは――」

「とうに終わっている時間だ……な……」

　とたんに、ふたり静かになる。

　しん……としながら、ふたりで同じカードを見下ろし、彼らは微動だにしなくなった。

　と――

「よおよお、チャイルドマン教室のおふたりさんかよぉ」

彼らの背後から、なれなれしい声がかかった――よたよたと、筋肉質の大男が近寄ってくる。

が、キリランシェロらは顔を上げない――のみならず、反応らしいものも見せなかった。それを恐れと取ったか、あるいはどちらにせよ全然気にしなかったのか、その大男は、いっしょに近づいてきたもうひとりの似たような大男に笑みを投げると、

「なんだぁ。挨拶もなしかよ。てっきり俺らに、去年の雪辱をと燃えまくってんのかと思ってたんだけどよぉ。なあ？　サリントン？」

「おおよ、腕を折られた先輩の仇討《かたきう》ちなんだろーがぁ？　キリランシェロちゃんよぉ」

と、ぶっ潰しコンビの片割れが、背後からキリランシェロの肩に手を置いた。刹那――

どうというつもりでもなかった。

ただキリランシェロは、振り向いただけだ。

が――

その瞬間、こちらの顔をのぞき込み、なにか感じることでもあったのか、ざざっ――とコリネリア教室の大男たちは、顔色を真っ白にして後退りした。

「あ……ああ、つまり……俺たちはさ」

「いい試合をしよーぜ、てことで、なあ……はは……」

口々にぼそぼそ言いながら、素早く退散していく。

キリランシェロは別に、それを見てもどうということでもなかった。ただじっと――サリントンらの去っていったほうに視線を固定し、となりで自分とそっくりの凄絶な双眸を浮かべたハーティアにつぶやきかける。

「……ケガ人がひとり出るごとに、トーナメントの進行は約十分遅れる……」

だからどうしようとは言わなかったが、ハーティアはその意味を明確に汲《く》み取ったらしかった。

普段その実力を見せることはまずないが、いざ本気を出しさえすれば、ハーティアが彼らと互角以上に渡り合えることを、キリランシェロは知っていた。

「仕方ないよな……」

ぜえぜえ、と既に息をあららげて、ハーティアがつぶやく。

「トーナメントが遅れたら、ミス・コンは見にいけないもんな……」

「立派な――」

「言い訳だ、な……」

ふふふふふふ……

声の外から漏れいでる笑いを背後に、ふたりは――がっしと互いの手を握るのだった。

◆◇◆◇◆

一方こちらは、《塔》校舎の中に設えられた更衣室である。

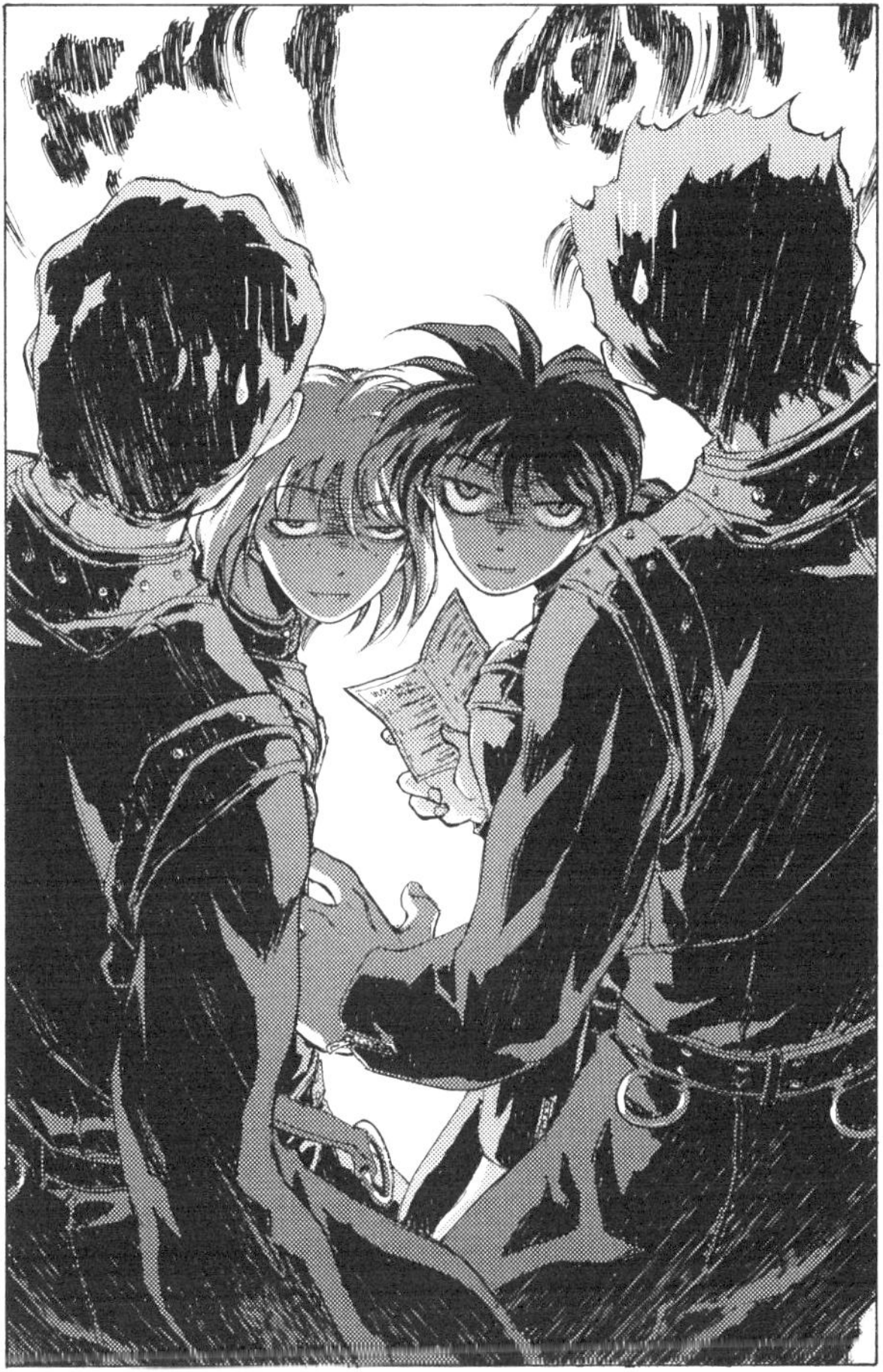

『ミス《牙の塔》コンテスト（仮題）出場者控え室』といい加減な筆跡で記された張り紙が、出入り口に貼ってある。普段更衣室として使われる部屋であるから、ロッカーの数には事欠かなかった。ずらり並んだスチール製のロッカーに、ちらほらと出場者が張り付いている。

　年齢制限も特にないため、出場者の顔ぶれはまちまちだった――自薦他薦は問わないということで、あまり乗り気な様子でない者もいる。ルージュを片手に思案顔の十二歳の少女から、男装で勝負をかける細身の女まで、考えることもさまざまだ。ベビーカーで寝ている子供の隣で、ロッカーの扉の裏についている鏡を見ながらファウンデーションを塗りたくっている者もいるのは、ミス・コンの大前提ですら、応募条件に入っていなかったからである。ただ男はいなかった。

「化粧台くらい用意すればいいのにね、実行委員も」

　友人同士、そんなことをぼやき合いながら準備している者もいる。

　大した賞品が出るわけでもない――まるっきり出ないということもないが。ちなみに参加賞はレモン石鹸《せっけん》である。その程度のものに、なぜ参加者が集まるのかといえば、ようするに、普段それだけ退屈なのである。

　と――

　衝立《ついたて》がしてある入り口の扉が、音もなく開いた。そこから、すっと素早く、くせのある黒髪の、長身の女が入ってくる。

彼女は入り口をくぐるなり、つかんでいる扉の取っ手に力を込め、いきなりばたんと、思いっきり扉を閉めた。ドアがたたきつけられる音とともに、がん、と鈍い音が響く。

女はなにごともなかったかのようにそのまま部屋に入っていったが、一呼吸ほど間を置いて、閉まった扉がまた開いた。鼻の頭を痛そうに手で押さえて、今度は長いダークヘアの、やはり長身の女が入ってくる。

そのふたりとも、《塔》の中ではかなり顔の知れた黒魔術士だった。

ざわ……と更衣室の中にいたほかの出場者たちが、不安げにざわめく。第一審査は着装自由のため、格好もまちまちである。ちょっと勘違いしてうさぎの耳を頭に着けている女は、自分のロッカーの近くにそのふたりが近づいてくるのを見ると、自分の荷物をそそくさとまとめて、ほかのロッカー列へと移っていった。

ロングヘアの女は、先を歩いている女のほうに、ちょっと足を早め――

背後からいきなり蹴った。

ごがん！

派手な音を立てて、顔面からロッカーにたたきつけられる、女。ロングヘアは、その横を素知らぬ顔で通り過ぎていった。

蹴られた女も、のろのろと起きあがって、そのまままた歩き出す。

ふたりは――周囲の不安をよそに――よりによってとなり同士のロッカーを選んだ。

まったく同時に、衣装その他の入った手荷物を床にどさりと置く。

それぞれの荷物の中から、必要なものをいくつか取り出して――

ロングヘアの女が香水の瓶のふたを開け、となりにいる女にそれを――びしゃりと――かけるのと、逆にとなりの女が、もう片方の顔面を、無造作にルージュで引っかくのとは、ほぼ同時だった。

すさまじい香りを発しながら顔にしたたる香水の液まみれになった女と――

向こう傷のように紫色の線を顔につけられた女とが――

一瞬だけ、無表情でにらみ合う。

そして、両者まったく唐突に叫び声をあげた。

「ティッシィィィィィッ！」

「アザリィィィィィッ！」

控え室にいる誰もが、《塔》をも崩壊させる二大魔人の激闘を覚悟したが――

次の瞬間には、ふたりとも、また無表情にもどって顔を背けていた。アザリーは香水の液をごしごしとタオルでこすり、レティシャは化粧落としを使って、黙々とルージュを落としはじめる。

ふたりは気づいていなかったようだが、その背後で、控え室にいたほかの出場者たちが、荷物をまとめて、ひとりまたひとりと、部屋から逃げ出していた。

「レデェィィィィィス、ウァァァン、ジェントルメン！　大っ変っ！　長らくお待たせい

たしましたぁぁっ！」

うおおおおおおおん！

きらびやかに作られた、半円形の舞台――大道具役に駆り出された《塔》教師たちの力作だが――に、ダークスーツに黒眼鏡の若者が立っている。胸に白いバラを差し、指にじゃらじゃらと指輪をつけたその男は、観衆の反応に腕を回して応えてから、また声を張り上げた。

「季節は冬！　しかしまだ凍える季節ではありません――なぜなら、今ここに、地上のどこよりも熱く咲き乱れる花がいるからです！」

おおおおおおおおおおっ！

舞台の男――司会進行役の彼は、舞台の上に燦然《さんぜん》とそびえる『ミス《牙の塔》コンテスト（仮題のまま）』の看板を腕で示した。

「この上なき美酒の饗宴《きょうえん》！　なによりも美しき神を、あなたに御覧に入れましょう！　ミス！《牙の塔》コンテスト！　ただし仮題！」

おおおおおおおおおおおおっ！

今度は声とともに、かん高い口笛も響く。ぱっ――と舞台袖から花吹雪《はなふぶき》が舞った。楽隊も華やかにトランペットを吹いている。

騒ぎはしばし冷めやらなかったが――それでもそれをじっと待ってから、司会は、優雅に一礼して顔を上げた。

「さて、ルールをご説明いたしましょう！——とはいえ無論、これより舞台に上がります至高の芸術たちに、その美を競えというのも下世話なこと！　ですが余興として、大会の最後に、ここにお集まりいただきました皆様方に、投票という形でその審査に参加していただきます！　審査員の先生方もお招きしてはおりますが」

と、ここで審査員席に一礼。

「同点となった場合に、その決定票を入れていただきます。美を選ぶのは、皆様なのです！」

うおおおおおおおおおおっ！

司会は最初から高いテンションで、感極まったように両手を組んでアピールした。そして、ばっと舞台中央の、参加者入場口を指し示して、

「では早速、美の奇跡を我らに知らしめるべく生まれた方々に、舞台に上がってもらいましょう！　ただし！」

あくまで口調は明るいままで、司会は続ける。

「なぜか開催直前になって出場者たちの大半が逃亡してしまいましたため、出場者は既におふたりに絞られております！」

うおおおおおおおおおんっ！

「いずれ劣らぬ女神たち！　彼女らの前評判に恐れをなした——もとい、あまりの神々しさに目もくらんだ審査員長はじめ審査員全員、失踪いたしましたぁっ！」

おおおおおおおおおおっ！

「もちろん、わたしも逃げ出したい！　なにが起こるか分かりません！　既に学内ではケガ人も出ているという情報もありますっ！　この異常事態に、観客もとうに全員いずこかへ退避してしまいましたぁっ！」

う・お・お・お・お・お・おっ！

舞台袖から──もう何度目になるか──サクラ役のスタッフがかけ声をあげる。

そして司会は──最後のプロ意識で以て、たったふたりの着飾った出場者を、無人の観客席に紹介したのだった。

◆◇◆◇◆

普段あまりひとけのない《塔》のグラウンドも、対外公開日には雑多ににぎわう。

興味本位でのぞきに来た学生やら、子供にねだられて重い腰を上げた夫婦など、そういった人混みが集えば、《塔》の雰囲気もがらりと変わる。

その人混みの中を、ぱたぱたと子供が走っていた。ちょろちょろと動き回る身体の小さいその動物を、止められる者などどこにもいない。が──

勝手に止まることはあり得る。その子供は、ふと方向を誤って、人混みのひとりにぶつかった。

「おっと──」

と、不意をつかれた声をあげて、体当たりされたその男は、転んだ子供を起こしてやった。また何事もなかったかのように走っていく子供をしばし見送ってから、ふっと笑う。年齢三十ほど、暗い顔色をした、普通の男である。人混みをかき分けて、再び小股で歩き出す。

ふと、人混みが途切れた。出店の裏手である。木の陰になっていて、なんとなく、誰も寄りつかない。そんな人混みの隙間に迷い込み、男はきょとんとしたようだった。見回して、頭に手をやってから、引き返そうときびすを返す――

が、ぴたりと動きを止めた。その背後から、声がかかる。

「どうだったね？」

いつの間にいたのか、木の幹にもたれかかって腕組みしている、トレンチコートの男。襟を立たせているため顔はよく見えない。ただ、まだだいぶ若いようだった。

明らかに年下であろうそのコートの男に向かって、彼は敬意を込めてつぶやいた。

「心臓に悪いですな。あなたは」

「心地よい存在にだけはならないつもりだ。で、スカウトとしては、どうにか拾いものを見つけたかね――このお祭りに」

コートの男の低い声音には、別に皮肉な調子はない――ただ、冷たいだけだ。スカウトと呼ばれた男は、肩をすくめて振り向いた。

「正直に言えば、やってくれましたよ、チャイルドマン教師は」

と、苦笑混じりにつぶやく。

「我々が天魔の魔女をスカウトする口実を与えないつもりのようです」

「……で、このまま引き下がるのか？」

「まさか」

スカウトは肩をすくめると、口の端もいっしょにつり上げて続けた。

「おもしろいのがいましたよ。奴が、おとりとして公開試技に出していた少年ですけどね――キリランシェロとかいう。あの少年はおもしろいですね。この《塔》では、鋼《はがね》の後継《こうけい》とか呼ばれているらしいですよ。ことによると、天魔の魔女よりもおもしろいかもしれません……」

◆◇◆◇◆

「まったくみんな、見る目がないわよねー」

「ホント。せっかくわたしたちが、気張って出場したっていうのに、人っ子ひとり見に来てないなんてねー」

対外公開日が、おおむね問題なく終結し、三日が過ぎていたが、彼女らの話題はこればっかりだった。よほど不本意だったのか、お互いに不満そうにぶつぶつとこぼしている。

例の食堂である――

キリランシェロはモップにもたれかかるようにして、彼女らのテーブルの近くにいた。

並んで座っている彼女らの背後から、ぼやく。

「……本気で言ってんの？」

「なにが？」

振り向いて、きょとんとアザリー。レティシャも、くるりと肩越しに不思議そうに顔を見せた。

「キリランシェロも、トーナメントなんてほっといて、来れば良かったのに。アザリーってばリボンなんてしてたのよ。珍しいというか」

「やーねー。ティッシこそ、赤いヒールよ。赤いヒール」

ぱたぱたと姉の肩をたたいて、アザリーが笑う。キリランシェロは、ぐったりと嘆息した。さりげなく目をそらして、

「……ぼくはトーナメントの進行が遅れたんだよ」

「聞いたわよ。ケガ人が続出したんですって？」

ベーコンエッグをつつきながら、レティシャがつぶやく。キリランシェロがうなずくと、レティシャの後ろから、いたずらっぽくアザリーが笑うのが見えた。

「わたしも聞いてるわよー。そのケガ人の八割を、あなたがたたきだしたんですって？」

「……だから先生に罰を食らって、朝っぱらからモップがけなんてやらされてるんじゃないか。あてつけで、朝食時の食堂から始めてんだけどさ」

不機嫌にキリランシェロは言いながら、誰のせいだと思ってるんだ、と胸中で付け足し

ていた。が——姉たちは気づく気配もない。

「相手にケガをさせるなんて、良くないわよ、そういうの」

エッグの黄身をフォークで潰しながら、レティシヤ。

が、アザリーのほうはむしろ、乗り気のようである。

「コミクロンの仇討ちのつもりだったんでしょう。いいじゃない」

あえて答えずに、キリランシェロはため息をついた。人の多い食堂の、向こうの壁に沿うように、やはりモップがけしているハーティアを眺めながら、そちらのほうに近づこうと歩き出す——

と、その背中に、レティシャが話しかけてきた。

「でもホント、見に来れば良かったのに。アザリーがあんなリボンつけてるところなんて、なかなか見られないわよ。本気でガキくさいの」

「ティッシのハイヒールなんて、笑えるんだから。足首だけ太いのよね、ティッシって」


…………


そこで、時間が止まる。

悪寒を覚えて、キリランシェロは振り返ったものの——彼女らの各々の顔に、一筋の汀がたれているのを見てから、早足になってその場を離れた。

が、それでもやはり——少し震える彼女たちの声は、追いかけるようにして聞こえてきていた。

「ティッシってば……今なにか言ったかしら？」

「アザリーも、黙ってはいなかったわよね……」

ぎしぎしぃ、となにやら不穏な音が食堂を横切る。

がた――これは、レティシャがその場で立ち上がった音だろう。

がたん――これは、アザリーがテーブルを蹴上げた音かもしれない。

そそくさと出口まで進んで、キリランシェロはハーティアと合流し、一度だけ振り向いた――さっきのテーブルで、レティシャとアザリーとが、おぞましい笑い声をあげながら対峙している。

「……もー知らん」

冷たくつぶやいてキリランシェロは、モップを肩に担ぎ、食堂を後にした。

純情編
馬に蹴られて死んじまえ!

キャロル・スターシアというのは、こんな少女である。

魔術士である。十五歳になる。《牙の塔》においては珍しく、被相続人――父親を持っている。その父親というのもやはり魔術士であり、しかも教師の地位を持っている。つまり彼女の所属する教室の教師である。

第三者から見れば、つまりこんなところである。例えばいつも部屋をきれいにしているとか、濡れた髪が似合うとか、次の外出日が何時《いつ》いつであるとか、そういったことにいちいち気づいている同世代の少年は、今のところひとりしかいない。

「――と、いうわけで」

窓枠に腰をあずけ、窓を背に腕組みして、アザリーは人差し指を立てた。

「突然現れて、突然去っていくものって知ってる?」

「…………」

キリランシェロは彼女を見つめ、いったい彼女がどんな反応を求めているのだろうと訝っていた――実を言うと、これを間違えるとしばしば身の回りに不幸が起きたりするので、それなりに重要なことではある。広い体技室の床に寝そべって、彼はあまり特徴のない少年少年した表情をきょとんとさせていた。

ふたりがいるのは、つまり屋内の運動場である。時として小規模な魔術を用いた戦闘訓練を行うこともあるため、かなりの広さがあるが、今はふたりの貸し切りである。アザリーは上級魔術士の標準の制服である黒のローブ姿だが、キリランシェロのはトレーニングウェアで、しかも汗で湿っている。自主トレーニングの最中だったのだ。

「それ、なぞなぞ？」

意味が分からず、彼は聞き返した。床から、彼女の顔を見上げている——くせのある黒髪、そしてどことなく人をからかうような、ブラウンの双眸。

弱冠二十歳の彼女が、実は《牙の塔》でも最強の魔術士のひとりであることを知らない者はいない。キリランシェロの所属するチャイルドマン教室の先輩のひとりであり、そして彼にとっては実質、姉のようなものである。

その彼女が、答えてくる。楽しくて仕方がないというふうに笑みを浮かべ、

「そうよ。でね、ヒ・ン・ト♪」

アザリーは言いながら、こちらの顔をのぞき込んできた。

「あなたのお友達の話よ」

「…………？」

よく分からないままキリランシェロは、上半身を起き上がらせた。

不安を覚えて聞いてみる。

「なんかまた、妙なこと考えてんの？」

「妙だなんてー♥」

無意味にくねくねとして、彼女は笑いを噛み殺していた。

「妙なことになってんのは、わたしじゃないの。実はね、とっても面白いことに、今朝気づいちゃったのよう」

いかにも怪しい彼女の言動に――

キリランシェロはなんとなく、どうせまたロクなことにならないのだろうと、胸中で覚悟を決めていた。


キャロル・スターシアというのは、こんな少女である。

どちらかというと小柄なほうだろう。最低でもひととおり以上の戦闘訓練を義務とされている《塔》の学生にしては、華奢でもある。細い赤毛をポニーテールにしていて、全体的にあまり飾り気がないのだが、左の目元の泣きボクロが、アクセサリーといえばアクセサリーなのかもしれない。

短い手足をばたばたと振り回して走るような、そんな少女である。実際、グラウンドのトラックを、友達と思しき似たような年齢の少女たちと走っているのだが、見ている限りでは足も速くない――むしろ目に見えて遅い――し、自分の身体を使いこなしているようにも見えない。

「それで……」

茂みの中に身をひそめ、キリランシェロは半眼でぼやいた。頭にはちまきのようなものを巻いて、そこに葉っぱ付きの木の枝を二本差している。もうトレーニングウェアは着替えて、黒のローブを着込んでいた。

「彼女が、どうしたってわけ？」

「うふふふふふ」

ひたすら怪しい笑い声をあげつつ、アザリー——彼女が差している枝は一本である。

「彼女のこと、知ってる？」

「そりゃ、まあね」

釈然としない気持ちで、キリランシェロは少女を眺めた。茂みの中から。

「ジニア教師の娘でしょ？　今は彼の教室に所属してる。まだ十五歳だから専攻はないけど、成績はかなりのところに食い込んでるんじゃなかったかな？」

「とうの昔に専攻を持っている年間首席のあんたが言うと、かなりの嫌みねー」

「誰もが望む教室長の地位を『めんどくさいから』の一言で蹴っちゃう姉をひとりでも持てば、ぼくまで似たような陰口をたたかれるのも仕方ないと思ってるよ」

「……なかなか言ってくれるじゃない」

「ま——まあ、それはそれとして」

あさってのほうに視線をそらしつつ、キリランシェロは続けた。

「彼女がどうかしたわけ？　ジニア教室とはほとんど馴染《なじ》みもないし、アザリーがいちいち陰険なちょっかいを出さなければならないような相手でもないと思うんだけど」

「……あんたひょっとして、わたしのこと嫌いでしょ」

うなるようにそう言って、彼女。が、急に機嫌を直して笑みを漏らし、

「で・も・ね。ちょっかいをかける理由は、ちゃんとあるんだから。まだ気づかない？」

「…………？」

言われてみれば観察するよりほかなく、キリランシェロは腑《ふ》に落ちない気分ではあったが、じっと少女に視線を集中した。キャロル・スターシアやその仲間がこなしているのは訓練でもなんでもなくただの運動で、身体をほぐすためのものである。見ているうちに彼女は走り、跳ね、たまに転びもした。

騒がしい。が、だからどうだというほどのものでもない。数分ほどしてからキリランシエロは、横で両拳を握ってわくわくした表情を浮かべているアザリーに向き直った。

「別になにも――」

と、その時だった。

「……なにやってんだ？　お前ら……」

頭上から声がかかる。

振り返ると、背後に――赤毛の少年が立っている。

「ハーティア」

キリランシェロが名前をつぶやくと、少年は怪訝そうに眉根を寄せて、

「ふたりでそんなトコに隠れて、なんなんだよ、いったい」

ハーティアはローブ姿ではなく、ただのトレーナー——彼は上級魔術士ではないのである。不思議そうにこちらを見下ろしている彼に、キリランシェロは自分でも答えが分からず頭をかいた。

「いや……ぼくにも分かんないんだけど……」

「でも、あなたには分かってるんじゃなぁい？」

唐突に、アザリーがにやけた声で言っている——ハーティアにである。聞いて、少しあわてるようにハーティアが声をあげた。

「な、なんのことだよ」

うめきながら後退りする。そのトレーナーのすそを、アザリーが素早くつかまえた。

「ところでわたしも聞きたいんだけどハーティア……あんたこそ、こんなところでなにしてるわけ？」

「いや、ぼくは別に、自由時間だから……」

「へえええええええ」

彼女は頭から枝を外しながら、ゆっくりと立ち上がった。じわじわと逃げようとしていたハーティアの肩をがっしりとつかむと、

「自由時間にグラウンドになんか出てきて、なにするつもりだったのかしらぁ？」

びくん、と、ハーティアが震える。

「と、特に目的なんて別にその……」

しどろもどろになっている彼を、キリランシェロはぼんやりと見上げていた。結局なんのことだかさっぱり分からなかったのだが――ほうっておけば、簡単にアザリーが口を割らせそうではある。

それを待てばいいか、などと思いつつ彼も、木の枝を外そうとした。その時……

「……どうかしたの？」

ふとした声の闖入《ちんにゅう》に、キリランシェロは身体をこわばらせた――が、その声には別に、たいした警戒も緊張も込められてはいない。だがそれでも多少は焦りつつ、キリランシェロは振り向いた。外した木の枝を両手に持って、茂《しげ》みの中から見上げると――

そこに、キャロルが立っていた。

間近で見ると、意外と目が大きい。その瞳が、こちらを見つめている。

「あ、その――」

茂みに隠れてのぞいていました。

その客観的な事実をどうごまかしたらいいのだろうかと思いながら、それでも実験的に口を開かなければならない。見ると、キャロルの背後にはジニア教室の生徒たちがずらりと並んで、思いっきり面食らった表情を並べている。そういったものの見本市か、展示品だとでもいうように。

（そりゃまあ、面食らうか……普通……）

冷や汗を垂らしながら、キリランシェロは独りごちた。《牙の塔》でも最高成績の黒魔術士が集まっているチャイルドマン教室の生徒がふたりも、草むらに身を潜めてノゾキをしているところを目の当たりにすれば、そんなものだろう。

ずらりと並んだ端っこに、ジニア教師の姿も見える。

（やばいかな、こりゃ）

「実は、これにはわけが……」

茂みから立ち上がり、キリランシェロは言いかけた――もっとも実は、その先をなにも考えついていなかったのだが。

と、

「い、いいいいいえ、べべ別にわけなんてないんですよ！」

アザリーの手を振り払い、ハーティアがうわずった声を発した。ごまかすように手を振りながら――そんなことでごまかされる人間がいたら見たいものだとキリランシェロは思ったが――、続ける。

「た、たただ、ささ散歩をしていいたら、か、彼女がここでいきなり落とし物をし、したので、探していたんです！」

一息で言おうとしながら一音節でふた呼吸はしているような有様で、ハーティアがまくし立てる。そばかすの残っているほおが、人種が変わったのかというくらいに上気して紅潮しているのが見えた。彼女、と言いながらアザリーを指さしているのだが、震えるその指の先で、アザリーはといえば気楽に頭の後ろで腕など組んでいる。

「落とし物……かね？」

聞き返したのはキャロルではない。その父親にして教師たる、ジニア・スターシアである。彼だけは生徒たちのような運動着ではなく、教師のローブをまとっている。痩せていて、正直なところ魔術士としては貫禄《かんろく》に欠けている感はある。

「えー、まあ、たいしたものじゃないんですけどね。私物です」

「も――もう、見つけましたからっっ！」

無意味な笑いを浮かべて言うアザリーを押しのけて、ハーティアが叫ぶ。

「お、おお邪魔して、も、申し訳ありませんでした！　で、ではっ！」

普段にない慇懃《いんぎん》さで頭を下げると、その姿勢のまま、アザリーを引きずって去っていく……

キリランシェロは、しばし呆然とふたりを見送ってから――

ふと、振り返ってキャロルの顔を見た。見ておきたかったのだ。

「……あなたは、なにか？」

なにか別の用事があるのか、と聞きたいのだろうが、実際にそう聞かれたならば、あるかもね、と答えたかもしれない。

にこにこ顔のアザリーと、その首根っこをつかんで逃げるように遠ざかっていくハーティア。またそちらを一瞥してから、キリランシェロはキャロルに向き直った。

「いえ、ぼくももう行きます。お邪魔したこと、本当にすいません」

言ったのは、ジニア教師にである。彼は少し不可解そうな面持ちではあったが、ああ、と軽く同意してきた。

それを機に、アザリーらを追って、その場を立ち去る。

その頃には、さすがに——

キリランシェロも、おおむね気づいていた。


「あなた、恋をしているわねっ！」

びしっ——

と突きつけた指先が、ハーティアの鼻先を軽からぬ力で押す。

アザリーはとてつもなく嬉《うれ》しそうに、ハーティアを問いつめていた。

「なっ……………！」

彼は、かなりあわてた様子でアザリーの指先から後退りすると、

「なにを根拠に——」

「コーエン教室のディードやチャントリー教室のドロシーが騒ぎを起こした時と、おんなじ顔をしてるんだよ」

冷静にキリランシェロは、ぽつりとつぶやいた。机の上に腰掛け、ひざにほおづえをついて。

三人がもどってきたのは、彼らの教室である――つまり、チャイルドマン教室だ。といって別段、ほかの教室と違いがあるわけでもなく、ごく標準的なただの部屋を使用している。適当に並べられた長机にパイプ椅子。白板には生徒の名前七人と、一番上にチャイルドマン教師の名前が書いてあり、各々の横にテープで今日の予定が貼りつけてあった。

チャイルドマン教師は――〝外出〟

そのため、生徒たちのほうはすべて〝自由待機〟になっている。

キリランシェロが知る限りでは、そのうち三人はいっしょに街に出かけているはずだった。そして、四人が《塔》に残っている。キリランシェロ当人、ハーティア、アザリー、そして――

「待て」

四人目である教室長フォルテは、それまで没頭していた事務仕事の手を休め、ふと顔を上げて口をはさんできた。

「今、非常にゆゆしきことを口にしたな、キリランシェロ」

ぼそりとした口調である。へたをすれば聞き逃すところだった――と思うのだが、不思議と彼の言葉が聞き流されたことは一度もなかったような気がする。なんにしろキリランシェロは、真っ赤になったハーティアの顔から視線を外し、振り向いた。フォルテは教室の一番後ろの机をよく使う。

「そんなに重大かな」

分かってはいたが、聞き返す。

フォルテは静かにこちらを見返し、落ち着いた瞳を揺らしもしない。どこか老けて見える男なのだが、年齢は確かアザリーといっしょだったとキリランシェロは記憶していた。

「重大だな」

再び書類にペン先を落としながら、彼。

「去年のドロシーの一件は、倫理審査委員会にまで事態《こと》が及んだ――それと同じだと？」

「あ……あれは！」

声をあらげて、ハーティアが叫ぶ。

「全部キリランシェロが悪いんじゃないか！　だいたい――」

「ちょっと待てよ、ぼくのせいにするのか⁉　だいたい人に代筆を頼んだりするのが悪いんだろ⁉」

キリランシェロは、ぱっと彼に向き直った。机から飛び降りて、フォルテに弁明しようとしているハーティアへと詰め寄る。

ハーティアは、だが対峙するようにこちらを向いて言い返してきた。

「なにがだよ！　あれはどう考えたって、お前に悪意があったとしか思えないぜ！　ぼくの名前を書き忘れるなんて――」

「忘れたわけじゃない！　お前のサインを真似るなんてできるかよ！　あんな驚異的に変形した意味不明ののたくり文字！　ただの名前に形而上学《けいじじょうがく》的意味を付与してどーするんだよ⁉」

「人のサインにケチつけるなよな！」

「それにしたって、彼女がたまたまぼくの筆跡を知っていて差出人を誤解したからって、そんなもんぼくの責任じゃないだろ⁉　そもそもお前が自分で書いてれば――」

「書けるかあんなもん、恥ずかしい！」

「ラブレターなんて代筆するほうがよっぽど恥ずかしいさ！」

と――

「まあまあ、ふたりとも」

仲裁に入ったのは、アザリーだった。彼女はにっこりと――だが思わず血の気が退《ひ》くほどの腕力でふたりの襟首をつかんで引き剝がすと、

「フォルテも、そんなに心配しなくてもいいわよ。不出来な後輩たちの後始末に忙殺されて不機嫌になんのは分かるけど、嫌わないでやってあげて。それに今回は、ちゃんとわたしが面倒見てあげようと思ってるしね」

穏やかに言ってウインクする。が、フォルテは書類から顔も上げずに、

「そうか。ところで今わたしがかかりきりになっているこの書類は、例のブレンドルの提訴を示談で終わらせるための申請書なのだがね。わたしは別に君のことが嫌いではないが、

あまり手間をかけさせせんでくれ」

「あっ……そ。あいつ、まだあきらめてなかったわけね」

少し困ったような顔で、視線を上げて虚空を見やるアザリー――

だが、彼女に首根っこをつかまれたまま、キリランシェロはきちんと聞きとがめていた。

思わず、ぞっとしながらつぶやく。

「アザリー……それって、どういうこと？」

「へ？　や、やぁね。あんたが聞くようなことじゃないわよ――」

「そーじゃなくって！」

キリランシェロは両手をわななかせた。

「さっき！――『面倒見てあげる』って……」

ちらりと見やると、ハーティアも、絶望的なまでに蒼白になっている。

だがアザリーは、あくまで気楽だった。

「なぁんだ、決まってるじゃない。可愛い後輩のためにね、あのキャロルちゃんのこと、わたしが協力してあげようと思って――」

「いやだぅあぅあああああああああああっ！」

突如として響いた絶叫は――

無論、ハーティアがあげたものだった。もはや顔色は蒼白を通り越して真っ白になっている。首をつかむアザリーの手首を両手でつかみ返し、振りほどこうとしているのだろう

――無駄な抵抗だが、ばたばたと暴れ出している。

「な、なによ急に騒いで」

びっくりして、アザリーがうめいた。彼女がひるんだ隙に、キリランシェロは彼女の手から抜け出した。

アザリーは、それに気づかなかったようだった――というか、気にしなかったのだろうが。暴れ出したハーティアを持て余すようにして、続ける。

「どうしたのよ――あ、痛《いて》っ！　爪立てたでしょ、あんた！」

「いやだぁぁぁぁぁっ！　ていうか絶対駄目だぁぁぁぁぁぁぁぁぁっ！」

答えずに、ただひたすら声をあららげて叫びつづける。地団駄を踏むように床を蹴っている様がひどく痛ましくはあったが、なんにしろアザリーにはその手をはなすつもりはないようだった。

分かっているのかいないのか、笑いかける。

「やーねー、もう。つっぱっちゃって」

「違うと思うけど……」

無駄だろうなとは思いつつ、キリランシェロは静かにうめいた。案の定、彼女はけらけらと笑いながら表情を崩しもせず、必死の形相で逃げだそうとしているハーティアを手首だけで引き寄せた。

「なによぅ。わたしに任せておけば大丈夫なんだってば」

「……例えば？」

うろんな視線を向けて、キリランシェロはぼそりと聞いた。アザリーは、一度軽くうなずいてから――

「えーとね……」

いきなり煮詰まったらしい。しばし考え込んで、

「いろいろとあったあげく、ちょっと目が虚ろになって返事も少し機械的になっちゃうんだけど、とにかく無条件にこっちの言うことを聞くようになるっていうのは、うまくいったうちに入るのよね？」

「い・や・だぁぁぁぁぁぁぁぁっ！」

一応聞いていたらしく、ハーティアがひときわ大きい泣き声をあげる。

アザリーは、ちらとうるさげに彼を見やってから、

「な、なによー。ティッシに任せたりするよりマシでしょ」

「どっちもどっちだぁぁぁぁぁぁっ！」

泣き叫びながらも、律儀に言い返している。一言で否定され、アザリーのこめかみにひとつ怒りのマークが浮かぶのが見えたが、ハーティアは気づいていないようだった。

「……どっちもどっちってことはないじゃない。やっぱりこーゆうポン引――じゃなかった橋渡しはさ、わたしみたいに信頼の厚いお姉様が適役だと思わない？」

「カケラも思うもんかぁぁぁぁぁぁっ！」

「で……でも実際、わたし、こういうことに協力して、お礼なんてもらったこともあるんだし――知ってるでしょ？」

「呪《のろ》いのメッセージといっしょに送りつけられた、フタを開けると同時に金釘《かなくぎ》と鉄球が爆裂四散するびっくり箱のことだろ⁉　忘れるもんか！　教室なんかで開けやがって、十二針縫ったぼくが被害のトップだったんじゃないかぁぁぁぁぁっ！」

「あ・ん・た・も――」

わめき続けるハーティアに、アザリーの怒りのマークがひとつふたつと増えていき――とうとう彼女は怒鳴り返した。

「うるさいわね！　とにかく楽しそうなんだからわたしにやらせなさいよっ！」

「本音が出たぁぁぁぁぁぁぁぁあっ！」

もがき苦しみ、ハーティアが絶叫する。と――

どすっ……

鈍い音とともに、いきなりハーティアの声が途切れた。見ると、いつしか彼の身体が、ふたつに折れている。その折れている下腹に突き刺さった右手の拳を静かに引き抜き――アザリーは、ふゥと息をついた。つかんでいた首をはなすと、力を失った少年の身体はその場にくずおれる。

「まったく照れちゃって……子供が意固地になると、説得にも手間取るわよね」

しみじみとつぶやくアザリーの口調には、微塵《みじん》の嘘も感じられなかった――どうも本気で言っているらしい。ぐったりと疲労感を覚え——実はなにもしていないのだが——キリランシェロは嘆息した。

「全然違うと思うけど……」

「文法が間違っている」

「……………」

外野からどうでもいいことを指摘してきたのは、フォルテである。見ると彼は、いまだ書類にペンを走らせながら、顔を上げてもいなかった。

キリランシェロは半眼になって、言ってみた。彼にというより、彼が休むこともなく動かしているペン先にでも言うつもりで。

「フォルテ……」

「なんだ？」

「アザリーを止められるのって、先生以外じゃあんたくらいなんだけど……」

「そうなのかもしれんが、わたしはこんなつまらんことで自分の生命健康を危険にさらしたくない」

「そう言うと思ってたよ」

キリランシェロは頭をかいて、彼に背を向けた。向き直ると、気絶してだらんと床に横たわるハーティアをつかまえて、アザリーがやたらと張り切った声をあげている。

「うーっふっふ！　わたしの協力を拒もうなんて理不尽で大それた妄想を抱くのが悪いの

よ！　ほらほらキリランシェロも探しなさいよ！　キャロルを観察していたわたしたちをこいつが発見したからには、この子も彼女を監視していたってことよ！　絶対いざというときに手渡す手紙かなにか持ってるに違いないわ！　ほーら、恥ずかしいなんて言いながら、やっぱり隠してた！」

と、ポケットからハートの封印がついた封筒を取り出して、問答無用でくずかごに放り込む。

「駄目よ、こんなつまんない方法！　わたしがちゃああんとお膳立《ぜんだ》てしたげるんだから！」

と、いうわけでキリランシェロ！」

彼女はいきなり顔を上げると、こちらの名を呼んだ。多少ビビりつつ、返事する。

「へ？……ぼ、ぼく？」

「あんた以外にあんたはいないでしょ。わたしはこれからいろいろと準備があるから、とりあえずこの子を蘇生《そせい》させといてね！　早くよ！」

言うなり、答えも待たずに立ち上がる。

「早くよ！」

アザリーはもう一度繰り返すと、さっと身をひるがえし、そのまま教室を飛び出していった。あとには——

白目をむいたハーティアと、呆然と立ちつくすキリランシェロ、そして、ただマイペースに紙を引っかくペンの音だけが残る……

否、それともうひとつ。

「……彼女は優秀な魔術士なのだが」

フォルテのつぶやきが、こぼれ落ちる砂のように滑らかに――ついでに乾いた音を立て――聞こえてきた。

「わたしとしては、もっと合理的になってくれればと思うな」

それをつぶやくと同時、それで結びだということを示すかのように、びっ――と勢いよく線を引く音が響く。多分、書類の末尾に記すサインを書き終えたのだろう。一拍おいて――というか、一拍しかおかずに――また別の書類を机に広げて、その表面にペンを落とすのが気配で分かる。フォルテという男は、決して休まない。少なくともキリランシェロは、彼がベッドに寝ころんだままエッグトーストをかじっているような場面を見たことはなかった。

だが、そんなことはどうでもよかった――

どうでもよかったのだ。

「結局……ぼくまで巻き込んじゃうわけか……？」

こちらも休むことなくなにかに巻き込まれている少年は、陰鬱な震え声で独りごちた。

この時点でハーティアの顔色は、真っ黒になっていた。

「――と、いうわけでっ！」

医務室で復活したハーティアの第一声は――いきなりそれだった。

というか、夢の中でひとり議論していたのだろう。がばっと腹筋だけで上半身を起こし、拳を握って断言する。

「ぼくらは大陸で最強の魔術士と戦わなければならなくなったわけだ！」

「………………」

びしゃっと顔面に張り付いてきた濡れタオル――ハーティアが起き上がった際、額からはねとばしたものだ――を、ゆっくりとはがしながら、キリランシェロは静かに彼を眺めていた。一応付き添いということで、看病をしていたわけである。ハーティアは興奮したようにというよりむしろ、なにかとてつもなく追いつめられ引きつった形相を見せている。赤毛の髪までもが震えているようだった。

目を見開き、こちらを見ずにただ真正面を見据え、ハーティアは続けた。

「彼女が行動を――なんにしろ破滅的な行動を起こす前に、速やかに排除しなければならない！」

尋常ではない目の色で、叫ぶ。

「ぼくが考案した作戦を発表しよう！　まずは火力だ――硝酸アンモニウムと燃料油を混合して作製した爆薬を、彼女の歩きそうな廊下に仕掛ける！　密閉空間における爆殺力は彼女の防御能力を上回る可能性が高い！」

「……なあ……ハーティア……」

キリランシェロは力なくつぶやいた。

が、ハーティアには聞こえなかったのか、制止するにはいたらなかった。

「そして作戦第二弾！　毒殺だ！　いかな魔女といえど、日常にさりげなく配置された致命的な毒物を回避する手段はない！　第三弾！　事故死に見せかけた完全犯罪！　第四弾！　遺産相続がからむ湯煙殺人事件！」

「いや……あのな」

「第五弾はいわずもがな、嵐のため陸の孤島となった山荘を襲う殺人鬼！　第六弾！　今度は戦争だ！　復活した殺人鬼が街に下りてきた！」

もう既に、まったく意味が分からなくなっているハーティアの言動に耳を傾けるのはあきらめて――キリランシェロは、深々と嘆息した。手に持っているメモに視線を落としながら、

「とっくに彼女、行動を起こしてるみたいだぞ……」

「なにぃぃぃぃぃぃぃぃっ!?」

それを聞いてようやく、ハーティアは正気を取りもどしたようだった。叫びながら、ぐるりとこちらに顔を向ける。

キリランシェロはメモを見せてやりながら、同時にそれを読み上げた。

「『当方、そちらの重大な秘密を知るものなり。秘密を守りたくば、今後廊下ですれ違うすべての赤毛の男に見境なく抱きついてキスすべし』」

メモはアザリーの筆跡である。あまりうまくはない。くせ字でしかも字間がほとんどなく、はっきり言って読みにくい。彼女のレポートがしばしば書き直しになるのはそのせいだということをキリランシェロは知っていた。

「これを、キャロルに渡しとけっていわれてたんだ」

「…………………」

メモをのぞき込み――わなわなと肩を震わせて、ハーティアは無言だった。顔を見やると、怒りたいのか泣きたいのか、そんなような表情を浮かべている。やがて、ゆっくりと深呼吸し、それでもなお多少の震えを残してはいたが……彼は、あごの下の汗をぬぐうような仕草をして、うめいた。

「な……なんにしろ、危ういトコだったな――感謝するよ。こんなもの本気で渡したら、正気を疑われるぞ、まったく」

「そだな。字が汚くて読みにくいから、清書してポストに入れといたよ」

びしっ――

ハーティアが、ひび割れる。

「……………………………」

彼がひどく長く沈黙している間、キリランシェロはぼんやりとその友人の顔を眺めていた。最初の数分は、まるで変化なし――その後少し、表情が動いた。やがて身体が振動を始め、次第にあちこちに血管が浮かび出す。最後に涙をこぼしながら、ハーティアは不気味にうごめく手をこちらに向けてきた。

「キィィィリィィィラァァァンンシェエロォォォォ」

「ハーティア……」

されるがままに首を絞められながら、キリランシェロは落ち着いて告げた――こちらもまた、彼の涙に応えるように、閉じた目からぽろぽろりと涙をこぼす。

「アザリーに逆らえるわけがないだろ……」

「うっうっ……ぼくたちって虫けらだ……」

とたんに力を失い、ぱったりと腕を落とすハーティア。

ぽん――とその肩に手を置き、気の毒そうな目つきで、キリランシェロは諭した。

「ま、こーなってしまったからには、これはもう野良犬にでも噛まれたんだと思うことにして、生まれ変わったつもりで新しい人生をだな……」

「そんなんで納得できるかぁぁぁぁぁぁっ！」

ハーティアが叫びながら、ベッドに立ち上がる。

「だいたいだ！　なんで、ぼくがこんな目にあわなけりゃならないんだ⁉」

握り拳を燃え上がらせて、憎々しげにそう問いかける――といって、こちらに聞いてきたわけでもないだろうが。だがあえてキリランシェロは、小さくぽつりとつぶやいた。

「アザリーの気まぐれは本気で唐突だから……」

「その唐突な気まぐれで、ぼくらは何回泣いてきた⁉」

「たったの三回だよ……今週はまだ」

「ことあるごとに、ぼくらは泣き寝入りをしてきた！　それがいけないんだ！　二度とこんなことをさせないためにも――ぼくたちは戦わなければならないっ！」

「まあ、そーかもな」

「これは未来への遺産を賭けた戦いだ！　決して負けられない――って、おい！　キリランシェロ、どこへ行くんだよ⁉」

その時にはキリランシェロは、とうに席を立って出口に向かっていた。ベッドの上から呼び止めてきたハーティアに、首だけ回して視線を返し、彼は冷静に答えてやった。

「いや、まあ……お前がアザリーと戦うとか危ないこと言っているから、とばっちりを受けないように遠くに逃げようと思って」

「お前……実は薄情だろ……」

ハーティアは、かなりごっそりと気をそがれたようではあったが、

「だがお前、そーゆうことでどうするっ⁉　このまま一生、あの女の気まぐれに人生を食いつぶされ続けて生きていくつもりか⁉」

「いや……さすがにそれは……」

「そーだろ⁉　いつかは決別しなけりゃなんないんだ！」

「まあ、そーかもね」

「つまり！　これはぼくたちの聖戦だ！　決して負けられない――って、うわぁ！　どこ

に消えたんだよ、キリランシェロ⁉」

その時にはキリランシェロは、とうに医務室から姿を消していた。音もなく閉じた扉の向こうから、絶叫じみた声で騒いでいるハーティアの声が響いてきている。それを後ろ耳に聞きながら、彼は独りごちていた。腕組みして、てくてくと廊下を進む。

「ま、よーするに、合理的にやればいいんだよな。もうこの時間なら、寮にもどってるだろうから――」

彼は《塔》の玄関へと足を向けていた。

大陸魔術士同盟――

つまりは大陸西部における黒魔術士たちの小さな社会である。そこで性差廃絶主義という単語がもてはやされ始めたのは、ほんの数十年前のことだという。

まあ、それはそれとして、そういった思想が幅を利かせたところで事実として《牙の塔》の学生寮は四棟あり、男子寮と女子寮に分かれている。ただしそれぞれの訪問には制限はなく、男子学生が女子寮に遊びに行ったところで誰に止められるということはない。

というわけでキリランシェロは、女子寮A館の廊下を歩いていた。

女子寮であるからどうだというものでもなく、造《つく》りそのものはキリランシェロが寄宿している男子寮と変わらない。こんな郊外まで清掃業者を来させるのは経費がかかりすぎるということで当番制で掃除をしているのも同様である。よって汚れ具合も大差なかった。

エレベーターは巻き上げ機を動かす人間を随時雇うのが馬鹿馬鹿しいということで、もう何年も稼働していない。四階までを階段で上ると、キリランシェロは入寮者の名前が書きだしてある案内図を調べた。端のほうの部屋に、目的の名前を見つける。

無論——キャロル・スターシアである。

先ほど、例のアザリーの脅迫文（としか呼びようがない）をポストに入れた時にも来ているため、間違いない。

（結局、簡単なことなんだよな）

鼻歌でも唄《うた》うような気分で——実際は黙っていたが、とにかく気楽に彼は歩き出した。キャロルの部屋へと。

（アザリーが妙に暴走するより早く、彼女にハーティアのこと教えてやればいいんじゃないか。だいたいアザリーは、ことが終わっちまえば飽きるのも早いから……）

廊下で〝偶然〟見かけることの多いあの男——確かフォルテはブレンドルとか言っていたか——の顔を思い出しながら、キリランシェロはひとりうなずいた。アザリーがやりたがっているのは、つまりハーティアとキャロルの橋渡しなのだから、結果がどうなるにしろその役目が必要なくなってしまえば、もっと別のこと——ひらたく言えばもっと面白そうなこと——に興味が移るに違いない。あっさりと。

（まったくいつも姉さん面してるくせに、面倒見てるのはぼくなんだから……）

そんなことを思いながら嘆息する頃には、目的の部屋の前に着いている。

寮で個室を持てるのは上級魔術士だけである――というのは、実は当事者たちすらも陥りがちな誤解だったりする。キリランシェロは、あまり上等な部屋ではないが個室を持っていた。アザリーやフォルテは無論だし、キリランシェロのもうひとりの姉、レティシャも持っている。対して、上級魔術士の資格を持っていないハーティア、コミクロンは同室だった。

これだけを見れば、確かに上級魔術士だけが個室を持っているようではある――が、真実のところは、寮の部屋割りは事務の生活部の独断であり、その編成をする際に、生活部がなんとなく上級魔術士を優遇しているというだけのことである。ちなみに上級魔術士とは《塔》で教師助手以上の役を負っているか、もしくは著しく成績の優れた者に贈られる、名誉称号のようなものだった。

言うまでもなくキャロルは上級魔術士ではないが、個室をあてがわれている。ジニア・スターシア教師の影響だろう。親の七光りと言ってしまえばそれだけのことだが、強力な魔術士の二親等以内の親族は、やはり強力な魔術士であることが多いため、まったく無根拠のひいきというわけでもない。

キリランシェロは扉を見上げた。プレートにキャロル・スターシアの名前があることを確認してから、ノックする。

「はーい」

扉の向こうから、彼女の声。ぱたぱたと足音が近づいてくる。

（なんて言えばいいのかな）

気軽に考えながら、扉が開くのを待つ。本音を言えば他人事なのだから、ハーティアのことを聞かされて彼女がどんな顔をしようと知ったことではなかった。ただアザリーが暴走を始めると、そのやっかいごとはおおむねこちらに降りかかってくるので、それは防止しなければならない。

（ま、いーか。そのまま言えば）

と、ドアが開く――

「誰ですか？」

「いえ、別にたいした――」

なるたけ穏やかな表情で、挨拶をしようとして――

キリランシェロは、とっさにドアのノブをつかむと、力任せにばたんと押しもどした。

「…………」

沈黙。ぞっと背中を湿らせる冷や汗を感じつつ、沈黙以外にできることはない。

（見えた……よな）

はっきりとそれを見たから、身体が反応したのだ――そのことを彼は完全に自覚していた。戦闘訓練ではままあることだ。身体が動いてから、自分がなにをしたのか理解する。

危険信号に身体が震えている。

そして扉が――再び開いた。

少し不思議そうに、少女の顔がぬっと現れる。キャロルである。ここまではいい。

「どうかしたの?」

「いや――あの――」

キリランシェロは凍り付いた顔面をなんとかほぐそうと思いながら、引きつった笑みを浮かべた。

「部屋の中に……誰かいましたか?」

と、聞いてみる。キャロルはにっこりと笑って答えてきた。

「ええ。アザリーさんが来てるわよ」

「遅かったか……」

キリランシェロは静かに静かに静かに静かにため息をつくと、自分の額を軽く撫でた。

ふっと顔を上げ、こちらの言葉の意味が分からずにきょとんとしているキャロルの瞳を見返すと、しっかと彼女の手を握り、

「ぼくは通りすがりの新聞拡販員で、これからすぐに退散します」

「え?」

すっとんきょうな声で、彼女は聞き返してきた。

「でも、あなたは――」

「いいえ。なんだったら先週出所したばかりの特殊な訪問販売員でも構いませんから、アザリーにはそー言っといてください」

「……ええ……まあ、いいけど……」

　合点がいかないのだろう――当たり前だが――中途半端な表情で、キャロルがうなずく。

　キリランシェロはかぶりを振って、悔やみの言葉を述べ立てた。

「これから君の身に、いろいろと、くそやっかいなことが起きるんじゃないかと推察します。不幸なことですが……」

「そ、そうなの？」

「ぼくもそれを防ごうと尽力するつもりでしたが、もう遅かったようです。まあ、こーなってしまったからには、これはもう野良犬にでも噛まれたんだと思うことにして、生まれ変わったつもりで新しい人生を――」

「それ……どーゆう意味なのよ」

　ぎしりっ――

　聞いてはならない声を聞き、キリランシェロは一気に硬直した。見上げると、キャロルのすぐ後ろにアザリーが立っている。

　固まって身動きがとれないこちらに代わり、キャロルが、くるりと振り返る。

「あ。アザリーさん」

「ちょっといいかしら」

　一言断りを入れてから、アザリーは彼女を押しのけると廊下まで進み出た。それに合わせて、こちらも後退りする。長身のアザリーは、彼よりもいくらか背が高い――その彼女の顔を見上げながら、キリランシェロはじっと彼女の言葉を待っていた。

さほど待つ必要もなかった。

「この件はわたしに一任するってハーティアも快く承諾してくれたの、あなたも見ていたんじゃなかったかしら？」

キャロルには聞こえないように、声をひそめて言ってくる。汗がほおをつたうのを感じながら、キリランシェロはぼそりと答えた。

「なんか絶叫してたのは聞いたけど、そーゆう内容じゃなかったような……」

「最後は感極まって卒倒しちゃったりもしてたわね」

「卒倒……っていうか、みぞおちに拳が突き刺さってたから、息ができなかったんじゃないかな……」

「……キリランシェロ」

彼女の最後の一言は、普通の声だった——つまり、かなり強い口調だった。真顔でじっとこちらを見据え、背後に炎など燃え上がらせて、

「ど・う・し・て・わたしに逆らうのかしら？」

「うっ……」

言葉を失い、キリランシェロはうろたえた。彼女を怒らせるのは絶対にまずい——

（でも……！）

ブラウンに輝く彼女の瞳を見つめ返しながら、キリランシェロの脳裏にはハーティアの

言葉が蘇《よみがえ》っていた――『このまま一生、あの女の気まぐれに人生を食いつぶされ続けて生きていくつもりか？』

しょせんはハーティアの言葉である。成り行きで深い意味もなく口走ったに過ぎないのだろうが、なぜだか今日に限っては、なにか重大なことを含んでいるようにキリランシェロには思えていた。このまま一生――というのは重い言葉だ。どこかで決別しなければ、ということも同様だろう。まさか将来、実際に彼女の気まぐれに人生を食いつぶされることなどあり得ないだろうが――

（目先の安全を取って魂を売るか――それとも、もっと大きな勇気を手に入れるかだ）

キリランシェロは、即座に決心した。

「だからさ。ぼくもなにか手伝えないかと思ったんだ」

と、魂を売る。

「あら、そう？」

アザリーはすぐに、機嫌を直して笑顔を見せた。

「なら、今ちょうど彼女の飲み物に薬を入れたところなの。あとは口に含みさえすればってところで、あなたが来ちゃったから」

「だから……ハーティアが望んでるのって、そういうことじゃないと思うんだけど……」

「ねえ……」

少し離れて、キャロルが声をあげる。

「ふたりとも、なんか変な音が聞こえない？」

その、刹那だった。

彼女の言葉が現実に化けたとでもいうように、不気味な音がその場に響く。

がしゃあああん……

金属音である。金属の塊が、やはり硬質の物に当たる音。

さらに言うならば、全身甲冑《かっちゅう》が階段を上ってくるような音だった。

「………………」

キリランシェロは、アザリーと顔を見合わせた。果たして、音は階段のほうから聞こえてきている。

がしゃあん……

音は、もうかなり近くなっていた。とはいえキャロルの部屋は階段からは少し離れており、その部屋の前にいる三人の位置からでは、階段は死角である。

また何度か無機質に響いてから――音は、唐突に止まった。

「なんだ……⁉」

なにか、悪寒のようなものが背中を走り抜ける。冷たくはあるが、身体を凍らせるものではなく――キリランシェロは瞬時にアザリーを押しのけ、飛び出していた。

「危ないっ！」

理性的な判断というわけではないが、とっさの場合でも論理的な行動を取れるようにするのが、訓練というものである。アザリーならば、たとえキリランシェロ自身が切り抜けられないような事態でも、自力で防衛するだろう――が、キャロルはそうもいくまい。そういった選択だった。キャロルの腕をひっつかみ、抱え込むようにしながら魔術の構成を編み上げる。

「我は紡ぐ光輪の鎧！」

呪文を叫んだキリランシェロとキャロルの周囲に、光の鎖を組み合わせた障壁が現れるのと――

同時である。さっき彼に押しのけられたときに顔面から壁にたたきつけられ、痛みにうずくまっていたアザリーが、爆風に吹き飛ばされるのとは。

「凪よ！」

聞こえてきた呪文の声には――聞き覚えがあった。

ただ、それどころではなかった。衝撃波の爆裂はせまい廊下を内側から膨張させて、薄っぺらな壁にたやすく縦横にひび割れを走らせる。爆音に寮全体が震え、キリランシェロは防御障壁を通して、その爆発の威力を知った――並の魔術の規模ではない。

そう。言ってみれば、対象の身体を完全に木っ端微塵にしようとして放たれたというほどのものだ……

なんにしろ、爆発は寮の廊下をめちゃめちゃにして治まった。キリランシェロも、障壁を消す。壊れた壁の亀裂から、青天の霹靂《へきれき》（そのままだが）に仰天した部屋主が、普段着で顔をのぞかせている。

キリランシェロもあたりの惨状にぞっとしながら、階段のほうへと視線をやった。

「やっぱり……」

と、うめく。

だが、階段のあるところから姿を現したのは――

「お前……なんのつもりだ？　それ……」

キリランシェロは、唖然として彼に聞いた。

返事は返ってこない。

見たままを言えば、全身甲冑で階段を上ってくるような足音は、つまり全身甲冑で階段を上ってきたために聞こえてきたものだった。最重量級のプロテクト・アーマー――ドラグーン装備より二段階も上の騎馬装備である。実際、それを着込んで歩こうなどと考えるだけでしばらく笑い者になりそうな代物だった。いわんや階段を上ってくるなど、むしろ愚かを大きく通り越して崇拝の対象になりかねない。総重量は軽く百キロを超える。見た目も、鉄瓶を無数に組み合わせたような鈍重なシルエットである。練習用のものを倉庫から引っぱり出してきたのか、塗装はあちこち剝げていた。

もちろん頭部も完全にヘルメットとマスクとで覆われている。キリランシェロが、その甲冑の中にいる人物が誰であるかに気づいたのは、単に声に聞き覚えがあったからに過ぎない。

言わずもがな、ハーティアである。

「ふっふっふっ……」

がしゃこがしゃこと装甲を揺らしながら、かなり苦しそうにではあるが、ハーティアが笑い声をあげる。

「人のささやかな幸福を食い物にする毒婦めが……今日という今日はもう許さんぞ……」

それを聞いてようやく、キリランシェロは大事なことを思い出した――妙なものを見たせいで、神経が麻痺《まひ》していたのだ。ハーティアの魔術が吹き飛ばしたあたりを、あわてて見やる。

そこにはうつ伏せに倒れたアザリーが、がれきに埋もれていた。

思わず拳を握り、感嘆の声をあげる。

「天魔の魔女アザリーを一撃で！　なんたる破壊力！」

「恋の成せる業かしらねー……」

うめきながらアザリーが、むっくりと起き上がる。それを見て、キリランシェロは少し肩をコケさせた。

「なんだ……たいして効いてないんじゃんか」

「なワケがないでしょ。コブができちゃったわよ」

「コブって……」

彼女といっしょに爆砕された壁は、粉々になっている。同等の威力を彼女も受けたはず

だった。完全には防御できるようなタイミングではなかったはずだが。

だがそれでも防御していたのだろう――魔術に関しては教室内でもずば抜けた力を持っているアザリーである。彼女は甲冑のほうに向き直ると、不敵に笑みを浮かべてみせた。

「なかなかやるようになったじゃない、あんたも」

「ふん」

がぎょり、と鎧のパーツを軋ませて（身構えたのだ）、ハーティア。

「殺してでも勝つからな。今日だけは……」

完全にまったく塵ほどのしゃれもなく、まるっきりひたすら頭から尻まで、混じりっけなしの本気の声音で、そううめく。

いきなりの爆音に驚いて、近くの部屋からそろそろと顔を出している寮の住人たちの環視の中、ふたりの対峙は続いていた。と、

「あのぅ……」

声をかけられて、ようやくキリランシェロはキャロルのことを思い出した。彼女は彼の後ろで小さく肩をすぼめながら、甲冑を指さしている。

「ああ、まあ、これが多分、さっき言ったくそやっかいなことなんだけど……」

適当に、説明になっていない説明をキリランシェロがしていると、キャロルは顔をしかめてあっさりとつぶやいてきた。

「でもあれ、ハーティアさんでしょう？」

ずるっ——ごがしゃんっ！

派手な音を立てて、甲冑がその場でコケる。

転んだついでに自分の重量で床をへこましながら、もたもたと起き上がろうとしている。

それを見やって、キリランシェロは頭をかいた——困ったように。

「あ……れ？　そんなにすぐに分かっちゃったの？」

「はあ」

うなずくキャロルに、キリランシェロは腕組みした。

「あいつ、正体を知られたくないばっかりに、あんなくそ重い代物着込んできたんだろうに……」

そうだそうだというように、甲冑がうなずく——起き上がろうと全力を振り絞っているため、声が出せないのだろう。

特に気にせず、キリランシェロは聞いた。

「でもなんで分かったんです？　見ただけじゃ分からないと思うんだけど」

「え？　まあ、成り行きを考えれば、ここに現れるのは、彼しか……」

「そりゃまあそうだけど」

うなずきかけてふと、胸のあたりに引っかかる。

（成り行き……？）

成り行きって、なんのことだ？

自問する。アザリーの口振りからすれば、彼女はまだなにも知らされていないのだとばかり思っていたのだが。

が――

「ぬぅぅおおおぉうりゃあああああああっ！」

すさまじい雄叫《おたけ》びとともに、ハーティアが復活する――といって、コケたから起き上がったというだけなのだが。惜しむところなどカケラもないとばかりに気勢をあげて、重甲冑ハーティア（命名）は仁王立ちになった。

そして――背中に手を回し、なにかを取り外す。甲冑自体がずんぐりしているため気づかなかったが、そこにはこん棒がくくりつけられていたようだった。それも二、三十キロはありそうな、ごつごつした一品である。

それを振り上げるハーティアに、アザリーが鋭くつぶやく――

「あら」

と、軽やかに右手を振り上げて、

「今度は当然、わたしの番じゃないかしら」

言いながら彼女が――瞬時に――魔術の構成を編み上げているのが、キリランシェロにもはっきりと見えた。というより、その場にいた魔術士たち全員が、否応《いやおう》なく知っただろう。見逃すはずがなかった。圧倒的に巨大で、息が詰まるほど精細な、そしてなによりも、鋭く攻撃的な構成が完成する。

すべてほんの一瞬。

「波紋よ！」

彼女の呪文は津波のように一気に吐き出された。

それと同時――ふっ、と突風のような気配が、一直線にアザリーからハーティア、さらにはそのはるか後方へと貫いていく。

さらに同時――

大爆発が起こった。

無形の大破壊が、あたりの壁を粉々に打ち砕く。先刻のハーティアの魔術など比較にもならない規模で、なにもかもが砕け散った。見える範囲のものすべてが、自ら分解していったとでもいうような、あまりにも速やかな破壊である。破壊の渦はアザリーの立っている場所から螺旋《らせん》を描いてハーティアのもとまで達し、ハーティアもろとも廊下を爆砕させて、その余波をもっと広範囲にばらまいた。音のない悲鳴が、音のない爆裂にも劣らずに場を包む。

「わあああああああっ！」

キリランシェロはとにかく絶叫して、キャロルをかばっていた。魔術を展開する暇もない――通常、攻撃する側よりも防御する側のほうが、早く魔術を発動できる（守るほうが構成が単純なのである）。だがそれにもかかわらず、まったく身動きすら取れなかった。

やがて、破壊音は遠くへと通り過ぎていく……

「連鎖《れんさ》する自壊《じかい》……」

アザリーの静かな声音が、鼓膜にとどいて初めて――キリランシェロは、彼女の魔術が終わったことを知った。

顔を上げる。彼女は微笑だか冷笑だかを浮かべて、床に倒れたハーティアに告げた。

「絶対に避けられない」

誰も答えない。そもそも床に倒れているのは、ハーティアだけではない。顔を出していた女魔術士たち、ほとんどみんながである。キリランシェロもまた床から起き上がりつつ、不可解な振動音を耳にした。

ごごごごごごごごご……

手をついている床が、小刻みに揺れている。と、ずどぉおおおん、と振動は轟音に化け、寮全体が激しく一度だけ跳ねた。舌を噛みそうになりながら、不意をつかれてまた転ぶ。と、その目の前を、倒れたバケツがごろごろと転がっていった――廊下の一方へと、いつまでも。

寮の建物が傾いたのだ。

「めちゃくちゃだ……」

ぐったりと、キリランシェロは毒づいた。レベルが違いすぎる。

破壊された廊下に、ただひとりなにごともなかったように立ったまま、アザリーはじっとハーティアを見つめている。

「あ……！」

キャロルが、驚いたように声をあげていた。彼女の視線を追うと、ハーティアが、ゆっくりと立ち上がろうとしている。

力を失いながらも――しっかりと。

そのハーティアに、アザリーが、今度は無言で右手を向けた。

「やめて！」

叫びながらキャロルが飛び出すのを、キリランシェロは止められなかった。つかもうとした手をすり抜け、彼女は例のあまり速くない足でハーティアのもとに駆け寄っていく。

両腕を広げてハーティアをかばう少女を、アザリーは少しうるさそうに見下ろした。

「やめて！　勝負はついたでしょう⁉」

アザリーは、ただ少し表情を変えただけだった。つまり――

どうしたもんかな、この子。そんな表情に。

そのまま呆れた声を出す。

「勝負なんてついてないわよ」

「だって！　もうこんなにふらふらで――」

「鎧が重くて立ち上がれないだけよ」

あっさりとつぶやくアザリーのせりふに、キャロルの身体が動きを止める。

彼女が気づいたかどうかは知らないが、同様にハーティアの動きも止まっていた。

「は？」

間の抜けた声で聞き返すキャロル。アザリーはあくまで淡々と、

「だってわたし、さっきの魔術、彼には当ててないもの」

「……………」

キャロルは絶句して、彼女を見上げている。そもそも当たり前の話で、これだけの威力の魔術が命中していたのならば、甲冑を着ていようがなんだろうが命があるはずがない。

つまり――

キャロルが半眼で、アザリーを問いつめた。

「じゃあアザリーさん、ただ単に意味もなく壁を壊しただけなの？」

「あ。いや、まあ……そーいえば、そういうことになるかも……」

多少はうろたえた様子で、アザリーが腕を下ろす。

と、その時にはハーティアが完全に立ち上がっていた。

「アザリー！」

大声で、叫ぶ。アザリーも、そしてアザリーに詰め寄ろうとしかけていたキャロルも、その場で足を止めた。振り向くキャロルに、マスクの奥からハーティアが告げる。

「……どいてくれ。決着をつけなければならないんだ」

「そんな！」

せっぱ詰まった声で、キャロルが叫んだ。

「死んじゃうわよ、いくらなんでも！」

「死なない」

ハーティアの声は、静かだった。死を覚悟しなければあり得ないほどの静かさ——そしてもちろん、百キロ以上の甲冑を着込んで動き回り、もう余力がない時にも匹敵する静かさである。

彼はそのまま、こん棒を掲げた。

「あんたを……倒す」

その一言は、アザリーに向けたものだ。キャロルが我知らず後退りし、対峙するふたりの間から外れる。

（魔術では敵いっこないから……接近戦で勝負する、か。まあ確かに、いくらアザリーでも素手じゃ甲冑を破れないよな）

ひとりで立ち上がり、キリランシェロは分析していた。

（問題は、あの甲冑を着けたまま、どれだけのスピードで彼女に接近できるかだ。到着する前にアザリーが魔術の構成を編み上げれば、ハーティアにはそれを防げない……）

依然《いぜん》としてハーティアが不利である。その不利さを埋め合わせるためには、一刻も早くアザリーに接近すること。

だが、ハーティアは動かない。こん棒を掲げたまま、じっと立っている。

理由は非常に分かりやすかった。アザリーが、ぽつりと聞く。

「あんた、鎧が重いから歩きたくないんでしょ」

「うん」

意外にあっけなく、ハーティアが同意する。

はあ――と呆れて、アザリーが嘆息した。それが隙だった。

瞬間、ハーティアが左手でなにかを放る。軽く、真上にである。壁が壊された際のがれきのひとつだったのだが、それは幅のせまい放物線を描くと、またハーティアの手元へと落下してきた。ハーティアは、こん棒をバットのように構えている。

「食らえぇぇぇぇっ！」

フルスイング。小さな音。こん棒ではじき飛ばされたがれきは、かなりのスピードで、アザリーへとまっすぐに飛んでいった。

しゅっ――！

彼女が、なにも反応できないでいるうちに、がれきは彼女のほおをかすめていく。

彼女の後ろの壁に、がれきが当たって落ちる。アザリーのほおから、つうっと一筋の血が垂れた……

「…………」

アザリーが、顔を上げる。血をぬぐいもせずに。

「動けないふりをして、わたしの隙を誘うとはね……」

唇は動いているが、表情は微動だにしていない。凍り付いた笑みと怒気とが膨れ上がりている。

「どうやら、本気……みたいねぇ……」

総毛立つ形相で――アザリーは、そう告げた。こん棒を再び構えて、ハーティアは一歩も退《ひ》かない。

「もとより、そうだよ」

「あああ」

その真ん中で、キャロルがうろたえてふたりを見比べている。が、ふたりとも、彼女のことはもう既に眼中にないようだった。

「最後の勝負だぁぁぁぁっ！」

ハーティアが雄叫びをあげて、こん棒を頭上でぐるぐると回転させはじめた。

「受けて立とうじゃないの！」

びし、とアザリーも、ファイティングポーズを取ってみせた。

「わたしに刃向かうことの愚かしさを教えてあげるわよ！」

「上等ぉぉぉぉぉうッ！」

大きく回転するこん棒は、空気を切り裂くかん高い音を響かせて――

「ちょっと――」

制止の言葉など無視して、だんだんと速度を増していく。

「ふたりとも待ちなさいってば！」

キャロルがハーティアを止めようと一歩を踏み出した、その時のことである。

すぽっ――と軽い音を立てて、ハーティアの手からこん棒がすっぽ抜けた。回転し、勢いよく飛んだこん棒は――

ぼぎんっ！

キャロルの頭を直撃した。

「き――」

悲鳴もあげられずに、キャロルがその場に倒れ伏す。べったりと大の字のポーズで、顔面から廊下に潰れ――

そのまま、とてつもなく深く、すべては沈黙した。

「…………」

場が、凍り付いた。それはそうだろう。

キリランシェロはひとり冷静に、キャロルへと駆け寄った。彼女はその場の静けさを体現するかのように、ぴくりとも動かない。

しばらく彼女を観察してから、ぽん……と、キリランシェロはハーティアの肩をたたいてやった。ハーティアは無反応だったが、落ち着いて告げる。

「ハーティア……いきなり現れ、いきなり去りゆくものって知ってるか？」

「短い恋だったわねー……」

と、アザリー。同じくハーティアの肩に手を置き、遠い眼差しで虚空を見つめている。

「突然あきらめるなぁぁぁぁぁっ！」

ハーティアの絶叫が、半壊した女子寮にこだました……

一時間後。キリランシェロは窓に張り付いていた。

医務室の窓を、外からのぞいている。医務室のベッドには、頭を包帯で巻かれたキャロルが寝ていた。そのベッドサイドに腰掛けているのはハーティアである。

キャロルを運び込んでから、怒り狂ったハーティアに部屋を追い出されて、キリランシェロは仕方なく外からこっそりのぞくことで我慢していた。幸いハーティアはキャロルの看病に気を取られていて、窓のほうには振り向きもしない。

と――

「う……うん」

寝返りを打って、キャロルが薄く目を開けるのが見えた。窓は半開きになっており、中の声もはっきりと聞こえてくる。

「あ、気がついた？」

ハーティアが、さっと立ち上がって――座ったままでも良さそうなものだが――、彼女に聞く。

「え…………？」

まだなおぼんやりとした眼差しで、キャロルが彼を見上げた。

「あなたが……ずっと、いたの？」

寝起きの声。ハーティアが、さらにあわてるのが窓の外からでもうかがえた。ばたばたとせわしなく身振りを加えて、わめく。

「あ、いや、その——それはつまり、教室の人にも言おうと思ったんだけど、みんな出払ってるらしくて——お父さんも、なんか、手がはなせないことがあるとかで、だからまあ、ぼくしかいなかったわけで——でもジニア教師は、すぐ来るって言ってたから……」

「そう……」

長々としたわめき声に一言で答え、彼女は頭を押さえながら起き上がった。神妙に顔をしかめて、ハーティアが申し訳なさそうな調子で声をかける。

「あ。まだ痛む……かな」

「ううん。別に」

「応急手当てはしたんだけど——いつもキリランシェロ相手に適当にやるだけだから、こんなことならもうちょっとまじめに習っておけば良かったよ」

（あんにゃろ……）

キリランシェロは窓枠にかじりついて、胸中のメモに今の一言をしっかり書き記しておいた。

ハーティアは気づかずに、やはりわたわたと手を動かしながら、

「あの——その——ええと、最初に言わなけりゃならなかったんだろうけど、ごめん、あ

の――ごめん。つまりさ、別にあんな大騒ぎをするつもりはなくて、なにもかもアザリーに目を付けられたのが不幸の始まり――」

と。

そこまで言いかけたハーティアを、キャロルが手で制していた。ちょっと待ってね、し告げてから、ポケットに手を入れて――

「これ……ポストに入っていたの」

彼女が取り出したのは、一通の封筒だった。見覚えがある。

ハーティアはそれを見て、あわてたようだった。仰天したように、自分のポケットを探る。彼女が見せたのは、アザリーが教室で捨てた、ハーティアの書いた手紙だったのだ。

「な――それ……読んだの？」

急速に顔面を紅潮させて、聞いている。キャロルは包帯を巻いた頭をこするようにしながら、はにかんだ微笑を浮かべた。

「わたし宛になってたから」

「あ、そ……そうなんだ。そりゃそうだよな」

「あとこれも、入ってたんだけど――ポストに」

次に彼女が取り出したのは、一枚のメモ用紙である。それは聞かないまでも分かった。

アザリーの脅迫文。

ハーティアは素早くそれを引ったくると、びりびりに破り捨てた。

「たちの悪いいたずらだよ、きっと」

「そうね」

口元に手を当てて――必死に笑いをこらえているのだろう、肩が震えている――、キャロルがうなずく。

「でも……なんだ、そうか……読んじゃってたのか」

ハーティアは、彼女から目をそらして、ぶつぶつと繰り返した。困った様子だが、それがすぐに、感謝の笑みに変わる。

「なんだ……キリランシェロの奴、気が利いてるじゃないか。脅迫文はともかくとして」

彼は虚空を見上げつつ、そんなことをつぶやいた。照れるように笑う。と、キャロルも同じように笑っている。

医務室の中は、それで解決なのだろうが――

（…………？）

キリランシェロは、ひとりで疑問符を浮かべていた。手紙など、まったく覚えがない。ひとりで腕組みして、首を傾げる。疑問を解決してくれる相手がいるわけでもないから自問して――あのくず入れから手紙を拾って、キャロルのポストにとどけることができた人物というと……

◆　◇　◆　◇　◆

「あうううう」

同時刻――いつもフォルテの使っているチャイルドマン教室の後ろの席。そこに今座っているのは、アザリーだった。始末書と格闘しながら、頭を抱えている。

それを横で、フォルテが監督している。

「わたしは決して君が嫌いではないが」

抑揚のない口調でゆっくりと、彼はつぶやいた。

「女子寮半壊となると、いかんともしがたいのでな」

「あうううう」

「当分の減俸は覚悟しておくことだ。倫理審査委員会でしぼられることもな」

「あうううううう」

そしてしばらく黙してから――思い出したように口を開く。

「……字が汚いな」

「あうううううううううううううううううう」

うめき声の最後のほうには、涙が混じっている。

が、それは別にそれだけのことであって――

「ところで手紙というのは、非常に合理的だと思わんかね？」

フォルテは、アザリーがハーティアの手紙を捨てたくず入れを眺めつつ、そんなことを独りごちていた。

◆◇◆◇◆

キャロル・スターシアというのは、こんな少女である——と言ってしまっていいものかどうか。騒動に巻き込まれたのは、まあ、それこそ野良犬に噛まれたようなものだろう。

ちなみにハーティアとの仲は——

実に二週間半もの長きにわたって続いたそうである。

暗黒編
清く正しく美しく

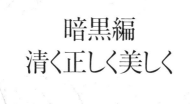

「では、始動っ！」

「おおおおおおっ！」

歓声が、あがる。そしてその歓声をかき消すように、けたたましい音が響きわたった。

——ずごきっ！　ぎりぎりぎりごきん！　ぶしゅーっ……

そのような騒音である。キリランシェロは遠い目をして、その音を耳から締め出そうとしていた——そして、おおむねそれに成功していた。なにも聞こえない。というか聞こえないと思いこむことができる。だがその代わり、頭の中に、ずらずらと擬音の文字が浮かんできた。それを読み上げる自分を自制することができない。

（……結局、聞こえるんだよな……）

しぶしぶと、彼は認めた。音が復活し、彼もちゃんと耳でその音を聞いた。

グラウンドには野次馬が、無責任な野次やら歓声やらをあげながら、彼を取り巻いている。彼と——そして、彼と対峙している、騒音の主と。

野次馬は刻々と増えつつあった。あとから遅れてやってきた仲間と合流し、なにやら嬉しげに話し合っているのが聞こえてくる。

「おお、遅いじゃないか！」

「悪い悪い。ノルマがきつくってさ。でも、これからなんだろ？」

「ラッキーだったな。なにしろ週に一度はこれがないと、次の週まで待つのが辛《つら》くてよ」

「うるさぁぁいっ！」

最後の怒鳴り声は、キリランシェロである――野次馬に向けて放ったものだ。

が、野次馬たちはそれすらもおかしかったのか、どっと笑うだけだった。

「くっそー……」

キリランシェロは毒づくと、赤面しながら再び騒音の主へと向き直った。前方十メートルほど。それが、そびえている……

一言で表すならば、それは機械だった。それ以上のことをなにかひとつでも語ろうとすれば、一言では不可能になる。巨木な木枠の大きさは高さ三メートル、幅五メートルほど。その中に鉄骨やらギアやら滑車やらバネやら、それだけでは不服なのかさらにはスチールのテーブルやらパイプ椅子やらどこから拾ってきたのか流し台やら、そんなものまでが滅《め》茶苦茶《ちゃくちゃ》に詰め込まれている。これまたどこかからひっぺがしてきたのか、胴体の正面に教室の扉がついていた。

とにかく信じがたいのは、それらすべての部品がすべて連動していることだ――ギアが動けば滑車が滑る。バネが弾ければなぜか流し台から水が出る。

木枠のてっぺんに、水タンクが据え付けられていて、それが頭部のように見えた。さきから、ぎたんばたんとやかましいのは、木枠の胴体の横から蜘蛛《くも》のように突き出した六本の脚である。脚はやはり材木でできていて、関節部分にはパイプ椅子が使われている。胴体内部の動力によって一所懸命に脚を動かしているのだが、そもそも脚には胴体を持ち上げるだけの馬力はないようで、結局地面をひっかいてえぐり出しているだけにとどまっていた。胴体は、無論地面についたままである。

結局〝一心不乱に地面でクロールしている化け物蜘蛛〟以外の何物でもない。

そして、その化け物の横に――これ見よがしに得意げな顔を見せている少年がいた。少年といってもキリランシェロ自身より二歳年上で、十七のはずである。が、背丈はキリランシェロのほうが数センチ上だった。だからというわけではないだろうが、男なのだがなぜか三つ編みを二本お下げにしている。黒のローブの上に白衣を着込むという異様な格好で、手にはよく教師が使うポインターの棒を持っていた。

キリランシェロは、運動着である。彼は喉の奥で陰険なうなり声をあげながら、じっと化け物と、その横に立つ人間とをにらみ付けていた。

「ふっ……」

彼は――つまり、その少年は――誇らしげに腕組みしてみせた。にやりと笑みを浮かべ、きっぱりと宣言する。

「認めるんだな、キリランシェロ！　今日《きょう》という日が、科学が生命を凌駕する歴史的な記念日となることを！」

「………」

キリランシェロは無言だった。無言で身構えもせず、ただ相手を見つめていた。冷たい半眼で。

少年は、さらに声高になると、

「我が技術の結晶！　血漿《けっしょう》とは違うからしてあしからず！　とにかく五十二時間を費やして築き上げられたこの人造人間の雄姿を見よ！」

（……融資とは違うからしてあしからず）

キリランシェロは陰鬱に独りごちた。言われた通りその融資、いや雄姿とやらを見やる。

がちょんがちょんと化け物蜘蛛は、いまだ胴体わきの地面を掘り返し続けていた。

そして、いくら見てもそれ以上のことにはならない。

キリランシェロはぽつりと、告げた。

「……で？」

「そーゆうはったりをぶちかましていられるのも今のうちだぞ、キリランシェロ！」

「確かにそんな気もする」

我慢にも限度があった。

彼はゆっくりと、歩き始めた。化け物蜘蛛がいまだがしょがしょと暴れている前へと。

「おおおおおおっ！」

ひときわ大きい歓声が、グラウンドに広がっていく。

「始まるぜっ！」

「やったぁ！　あいつらもしかし、飽きないよな！」

「あれでエリート？　うっそお」

「うるさぁぁぁぁぁいっ！」

キリランシェロがさっきと同じように怒鳴りつけると、またもやさっきと同じように、どっと笑いが起きる。

「あー、もー！」

彼は地団駄踏んで、足を速めた。なかば走るようにして、化け物へと近寄っていく――刹那。

化け物の横で、三つ編みの少年が、にやりと笑みを浮かべるのが見えた。

がしょん。ぎょん……

化け物蜘蛛からも、なにやらさっきまでとは異質の音が聞こえてくる。

「ふっ。我が人造人間二十二号。名付けて『コルチゾン君』の威力に戦慄するがいい。なにしろ――」

びし、とポインターの先をこちらに向けて、

「名前の由来が副腎ホルモンのひとつなんだからな！」

「だからなんじゃやぁぁぁっ！」

キリランシェロが、声をあげた瞬間――

がちん。

騒音が、そこで止まった。

化け物蜘蛛を見やると、その足の動きが止まっている。胴体の正面にある扉が、ぱかんと開く。

扉の奥にあったのは――ごてごてした部品の中心に据え付けられたクロスボウ。

「――――っ!?」

キリランシェロは声にならない悲鳴をあげると、真横に跳躍した。同時に、クロスボウから一本の矢が弾き出される――

鋭い音をあげて、太い矢はキリランシェロの跳んだあとを貫いていった。ぞっとしながら顔を上げると、

「ふっ……」

三つ編みの少年はこちらを見据えて、不敵な笑みを浮かべていた。

ポインターをたたむと、また腕組みする。風が彼の白衣のすそを、ゆったりとなびかせた。その横で、化け物蜘蛛が再びがちょんがちょんと脚を動かし始める。

冷や汗をぬぐい、キリランシェロは立ち上がった。

「なんっちゅー、危険な……」

化け物蜘蛛の胴体に収まっているクロスボウを見ながら、うめき声をあげる。

「とうとうなりふり構わなくなりやがったな、あいつ」

少年はこちらを見て笑っているだけである。その目が、なにか危険な輝きをたたえていることにキリランシェロは底知れない警戒心を覚えていた。今の一撃はなんとか避けたが、あの化け物蜘蛛は、まだなにか別の武器を内蔵しているかもしれないのだ。迂闊《うかつ》には近寄れない。

「ふっふっふっ……」

風に乗って聞こえてきた少年の笑い声に、キリランシャロはびくりとした。少年は、ただ笑っただけのようで、それ以降はなにも言ってこなかったが。

野次馬は、次第にざわめきを広めていっていた。さすがに殺傷能力のある武器を使うことは、誰も予想していなかったのだろう。キリランシェロもそれだけは考えていなかった。それだけに、腹が立ってくる。

グラウンドを、ひときわ強い風が吹き抜けていった。

《塔》の運動場はかなりの広さがある——へたをすれば街の区画単位の広さだった。屋内にも運動場があるのだが、大規模な魔術を使うような演習となると、屋外で行う。そのためというわけではないが土には灰が混じり、いつも乾燥していた。その風が視界を染め、また薄らいで消えていく。

キリランシェロは起き上がって、化け物蜘蛛に向けて戦闘態勢を取った。右肩を引き、いつでも反射的に魔術の構成が放てるように意識を集中しておく。言うまでもなく、魔術士の行動の根幹となるのが、魔術だった。逆に言えば魔術さえ使えれば、どのような絶望的な状況であろうとなにかしら突破口を開くことができる。魔術士に要求される行動力というものは、つまりそういったことである。

対峙したまま、一分、二分——

相手の動きをなにひとつ見過ごすことなく観察し、キリランシェロは構えていた。今度の攻撃がなんであるのかは分からない。予想しようのないものを予想しても無意味だろう。ならば、どのような攻撃であろうともある程度は防げる可能性のある、一般的な防御を行い、しのいだのちに反撃に出る。彼が考えていたのは、それだった。

再び、一分、二分——

「…………」

キリランシェロのほおを、汗が伝った。

野次馬までもが静まり返る。

やがて、また数分経つ頃には……もう誰もが、気づいていた。

「なあ、コミクロン」

キリランシェロは、いまだに腕組みして笑っている三つ編みの少年に、抑えた口調でゆっくりと聞いた。

「ひょっとして……さっきので全部、攻撃は終わってたのか？」

「ふっ……」

少年、コミクロンは口の端《は》をつり上げた。不敵を不遜なまでに進化させた笑みを見せてくれる。彼はポインターをふっと伸ばすと、それを優雅に動かし、こちらに向け――

「負け惜しみは見苦しいぞ、キリランシェロ！」

「なにがだっ⁉」

弾かれたように叫ぶ。彼はそのままずたすたと化け物蜘蛛へ近寄っていくと、真正面から無造作に、木枠の胴体に蹴りを入れた。

「ああっ！　なにをするっ⁉」

驚愕の声をあげるコミクロンに、キリランシェロは凶暴な一瞥を投げると、

「なにもくそも、こんなもん破壊するに決まってるだろ！」

「あああ！　言いながらもまた蹴った！　俺の最新作に足形が！　落ち着け、落ち着くんだキリランシェロ！」

「ぬわにを落ち着けって言うんだよ！　人をクロスボウで撃っておいて！」

「い、いやだからその！　そうだ！　これを聞いてくれ！」

コミクロンはわたわたと腕を振ると、なんとかこちらと化け物蜘蛛との間に割り込んできた。背後の化け物蜘蛛をかばうように腕を広げ、続けて言ってくる。

「このドーパミン君の画期的な――」

「副腎ホルモンはどこ行っちゃったんだよ」

「ああ、そうそう。エストロゲン君だった。とにかくこいつの画期的な性能を聞けば、お前とて感動に打ちふるえ、なぜあの時クロスボウに己の身を捧《ささ》げなかったのか、涙を流し

て悔やむに違いないぞ」

　必死に演説するコミクロンに、キリランシェロはしかし冷淡な眼差しを返しただけだった。

「……もし、感動しなかったら？」

「うむ。そんなことはあり得ないから心配しなくてもいい。科学者は常に百パーセントのみを信ずるものだ」

　空を指さし――夕日どころか雲ひとつないただの青空だったが――、無意味に希望的なポーズでコミクロンが断言する。キリランシェロは頭の横で指を回しながら、続きを待った。

　こちらがとにかく引き下がったので気をよくしたのか、コミクロンははきはきとポインターで化け物蜘蛛の各所を指し示した。

「さてさて。こいつの主動力は、当初は電力を予定していたが、諸々《もろもろ》の事情により――」

「そんな技術がなかったってはっきり言えよ」

「諸々の事情により、水力になった。このAパーツを見てくれ」

と、そろそろ動きを鈍くし始めた化け物蜘蛛の、胴体の上を指す。

　キリランシェロは見回したが、野次馬たちも一応コミクロンの解説を聞きたかったのか――あるいは、クロスボウの危険がないと見て、それならば近くに行ったほうが見せ物が盛り上がると思ったのか――段々と輪をせばめてきていた。眼差しをきつくして彼らを一少牽制《けんせい》しつつ、キリランシェロはつぶやいた。

「ああ、そのポリタンクね」

「Aパーツ！　ここに水が大量に収められていたわけだが」

コミクロンはポインターを振ると、胴体の左側のほうにそれを向けた。左側には、流し台がむき出しになっている。

「ここの排水ユニットから、その水を放出していたんだ。水流によって段階式動力ギアを動かし、機動デバイスの動力としていた」

「機動デバイスって……意味もなくばたばたしてたあの脚のことか？」

これはキリランシェロが言ったのではない。野次馬のひとりである。

だがコミクロンは、明らかにそのような非建設的な意見には耳を貸すべきではないと判断したようだった。完全に無視すると、もうそろそろ動きを止めようとしている（もちろん、Aパーツに水がなくなってきたからだ）機動デバイスに手を触れた。

そこで立ち止まり、目を閉じると——その肩を震わせる。と、彼は、にやりと目を開き、こちらを見つめてきた。

「だが……これだけではないんだ。この俺の究極の発明、人造人間二十二号には、恐るべき秘密が隠されている」

「え？　ああ、ふうん」

キリランシェロは野次馬のひとりと明日の天気について世間話をしていたところになに

か言われ、なんだかよくは分からなかったが、相づちだけは打っておいた。コミクロンは、またふっふっと笑うと、

「動力に用いられた水力！　だがそれは、この発明の神髄とも言えるファイヤーコントロールも兼ねていたのさ」

「ファイヤー？」

よく分からない単語が出てきたので、キリランシェロは聞き返した。コミクロンもそれは予想していたようで、そもそも聞き返されるのを待って説明のあとに一拍入れていたふしすらあった。

「火器管制さ。本来なら銃火器を装備する予定だったが、諸般の事情により――」

「そんな技術……」

「諸般の事情により、それは次回に見送ることと相成った。まあそれはそれとして、Aパーツの中には実は、上蓋から紐につるした浮きが内蔵されていたんだよ」

「それって、内蔵ってほどのものなの？」

「内蔵は内蔵だ。嘘なんかついてないぞ。とにかく浮きは、水よりは軽いが空気よりは重い。当然だけどな。で、水かさが減ればどうなるか……」

「紐が引っ張られる」

あまりにも当たり前のことなので、かえって躊躇《ちゅうちょ》しながらキリランシェロは答えた。が、コミクロンは、あっさりとうなずいたようだ。

「そうだ。つまり重力を活用したわけだな。紐はそのまま、内蔵火器のトリガーに連動しており──」

と、彼は顔を上げた。びしと親指を立てて、会心のガッツポーズを取る。

「始動後しばらくして、火器が発射されるという寸法さ！」

…………

彼の得意げな解説の後には──

無慈悲な沈黙が待っていただけだった。キリランシェロもその沈黙に包まれて、ただコミクロンのガッツポーズを見るしかない。その運命を呪いながら、彼はゆっくりと頭を抱えた。

「ふっ……」

さわやかな風に身を任せ、コミクロンが前髪をかき上げる。

「どうやら、分かってくれたようだな。しかし今もって疑問なのは、これだけ斬新な発明をお前が理解してくれなかったこと以上に、そもそもこれと闘ってお前が生きていることなんだが」

「……コミクロン」

キリランシェロはなんとか声を出すと、彼の肩をぽんとたたいた。

「いいアイデアがあるんだ」

「ほう？　まあアイデアを出すことに知能は必要ないからな。お前のアイデアでも聞く価値はあるだろう。優れた知能の持ち主は、それをなんとか使えるレベルに持っていくことが仕事さ。俺のことだけど。まあ、自分の知能が劣っていることを気にすることはないぞ、キリランシェロ――人格の重さと知能に明らかな格差があることを個性と呼ぶならば、お前はとっても個性的さ。で？」

「うん。そのネジを取り外して――」

「ああ」

あっさり同意して、コミクロンが手早くネジを取り外す。それを見ながら、キリランシェロは続けた。

「そこを蹴飛ばすといいよ」

「なるほど。ああっ⁉　機動デバイス(a)がもげた⁉」

簡単に壊れて地面に落ちた化け物蜘蛛の脚を見下ろして、コミクロンが悲鳴をあげる。

「キリランシェロ！　俺を騙《だま》して利用したな！」

「うるさいっ！」

キリランシェロは一声怒鳴ると、コミクロンをはたき倒した。

「どおおっ⁉」

倒れたコミクロンに向かって、指を突きつける。キリランシェロは歯の間からきしるような声音で告げた。

「さっきから長々とっ！　よーするに、この馬鹿でかい機械は、えらい手間暇をかけたあげくに、ただクロスボウの引き金を引くだけのものなんじゃないかっ！」

「そ、それは誤解だキリランシェロ⁉」

殴られた鼻を手で押さえて、コミクロンが抗弁してくる。

「いいか、この人造人間二十二号、ミルクカゼイン君は、なんとアタッチメント方式なんだ！」

「……アタッチメント？」

「そう。つまりパーツを付け替えることで、クロスボウだけじゃなくパチンコや紙飛行機も飛ばせる――」

彼の声は、キリランシェロがたたきつけたブーツの底によって途切れた。完全に気絶したコミクロンを後日《しりめ》に、機械に向かって腕を振り上げる。

「我は放つ――」

彼が編み上げた魔術の規模を見て、それまでのほほんとしていた野次馬たちの間に緊張が走った。わあっと悲鳴をあげながら、みな一目散にその場を逃げ出す。散らばっていった野次馬たちに取り残されて――

「光の白刃！」

キリランシェロの放った光熱波が、化け物蜘蛛を木っ葉微塵に爆裂させた。

「まったく……なにかが狂ってるぞ」

ぶつぶつとひとり毒づきながら、キリランシェロは廊下を歩いていた。

「誰がなにをしようと自由。なにを研究しようと、どういう方法で研究しようと自由。まあ、そいつが悪いとは言わないけどさ。そうなれば、もちろん暴走する輩《やから》も出現するわけじゃないか」

後ろ手に、なにかを引きずっている。

引きずられているのは包帯まみれの人間で、キリランシェロはその襟首をつかんでいた。完全にぐるぐる巻きにされた白い布の隙間から、三つ編みだけがのぞいている。引きずられたまま、腕組みして指先をあごに当てていた。

「ふっ……」

どうやら笑みを浮かべているらしい。

「確かに俺も、そういう輩には辟易《へきえき》さ。だって暴走してるもんな」

「あんたのことだ！　あんたのっ！」

「なにっ⁉……しかしそれにしては、ほめていなかったように聞こえたんだが……」

「あああああっ！　なにか後腐れのない決着方法さえあればぁぁぁっ！」

キリランシェロの絶叫には涙すら混じっていた。ちょうど廊下を通りかかったほかの教室の生徒が、びくりと恐怖の表情を浮かべて別の廊下へと逃げていくのが見えたが、もうこの際どうでもいい。

彼はぼとりと包帯（というかコミクロン）を床に落とすと、目を閉じて真剣な物思いにふけった。裏山に埋めるという案は真っ先にボツにした。このまま野犬の群れかなにかの真ん中に放り込んで、自分の手を汚さずにハッピーエンドというのも安直過ぎる。壁に塗り込むのは、左官屋の買収方法が思いつかなかったのであきらめた。高度一万メートルの高さから落とせば人間など破片も残らずに粉々に吹っ飛ぶかもしれないが、あいにく知り合いに羽の生えた生物はいない。

「そうか……」

キリランシェロはなかば覚悟を決めて、目を開いた。コミクロン（というか包帯）が、床に落ちたまま、いまだに腕組みのポーズを崩していないのが見える……

「獲物を骨まで食べ尽くす動物を図鑑から二、三種ピックアップしてみよう。ひょっとしたらこの近くに生息してるかも」

「キリランシェロ、人生の先達として言っておきたいのだが、その冗談はあまりおもしろくないぞ」

「……そうだね」

キリランシェロは認めると、再びコミクロンの襟首をつかんだ。彼を引きずって、のろのろと廊下を歩き出す。

と、ここまでは――

ただの日常に過ぎなかったわけだが。

彼の知らない場所で、また別の事態が動いていた。

◆◇◆◇◆

「……風紀の乱れ、ですか？」

「そういうことだ」

チャイルドマン・パウダーフィールド教師の返事は、いつもの通りに簡単だった。ごく簡単に彼の口から出てきたし、ごく簡単に彼女の耳に入ってきた。その内容も意味も、それ以上に簡単なものなどない。

彼はうなずいただけである。レティシャは手渡された黒いファイルを怪訝な思いで見下ろしながら、彼の次の説明を待った。が、チャイルドマンは愛用の椅子に座ったまま、こつこつとその机を指で弾いている。それだけである。

この教師控え室にはろくな飾りもなく、視線をごまかすこともできない。彼女はじっと教師を見つめて――彼が口を開くつもりがないと悟り、自分から質問の声をあげた。

「わたしがなにか？」

「君は極めて品行方正だ。その君の目から見て――正直に言ってくれよ」

と、彼は苦笑するように鼻息を吹いた。

「この学内に、秩序を著しく害する要素があるとすれば、まずなにを挙げる？」

レティシャは即座に思いついた。それをそのまま素直に告げる。

「面倒事を生徒に押しつける無責任な教師とか、ですか？」

「最高執行部で最近、議題に上ることが多いらしくてな」

「……無責任な教師のことがですか？」

「それは忘れてくれ。そのファイルのことだ」

チャイルドマンは肩をすくめて、彼女の持つファイルを指さした。

まだ二十代の半ばと、《塔》の教師の平均年齢をその半分という極端さで下回るこの男は、最高執行部のことをあまりに簡単に話題にするため、レティシャにしてみれば半信半疑になることがある。

だが、この男が——言ってしまえば若者と言ってしまえるこの男が、最高執行部に対して影響力を持っていることも確たる事実だった。そして、だからこそ、レティシャ自身を含む強大な魔術士たちを何人も前にして「教師」をやっていられる。

（パウダーフィールド——火薬の庭《ムスペルヘイム》？　いつか、名前の由来を知ることもあるのかもしれないけれど……）

今は、ファイルのほうに興味があった。彼女はちらりと彼のほうを上目遣いにうかがってから——止めようとする気配がないので、ファイルの表紙を開いてみた。クリップに何枚かの書類がはさまった薄っぺらいもので、その一ページ目にはタイトルが記されている。通常の書式である。

彼女は眉根を寄せて、読み上げた。

「綱紀粛正部隊編成の……実施要項？」

「話の出所は倫理審査委員会だ。建前を抜きに簡単に言えば、要は委員会が常から鬱陶しいと眉を顰《ひそ》めている連中を、効果的にこづき回すための機動隊を作りたいのだそうだ」

「……建前もつけて話してくれませんか？」

「どうしても後手に回らざるを得ない倫理審査委員会の機能上の欠陥を補うための、実働部隊の設立。いわば見回り組だ。気に入らないのは――」

と、チャイルドマンは皮肉げに眉を上げた。椅子の背に背中を預け、背もたれを留める金具に小さい悲鳴をあげさせる。

彼は一呼吸してから、あとを続けた。

「気に入らないのは、書類の提出から計画の実施まで、極端に日数が少ないということだ。倫理審査委員会が強硬な姿勢を見せた時には警戒せざるを得ないな。うちの教室は……問題児がそろい過ぎている。件《くだん》の委員会が顔と名前を一致させていないのは、君とフォルテくらいなものだろう」

それについては同感だったので、レティシャはうなずいた。ついでにつぶやく。

「最悪の場合は……」

「そう。あまり考えたくはないが、最高執行部自体のテコ入れがあった可能性も否定できない。執行部がわたしを目の敵にしていることは秘密でもなんでもないしな。かといってわたしを追い出す準備は」

――ここでまた苦笑――

「まだ彼らにはできていない。彼らの切り札でもある〝サクセサー・オブ・レザー・エッジ〟があの調子ではな。彼らにはせいぜいやきもきさせてやろうと、わたしもあまり意地悪くなり過ぎたようだ。結局、彼らにできるのは、わたしを失脚させない程度に権威を落とすことくらいか。風紀上のもめ事をついて、わたしの教え子をいじめるのは、くだらないが、まあ悪くない手段だ」

「校内を巡回する機動隊を作るとなると、警備部が強く反発すると思うんですが……」

レティシャはぱらぱらとファイルをめくりながら、当然のことを聞いてみた。ファイルされている書類はすべて形式上のもので、いまだ実効性を認めるための長老たちのサインもされていない。本書類が執行部に提出されていれば、そちらにはもうサインがなされたかもしれないが。

彼は軽く肩をすくめただけだった。

「警備部は、もとから校内巡視の人員不足を上申していた手前、形の上では渡りに船になるはずの今回の件にはうるさいことも言えないだろう——少なくとも、執行部はそう考えている。彼らがそう考えているということは、自ずと誰もがそう考えざるを得なくなるということだ」

「なるほど」

レティシャは小さく嘆息すると、ぱたんとファイルを閉じた。それを抱え直し、教師に向き直る。

机の奥の教師は、硬そうな手を組み合わせてこちらを見ていた。

「……それで、先生はわたしになにをさせたいんですか？」

「まずはファイルを返してくれ。表に出るとまずい」

言われるままチャイルドマンにファイルを返すと、彼はそれを部屋の隅のゴミ箱に放り込んだ。ただのゴミ箱ではない。陶製の、極めて強固なゴミ箱である。そこにファイルを投げ込んでからすかさず、チャイルドマンは一言囁《ささや》いた。ゴミ箱に向けて。

「消えろ」

瞬間――ぼっ、と火の粉が弾け、ゴミ箱の中のファイルが塵と化す。

彼はそれからこちらを向いた。落ち着いた黒い瞳をこちらに向け、静かに告げてくる。

「わたしが彼らを監視しているように、執行部もまたわたしを監視している。わたしは表だっては動けない。だが、件の見回り組――通称、〝風紀委員〟とやらが活動を開始するのは時間の問題だ。人員の選定も終わりつつあるらしいからな」

チャイルドマンはそこまで言うと、唐突ににやつき始めた。普段ならペンチでつねろうが変形しない鉄面皮が、なにかとてつもなくおもしろいものを発見したというように、嬉しげに歪められている。

「君なりの方法でいい……この事態から、君の後輩たちを守ってやってほしい」

「わたしがですか？」

「アザリー向きの仕事ではないだろう――それに君の妹には、別のことをしてもらっている。まあ内容は聞かないほうがいい。君らの姉妹喧嘩《きようだいげんか》は、このところ月一回の平均ペースを逸脱しつつあるからな」

「最高執行部に探りを入れさせているんですね？」

「聞かないほうがいいと言ったぞ」

「分かりました」

レティシャはそれだけ言うと、なんとなく敬礼の仕草をしてみた。鼻から息を吹きだし、しみじみとつぶやく。

「……意外と大変なんですね、先生も」

「無責任では務まらんよ」

さっきのことを少し根に持っていたのか――彼は、そんなことを言ってきた。


とはいえ、どうしたものか――

教師控え室を退出してから、廊下の真ん中で思わず、彼女は考え込んでいた。事態はおおむね呑み込めた。が、それをどうしろというのだろう。しかも彼女なりにという注文つきで。

（まあ、フォルテもコルゴンも《塔》の外だし、わたししかいないわけだけど……）

レティシャは長い黒髪を我知らず撫でつけながら、天井を見上げた。考える時の癖で、あごが前にでる。

と、刹那……

どううん、とグラウンドのほうから、地鳴りのような音が響いてきた。思考を中断されて、顔をしかめながらも窓に寄る。

広いグラウンドの、それもかなり遠くのほうで――なにやら得体の知れないがらくたの集まり（彼女にはそれが太ったゴキブリに見えた）から、黒煙が昇っている。野次馬らしき群衆がそこから逃げ散っているのがよく見えた。

はあ、とため息をついて、彼女は理解した。

「いつものコミクロンの〝実験〟ね。あーゆうのがせめて月に一度くらいになってくれれば、わたしたちの苦労もちょっとは減るのに……せめて、誰か止める人間が――」

つぶやきかけて。

彼女は、言葉を止めた。別に、あれよりさらに深刻な脅威として《塔》内の誰もが認識しているのが彼女とアザリーとの定例姉妹喧嘩だということを思い出した、というわけではない。

「そうか……そうよね」

レティシャはなんとなく、自分のやることを思いついてしまっていた。

◆　◇　◆　◇　◆

そして数日が過ぎた。

《塔》のどの教室もそうだが、たいした広さがあるわけではない。大人数のクラスがあまりないため、講義にしか使われない教室はせいぜい十人分の席があれば十分だった。どの教室もだいたい造りは同じで、数枚のボードと生徒の椅子、机、あとはロッカーが人数分常備されている。ただ、生徒らが壁に適当なポスターを貼っていたり、持ち込んだ私物がロッカーから溢《あふ》れていたりと、教室ごとの雰囲気はそれぞれ違うが。

チャイルドマン教室の場合は、簡素なものだった。教室の奥の隅に積まれている壊れた楽器の山は、どれもアザリーがおもしろ半分で始めて——最終的に必ず床にたたきつけるために——どれもこれもまっぷたつに折れている。例外はひしゃげたハーモニカくらいか。いずれもかなり高価なものらしく、捨てようとすると彼女が怒るため、そのままになっているのだった。ならばせめてと、哀れな楽器たちの残骸を隠すように置かれている白い女神像は、レティシャが発案して購入したものである。言うまでもないが、全員一致で壊れた楽器よりも目障りと断定されたが、これも捨てようとするとレティシャが怒るためそのままになっている。

姉妹の私物はそれだけではなく、扉に張り付けてある姿見は「せめて外に出る時には標くらいは正すべし」と、(主にコミクロンのために)ふたりが強引に全員のカンパで購入したものである。あとは平凡で、汚れた調理器具、竹馬、マネキン人形の上半身は、誰が持ち込んだものか定かではない。これらはすべて、あまり目立たないように——目立たないわけがないが——、慎ましく教室の隅に押しやられている。

おおむね、標準的な光景だった。

そのなんの変哲もない教室に、今は三人の生徒がいる。

「うわああああああああん……」

一番前の席で、机に突っ伏して泣き声をあげている赤毛の少年は、ハーティアである。

彼はよそ行きの格好のまま、袖を汚すのも気にしていないように涙を流していた。ひとりでずっとなにかを愚痴っている。誰も聞いてなどいないことには気づいていないようだったが。

「ひどすぎるぅぅ。あんまりだ。ぼくがなにをしたって言うんだ」

「ふっふっふっ……」

それを背に、机の上に仁王立ちになって、白衣の少年――コミクロンが含み笑いを漏らしていた。こちらに向かって指を突き出すと、威勢良くあとを続ける。

「さあ！　今回はすごいぞキリランシェロ！　毎週毎週グラウンドででっかい発明品を組み立ててると用務員さんに嫌われちゃうため、俺はついに戦闘用機動兵器のコンパクト化に着手した！　まさに必要は発明の母！　今回の作品タイトルは――」

「てい」

キリランシェロは無造作に金属バットで、彼の持ち込んできた人型の模型を叩きつぶした。コミクロンが、目を見開いて凍り付く――

そのまましばらく、時が流れた。ハーティアの嗚咽《おえつ》だけが教室をぐるぐると回る。

「あんまりだぁ。なにがひどいって、その仕打ちなんだ。彼女、待ち合わせ場所に来たときには上機嫌だったんだ。それは良かったんだけど――」

なんとなく続きが気にはなったが、その声を、コミクロンの悲鳴がかき消した。

「な、なにをするキリランシェロ⁉」

「ぼくもあんたを見習って発明してみたんだ」

言いながら、机の上にどすんとバットを置く。それを指さして、

「名付けて駄作破壊装置『グッバイ・アーチ』――なかなかいい出来でしょ」

「ふざけるなっ⁉　俺は認めないぞ！　そのよーな単なるスポーツ用品を『装置』だなんてっ！　歯車様の罰が当たるからなっ！」

コミクロンの警告は耳をふさいで聞き過ごし、キリランシェロは目を閉じて涼しく笑うと、

「そーだなー。次の課題は軽量化かなー」

「ああっ！　しかも俺の真似をっ⁉」

「彼女、なんかやったら嬉しそうに、ぼくに聞くんだ。『なんかわたし、今日は違うでしょ』って。可愛いと思うだろ？　ぼくもそう思ったよ、うん」

向こうから聞こえてくるハーティアの泣き言からは、いつの間にか泣き声が消えていた――つまりただの愚痴になっていた。もしくはのろけか。

と目の前ではコミクロンが地団駄を踏んでいる。

「お前がそーゆう奴だとは思わなかった！　見損なったぞ！　人造人間兵器を始めとする、人造生命の創造という崇高な理想を掲げたこの俺に、真っ向から立ち向かおうと言うのだな！　なかなかやるじゃないか！」

よほど追いつめられているのかあわてているのか、言っていることが前半と後半で正反対になっている。キリランシェロは半眼で冷たく告げた。

「そーだよ」

答えてきたのは――

「そうか。そう思うかキリランシェロ。ぼくもそう思ってたんだ。彼女はくすくす笑いながらぼくの答えを待ってたよ。でも残念だけどキリランシェロ、ぼくには彼女は昨日とまったく変わらないように見えたんだ」

ハーティアである。キリランシェロは、うるさいなと思いつつ彼のほうを見やったが、視線だけではその意思は伝わらなかったらしかった。赤毛の少年は突っ伏したまま、続けてくる。

「ぼくは、分からないって言ったんだ。でも、普通そのくらいで怒るか？　彼女は怒りだして――」

「ふっふっ。お前の宣戦布告、俺は聞いたぞ。だが俺には既に、次なる発明のアイデアがあるのだ……」

コミクロンは机から飛び降りると、ふふんと笑ってみせた。こちらより背丈がないせいで、鼻を上に向けて斜めに笑ってみせても、なんだかガキ大将が虚勢を張っているように見えてしまうところが悲しい現実だったが。

「次なる発明？」

聞き返したキリランシェロに、ふっと近寄ってくると、彼は隠すように声のトーンを落とした。

「そうだ」

「そうなんだ。彼女は怒りだしたんだ。ぼくは謝ったよ。あれだけ一心に謝ったのは、ティッシの口紅を、隠れ親衛隊とかいう連中に売ったのがばれた時以来だ。それって先週のことだろって？　まあいいじゃないか。ぼくは謝ったんだ。なのに……」

「ふっふっふっ……今までは、かろうじてお前に勝利を与えてきたが、こいつの出現によってそのバランスは一気に崩れ去るぞ」

「彼女は許してくんなかったんだ。それでもぼくは謝った。その姿を見たら、お前だってぼくを許してくれたはずだよ。だって考えてみたら、ぼくはなんにも悪いことしてないじゃないか。分からなかっただけだ」

「いいか、キリランシェロ——今度は実に画期的だ。なにしろ中に人間が入っているんだからな」、

「人造ってのはどこに行っちゃったんだよ。おい！」

「そうか！　お前も怒ってくれるか。いいか、彼女が言うには——」

刹那――

「うるっさぁぁぁぁぁぁぁいっ！」

…………

突然、扉を開いて入ってきたのは、黒ローブ姿のレティシャだった。

教室の中が、ぴたりと静まり返る――ハーティアすらもが、背筋を伸ばして椅子に座り直していた。キリランシェロもコミクロンも、気をつけの姿勢でゆっくりと、彼女のほうに向き直る。

彼女は腰に手を当てて、じっと視線を厳しくしていた。彼女自身は身動きしないが、その長い黒髪がさらりと揺れているのが見える。教室では最年長組の二十歳。掛け値なしの美女というやつだが、実を言うと彼女には怒っている姿が一番似合う――などと思いつつ、キリランシェロは口を開いた。声がうわずって、なかば裏声になっていたが。

「ど……どしたの？　ティッシ」

「廊下まで聞こえてたわよ。来週の壁新聞にでも全部載るんじゃないかしら？」

「はっはっ。分かってないなぁ、ティッシは」

彼女が相手の時には、彼の含み笑いは『ふっふっ』ではなく『はっはっ』になる。あまり意味はないが。

コミクロンは舌を鳴らして人差し指を振ると、ウインクしながら彼女に言った。

「先週、用水路爆破の件で既に載ったから、二週間続けて同じ教室の記事は載せないさ」

「だからなんだっていうのよ！」

　両手をわななかせて、レティシャが叫ぶ。

「そもそも、いったいなにを騒いでいたってわけ？」

　彼女の視線は、どうも壊れたコミクロンの発明品と、机の上の金属バットを気にしているようだった。キリランシェロが、どうごまかそうかと思案している間に、コミクロンとハーティアが同時に声をあげる。

「キリランシェロが……」

　これまた同時に、ふたりはすうっとこちらに指を向けた。

「ちょっと待ていっ！」

　キリランシェロが制止すると、ふたりはチッと舌打ちして、唾を吐くふりなどしながらあさってのほうを向いた。だがどのみち、制止などしなくともレティシャはすべて知っていた様子ではある――ひょっとすると、廊下まで聞こえていたというのは本当なのかもしれない。

　彼女は胸を膨らませてから、本当に長いため息をついてみせた。黒髪がそれにあわせて揺れる。ため息とともに、彼女の弱った声も漏れる。

「まったくあんたらは……つくづくうちの教室の問題児三代表ね」

「なんでぼくまで」

　キリランシェロはぽつりと抗弁したが、彼女の耳にはとどかなかったらしい。

と——ふと、気づく。

「ティッシ……それはなに？」

彼は聞きながら、彼女の肩を指さした。腕のところに、紫色の腕章がはめられていたのだ。色の関係で、あまり目立たなかったが。

「ああ、これ？」

彼女はそれをよく見えるように、肩を動かした。彼女も指さして、あっさりと言ってくる——

だが言うよりも先に、文字が読めていた。腕章には『週番』と縫いつけてある。

「わたし、この《塔》の風紀を維持する役に志願したのよ」

レティシャの言葉は、文字以上に唐突な内容だった。

「へ……？」

間の抜けた声で聞き返して、キリランシェロはわずかに後ずさりすると、聞き返した。

「な、なにが？」

「だからぁ」

彼女が辛抱強い口調で、念を押すように言い直してくる。

「今日付けをもって、わたしは《塔》内を見回って、あんたらみたいな問題児の軽挙妄動を取り締まることになったわけ」

「そ、そういうものができるって話は、噂で聞かなかったわけでもないけど……」

あからさまにうろたえた声を出して――ハーティアが、のろのろと立ち上がった。目にありありと困惑の色が浮かんでいる。

「で、でもなんでティッシが？　風紀委員の人選は、倫理審査委員会が、自分らの委員会から選ぶって……」

それを聞いて、レティシャの顔に笑みが浮かんだ。前髪をはね除《の》け、自負心をにじませて彼女が笑う。

「ふっ……優良学生のわたしが頼み込めば、こんなものよ」

「ゆ、有料学生？　なんかしらんが金は払うぞ、ティッシ」

「下品な人は逮捕――」

余計なことを口走ったコミクロンに、彼女はあっさりとそう言い渡すと、すたすた教室に入ってきた。懐から警棒のようなものを取り出すと――

ごぎんっ！

あっさりと、コミクロンを打ち倒した。顔面を思い切り打たれ、コミクロンはそのまま床に沈む。

彼女はくるりとこちらに向き直り、あとを続けた。

「――する権限はないけど、こういった体罰を加えることもあるんで、以後気をつけるように」

「……そらまぁ、思い切り気をつけるけど……」

「ちなみにこの教室はわたしの管轄だから、よろしくね」

「そ、そう……よろしく」

キリランシェロは小声でうめいた。へたをすると命に関わることになるかもしれないという、かなり現実感のある恐怖が背筋を伸ばさせる。

だが彼女はこちらの気も知らない様子で、今度はハーティアへと向き直っている。

「そーいえばあなた、今度はなんでふられたわけ？」

「あ。聞いてくれよティッシ。どうしても分からなかったから、彼女に聞いたんだ。なにが違うんだって。そしたら彼女、一言『五百グラム痩せた』って。ぼくがちょっと派手にコケたって、罪はないだろ？　でも彼女、怒っちゃって――」

どうでもいいようなハーティアの話など聞きながら――

とりあえず、悪夢の日々が始まろうとしていることだけは、キリランシェロもはっきりと自覚していた。

◆◇◆◇◆

第一日目。

「廊下を走るのはやめなさぁぁぁいっ！」

怒鳴り声プラス鉄拳制裁により、コミクロンの鼻が折れた。

第二日目。

「えー。委員会からの警告です。今後他の教室の女生徒に近寄ることを禁じます。半径五メートル内に侵入したら、一回につき十分間逆《さか》さ吊《づ》りにするからね」

「……それって……廊下ですれ違うこともできないんだけど……」

「姿が見えたら引き返しなさい。運悪くはさまれたら、定められた安全地帯に入り込むか、いったん最寄《もよ》りの教室に入って、ドアで突き飛ばして逃げるのは可」

「なんでそんなスリリングな日常を過ごさなけりゃならないんだよ」

結局、ハーティアはその日のうちに四十分つるされた。

第三日目。

「キリランシェロ、なぁに？　それ」

「え？　あ、いや……みんなで食べようと思って」

「ふうん？　で、なんでブランデーなんて持ってんの？」

「あ、それは――紅茶に入れるだろ？　ティッシは」

「へえ。わたしの分もあるのね……まあいいわ。大目に見ておく」

「あ、ありがと。じゃあね」

が――

「ひいきだぁぁぁぁっ！」

怒り狂ったコミクロンとハーティアによって、キリランシェロはタコ殴りにあう（あまり関係ないが）。

ちなみに本日のハーティアの逆さ吊り時間は、合計で一時間二十分。間の悪いことにグラウンドでジョギングをしている教室とすれ違ってしまったのである。彼はつるされたまま気絶し、そのまま医務室送りとなった。

そして、第四日目……

◆◇◆◇◆

レティシャは上機嫌だった。

鼻歌など口ずさみながら、教室へと向かう。資料室から借り出した数冊のファイルを抱えるその腕には、今日も腕章がつけられていた。

（まっ、なかなかいいアイデアだったわよね）

自画自賛しつつ、最後の曲がり角を曲がる。機嫌がいいと足取りも軽く、彼女はふわふわと進んでいった。ただし廊下は走らない。すれ違おうとしていた知らない生徒がこちらの腕章を見て、敬意を表してのことか廊下の脇に寄るのに気づいていたので――びくりし顔を歪めて廊下の脇に隠れたようにも見えたが――、にっこりと笑って手を振っておく。

（委員会にちょっかい出されたくなければ、こっちでやっちゃえばいいわけよ。内輪だけで片づけておけば、まー問題にはならないしね。最初は正直、こんな憎まれ役をやるのはちょっと引っかかったけど、最近はキリランシェロたちも理解を示しておとなしくしてくれているようだし……）

万事うまく行っている。

物思いにふけりながら歩けば、距離が短い。彼女はいつの間にか自分の教室を通り過ぎそうになっていることに気づいて、あわてて足を止めた。引き返して、舌を出す。

「いけないいけない。ま、今頃はむしろ、みんなもわたしに感謝して――」

思わず声に出してつぶやきながら、彼女はドアノブに手をかけた。刹那。

「……というわけで異存はないいな？」

ドアの向こうから、声が聞こえてきた。

彼女に向けられた声ではない――教室の中で噂話《うわさばなし》でもしているのだろう。声の主は、間違いない、コミクロンである。それに答えたのは、キリランシェロとハーティアだった。まあ、フォルテとコルゴンはいまだ《塔《とう》》外研修、あとはアザリーを除《のぞ》けば、その三人しかいないだろうが。

「異議なし！」

ハーティアのあとに続けて、キリランシェロがなにかを言った。なにか、ひたすらに不服げに。

「……そうだね。今回ばっかりは、彼女も行き過ぎだよ」

（えっ!?）

レティシャは胸中で驚きの声をあげると、音を立てずにぴたと扉に張り付いた。通りすがりの人間が見たら訝るかもしれないが、そんなことはどうでもいい。彼女は聞き耳を澄ませた。と――

「だろ？　お前が言うんなら、そりゃ誰もが思ってるってことだ。科学的に証明したいね。する必要もないけど。俺に言わせれば――」

コミクロンの声が一拍空けた。ため息をついたらしい。

「ティッシの奴、あのババむさいドライフラワーの趣味を馬鹿にされたのを知っていて、それで仕返しをしてるんだと思うぜ」

嫌われている。

（な――なぜ⁉）

カケラの自覚もなく彼女は、驚愕に身体をわななかせた。抱えていたファイルが、ばさばさと床に落ちる。

教室内の会話は、まだ続いた……

◆◇◆◇◆

「？　今、なんか音がしなかった？」

キリランシェロは顔を上げて、扉のほうを見やった――が、コミクロンは机の上にあごを乗せたままで、憮然と首を左右に振ってみせた。

「気のせいだろ。とにかく、彼女については俺はそう思うのさ」

「そーかなー……にしても先週ティッシが飾ってたあのドライフラワー、勝手に捨てたのコミクロンだったんだ」

　言いながら、キリランシェロは腰掛けていた机から飛び降りた。困った顔で苦笑して、

「確かにあれは、いくらなんでもおばさん趣味だよなとは思ったけど——あれ？」

　と、再び扉のほうを向く。

「今……なんか、扉をたたく音がしなかった？　ごん、って……」

「気のせいだろって言っただろ。だいたいお前、もうちょっとゆっくりしゃべってくれよ。この前のティッシのパンチで、頭蓋骨がずれたような気がするんだ。頭がじんじんしてさ。折れた鼻はもとにもどったけど」

「あれはよく治ったなと思ったよ。コミクロンでなかったら治らなかったろうな。ティッシも見た目は華奢なんだけど、あのパワーはどこから来るんだか」

　キリランシェロは、なおも扉をちらりと見やったが、それ以後なにも聞こえないため、くるりと背を向けた。コミクロンはだらんと机に伸びている。実際、ダメージはかなり深かったらしい。ひょっとしたら精神的なものかもしれないが——傷そのものは、魔術で完治しているはずである。こういったことに関しては、コミクロンの魔術は飛び抜けている。彼がこの教室にいるのも、その理由からだった。

　丸まった白衣の背中を眺めて、キリランシェロは頭をかいた。

「にしても、なんの話だったんだっけ？」

「決まってるだろ！」

どん、と机をたたいて、ハーティアが叫んだ。

「ティッシの横暴に対抗するため、ぼくらは団結しなければならない！　あの暴力的な弾圧をいつまでも黙認していたら、絶対に身がもたんぞ！」

「そーだそーだ。ほんのちょっと髪と足が長いからと調子に乗りやがってあのアマ！」

これはコミクロンである。

「自分のことを女神だとでも思ってるんだろう！　俺は知ってるぞ、この前の休日のことだが、彼女こっそりひとりで芋食ってやがって、部屋でぶーぶー――」

すると。

ぎいいいいいいいい……

なにかをひっかくような音が、扉から響いてきた。

しばし、沈黙。だが今度こそは絶対に空耳ではないと、キリランシェロは確信していた。

誰かが――こんなことがあり得るならば――扉に爪を立ててひっかいたのだ。

「ねえ……」

キリランシェロが扉を指さしながら聞くが、コミクロンはにべもない。

「気のせいだって言っただろとも言ったぞ」

「でも――」

と、キリランシェロは扉に近づいた。そして――

扉を開けた。

誰もいない。

廊下に顔を出し、左右を見回しても、どこにも人影はなかった。不思議に思いながら、教室の中にもどる。

「ほれ。俺が気のせいだろって言っただろとも言ったぞと言った通りだったろが」

「う〜ん……」

首を傾げて、キリランシェロはうめいた。

なぜかその日、レティシャはその姿を見せなかった。


翌日、朝から雨が降り続いていた。

出かける用事がなければ、キリランシェロは雨が好きだった。雨粒が地面をたたく音に聞き入ったりもする。彼はいつもの教室で、頰杖をつきながら窓の外を見ていた。分厚い雨雲が、上空を暗く覆っている。雷が鳴る雲ではないように見えたが、それでも丸一日は降り続きそうな様子ではあった。

今日もまた、チャイルドマン教室は休講だった。基本的に、教室長であるフォルテがいない時にはチャイルドマンは講義をしない。頼めば、戦闘訓練などにはつき合ってくれることもあるが、そんなことをわざわざ頼む物好きもいない。明日という二度とない日をわざわざケガで潰してしまうこともあるまい。

そして……

「ふっふっふっ……今日という今日は、決着をつけられそうだな、キリランシェロ……」

背後から聞こえてきた声は、無論コミクロンのものだった。キリランシェロは、ただ遠い眼差しで窓の外を見つめていた。

コミクロンは、一応はこちらの返事を待っていたようだが、一分ほどもすると、勝手に自分であとを続けた。

「ま、まあそのよーに空とぼけるつもりならそれもいいだろう。言っておくが、今回の人造人間第——ええと、多分二十三だか二十四号は、今までの物に輪をかけて凄《すさ》まじいぞ。大工道具を貸してくれた用務員さんも、なかなかよくできてるって言ってくれたしな。あの気難しいキャシイ爺さんがほめるなんて、滅多にないことだぞ」

「…………」

キリランシェロは無言で、振り返った。ついでに、あらかじめ床に置いておいたものを、そっと持ち上げる。

こちらがようやく反応を見せたのが嬉しかったのか、コミクロンのトーンが一段階上がった。雨は降り続いている。

「今回の特徴は、その機動性だ——軽いから、ひとりでも押して運べる。さらには、毎度のことではあるが、その攻撃性！　前述した特徴、つまり軽量化したことにより、持ち上げて振り回しても、あまり疲れなくなった。これにより、連続攻撃が可能になったわけだ。この革新的な——」

がん！

キリランシェロは無造作に、手にした金属バットで、コミクロンが指さしているかかしのような物体（キャスター付き）を一撃した。物体は呆気《あっけ》なく、ぼっきりと胴体をまっぷたつにされて崩れ落ちる。

バットを掲げ、キリランシェロは冷淡な声で告げた。

「ちなみにこれが駄作破壊装置パート2。今度の銘はイブシギン・タイムリー君。コンパクトな振りがいい感じだね」

「あああああっ⁉　またもや俺の作品が、あのよーな原始的な凶器によって不条理に破壊されるとはぁぁぁっ！」

「あのねぇ！」

頭を抱えて悲鳴をあげるコミクロンの胸ぐらを、キリランシェロは即座につかみ上げた。手に力を込めて、完全にコミクロンの息を絞り上げる。

キリランシェロは歯をきしらせるように、押し殺した声で告げた。

「昨日言ってたことはなんだったんだよ！　ティッシがわけの分からない風紀取り締まりなんてやってる時に、わざわざ騒ぎを起こして、なに考えてるんだ！」

「ふっ。分かっておらんなキリランシェロ。民衆を永遠に沈黙させうる圧政などというものは存在せんのだよ」

「こ・の・お・と・こ・はぁぁぁぁぁっ！」

「あ、ち、ちょっと待てキリランシェロ。いくらなんでもお前、力を入れ過ぎっていうか——お前、実は先輩に対する敬意とか尊敬とか、そーゆうのないだろ！」

「……まあキリランシェロ。そんなことしちゃ駄目じゃない」

と、聞こえてきた声に——

「どあああああああああっ！」

キリランシェロは、悲鳴をあげながら手をはなした。ぱっと、戦闘態勢を取りながら振り返る。入り口に、いつの間にいたのやら、レティシャの姿があった。

無論、腕章をつけている。

「あ、いや、これは、ティッシ、あのその——」

わたわたと腕を振り、とにかく声を出す。キリランシェロの頭の中を、悪霊に操られていたんだというものまで含めれば数十もの言い訳がめぐる。ただいくつもの弁解を押しのけて、最終的に頭に残ったのは単なる防御の魔術だった。つまりは、それが最も有効だろうということだが。

コミクロンも、巻き添えを恐れてか、喉元を押さえて苦しげに息をつきながらも、なんとか声をあげている。

「う、うん、ティッシ、これはつまりこいつの言うとおり、あのそのなんだ——」

「あら、そうお」

レティシャは——

にっこりと、そう笑っただけだった。きらめくほどに陽気な、穏和な笑みで。

彼女は教室を見回し――当然彼女の視線はコミクロンの作品の残骸にも触れたが――その笑みを浮かべたまま、言ってきた。

「そうよね。あのそのよね。若い子たちが仲良くじゃれてるところを見ると、わたしもほのぼのとしてくるわ♥」

「……………え？」

きょとんと、キリランシェロは聞き返した。レティシャは機嫌よく、教室の後ろのほうに置かれた、生徒全員の予定を張り出してあるボードへと近寄っていくと、

「やっぱり元気があるっていいわよね。教室に活気が出てくるもの。外の廊下で聞くともなしに話を聞いちゃってて、思わずくすくす笑っちゃったわ。嫌よね。思いだし笑いみたいで」

「…………」

キリランシェロは無言のまま、コミクロンの表情をうかがった。彼もまた――恐らくは、こちらとまったく同じ、あからさまに怪訝そうな顔を見せている。ひそめられた眉が、訝しげな瞳が、ただの一言を雄弁に表していた。

――〝なにがあった⁉〟――

そんなこちらの表情に、気づいていないはずもないだろうが、レティシャは素知らぬ顔でボードを眺めている。予定表のすべては、昨日と変わらないままだ。チャイルドマン教

師――研究。フォルテ――《塔》外研修。アザリー――自由学習。レティシャ――自由学習。
コルゴンも《塔》外研修。コミクロン、ハーティア、キリランシェロの三人も、やはり
すべて自由学習となっている。
とんとん指先で、すべての名前をたたいてから、レティシャはその夜色の美しい双眸を
こちらに向けてきた。
「ねえ。ハーティアはどこに行ってるの？」
「え？」
キリランシェロは、思い出しながら答えた。
「あ、ああ――さっきみんなで昼食に行ってから、あいつだけちょっとトイレに寄ってい
くとか言ってたよ。もうじき教室に帰って来るんじゃないかな」
「なるほどね」
彼女はそれだけ言うと、ああそうだと手を打った。
「そうそう。わたし、ちょっと用事があるから。じゃ、またあとでね」
「う、うん」
彼は言葉を濁すようにとりあえずうなずいて、上機嫌で教室を出ていくレティシャの後
ろ姿を見送った。やがて彼女の姿を隠すように扉が閉まると、教室にふたり取り残されて、
コミクロンと向き合う……

「……なんだったんだろう」

わけが分からず、キリランシェロはつぶやいた。コミクロンも、首を傾げている。

「さあ……」

と──

がたん、と音がして、扉が再び開いた。レティシャがまたもどってきたのかと見るや、そうではない。

ずたぼろになったハーティアが、ごろんと教室の中に倒れ込んできたところだった。

「………………」

海よりも深い静寂が、あたりを包み込む。

ハーティアは完全に気絶して、床に倒れていた。うつ伏せになっているが、身体中につけられた傷が、どう考えても真正面からめちゃくちゃに殴られたものだということはすぐに分かる。キリランシェロは青ざめながら──

さっきレティシャが触っていた予定表ボードを見やった。

そして、ぞっとするほどの戦慄を覚える。

いつの間にか、予定表のハーティアの欄が、自由学習ではなくなっている。

彼の名前の横には、ただ一言、死、と記されてあった。

「そうか……そういうことか……」

キリランシェロは、沈痛な声でつぶやいた。

なにが起こったのか――そしてなにが起ころうとしているのか。なんとなく想像はつく。彼はコミクロンに向き直った。コミクロンは既にこちらを見ている。彼の表情にも、理解の色がはっきりと見えていた。

どちらからともなく、つぶやく。

「生き残ることが……」

「できるか……？」

ふたりは、同時にうなずいた。がっしと、手を握る。

冷たい雨が、グラウンドをいつまでも湿らせていた。不意に、廊下から、声が聞こえてくる。レティシャの声が。呪文が。

嘆息して、キリランシェロは天に祈った。あまりあてになりそうにはないけれど。

「光よ！」

壁を打ち抜いて、教室の中に、塵のごとき汚れをすべて焼き滅ぼす純白の光熱波が流れ込んでくる。キリランシェロは白い輝きに目を焼かれながら、真横に跳躍していた――同時に、編み上げていた構成を解き放つ。

「我抱き留めるじゃじゃ馬の舞！」

教室内に膨れ上がりかけていた猛烈な熱気が、一瞬にして消えた。

同時に――別の方向に跳躍していたコミクロンが、白衣をはためかせて叫ぶのが聞こえた。精密な、精細な構成が、彼の魔力によって術を発動させる。

「コンビネーション2―7―5！」

コミクロンが突き出した両手の先に、小さな光の球が点《とも》る。光球は一瞬で消え、目的地へと転移していった――つまり、光熱波が打ち抜いた壁の穴へと。きゅん、と甲高い音を立てると、その場で弾け跳んだ。

刹那の破裂音とともに、閃光を走らせる！

「ふっ――」

光球が消えたあと、決めポーズを取ったコミクロンが静かに口を開いた……

「人を倒すのに、余分な熱と衝撃をまき散らす必要はない……これを分かっていないとは、かの死の絶叫もしょせん凡人だな！　実に泥臭い！　人を倒すには、一瞬電流を流し、神経を麻痺させるだけでも十分なのさ！　というわけでキリランシェロ、権力を笠《かさ》にこの天才を弾圧しようとした悪魔はどうなった⁉」

なにを言ってるんだか……と思いつつ彼を見やると、コミクロンはなぜか目を閉じていた。自分に酔っているらしいが、キリランシェロはただ、冷たく告げるだけだった。

「……ハーティアが死にそうなほど痙攣してるみたいだけど、それだけだよ」

「なにぃ⁉　たったそれだけか⁉」

コミクロンが、はっと顔を上げる。彼もまた壁の穴を――床に倒れたままコミクロンの魔術に巻き込まれたハーティアは無視して――見やる。だがどちらにせよ、こちらと同じものしか見えなかったはずだ。

キリランシェロは全身を緊張させながら、壁の穴からのぞく廊下を見つめていた。レティシャの姿がない。

「うふふふふふふ」

声だけが、聞こえてくる。

「あなたの言ってることって正しいんだけどね、コミクロン。でも――」

キリランシェロはじっとその声を聞きながら――はっと、気づいた。

「彼女はそこにいるんだ、コミクロン！」

「……え？」

理解できなかったのか、不思議そうな声をあげるコミクロン。キリランシェロは舌打ちした。

（間に合わない――！）

「くそっ！」

叫びながら、魔術の構成を編み上げる。

「我は紡ぐ光輪の鎧！」

自分の身体を包み込むように、キリランシェロの魔術が発動した。光で編んだ鎖のような障壁が、一瞬でそそり立つ。

それと同時――あるいは、一瞬早かったか。それまではなにもなかった壁の穴に、レティシャの姿がふっと現れる。彼女は平然と、その手をこちら側に向けていた。

光を完全に透過させてしまう。威力が小さければ、魔術をも。ある意味究極でもある、防御用の魔術である。コミクロンの魔術に紛れて、彼女が構成を編んでいたのが見えていなかったが。

レティシャが一言、鋭い声を発した――

「光よ！」

再び膨大な光が、教室を満たす。

魔術の障壁にたたきつけられた衝撃を、自分の肌で感じるように感じながら、キリランシェロはその破壊が終わるのを待った。机がすべて跳ね上がり、砕けた椅子がすべて吹き飛ばされていく。窓ガラスが熱で溶け、雨粒が線を引く外へと膨張していくのが見えた。やがて、光が力を失う。

キリランシェロも、障壁を消した。見ると、教室が一変している。机という机は粉々になり、床も天井も派手にひびが入り、めくれ上がっている。教室の奥に積み重ねてあったがらくたの類も、砕けるなり、あるいは引火して炭に変じたりと、原型をとどめている物はなにもない。

それらすべてのがれきに埋もれて、コミクロンの足が見えていた。ぴくぴくと痙攣しているその足に向けて、レティシャが告げる。

「でもねコミクロン――余波が大きければ大きいほど、避けにくいと思わない？」

「そ、そーいえばそのような意見も、ちょっとありかな、とは思わないでもないな」

むっくりと、コミクロンが起き上がる。全身どことなく焦げているが、なんとか防御していたのだろう。

「に、しても――」

キリランシェロは、あたりを見回した。教室は派手に壊れ、窓も撃ち抜かれたせいで雨が吹き込んできている。修復は簡単なことではないだろう。

「なに考えてんだよティッシ。こんなに壊して……」

「キリランシェロ。あなたには、分からないかもしれないわね」

ぽつりと、レティシャが言ってくる。キリランシェロはきちんと聞き返した。

「なにがさ？」

「守ってあげようとしていたものに裏切られた、わたしの気持ちよ」

悲劇的な調子で、彼女が言ってくる――両手のひらを上に向け、なにを見上げているのか上目遣いで。

だが、それでもキリランシェロには意味が分からなかった。

「……え？」

かなり怪訝な思いで聞き返す――レティシャはちらりとこちらを見て、やや不快そうに眉をひそめた。水を差されたと思ったらしい。

だがそれもすぐのことで、彼女はもとの悲劇的な眼差しにもどった。緩やかな動作でかぶりを振って、彼女が続ける。

「先生に頼まれて、執行部の陰謀からあなたたちを守ってあげようと……」

「……へえ」

キリランシェロは上の空で答えつつ、とにかく次の手を考えていた。真っ向からぶつかっても倒せそうにない相手には――

（どんな手がある？……今の隙に逃げるか？　ハーティアとコミクロンが置き去りになるけど、まあ別にいいし。ええと、ほかに考えられる選択肢は、謝る、泣きつく、媚《こ》びる、ごまかす、死んだふりする……）

結局のところ、なにをやっても駄目なのかもしれない。

絶望的な気分で、キリランシェロはレティシャを見やった。彼女はいまだ、独白のようなものを続けている。

「わたしは考えたわ。あなたたちを目の敵にするであろう風紀委員の見回り制度を、どうしたら阻止できるかって。結局のところ、結論はひとつしかなかったわ。そう！　わたしがその役目を引き受ければいいのよ！」

ぐっと拳を握り、彼女は断言してきた。

「わたし自身が風紀委員になってあなたたちを監視し、奴らの弾圧から守ってあげればいいと、そう思ったのに！」

「そのあんたが弾圧してどうするんだぁぁぁっ！」

キリランシェロの絶叫も、彼女にはとどかない。レティシャは両耳をふさぎ、いやいやをしながら叫び返してきた。

「そんな言い訳は聞きたくないわっ！　とにかくわたしはあなたたちのために、こんな嫌な役をあえて引き受けて――」

「ものすごく楽しげにやってたように見えたけど……」

キリランシェロはつぶやいたが、彼女はきっぱりと無視してくれた。

「――なのにあなたたちは、わたしの真意を誤解して、あることないこと陰口をたたいてるなんて！　ひどすぎるわ！」

と――その時、がれきの下から起き上がったコミクロンが、小さくつぶやく。

「い、いや……でも、芋の件は確かに――」

「光よ――！」

即座にレティシャが放った光熱波が、再びコミクロンを吹き飛ばす。

爆音が、遠雷のようにこだまして、そして消えていく。当然ながらさらに破壊の度を深めた教室が、かなり深刻にみしみしと音を立てた。

ぞっとしつつ、キリランシェロは叫んだ。

「ち、ちょっと待てよ、ティッシ！」

光熱波を放った姿勢のまま、ぜいぜいと息をあらげているレティシャは、なにやら凄絶な笑みを浮かべていた。汗がべったりと顔とうなじを濡らし、髪を張り付かせている。

「う……うふふふふふふふ」

地獄の底から響いてくるような彼女の笑い声に背筋を凍らせながらも、なんとかキリランシェロはあとを続けた。

「あ、あのさティッシ。お、怒ったのは、とにかく分かったから、少し落ち着いてよ。いくらなんでも、こんだけ校舎を壊すのは――ティッシ、風紀委員を引き受けたんだろ？　だからつまり――」

あわてているせいで、言葉がうまくまとまらない。かなり焦燥感をつのらせて、キリランシェロはひたすらまくし立てた。が――

「うふふふふふふふふふふふふふふふふふふふふふふ」

と、レティシャがこちらに顔を向ける……

「うふふふふ。大丈夫よ、キリランシェロ。だって」

彼女はにっこりと言いながら――左腕から、ぶちりと腕章をもぎ取った。それを肩越しに投げ捨てる。

「わたし、そんなことどうでもいいんだもの」

そして、その声を呪文として、また姿を消す。

「え……？」

キリランシェロは呆気に取られた声を出した。次の瞬間――

起き上がっていたコミクロンの姿も、消える。

「え？」

ただ同じ声を繰り返して、キリランシェロはあたりを見回した。ひとつの構成で、コミクロンの姿までも消してしまったようだが――

その結果ひとりだけ取り残され、キリランシェロはなにもできなくなってしまっていた。ただ無策に周囲を見回しながら、ふらふらと歩き回る。と……

突然、背後から、なにかが抱きついてきた。どさ、と力なく、なにかがもたれ掛かってくる……

「うわあああああっ⁉」

悲鳴をあげて、キリランシェロはそれを振り払った。突き飛ばされて、床に倒れたのは――血塗《ちまみ》れのコミクロンである。

「ふっ……」

ずたぼろになりつつも、彼は含み笑いをやめていなかった。

「ティッシは本気だ……お前も死ぬぞ、キリランシェロ……」

と、がっくりと頭を落とす。

「あああっ！　ずるいぞコミクロン！　気絶なんかするな！　そんな血だるまになって顔中あざだらけなあげく、おさげが頭の上でちょうちょ結びになんてされてても、ぼくはだまされないからな！　絶対にタヌキ寝入りだろ！　こらぁぁぁっ！」

白目をむいている彼の頭を思いきり振り回して、キリランシェロは絶叫した。その瞬間――

　ぽん、と肩をたたかれる。

「う・わあああああっ！」

　キリランシェロは悲鳴をあげて、とにかく背後に向け、全力で魔術を放っていた。床に落としたコミクロンが、ごんと頭をバウンドさせているが、そんなことはどうでもいい。キリランシェロの放った光熱波は、レティシャの魔術が残した破壊跡を、さらに決定的にえぐった。が――手応えは、ない。

「ふ、ふ、ふふふふふ」

　息を荒らげ、キリランシェロはあごの下の汗をぬぐった。血走った目を油断なくあたりに這わせて、独りごちる。

「死ぬか……死ぬもんか……」

　真っ赤な視界には、誰もいない。ハーティアとコミクロンが倒れているだけである。

　雨と風が吹き込む教室で、ひとりキリランシェロは拳を握って絶叫していた。

「ぼくは全然、悪いことしてないじゃないかぁぁぁぁっ！」

　だが結局、そんな叫びはなにもならないのだった。雨も降り止《や》まない。

「くそ！　ハーティア、コミクロン、起きろ！　絶対お前ら寝たふりしてるだけだろ！　起きろ！　起きろ！　起・き・ろ・ぉぉぉぉっ！」

　血塗れの仲間をげしげしと蹴りつけながら、彼の叫び声は雨の中響いた……

◆◇◆◇◆

「……というわけで、執行部のほうはガードが堅くてどうしようもありませんね」

　チャイルドマンの教師控え室で、アザリーは肩をすくめながら、そう言った。雨の降り続く外を眺めているチャイルドマンの背中に向けて、さらに続ける。

「ただ、今までの結果を見れば、さほど気にする必要はないように思えますけど……単に、倫理審査委で、誰かがなんとなく発案したものが、誰も反対する理由を思いつけなくて通ってしまったというのが実状だと思います」

「確かに多少、神経質になり過ぎたかもしれんな」

　黒いローブに覆われた太い肩が、やはりすくめられるのが見える。彼は窓に指先を軽く触れさせたまま、肩越しに振り向いてきた。

「ただ、最高執行部を甘く見たくはなかったのだよ。彼らは間違いなく、大陸で最高のスタッフだ。王都の宮廷魔術士たちと並んでな。本音を言えば、君らの誰ひとり、執行部にも宮廷にも関わらせたくない」

　彼が言うのを聞いて、アザリーは、くすと笑った。

「珍しいですね——先生が言い訳のようなことを言うなんて」

「……これからの被害を考えれば、な」

「は？」

きょとんと、アザリーは聞き返した。瞬間――

どぉん、と大きな振動が、部屋を揺るがした。近くの本棚から、ばさばさと本が落ちる。振動に転びそうになりながらも踏みとどまって、アザリーは教師を見やった。チャイルドマン教師は、それを予想していたように、平然と突っ立っている。

なにごとが起きたのかは分からなかったが、とりあえず彼があわてていないのなら危険はないだろうと思い、アザリーは落ちた本を拾おうと身体を向けた。が、チャイルドマンの冷静な声が制止してくる。

「……今拾っても、また拾い直すことになるぞ」

「なにが起こってるんです？」

アザリーは聞き返して、足を止めた。チャイルドマンの予言通り、再び轟音とともに激震が部屋を――というより《塔》そのものを――揺らす。本棚からは、またさらに本が落ちた。空っぽの花瓶が、床に落下して砕け散る。

チャイルドマンは、だが答えてこなかった。こめかみのあたりを指先で押さえて、ゆっくりとつぶやく。

「……アザリー」

「はい」

「わたしの教室の生徒が数人、全力で戦闘を行ったとしたら、この《塔》にどのくらい構造上の損害を与えると推測する？」

アザリーは即答した。

「二割が全損。そのくらいで力尽きるでしょう。塔の大方のブロックは、かなり捕強されていますし」

と、ついでに付け加える。

「……じゃあ、今、それが起こってるってことなんですか？」

「そういうことだ。まあ、二割なら、教師クラスの術者が総出でかかれば、半日もかからないで修復できる。ほうっておこう」

淡々と告げながら、椅子に座る。また、振動が建物を襲った。

「………………」

ぱらぱらとほこりの落ちてくる天井を見上げながら――

アザリーは、ぽつりとつぶやいた。

「問題児ばかりで、先生も大変ですね」

「レティシャにもそれを言われた。問題のある奴ほど、そんなことを言うんだ」

チャイルドマンはそんなことを言いながら、身体を伸ばし、椅子の背を軋ませた。

（……まさか、拗ねちゃったのかしら）

そんなことを考えながら、アザリーは、ほこりのかかった肩を軽くはたいた。

◆　◇　◆　◇　◆

「ほーほほほ！　そっちから順に並びなさい！　運が良ければ身体に穴が開くだけですむわよ！」

「あー畜生、キリランシェロ、お前のせいでもう一回殴られなけりゃならなくなったろうがっ！」

「うるさい！　薄情者！」

「うふふふふふ。寝たままでもとどめを刺すつもりだったけどねぇ」

「くそ！　この偉大な頭脳を危険にさらしたまま、国家はなにをやっている！　なぜ騎士団を出動させない!?　キリランシェロ、おい、向こうに回り込め！」

「オーケイ！　駄作破壊装置パート3改め、対横暴姉用兵器、ポテン・ヒッター！　くらえぇぇぇぇっ！」

結局――

言うまでもないうえ、言うほどのことですらないのだが。

風紀委員になったレティシャの、校舎をも破壊するような暴走により、倫理審査委員会はその責任を負わされ――風紀委員の見回り制度は、即日廃止されることとなった。なお、レティシャの名前が同委員会のブラックリストに赤字で記されたのも、この時からである。

失楽編
タフレムの震える夜

ぼんやりとした灯火が、ちいさな蠟《ろう》の柱の上で揺れている。ワインレッドの闇が包む店内を、ぽつぽつと照らしているのは、そういった丸い炎がテーブルにひとつずつ。それだけだった。闇には突き刺すように鋭く、だが水に溶けだしたように淡い、発酵した果汁の芳香が漂っている。ざわめき。囁き。息のこすれ合う音。テーブルの上で微笑《ほほえ》み合い、テーブルの下で手を握り合っている男女が、灯火をまぶした闇の中で寄り添っている。店の中に時計はない。時間も、それを計る道具も、必要ない。ゆるやかにただ、そこにいる。それだけが貴重な場所。

「……それ、なにかの婉曲《えんきょく》な嫌みなのか？」

と、相棒が聞いてくる。そんなことはない。たとえ、前述した内容を「店内は暗く見通しが悪い。よって目標が確実に目標であるか、我々には確信できない」と書くことができたとしても、そんな報告書を、誰が読みたいと思うだろう？

「さっきの、へたくそな叙情的作文よりはマシだと思うけどね」

この言いぐさ。問題はそれなのである。執行部のお歴々、ぼくは被害者なのである。あくまでただの被害者。否応なく巻き込まれただけ。いや、被害者では生ぬるい。被災者というべきではなかろーか？　すなわち、このバーが多少——まあ、多少というか、ほんのちょっぴり、壊滅させられたとしても、それは絶対にぼくのせいではないのである！　ぼくはこの場に居合わせただけに過ぎない！　木を見て森を見ざるようなことを、まさかすまいな、執行部よ！　というわけで、このぼくを責めようと思っているのであれば、それは間違いである！　歴史は過ちを見落とさないであろう！

「……んで……」

根こそぎ吹っ飛んだバーを見回して、キリランシェロは、腕組みした。

「なにやってんだ？　ハーティア」

壊れたテーブルを無理やり立たせ、その上で紙にわけの分からない言い訳を書き連ねている赤毛の少年に、半眼を向けてそう聞く。

その少年——ハーティアは、あくまで手は休めずに答えてきた。

「決まってるじゃないか！　真実を真実として伝えるために！　報告書に真実を書き残しているところだよ！」

「…………」

キリランシェロはこめかみに手を当てて、嘆息した。

十五歳ほどの少年である。赤いシャツに黒いチョッキ、スラックスは白——目立たないために私服を着てきたわけだが、そのことを彼は後悔しつつあった。最近買い込んだ服を着てきたのだが、今のはへたをすれば（特にスラックスに）致命的な汚れをつけるところではあった。普段着ている《牙の塔》のローブであれば、どうせ支給品であるし、予備はいくらでもあるのだが、なけなしの小遣いでそろえた服を破りでもしたら、泣くに泣けない。

目の前で、いまだ嵐のような勢いで紙に真実――だかなんだか知らないが――を書き付けているハーティアのほうはと言えば、もう五歳年下の子供がよそ行きで着るような、ネクタイ付きのシャツである。なぜ半ズボンなのかということも、キリランシェロには理解できなかったが。

再び、ため息をつく――

ついでに彼は、天井を見上げた。星空が美しい。上を見ている限り、なにもかもを忘れてしまえそうな、そんな星空しかない。なにもない。天井すらない。

永遠に見上げているわけにもいくまい。なんとなくそんなことを考えて、キリランシェロは視線を下ろし、店内を見回した。壁の大半と、天井のほぼすべてがなくなったその光景を、まだ店内と呼べるのかどうかは定かではなかったが。

床は完全に、がれきに埋没していた。壊れた天井や柱などである。内側から自然に弾けたように、壁はみな外側に反り返って、くすぶった煙をあげている。ほかは砕けたテーブル、倒れた燭台《しょくだい》、グラスは散乱し、あたりにはアルコールの芳香が充満していた。がれきに埋もれて、人間の手足などがのぞいていたが、爆発の威力が大きかったことがかえって幸いしたのか、がれきはすべて細かい砕片となっていて、死者はないようではある。さきほどまで、時を支配するようにゆるやかな音色を奏でていたグランドピアノが、落下してきた天井の梁《はり》にまっぷたつにされ、無惨な腹を見せていた。

壊滅状態である。

「それで……ぼくがトイレに行ってる間に、なにがどーなって、こんなことになったわけ？」

半眼で、キリランシェロは問いただした。と——

「なにが起こったんだと思う……？」

背後から、声。

キリランシェロは、身震いするように背筋を伸ばした。できれば、聞きたくない声ではあった。さきほどから、無理やりに気づかないふりさえしていたのだが覚悟を決めて、振り返る。

と、そこには、女が立っていた。周囲の惨状などどこ吹く風と、無傷で腕組みなどしている。ぴっちりとした黒いナイトドレス、そして真っ赤なルージュが、どこかはすっぱな雰囲気を作りだしている。てかてか輝く赤いハンドバッグも含めて、そのまま街角にでも立っていれば違和感がなさそうだと、キリランシェロは内心感じていたが、とりあえずそれは言わないでおいたほうが良かろうと自制してもいた。

多少きつい印象のある眉を、さらに怒りに吊り上げて、彼女がぶつぶつとぼやき始める。

「だからわたしは、こんな囮捜査《おとりそうさ》みたいなことには反対だったのよ！」

「必要経費でその服買って喜んでたのは、確かあんただろ――」

　ごしっ！

　横から口をはさんできたハーティアに、彼女が無言で拳を叩きつける。顔面を痛打され、もんどり打って倒れる彼のことは気にもとめず、彼女はあとを続けた。

「どだい、はなっから無理な話だったのよ！　犯人がこのバーで獲物を調達してるらしいって情報があったって、肝心のそいつが誰だか分からないんじゃ、話になんないじゃないの！」

「犯人が誰だか分かってたら、誰も苦労しないよ」

「それにこれって、警察の仕事じゃない！」

「こんな馬鹿馬鹿しいこと、警察ざたにできないから、執行部が内輪で処理しようとしてるんじゃないか」

「先生やフォルテだったら、すぐに敵の位置を特定できるのに！」

「王都に出かけてるんだもの。いないものはしょうがないよ」

「納得いかないわ！」

　彼女は地団駄踏むかわりに――ももに巻き付くほどぴったりとしたスカートのせいで足が上がらないのだ――、ハンドバッグをぐるぐると回してみせた。いかにも我慢ならないというように、鼻息をあらくしている。ハーティアを殴り倒した拳を引っ込めて、人を撃で昏倒させたその手をすり合わせながら、彼女は激しくかぶりを振った。

そして、吐き捨てる。

「執行部はなんで、か弱いわたしにこんな危険なことをさせるわけ⁉　特別機動部隊に毎年予算かけてるのは、こんな時のためでしょーが！」

キリランシェロは、無言で彼女――自分の姉――天魔の魔女なんぞと物騒な呼び名がついていたりもする――アザリーを、じっと見つめていたが……

それがきっぱりと彼女の自業自得であることも、あえて言わずにおいた。


どこからを、ことの起こりとすべきか――

最初にその事実に遭遇したのは、二週間前のことだった。大陸黒魔術の最高峰《牙の塔》、人里離れた山間《やまあい》に建てられた、城塞にも似たその学舎で、多くの若者が最高の教育を受けている。俗世から離れた場所に半隔離状態で暮らす彼らにとって、街のことに関する情報源は限られている。

《塔》に出入りする、教材販売業者の販売員。

うまいこと寮から抜け出す秘密通路を発見した幸運な数名の生徒。

タフレム市内に家を持っている教師たち。

市街組織と連絡を取る立場にいる執行部の事務員。

そして、毎日廊下の掲示板に貼り出される、市街の新聞などである。

「……『怪生物の恐怖?』……」

廊下にある、緑色の掲示板。大きさは、幅にして十メートルはある。毎朝きっかり八時から、その掲示板の新聞は事務員の手によって貼り替えられることになっていた。タフレム市で販売される、ゴシップ紙まで含めた、すべての新聞である。それが巨大な掲示板すべてをびっしり埋めることになっていた。

その毎朝の貼り替えを手伝いながら、不要になった一日前の新聞をもらうのが、キリランシェロの毎朝の日課になっていた——特に深い意味などないが、だいぶ昔からの習慣である。貼り替えがすべて終わったあと、足下に置かれた、昨日の新聞の束から一枚を取って、彼は一番大きな見出しをぽつりと読み上げていた。

「ああ、それ?」

掲示板から剝がした新聞のうちの半分(裏表で同じ紙を二部ずつ貼るので、半分は不要になる)を、両手でよいしょと抱えながら、名前は知らないがすっかり顔なじみになった事務員が、くすと笑って言ってくる。

「ただのタブロイドよ。あなた、そんなのまで読んでるの?」

「ええ」

キリランシェロは、紙面から視線を上げて、眼鏡をかけたその事務員にうなずいた。

「……経済欄なんて、さっぱり分からないですから」

「《塔》の最エリートも、そういうものなのかしら?」

「別に、エリートなんかじゃないですよ。先生がすごいってだけで、ぼくらは普通ですから」

　縁のない眼鏡の向こうから、驚いたような表情を見せてくる彼女にそんなことを言いながら、キリランシェロは、持っていたタブロイドを新聞の束にもどし、自分もそれを抱え上げた。

　しばらく前からタフレム市で、夜ごと奇妙な怪物が現れるという噂が流れていた。

　キリランシェロは廊下をてくてくと進みながら、抱えた新聞の上に広げた例のタブロイドの記事を読んでいた。もう前を見なくとも歩ける、その馴染んだ廊下には、まだこの時間ひとけがない。

「……『深夜の街角に謎の影。怪人物、いや怪物か⁉』」

　ぶつぶつと読み上げながら、角を曲がる。

「『次々と市民を襲う凶悪な犯罪者に、当局の姿勢はあまりにも腰砕けであると言わざるを得ないであろう。我ら純白なる正義、タフレム・ビッグ・ハンド紙は十八回目の警告を当局犯罪防止課へと送ったが、街の正義と平穏を守るべき立場である彼らは、十七回、それを〝妄想〟であると返答してきた。最後の一回は、完全に無視したのである』」

　タフレム・ビッグ・ハンド紙は、タフレムでは、ガセ記事を書く三流紙として最も有名だった。朝売り出して、昼には近くのスタンドで塩焼きの栗《くり》をくるむのに使われているといったタブロイドである。

「『よって我々は、我らが正義を妄想と笑った当局の愚かな無駄飯ぐらいたちに突きつけることのできる確実な証拠を、賞金付きで求めていた。そしてついに先日、勇敢なる読者から、右の写真が送られてきたのである』……」

紙面は約一割が巨大な活字、二割が写真及び図版、三割が記事、あと残りはすべて歯磨き粉の広告といった構成だった。〝血塗れ？　違うさ健康さ〟という豚の血液入り歯磨き粉のコピーに目を奪われそうになりながらも、キリランシェロはその問題の写真とやらに視線を落とした。

この類の新聞に載っている写真の例に漏れず、ひどいピンボケのその写真は、街中であることは間違いないようだった。ストリート名が表示されているはずの標識も写っていたが、意図したものかどうか知らないが、表示の部分だけきれいにトリミングから外されている。どうやら夜であるらしい。夜の闇の中に、確かになにか、人影のようなものが写っていた。

人影であるらしい。

人影であるらしかった。

「……ただの人間に見えるけど」

正直に、キリランシェロは感想を漏らした。

と――

「あああああ！」

いきなり背後から聞こえてきた、すっとんきょうな悲鳴に、キリランシェロは驚いて転びかけた。なんとか体勢を保って、振り返ると、

「あ、キリランシェロ、なにを見てるの⁉」

黒ローブ姿の女――彼の姉であるアザリーが、こちらの手元の新聞を見て驚愕の声をあげている。

彼女の表情に驚かされながらも、キリランシェロはわたわたと声をあげた。

「え？　あ、いや、今その、経済欄を探してたとこなんだけど――」

「ちょっと貸して！」

アザリーはまったく聞く耳持たずにこちらに突進してくると、すれ違いざまにタフレム・ビッグ・ハンド紙をひったくった。そのまま、尋常ではない形相で目を見開いて、がばと紙面に見入りはじめる。

「……『この問題の怪人――情報提供者の提案そのままに〝タフレムの震える夜〟と命名しようと思う――は、目撃証言によれば長身痩軀《そうく》の好男子で、いかにも人の好さそうな素振りで被害者へと接近し、夜道へと連れ出したところでその正体を現す。被害者たちはいずれも目撃の衝撃が大き過ぎるせいか、いまなお取り乱しており、証言も一致しない。それでもその証言を並べてみると……』」

なにかに取り憑かれたように記事を読み上げる彼女の横顔を見つめながら、キリランシ

エロは、きょとんとしていた。アザリーは目を血走らせて、ただひたすらにあとを続けている。

「……『〝長い尻尾《しっぽ》がある〟〝目は少なくとも三個以上〟〝突如として現れ、さんざ暴れると突然消えた〟〝咆吼《ほうこう》で窓ガラスが割れた〟〝これがその歯形です〟』……」

この頃になると、もう彼女の声は震え出していた。見れば、肩もこわばって痙攣している。

ばさ——

と、彼女の手から、タフレム・ビッグ・ハンド紙が落ちる。脂汗を浮かべ、蒼白になった姉に、キリランシェロは問いかけた。

「……どうしたの？　アザリー」

「ううう……こんな記事が掲示板に貼り出されてたって噂を聞いて、まさかとは思っていたんだけど……」

「？」

「キリランシェロ！」

せっぱ詰まった声を発して、アザリーは、顔を上げた。床に落ちたタフレム・ビッグ・ハンド紙を拾い上げ、例の写真を、びしと指さす——

「大変なことになったわ！」

「な……なにが？」

目をぱちくりさせながら、キリランシェロは聞き返した。と、アザリーは唐突に声をひそめ……


「ちょっと耳を貸して、キリランシェロ」

「？　なんで。ほかに誰もいないのに？」

「万一とゆーことがあるでしょう⁉　いいから貸して！」

「痛！」

無理やりに耳を引っぱられ——アザリーのほうへと引き寄せられる。

だがこちらの抗議など気にもせず、彼女は声をひそめて言ってきた。

「……不可抗力とはいえ、まずいことになったわ」

「…………」

キリランシェロは、眉間にしわを寄せた。なにがどうというわけでもないが嫌な予感を覚えて、少し身を退かせる。

「不可抗力？」

疑わしげに聞き返すと、彼女は、勢いよくうなずいてきた。

「そうなのよ！」

握った拳をぱたぱたと縦に振りながら、ヘッドバンギングする彼女。こちらのうろんな目つきにも気づかずに、あとを続けてくる。

「よりによって、先生もフォルテもいない時にこんなことになるなんて！」

「……ティッシもコルゴンもコミクロンの奴もいないしね」

「コルゴンは、どーせいつもいないんだからいいのよ！」

「まあ確かに……そうだけど……」

並べられた名前はすべて、彼らと同じ教室に所属する生徒の名前だが、放浪癖のあるコルゴンは、実は《塔》にいないことのほうが多い。

なんにしろ、アザリーは心底困ったような眼差しで、虚空を見上げていた。

「大変だわ……なんとかして、秘密裏にあれを処分しないと……特に、執行部に知られたりしたら……」

「アザリー……今度は、なにをやらかしたわけ？」

「いつものことみたいに言わないでよ！」

彼女は、聞き逃さずに叫んできた。ふん、と胸を張って、誇るように言ってくる。

「今度のは、いつものとは桁が違うんだから」

「いや……そんなこと言われても……」

返答に困ってキリランシェロがうめいているうちに、彼女は、また困惑顔にもどっておろおろと手を揉みだした。

「まずいわ……ホントにまずい。被害者が出てるとなると、ただごとじゃすまないわね」

「結局、なにがどうなってるのさ」

わけが分からずに、キリランシェロは彼女に聞いてみた。あまり答えを知りたくはなかったが――

彼女は、聞かれるのを待っていたのか――待っていたのだろう――素早く、びしと顔をこちらに向けてきた。

「聞きたい⁉」

「ううんと……まあ……いや、でも、ちょっと待って。少し考えさせてね――」

真っ直《まっす》ぐにこちらを見つめてくるアザリーから視線をそらし、キリランシェロはつぶやいた。嫌な予感が膨らんでいくのを感じる。が、彼女は構わずに、がっしと肩をつかんで言ってきた。

「聞きたいのね⁉　そんなに問いただされたんじゃ、話すしかないわ。ちなみに聞いたら共犯よ。だって聞いたんだもの」

「なんでっ⁉」

謎の論理を展開するアザリーに聞き返すが、彼女はあっさりとそれを無視してくれた。天井を見上げ、そして、はっきりと言ってくる――

「実はね……」

追いつめられているくせにどこか楽しげに、彼女は断言した。

「間違って、古代の魔術士の遺産を、粗大ゴミといっしょに出しちゃったのよ」

かなり大声で叫んで――誰かに聞かれているかも云々《うんぬん》は、もうどうでもいいのか――、彼女は、ぴたりと動きを止めた。

そしてそのまま、さぁっと顔色を蒼白にする……

「………？」

再び眉間にしわを寄せて、キリランシェロはしばらく彼女の顔を見つめていた。彼女は表情を凍りつかせて、こちらの肩越しになにかを凝視している。キリランシェロは、彼女にしばらく意識がもどりそうにないと判断すると、彼女の視線が固定されているほうへと振り向いた。そこには――

さっきの事務員が、立っていた。小さな紙袋を手に持って。

「………」

彼女はきょとんと、言ってきた。眼鏡の奥の目に、光がない。

「……差し入れ。お菓子。さっき渡しそびれたんだけど……」

ほうけたような表情が――さっと、事務員の事務員らしい事務的な顔つきに変わる。

「チャイルドマン教室のアザリー。今の発言について、近いうちに執行部から呼び出しがかかると思いますので、そのつもりでいてくださいませね？」

「は――はい……」

ぞっとしたように、アザリーがうなずく。

そのまま事務員が、差し入れを持ったまま、くるりときびすを返す。彼女の後ろ姿を見送りつつ、キリランシェロは――

ぼやいた。

「……今度は、どんな罰かな？」

「なんでぇぇぇぇぇぇっ⁉」

天魔の魔女の悲鳴が《塔》に響きわたったのが――そう。二週間前のことだった。

「ま、それから考えると、寛大な処置だったと言えるんじゃないかな？」

頭の後ろで手を組んで、どことなく気楽な気持ちでキリランシェロはつぶやいた。最悪のところまで落ち込むと、かえって気楽になるものなんだなと、妙なところで感心しながら。

「秘密裏に後処理さえすれば、記録には残さないっていうんだから」

「……単に《塔》から危険なものが流出したなんてことを、公的な記録にしたくないだけよ。いかにも最高執行部の考えそうなことだわ」

ぶつくさと文句を言いながら、アザリーは手近に転がっているテーブルの破片を蹴飛ばした――その破片が、倒れたハーティアに当たり、むくりと彼が起き上がる。

「でもさあ」

気絶しながら会話を聞いていたのか、ハーティアはなにごともなかったかのように立ち上がると、一本指を立てた。

「天人種族の遺産をどーにかしなけりゃならないってのに、それ相応の装備品もなにも渡してこないってのは、どういう了見なんだろ？」

大陸の古代種族――天人種族。その強大な魔術の力を、人間種族にも扱える遺産として、大陸の各地に遺《のこ》している。というより、かの古代種族が大陸から姿を消した際、それが遺していった日用品や武器などを、人間たちが勝手に掘り出しては使い方を研究しているといったほうが近いのだが。

なんにしろ、そういった魔術の遺産は極めて強力なものが多く、特にその武器となると、たいていが魔術に対抗するように設計されているため、専門の訓練か、専門の器具か、あるいはもっと端的に、使い方が解明された、ほかの天人の武器などがなければ、そう簡単には戦えないことが多い。

このメンバーの中では、そういった古代種族の遺産に関して詳しいのは、アザリーだけだった。自然、キリランシェロはハーティアとともに、彼女へと視線を集めた。

彼女は、多少うつむいて、自分のあごの先に手を当てて――

「〝ワニの杖〟に関しては、そこまで危険視しなければならないものではないはずよ。多分、無理にでも機動チームを派遣しないのは、そういう判断だと思うんだけど」

「そうかなぁ……この前の擬態虫《フォームワーム》の騒動の時も、ぼくとハーティアが無理やり押しつけられたし。執行部がぼくらを目の敵にしてるとしか思えないけど」

「逆に、フォームワームほどの危険物となると、機動チームの装備なんかじゃ歯が立たないわよ。彼らは基本的に集団での戦闘しかできないし、フォームワームはむしろ、そういった集団の中に紛れ込むことを得意とした殺人兵器なわけだし」

「今回は？」

「ワニの杖は、特別に持ち主を護《まも》ってくれるわけでもないし……殺傷力だけは飛び抜けてるけど、恐れるほどのものじゃないはずよ。誰が持っているのかさえ、突き止めることができれば」

半壊――というか全壊――というかほぼ消滅――したバーの残骸の中で、多少は深刻な面持ちで、アザリーが答えてくる。

キリランシェロは、ぽつりと聞いた。

「だったら、さほど難しいことはないいんじゃないかな？　杖なんて、持ち歩いていればすぐに分かるだろうし……」

「このやたら馬鹿でっかい街をあちこち歩き回って、偶然その通り魔に出くわす可能性がどれだけあると思うわけ？」

アザリーは不快そうに、鼻にしわを寄せた。うんざりとした様子で、ため息をついている。

「当てずっぽうに探し歩いて、二週間も空振りが続いてるのよ？　被害者が、ワニの杖を持っていると思われるその通り魔――ええと、タフレムの震える夜だったっけ？　に遭遇した場所っていうのも、てんでばらばらだし……」

「その杖は、ゴミとして出されたものだったんでしょ？」

キリランシェロは、さらに聞いた。

「《塔》のゴミ捨て場から、どういうルートでそれがタフレム市に流れるのか調べれば、そこから杖をくすねられる人間を特定できるんじゃないかな」

　が、彼女はあっさりとかぶりを振ってきた。

「恐らく、リサイクルセンターに流れたんだと思うのよ。あそこのマーケットを経由したんだとすれば、タフレム市の誰があの杖を手に入れていたんだとしてもおかしくないわ」

「最初っから、手詰まりか……」

「こうなると、むしろ杖が持ち主を護ってくれないことが問題になるのよ。たまたま現場を通りかかった警官にでも、ひょこっと逮捕されてしまうことがあり得るわけ。そしたら――」

「杖の出所も、あっさりと世間に知れることになるってわけだね」

「まったく――」

　と、いきなり横から口をはさんできたのは、ハーティアだった。腕組みして斜め横に顔を向ける得意のポーズで、なにやら自信たっぷりにうなずいている。

「なんだかんだ言って結局は、ぼくらがアザリーのミスの尻拭いを手伝わされてるってわけじゃないか――しかも無償でさ。これってどう考えてもおかしいじゃないか。そこに気楽そーに突っ立ってるどっかのシスコンとは違って、ぼくは正当な報酬を要求するぞ。まさか、断ったりはしないだろうね、アザリー――」

　ごしっ！

――再びアザリーの拳が、ハーティアを沈黙させる。

ぽてりと倒れる血塗れのハーティアを適当に見下ろして、キリランシェロは嘆息した。

「んで、話がそれてたけど……この惨状の原因は、なんだったわけ？」

と、周囲を示す。

完全にがれきと化したバーを、アザリーもまた見回した。彼女は、無言で――そっと、がれきに埋もれている人間のひとりを指さした。ぼろぼろになって、痙攣している手が本のぞいている。

「？」

キリランシェロが視線で聞き返すと、アザリーは、あっさりと告げてきた。

「あの男――だったと思うけど、ひょっとしたらあっちの男かも……あ、あの男かもね。まあ、どれでもいいんだけど、いきなり近づいてきて、そいつ、なんて言ってきたと思う？」

「いくらなんだ、って聞いてきたんじゃない？」

「……なんですぐに分かるわけ？」

即答したこちらに、疑わしげな視線で、アザリー――

「いや別に、なんとなく」

キリランシェロは、すぐさま視線を逸《そ》らした。ふう、と息をついて、アザリーがぼやいている。

「失礼こいちゃうわ」

「だからって、建物を吹っ飛ばすことはないと思うんだけど……」

「だって、しつこかったんだもん」

ハンドバッグを胸に抱き、口を尖《とが》らせて、彼女。と――

「手を挙げろ！」

いつの間にか、バーの残骸の外に、制服姿の男が数人、警戒態勢で並んでいる。こちらを遠巻きにして、手に警棒を構えていた。ボウガンのようなものを一心に巻き上げている者もいる。

その中のひとりが、声を張り上げた。

「き――貴様ら、抵抗するなよ！　ええと……器物損壊、威力業務妨害、騒乱罪、その他もろもろの容疑で逮捕する！　抵抗すれば――その――しないよね？」

近くの住民の通報で駆けつけてきたのだろうが、実際にバーの惨状を見て、すっかり腰が退けているようだった。どことなく気弱に、こちらを見つめてきている。

「…………」

アザリーは、ぽつりと言ってきた。

「ひょっとしたら、警官かしら」

「警官じゃない理由もないと思うけど」

キリランシェロは、なんとなく疲れを感じながらうめいた。

「それもそうね」

彼女はそれだけつぶやいてうなずくと——右手を振り上げた。

とっさに、身を縮める。キリランシェロは防御姿勢をとりながら、息を詰めた。彼女の魔術には、特別な癖がある。突然構成が完成し、そして突然放たれるのである。

魔術士には、魔術の構成が空間に放たれる様がはっきりと見える。彼女が解き放った構成も、キリランシェロには知覚できた。だからというわけではないが、それが発動するよりも早く、彼は頭を抱えていた……

「光よ！」

彼女の叫びが、夜の街に響きわたる。光が膨れ上がり、夜を引き裂いた。すべてを吹き飛ばし、光の膨張は熱波と衝撃波を巻き起こした。地鳴り——街が、建物が、道が、街灯が、夜が、空が、星が、人の悲鳴が、震えて響く……

すべてが終わったあと、警官たちがずらりと並んでいた道路は、すっかり変貌していた。なだらかな道であったものが、秘境のように無惨なクレーターと化している。さすがに直撃はさせなかったのだろうが、ずたぼろになった警官たちが、みな失神して倒れていた。

キリランシェロは、降りかかってきた灰を、ばさっとはたいた。ぶるぶると頭を振ると、髪の間からぱらぱらと粉塵が落ちる。

ただひとり無傷で——アザリーが立っていた。どういった奇跡か知らないが、ほこりひとつかかっていない。ほこりまでもが、彼女に関わるのを避けたのでもなければ、確かに

奇跡だったろう。だがキリランシェロは、不思議と納得していた。そうだ。彼女のことだ。奇跡くらいは起こしてしまう。

いまだ倒れたままのハーティアの首根っこを、むんずと引きずり出しながら、アザリーが真顔で言ってきた。

「さあ、行きましょ」

「……これで、秘密裏のつもりなのかなぁ……」

キリランシェロは頭を抱えて、今度こそ完全に焦土と化したバー——だった場所——を見回した。

ワニの杖。正式名称は定かではない。

森の紋章の杖。そんな呼び方もするらしい。古代種族の遺産を管理・研究する《塔》の当該部署内で、最も簡単にその使用法が解明された品物だとされている。

だがかえってなぜか、その遺産の機能を知る者は少ない。

あまりに簡単すぎて、誰も興味を持たなかったからである。

外見は、つまらない金属の杖である。鋼鉄とも銀ともつかない、奇妙な金属でできている。魔術で精製されたものなのであろうが、その硬度は極めて高く——そしてその硬度以上に、粘度が高い。そしてその形状を、かたくななまでに保とうとする性質があるらしい。つまるところ、決して壊れない金属なのである。

長さは一・五メートルほど。正確には百五十二センチ。太さは直径三センチで、円柱形。同質量の鉄より明らかに軽くできていて、水に浮く。装飾らしい装飾はなく、古代種族の遺産にはたいがいある、古代文字の刻印も一切ない。ただ杖の石突きのほうにグリップのようなものがあり、それを回すと、金属が変形して——石突きが極めて鋭利に尖る。この杖が武器であることは確実だった。

そして、杖の頭の部分。短い鎖が二本ついている。そしてその鎖のそれぞれに、キーホルダーのように、手のひらサイズの金属製のワニがついていた。二匹のワニ。それが、この杖の名称の由来となっていた。

さて——

このワニの杖。正式名称は定かではない。

森の紋章の杖。そんな呼び方もするらしい。古代種族の遺産を管理・研究する《塔》の当該部署内で、最も簡単にその使用法が解明された品物だとされている。

なぜなら、手に取っただけで発動するからである。

人ひとりを探すとなると、街というのは限りなく広い。

ましてやそれが、あてもなく偶然に任せて探すしかないとなると。

「一応、今まで分かったことをまとめてみるわね」

ハーティアをずるずると引きずったまま——かなりの早足で道を進み、アザリーがつぶ

やく。講義口調で人差し指を立てて、

「ひとつ、犯人は《塔》から流出したワニの杖を使って、公的な訴えのあるものだけに限っても、十七件の犯行を繰り返している。これはほぼ毎日毎夜と言っていい数字ね。犯行は必ず夜間。被害者に共通点はなく、極めて通り魔的な犯行と推測される」

キリランシェロは彼女の少しあとをついていきながら、さりげなく付け加えた。

「ふたつ、ぼくらは執行部から、秘密裏に事態を収拾しろと命令されている」

「そうね」

彼女が、うなずくのが見える。星明かりに、彼女の髪留めが輝いていた。

「みっつ、犯人の動機はまったくもって不明。少なくとも物盗《ものと》りではなく、さりとて病的な攻撃衝動があるわけでもない――金品を盗られたという訴えは一件もないし、致命傷に近い傷を受けた被害者もいない」

すらすらとそう言うアザリーに、今度はハーティアが、静かな口調で続けた――首根っこをつかまれ、引きずられたまま平気な顔で。

「よっつ、これまでの捜査でぼくたちは――主に誰がとは言わないけど――、奴が出没すると情報を得たいくつかの場所を、ことごとく根こそぎ破壊してきた」

「そ……そうね。ちなみに被害者の証言を総合すると、犯人は、バーやダンスクラブで被害者へと近寄り、夜道に連れ出してから犯行に及ぶって――」

「いつつ」

キリランシェロは、ほおに一汗垂らしてしゃべりだした彼女を遮るように、半眼でうめき声を発した。

「ここにたまたま、さっき焼き栗を買った時に、それを包んでた新聞紙があるんだけど、この見出しが読める？」

と、アザリーに差し出す。彼女は、認めたくないように顔を背けていたが……

やがてあきらめたのか、か細くそれを読み上げた。

「その……『謎の魔術士集団、市街を荒らす』……」

「気が付いたら、通り魔怪人なんかより、ぼくらのことのほうがでっかい記事になってるじゃないかっ！」

「あああああっ⁉　だって、捜査のためとはいえ、こんな下品な繁華街を夜な夜なずーっとぶらついて、しかも二週間もこんな生活続けて収穫なしだなんて、わたしとってもフラストレーション！」

頭を抱えて──手をはなしたせいで、ハーティアの頭がぼてっと道に落ちたが──、いやいやするように身をよじり、アザリーが絶叫する。

そして、しばらく。

キリランシェロが身じろぎもせずにただじっと半眼で見つめていると、彼女は、ふと思い直したように真顔になった。月を見上げるポーズまで取って、言ってくる。

「……ふっ。通り魔事件を世間の目からそらすために必要なのは、それ以上の事件を起こして関心を移してしまうことよ。味方まで欺いてわたしが仕組んだ情報操作……うまくいっているようね」

「今さら気取って言ったって、納得できるもんか」

キリランシェロは、嘆息混じりに告げた。

「だいたい、アザリーはいっつも後先のこと考えないんだから。そんなことじゃ――」

ぶつぶつと愚痴りかけて、はっと気づいて言葉を止める。

顔を上げると、アザリーがこちらを見ていた。にんまりと笑って。

彼女が普通に笑っている時は、単に目を閉じて微笑むだけである。もしくは、涙を流して笑い転げるか。

ただ〝にんまりと〟というのは、あまりいい笑いではない。

多少顔つきの鋭い彼女が、この笑みをやると――有り体に言って、自分が虎の檻《おり》に投げ込まれた牛のもも肉になったような気分になる。

こちらが言葉を失ったのを隙と見たのか、彼女はその笑みを浮かべたまま、ただ一言だけ言ってきた。優《やさ》しく静かに、ただし拳《こぶし》を固めて。

「……続きは？」

「い――いや、別に！　なんでもないんだ！」

両手をあげて、激しく首を横に振りながら、キリランシェロはまくし立てた。と、

「情けないぞ！　キリランシェロ！」

がば、と道から起き上がって、ハーティアが叫び声をあげる。

「お前がそーゆうこったから、この姉たちがつけあがる――」

ごしっ！

せっかく固めた拳を、せめてどこかにぶつけなければもったいないと思ったかどうかは知らないが、アザリーの拳が、またハーティアを撃沈する。今度は当たり所が悪かったのか、昏倒するのではなく、彼はのたうつように地面を転げ回った。

「うおおおおおおお⁉　頭蓋骨が割れるよーに痛い⁉」

悲鳴をあげるハーティアに――

「割れちゃいなさいよ、いっそのこと」

素っ気なく、アザリーがつぶやいている。

苦しげに悲鳴をあげるハーティアにはすぐに興味を失ったのか、彼女は、さっさとこちらへ向き直ってきた。

「まあ、ともかく話をもどすとね。手がかりがなにもない今の状態で、今までと同じような捜査を続けたって、なんにもならないと思うのよね」

「え？　あ、うん。そうだね」

うなずきながら、キリランシェロは、転げ回り、どがちゃん、と近くのゴミ捨て場に激突するハーティアを見ていた。

「うぐおおおおおおおおっ⁉」

新たな悲鳴。ゴミ捨て場にたまたま捨ててあったガラスで、手を切ったらしい。血しぶきがあがっている。

だが、そんな悲鳴も聞こえないのか、アザリーは気にもせずにあとを続けた。

「なにか、打開策を考えないと、じり貧だわ。いい加減警察も馬鹿じゃないから、そろそろ犯人を捕まえてしまうかもしれない」

(その前に、ぼくらが捕まらないといいけどね)

なんとなく胸中で付け加えるが、声には出さないでおく。

「どぐわあああああっ⁉」

ハーティアの悲鳴、三回目。見ると、血の臭いに誘われて出てきたのか、数頭の野良犬が、いまだ転げ回っているハーティアを取り囲んでいた。やがて、ほどなく襲いかかっていく。

「きゃあああああああっ！」

「あーもー、うるさいわねっ！」

アザリーが、怒鳴り声をあげた。いろいろな意味で不当な抗議ではあると、キリランシェロには思えたが、とりあえずそれも胸中に封印しておく。と——

(……あれ？)

彼は、ふと気づいた。

「アザリー？」

とりあえず姉に、呼びかける。彼女はちょうど、破壊的な魔術でも投げかけようとしてか、右手を掲げたところだった。その右手の先には、野良犬と必死につかみ合いをしているハーティアの姿がある。

「え？」

魔術が発動する一瞬前だろう。アザリーは、こちらの声に反応して振り向いてきた。

「なぁに？　とりあえず、あのへん焼き払って静かにさせたいんだけど」

「いや、そんなことより――悲鳴、別のところからも聞こえてくるんだけど……」

彼女は、ぴくりと表情を変えて、目を閉じた。キリランシェロも同様に耳を澄ませる。と、ハーティアの発する苦悶の悲鳴とは別の場所から……

「きゃあああああああっ！」

女の悲鳴だった。はっと、アザリーと顔を見合わせる。キリランシェロは鋭く囁いた。

「結構近い！　向こうの通りだ！」

顔色を明るくして、アザリーが大きくうなずいてくる。

「そうね。例の通り魔なら――大当たりだわ！」

「急ごう！」

「――って、ちょっと待てぇぇ！　こっちを助けてから行けぇぇぇぇ！」

ハーティアの訴えを後ろ耳に聞きながら――

キリランシェロはアザリーとともに、駆け出していた。

「きゃあああああっ！」

通りを変えると、悲鳴はさらにはっきりと聞こえてきた。キリランシェロは全力でダッシュしながら、少し遅れてついてくるアザリーのほうを、ちらりと確認した。さすがに単純な体力や瞬発力では、彼のほうが一歩先に出る。

別の通りに入る。タフレム市の地理にはあまり詳しくないが、明確に区画整理されたこの街の造りは、さほど難しくない。頭の中で悲鳴の出所を計算しながら、キリランシェロは走り続けた。

（千載一遇のチャンスだ――）

偶然にかけるしかなかった状況で、見事に偶然に引っかかってくれた。これを逃せば、次がいつになるか分かったものではない。

魔術の構成をいくつか用意して、彼は、悲鳴のあがった場所と思しき路地へと踏み込んでいった。そして――

「きゃあああああ！」

悲鳴。それは何度も聞いた。路地の奥のほうに、女が立っている。四肢を引きつけるように身体にぴったりと貼りつけて、ひきつった泣き顔を見せている。路地とはいってもかなりの広さがあり、星明かりははっきりと彼女を照らし出していた。二十代の何歳だとしてもおかしくない、そんな女だ。足下に落ちているロゴ入りの大きなバッグは、スポーツクラブの帰途を思わせた。悲鳴の主は、疑うべくもない——彼女である。

「いた！」

アザリーの声が、鋭く夜闇を裂く。

だが。

（…………？）

違和感を覚えて、キリランシェロは立ち止まった。後ろを走ってきていたアザリーが、どすんと背中にぶつかる。

「な——なにやってんの、キリランシェロ⁉」

「いや、変だよ」

キリランシェロは、追い抜いて先に行こうとしたアザリーを手で制した。違和感に理由などはない——ただ感じただけだ。が、その理由を、彼は必死に考えようとしていた。

もっとも、先に感づいたのは、アザリーだったが。

「……そうね」

ぴくりと表情を変えて、訝しげに、彼女。ハンドバッグの中に手を入れながら、

「出てきなさい！」

と——

しばしの沈黙。そして、じゃりっ……と地面を擦《こす》るような足音。聞こえてきたのは、背後からだった。路地の入り口。キリランシェロはアザリーとともに振り向いた。夜に浮か

び上がって、長い棒を抱えた男が立っている。

長身痩軀。記憶の淵《ふち》から、キリランシェロはその単語を思い出していた。確かにそうだった。身長は、百九十はありそうに見える――身体は妙に細い。体重なら、自分と大差ないのではなかろうかと、キリランシェロは見て取った。例の新聞の写真が写していたのがその男であったのか、それは分からなかった。ただ好男子然とした、という部分は明らかに間違いだろう。痩せ顔の髭面《ひげづら》というのも絵になる場合もあるが、この男の場合、髭の印象のほうが顔より勝り、貧相にしか感じられない。ともあれ――

持っている棒。長い棒だが、その男が持つと、むしろアンバランスに短く見える。不自然なほど真っ直ぐな、金属製の杖。頭に、二匹のワニがキーホルダーのようについている。

「ワニの杖……」

アザリーのつぶやきが聞こえた。

「キリランシェロ、気をつけて……とっさに走ってきちゃったけど、あの杖には対抗策があるの。でも、それにはハーティアが必要よ」

「ハーティアが？」

キリランシェロは、聞き返した。その瞬間――

がくっ！

背後から重たいもので横殴りにされて、彼は倒れそうになった――なんとかぎりぎり踏みとどまり、振り返る。と、さっきの女がいつの間にか近寄ってきている。スポーツバグを振り上げ、それで殴りかかってきていた。

受け止めた手が、じんじんとしびれている。その大きなバッグの中に入っているものがなんだかは知らないが、少なくともスポーツウェアではないとキリランシェロは直感した。ブロックか、なにか硬いもの。

少なくとも、普段持ち歩くようなものではない。

（この女もグルか！）

歯を食いしばって、再びバッグを振り上げるその女をにらみ付けて、キリランシェロは舌打ちした。指を握り込み、拳を作る。体内の熱が上がり、吸い込んだ息が、怒りとともに肺をも固めた。だが身体はあくまで柔軟に、前へと踏み出している。

バッグが振り下ろされる。が、キリランシェロは既に一メートルほど前方に跳躍すると、彼女に肉薄していた。通り過ぎざまに、彼女の脇腹に掌をたたき込む——

もう悲鳴もなく、女は仰向けに地面に倒れた。そのまま、息を喘《あえ》がせて痙攣するだけで、動かなくなる。

（どういうことだ？）

倒れた女を見下ろして、キリランシェロは一息ついた。疑念がのぼる。

（悲鳴ばかりが何度も聞こえたのに、彼女が襲われた形跡がないもんだから、おかしいと思ったんだ——けど、これじゃまるで、こいつらが罠《わな》を仕組んでぼくらを待ち伏せしてたとしか思えないじゃないか……）

捜査は秘密裏――かどうかは知らないが――であったというのに、だ。

振り向く。既にアザリーが、ハンドバッグから折り畳み式の警棒を取り出している。路地の先に少し離れて、ワニの杖を持った男と対峙していた。

しゃこん、と警棒を伸ばして、彼女が告げる。

「さて――それを返してもらいましょうか？　素直に返せば、痛い目にあったり、痛みすら感じられない目にあったりしないですむわよ」

返ってきたのは、うなり声だった。

「青二才どもめが……」

唾棄するようにそううめくと、男は、杖を構えてみせた。そして。

「このわたしの生きがい……命。人生すべて……貴様らのようなこわっぱどもに、邪魔させはせんぞ！」

「……通り魔が生きがいって……ヤな人生ね」

アザリーが、困ったようにつぶやく。キリランシェロも同感だったが、男は、さらに顔つきを厳しくした。

「誰が通り魔だっ⁉」

自覚のないことを言って、杖を一振りする――

刹那。

少し前にいるアザリーの身体が、緊張するのが見て取れた。

「キリランシェロ！　よけて！」

アザリーの警告に、キリランシェロはとっさに従った。なにがなんだか分からないうちに、大きく横に跳ぶ。

そして、自分の目を疑った。

男が振った杖の頭から、突然、巨大な咆吼があがる。なにかが膨れ上がった。光かと錯覚するが、そうではない――なにかが起こった。だが分からない。ただ言えるのは、一瞬あとに、男のすぐ前に、巨大なふたつのあぎとが現れたという事実、それだけだった。

「なんだ⁉」

思わず、悲鳴をあげる。男のすぐ前に現れたふたつのあぎと――ぱっくりと開けられたその顎の中には、鋭い歯と舌がのぞいている――は、アスファルトを削りながら突進してきた。小麦粉の菓子のように、あっけなく粉砕されるアスファルトの破片をまき散らして、ふたつのあぎとは猛烈な速度でこちらへと接近してきた。大きく上下に開かれた上顎と下顎の大きさは、高さにして二メートルはあったろう。危険を感じて、なかば恐怖から、キリランシェロは魔術を解き放っていた。呪文を叫ぶ。

「我は放つ光の白刃っ！」

閃く熱線が、あぎとのうちのひとつ、こちらに向かってくるほうへと突き刺さった。爆発が起こる。そして――

爆発の中から、平然と、あぎとは進み出てきた。

「どわああああああっ⁉」

悲鳴をあげて、逃げる。転がるように避《よ》けて、彼は振り向いた。彼の横を通り過ぎていくあぎとを見やる。

それは、金属製の巨大なワニだった。

凄まじい速度で通り過ぎてから、そして、その光景を逆転したように、再び音を立ててもどっていく。金属のワニは帰り道でもアスファルトを粉砕していった。ワニの尻尾には鎖がついている。鎖はそのまま——男の持つ、杖の頭につながっていた。

男のもとまでもどっていくと、ワニは一瞬で縮んでいった——もとの、キーホルダーほどの大きさへと。

しん……と、静まり返る。キリランシェロは、とにかくアザリーの姿を探した。まさか、やられてはいないだろうが——

いる。平然と立っていた。ワニが突進してきた軌跡は、砕けたアスファルトですぐに知れる。一方はキリランシェロのほうに、もう一方は、彼女のほうへと伸びていた。ただアザリーへと向かったほうは、彼女の手前で消えている。彼女のすぐ前方に、大きな爆発跡が残っていた。破壊はできなくとも、彼女は追い返しに成功したらしい。

そのまま数秒間、対峙を続ける。というよりも、キリランシェロにとっては、ただほうけていただけだが。

アザリーのつぶやきが聞こえてきた。

「……ワニの杖……予想通りの効果ね」

「ぼくは聞いてないよ、こんなの⁉」

キリランシェロは、叫んだ。が、彼女は聞いた素振りも見せず、びしと男のほうを指さすと──

「でもね、悪いけど……そのワニの杖には、対抗策があるの。観念しなさい」

「た、対抗策っていうのも聞いてないよっ⁉」

「あーもー、うるさいわね！　そんなふうにあわてふためいてちゃ、降伏勧告に説得力ないじゃない！　殺傷力に優れた武器なんだって言ってあったでしょ⁉」

「それは聞いてたけど、ワニはないだろ、ワニはっ⁉」

キリランシェロは涙目で、彼女に訴えた。

が、彼女が答えてくるよりも先に、男のほうが、割り込んでくる。

「降伏など……」

男は再び、杖を振り上げた。

「誰がするかぁぁぁぁぁぁっ！」

「どひぃぃぃぃぃっ⁉」

「あ、ちょっとキリランシェロ、待ちなさいっ！」

突進してくる二頭のワニを背に──

キリランシェロとアザリーは、そろって逃げ出した。

「だあああああっ！」

どがががががが、と派手に道を壊しつつ追いかけてくるワニたちから、ひたすらに逃げまどい――キリランシェロは、悲鳴をあげていた。大声をあげながら全力疾走するのは、ストレス解消にはなるかもしれないが、ひどく疲れる。

ぜえぜえと喘ぎつつ、キリランシェロは横を向いた。すぐ近くを、アザリーが走っている。タイトなスカートをはいていることを考えれば、尋常なスピードではないが。

「まあいいわ。逃げたのは、むしろ正解だったわね」

「あー！　やっぱり、はったりだったんだ！」

「違うわよ」

彼女は心外だというように、口を尖らせた。背後を――凄まじい破壊音が続く背後を親指で示して、続ける。

「あの杖に、対抗策があるのはホントよ。ただ、ハーティアがいないと……」

「……ハーティアが、どうにかできるわけ？」

キリランシェロは、疑わしく思いながら聞き返した。いつもいるのだからと思って疑問にも思わなかったが、確かに無関係なはずのハーティアをこの捜査に無理やり引き込んだのは彼女だった。

アザリーが、こくんとうなずいてくる。

「いい、キリランシェロ、鍵はチームワークよ」

「ち、ちーむわーく?」

聞き慣れないことを聞いて、思わず聞き返す――息があがっていたため、吹き出しはしなかったが。

だが彼女は大まじめに、あとを続けた。

「そう。わたしたち三人の力を合わせれば、あのワニの杖を封じることは簡単なのよ」

「ほ……ホントに?」

「もちろんよ!　いい?　ワニは、一頭しかいないの。あんたたちふたりで、ひとり一殺!」

「……へ?」

キリランシェロは、聞き違いかと思って聞き返したが――

彼女は、きっぱりと言ってきた。

「あんたたちふたりが食われかけてる間に、わたしがあいつを取り押さえるわ!　チームワークよ!」

「それのどこがチームワークなんだよ!?」

その日、最も悲痛だった――と我ながら感じていた――悲鳴を、キリランシェロはあげた。だがアザリーは、しっかとこちらの日を見返して、

「ちなみにあのワニ、材質は杖本体と同質だから、まともにやったって、傷ひとつつかな

いわよ」

「まじめに解説しないでよ！　本気で言ってるみたいじゃないか！」

「ハーティアは、このあたりにいたはずよね」

「あああ！　本気だぁぁぁっ！」

彼は悲鳴をあげながら――

ハーティアが転げ回っていたさっきの通りへと、入っていった。


血。熱くたぎるそれも、体外に流れ出れば、冷たく乾いていくだけ。

汗。それも同じだった。

額をぬぐう。手の甲にこびりつくのは、血であり、汗だった。

乱戦によってゴミがまき散らされたゴミ捨て場。野良犬たちが数頭、あちこちに倒れている。だが、中でもひときわ大きな体軀を誇る一頭だけが残っていた。彼の前で、首を上げ、じっとこちらをにらみ付けてきている。

彼もまた、その犬を無言でにらみ返していた。視線だけが交差し、時が過ぎていく。意志と意志がこすれ合う、彼らの戦場。へっ、と彼は笑みを漏らした。

「なかなか、やるじゃないか……」

血塗れの手を差し出す。犬はなにも答えてはこない。ただ――

彼が差し出した手の平に、ぽん、と前脚を乗せてきた。

そして、その刹那……

「ぬぁにをやっとるかぁぁぁぁあっ！」

ごしっ！――

と、キリランシェロはでっかい野良犬と抱き合って男泣きに泣いているハーティアの側頭部に、思い切り跳び蹴りを食らわせた。

「どおおおおっ⁉　陥没したよーに痛いぃぃぃっ⁉」

地面に倒れてのたうち回るハーティアに驚いたのか、犬は、きゃんきゃんと逃げていく。

「なにするんだ⁉　キリランシェロ！　なんか友情とかそーゆうことについて、種族的な壁を越えられそうだったのに！」

「ンなことやってる場合じゃないんだぁぁっ！」

キリランシェロはとにかく叫んでから、また駆け出した。きょとんとした面持ちのハーティアの顔が残像で目の中に残っている。

「なにがだよ？」

不思議そうな、ハーティアのつぶやきは――

「どわあああああっ⁉」

すぐに悲鳴へと化けた。

しばしして、ハーティアの足音が、背後に近づいてくる。

キリランシェロはとりあえず、彼のほうを見ようと肩越しに振り向いた。ハーティアはとりあえず仰天した様子で、わたわたと走っている。血が足りないせいか、どこかふらついていたが、走れないことはないようだった。その彼のすぐ後ろを、アザリーが無表情でついてきているのも見える。

そして、それらよりさらに遅れて――金属製のワニが二頭、道を破壊しながら追いかけてきていた。そのワニの一頭の背に、杖を持った男が仁王立ちしている。

「わははははははは！」

男が高らかに哄笑《こうしょう》する声が、タフレムの震える夜にこだまする。

「逃げまどえ！　そして思い知るがいい――真のタフレムの怪人が誰であるか！　貴様ら新参者に、この栄光を分けるつもりはなぁぁぁい！」

「誰が怪人の新参者だぁぁっ⁉」

キリランシェロはたまらずに、叫び返した。ワニ男――とキリランシェロは勝手に命名していた――が、すぐさま怒鳴り声を返してくる。

「ふん！　ネタは割れとるんだぞ、貴様ら！　最近新聞を賑《にぎ》わせている、謎の市街破壊団とは、貴様らだろーが！」

「好きで賑わせてるわけじゃなぁぁぁいっ！」

「好きでやってるんじゃなかろーがなんだろーが、世論が問題なのだ！　貴様らのせいで、この『タフレムの震える夜』のネタであと三か月は引っぱろうとゆー我らの計画がめちゃくちゃではないかぁぁぁあっ！」

「なんのこっちゃぁぁぁあっ！」

ひたすら叫び続けているので、喉が痛くなる。キリランシェロは咳《せ》き込んだ。後ろを向いたままで走っていたため、首も痛かった。そろそろ前を向こうと思って、ふと――気づく。ハーティアの後ろを走っているアザリーの顔が、笑っている。

にんまりと。

（………うっ⁉）

激烈に嫌な予感を覚えて、キリランシェロは叫んだ。

「ハーティア！　危ないっ！」

「へ？」

遅かった。ハーティアがそう聞き返した瞬間――アザリーが背後から、彼の足の間に、警棒を突き入れるのが、はっきりと見える。

「うわ⁉」

短い悲鳴とともに、転倒するハーティア。

その上を踏みつけ、舌を出してそのまま進むアザリー。

そして、哄笑をあげながら追いかけてくる金属ワニ……

「ぐぎゃああああっ！」

何人もの人間が何度となくあげた、その夜の悲鳴のうち、最も深く悲しげな叫び声が響きわたった。

暴走するワニが、倒れたハーティアを巻き込む。

なにが起こったのか、キリランシェロにはよく分からなかったが――

次の瞬間には、疾走を続けるワニのうちの一頭、その閉じられかけたあごの中で、ハーティアが必死に踏ん張っていた。天井を支えるように両手を突き上げて、ワニのあぎとの狭間《はざま》で必死の形相を見せている。

「死んでたまるかぁぁっ！」

「ぬう！　なかなかやるなっ⁉」

ワニ男が驚愕の声をあげて、とりあえず、ハーティアをくわえているワニのほうへと、ジャンプして乗り換える。ほどなくして、男がさっきまで乗っていたほうのワニが先行するようになる。

「ナイスよハーティア！」

無責任な歓声を、アザリーがあげている。

「さあ！」

彼女は陽気に、声をかけてきた。親指を立てたオーケイサインで、言ってくる。

「ワニはあと一頭だけよ、キリランシェロ」

「冗談でしょ⁉」

キリランシェロは頭を抱えた。が、アザリーは両手をなにか、捕まえるような手つきでわきわきさせつつ、追いかけてきている。

（お……追いつかれたら、死ぬ……）

悪寒を覚えながら、キリランシェロは理解した。彼女は本気だ。

ぎらぎらと瞳を輝かせ、彼女の叫び声が追いかけてくる。

「大丈夫よ、キリランシェロ！　危険なんてないんだから！」

「信じられるかぁぁぁっ！」

キリランシェロは全力で足を動かした。死にたくない。生命としての慣性の法則とでも言うべきか。とにかく理由もなく増大する生存本能に、キリランシェロはひたすらに従った。死にたくない。死にたくない。ただひたすらに胸中で繰り返す。

「キリランシェロ!?　あ！　スピードをあげたわね!?　わたしが信用できないってどーゆうこと!?　ちょっと待ちなさいよ！」

「待つもんかぁぁぁっ！」

「あ！　言い切ったわね!?　ちょっと！　ワニに食われるのと、わたしにお仕置きされるのと、どっちがマシだと思ってるわけ!?　待ちなさいってば！」

「嫌だぁぁぁっ！」

はっきりと涙をこぼしながら、キリランシェロは走り続けた。身体が浮くように熱い。意識が飛んで、手足の感覚もない。酸欠症状だ、と頭のどこか冷静な部分が告げてきた。立ち止まらなければ、最悪、深刻な故障を起こすこともあり得る。

だが止まれない。意識は飛んでしまっているのだから、走り続ける身体に停止の命令を出す者がいない。だがそれでいい。追いつめられて、キリランシェロはそう考えていた。走り続ける。そうすれば、生きられる！

と――

走り続ける前方に、人影が見えた。見覚えがある。というより、まだ覚えていた。さき、悲鳴をあげていた女である。すぐ前にいる。知覚した時には、もう一歩足を前に出していた。もう眼前になっている。

「うわあああああっ！」

「きゃあああああっ！」

キリランシェロはその女に激突し、転倒した。正面衝突ではないので、バランスを崩して地面に転がっただけだが――

「くっ⁉」

彼は、舌打ちした。身体が動かない。デッドラインをとうに過ぎた身体は、いったん動きを止めたせいで、もう指一本動かせそうにないほど疲労を感じていた。ぶつかった例の女のほうは、こちらなど構わずに、また立ち上がっている。

彼女の横を、アザリーが通り過ぎた。そして、さらに後方に、ワニがいる――

と、女が声を張り上げた。

「もうやめてください！　編集長！」

「ナターシャ君⁉」

と、これはワニ男――その女は編集長と呼んだが――だった。ワニはスピードを緩めることもなく、ただひたすらに暴走して突っ込んでくる。もう、その女のところまで百メートルもない。

ナターシャというのが彼女の名前なのだろうが、そのナターシャが、さらに声を張り上げた。

「こんなことは、もう終わりにすべきだったんです！　そうでしょう⁉　編集長！」

「そこをどくんだ、ナターシャ君！」

「いえ！　どきません！　編集長、分かってください――」

「いや、だからとりあえずだな、ナターシャ君……」

ワニたちはもう、彼女のすぐ前まで迫っていた。

そのワニの上で、編集長とやらが、蒼白になっている。

「俺はこれの止め方なんて知らない――」

「え？」

ナターシャが、ひきつったような声を出すのが、最後に聞こえてきた。

女の悲鳴は、夜間にはよく響く。

ワニたちはひっくり返ったように、その場に止まっていた。ただし、ナターシャをくわえて。

「ぬぐあああああっ⁉」

ハーティアとまったく同じポーズで、もう一方のワニの口の中、叫んでいる。

「死んで、たまるもんですくぁぁぁぁぁ！」

「おおお」

キリランシェロは、思わず拍手した。が。

「ったく、もー……」

アザリーはしらけたような顔で、てくてくとワニたちのほうへと近寄っていくと――

杖を持ったまま、ぽかんとしている編集長を、ぽかんと殴りつけた。呆気なく倒れた男の手から、杖を回収する。

「死ぬわけないでしょーが。このワニは、捕獲用なんだから」

「……え？」

凄まじい形相で頑張っていたハーティアとナターシャが、ふっと表情を緩める。

ワニの口の中にはさまれたふたりへと、アザリーは杖の石突きを向けた。石突きについているグリップを回すと、石突きが変形して槍《やり》の穂先のようになる。

「そーやって、ワニで捕らえて動けなくなった獲物に、この杖本体でとどめを刺すわけ。別に獲物を殺したくなければ、ワニをもとのサイズにもどせばいいの」

彼女はそう言うと、杖をぽんと叩いた。すっ、とかき消えるように、ワニがもとのサイズへともどる。

あとには、ハーティアとナターシャ、そして編集長とやらだけが残っていた。

「んで……」

キリランシェロは、なんとか立ち上がった。かなり身体がだるいが、歩けないこともない。足を引きずるように、みんなのところまで行くと、彼は改めて、ナターシャとやらに向き直った。

「あんたたち、結局なんだったわけ？」

と。

唐突に、ナターシャは自分の手の中に顔を埋《うず》めた。わっと泣き出して、しゃべりはじめる。

「わたしたちは、タフレム・ビッグ・ハンド紙の者なんです！」

「ナターシャ君⁉」

編集長が、びっくりしたように叫ぶ。が、彼女は構わずにあとを続けた。

「最初は、市民に夢を与える紙面をと、理想に燃えていたのに……いつしか、現状は突飛なネタを捏造《ねつぞう》して売り出すだけのゴシップ紙に！　でも、それでもわたしは、現実の前には仕方ないと思っていました……」

よよよ、と泣き崩れ、涙に濡れた顔を見せる。

「でも！　わたしは間違いに気づいたの！」

「ナターシャ君！　なにを言っているんだ⁉」

アザリーを押しのけて、編集長が、彼女へと駆け寄っていく。

「そうは言っても、しょせん売上部数を伸ばさなければ、どうにもならん！　我々が知恵を絞って作った記事よりも、ただ単に実際に起きたことをだらだらと偉そうに書くだけの他紙をありがたがっている愚かな世間に！　君も涙しただろう！　あの思いを、悔しさを、忘れたのか⁉」

ぽかん……

と、キリランシェロたちが見ている前で、編集長の手を取り、ナターシャがかぶりを振ってみせた。

「いいえ！　その信念は捨ててはいません！　でも！　わたしたちは、明らかに方法を間違ったのです！」

びし、とアザリーの持つワニの杖を指さして、彼女。

「あんなものを使って、怪人を自作自演しようなんて……それ自体は別にいいんですけれど」

「……いいのか？」

ハーティアが突っ込むが、誰も相手にしない。

ナターシャは、さらに涙をこぼして叫んだ。

「わたし、うまくは言えないけれど……その子を見てください！　編集長！」

と言って、彼女が指さしてきたのは、キリランシェロのほうだった。目をぱちくりさせていると、彼女はすぐにあとを続けた。

「さっき走っていた、その子……ああ、子供にあそこまで深い恐怖を与えて、なにが夢のある紙面作りなのですか⁉」

「あう」

うめいたのは、アザリーだった。恐怖の根元。

だが編集長は、衝撃を受けたようだった――はっと息を呑み、大きく頭を振っている。

「そ――そうか！　俺は、最も大切なことを忘れていたんだな⁉」

「そうです！　編集長！」

「ああ、もう言うな。分かったよ。俺は今日という日を忘れない。君といっしょに、俺も成長した。さあ！　明日の記事を書こうじゃないか！　とりあえずトップ記事は、昔ボツにした『怪奇！　市内川に潜む野生熊の恐怖！』だ！」

「そうですわ、編集長！」

「そーなのか……？」

これまた、放心したハーティアの突っ込み。

なんにしろ――

誰もなにも言い出せないその状況で、しばし沈黙の時を過ごしたのち。

最後に、編集長は、こちらへと向き直ってきた。

「と、いうわけで、我々は改心したので、めでたしめでたしで、帰るから」

「帰れるかぁぁぁぁぁぁぁっ！」

キリランシェロの拳は、吸い込まれるように、編集長の顔面にめり込んだ。


結局。

タフレム・ビッグ・ハンド紙の編集長たるアイリマン・クルーガーと、同編集記者、ナターシャ・クルーガーは、通り魔事件と市街破壊（ついでだからということで、アザリーが破壊した分も）で、ほどなく警察に突き出された。

だがタフレム・ビッグ・ハンド紙は、獄中から発行され続け、今なお発行部数を伸ばしているという……

憂愁編
超人たちの憂鬱

暗い路地。ふたつの壁にはさまれて、空を見上げている。空は赤い。夕暮れでもなくただ赤い。むせ返るような暑い赤。

首は後ろに曲がったかのように下がらない。寝転がっていたのかもしれない。空を見上げている。

「不思議に思う？　こんな形で話しかけるのを……」

なにを不思議に思えばいいのだろう。その声は誰なのだろう。分からない。思いつきもしない。その声を聞いても誰の顔も浮かばず、なにも考えられず、なにも感じない。

「必要なことなの。とても必要なことなの」

声にはなにも感じられなかったが、ただひたすらに焦っていることだけは伝わってきた。息を荒らげているような、激しい言葉。ゆっくりとだが激しい言葉。

「わたしは騙されている。きっと傷つく。わたしを守りに来て。ここに来て」

赤だ。

なんの前触れもなく、そう閃く。空の赤。それはこの声の〝色〟だった。狂おしく渦巻く赤。空を覆い、埋め尽くし――だが地上までは降りてこられない。赤い声。

「わたしはここにいる。あなたからとても……近いところ。とても……」

暑い赤。赤い夏。暑い夏。空の色は渦巻きながら広がり、地面を溶かしはじめる。どろりとした感触を最初に覚えたのは、足首だった。そして首筋。見回すことはできないが、彼をはさむ壁も溶けだしていた。壁も赤く染まる。

「とても苦労して、ここまで来たの。でもわたしからはあなたに会えない。あなたからわたしに会いに来ない限り……それが摂理だから」

溶ける世界に埋もれて、手を伸ばす。

どこに？　摑《つか》まえられるものはなにもない。すべてが溶けて沈んでいく。暑い空気。地下は凍るように冷たい。

「あなたから……来て。とても近いところ……とても……」

声が覆いかぶさってくる。口がふさがれた。なにも答えられない。あごがなくなっていた。目も見えない。痛い。はがされるほどに。ひきむしられつつ沈んでいくと、闇の中に光が見える――

「…………？」

目覚めは静かだった。開ききった目を、また閉じて、開く――

まぶたの上に汗を感じた。毛布の下から腕を出し、顔をぬぐう。これだけの寝汗をかいたことは記憶になかった。

動悸《どうき》は――むしろ、身体が凍っていたのかと疑うほどに平静だった。ただ、恐ろしく疲れていた。眠気はまったくないのだが、疲労だけが全身を浸している。

「なんだったんだ……？」

キリランシェロはベッドに寝たまま、小さくうめいた。窓から差す満月の明かりが、無言で彼を白く染めていた。

◆◇◆◇◆

マリア・フウォンが何者かということであれば、答えは簡単だった。大陸黒魔術の最高峰たる《牙の塔》における、最強の魔術士のひとりである。誰に聞いたとしても、そう答えただろう――本人に聞いたとしても。

そう。聞かれたならば、躊躇せずに答えるつもりだった。

いつも変わらない、そして大昔から変わっていないのであろう《塔》の無機質な廊下を歩きながら、彼女はふと向こうから歩いてくる少年に気づいた。十五歳ほどだろうか？　腕組みするような格好で、なにやら考え事でもしている様子のその少年の顔を、マリアはまったく知らないでもなかった。短い黒い髪――これは頭髪規定の通りだ――にあどけない表情。だが身にまとっているのは上級魔術士にしか着用を許されない黒のローブ。

その少年は、こちらに気づいているのかいないのか、ぶつぶつと独り言を口にしながらそのまますれ違っていった――彼女に挨拶もなしに。

（……叱責するべきかしら）

一瞬、迷う。立ち止まって、肩越しに少年の後ろ姿を振り返ることすらした。が――結局彼女は、肩をすくめて再び行く手に向き直った。そのまま廊下を進むことにする。彼女の着ているローブが、さっと柔らかい衣擦《きぬず》れの音を立てた。

歩くことは気持ちが良かった。それが、芳香がわきたつ新緑の中であっても、廷吏のノックのような足音が響くこの廊下であっても。無目的に歩くことが最も気分がいい。目的があって歩く時には、その目的による。今は、そう――まあまあというところだった。

決して質実剛健とは言えない《塔》の組織だが、建物自体はどこまでも事務的な構造をしていた。すべての魔術士が集う大聖堂があるわけでもなく、いかなる者の耳と目を封じる隠し部屋があるわけではない。真っ直ぐな廊下。並ぶ扉。扉のそれぞれに、一枚ずつのプレート。マリアは一番近くの扉を通りすがりに見やった。『男子トイレ』

目的地はそこではなかった。

彼女は廊下を進むと、ひとつの扉の前で足を止めた。あまり力を入れずに手を握り、そして開く。

小さな教師室の扉。プレートにはひとつだけ名前が記されていた。チャイルドマン・パウダーフィールド教師。扉の横にあるフックには、在室の札がかけてある。

開いた手をまた握り、彼女は扉を軽く、数回叩いた。

「どうぞ」

そっけなく、そして短い返事。彼女は無言で扉を開けた。

教師室は《塔》にいくつもあるが、どれも変わらない——どれも同じようにせまく、暗い。生徒に威圧を与える目的で作られているのだとすれば、成功だろう。もしこの《塔》の設計者が、多忙な教師の執務に多少なりとも快適さを意図していたのだとすれば（と、彼女は恨みとともに考えた）、控えめに言っても、そう。無能すぎる。

書斎のようなと呼べれば多少は優雅であろうが、実際は単に部屋をせまくしているだけの大量の書物と、それを収める書棚。それにはさまれるようにして、その男はいた。背後にある窓は、その窓自体が小さいというより、外壁が厚すぎて太陽が水平にでも移動してくれない限りは十分な光を取り入れてはくれない。実際その男も、まだ午前だというのに魔術で造り出した光を天井近くに浮かべていた。光球から放射される白い光が男を照らしている。冷たい目をした長身の男。不健康に髪を伸ばし、それを後ろで束ねている。

男は、多少驚いたようだった。目をわずかに見開いて、口を開く。

「マリア——フウォン教師？」

「ええ」

自分の名前に対してうなずくのは、彼女の流儀ではなかった——ひとことで言えば馬鹿馬鹿しいからだ。名前は名前である。正しいも間違っているもない。マリア・フウォンは彼女の名前で、それを間違える者などこの《塔》にはいない。

そしてそれは……目の前にいるこの男の名前も、同じことだ。

「チャイルドマン教師」

実力に関して言えば彼女にも匹敵するその男の名前を、マリアは呼びかけた。男は——同格の魔術士に対する礼儀からだろう——すっと立ち上がると、

「わざわざお越しとは——なにかありましたか？」

「わたしから来てはいけないかしら？」

マリアは答えてから、肩をすくめてみせた。部屋の中を見回して、とりあえず彼との間を作る。

せめてこの男が困惑してくれれば。そんなことを思うが、仕方がない。彼女は視線をもどすと、なんとか毅然《きぜん》とした表情を作った。

「さっき、あの子とすれ違いました。なんて言ったかしら……キリランシェロ」

「ええ」

また名前に返事をする。わざとわたしを馬鹿にしているのだろうかと、マリアは一瞬訝りかけた。が、

（考え過ぎね……）

胸中でため息をひとつ、そしてかぶりを振る。

「わたし、あの子に嫌われているのかしら」

「……さあ？　彼は、あなたとほとんど面識がないはずですが。なぜです？」

「廊下ですれ違った時に、無視されたもんですから。いえ——ただの冗談ですよ。気にし

ないでください」

あわてて取り繕う。つまらないことを言ってしまったと、彼女は密《ひそ》かに舌打ちした。外には出さないように気をつけながら。

「率直にいきましょう。あなたの教室の――」

「アザリー？」

こちらが迷っている間に、チャイルドマンが聞き返してくる。マリアは、目をぱちくりさせた。

「……どうして分かったのかしら」

「わたしの知らないところでなにかしでかすのは、たいてい彼女なので」

彼はどうということもない淡々とした調子で、そう答えてきた。その言葉が、そのまま言葉通りのものなのか、それとも事情をすべて知っていてとぼけていたのか――それを確かめる手段などない。マリアは苦笑を抑えてあとを続けた。

「そう。彼女なんですけれどね」

「なにをしました？」

「うちの教室のイールギットとイザベラと、更衣室で口論になったらしくて」

「どうなりました？」

慣れたことなのか、特に動じた様子もなく、彼はこちらを見ていた。ほおがかゆかったらかいていただろう――そんな口調で。

いらだちを覚えるべきなのかもしれない。それは分かっていたが、マリアが表情に浮かべることができたのは微笑だけだった。

「ふたりが発見された時は、ロッカーをかぶっていましたわ」

「……は？」

チャイルドマンの表情が、初めて変化を見せた――きょとんと眉をつり上げている。

この男に対し、理解できない事実をぶつけてやれたことに多少の満足を感じつつ、マリアは肩をすくめて言い直した。

「頭をロッカーに押し込まれた状態で、気絶して倒れていたんです」

「なるほど」

事実を聞かされると、あまり驚きではないらしかった。無表情な顔の下半分に手を当てて、むしろ感心したようにうめき声をあげる。

「……だんだん化け物じみてくるな、彼女は」

「あのふたりを相手に、しかも――たいしたケガもさせずにですからね」

「多少の負傷は？」

一応気遣ってか、チャイルドマンが聞いてくる。マリアは苦笑した。

「かすり傷ですよ。医務室では大騒ぎしてましたけど。ただ、これからもっと大きな騒ぎになるんじゃないかしら？」

「執行部……か」

ぽつりと、小さなつぶやき――彼。

教室間の私闘及び決闘は禁じられている。というより、《塔》における禁止事項の最上位にあるものだ。

「そうですね。あのふたりが大騒ぎをすれば、少々面倒なことになるでしょうね……」

「？」

チャイルドマンは視線だけで、こちらに問いかけてきた――それは疑問ではなく、確認のための問いかけだろう。彼は察している。マリアはうなずいてやった。

「……黙らせます。わたしが」

「なぜです」

「なぜって。利害が一致しているからですよ」

くすくすと吹き出して、続ける。

「生徒の管理不行き届きということでは、わたしも同じですから。執行部がなにかと若い教師に古典的な〝しつけ〟をしたがるのはなぜかしらね」

「彼らが、我々が思っているより数段有能だからでしょう」

「そうかしら」

「彼らをあなどるのは、得策ではありませんよ――マリア教師」

詩歌でも吟じるような口調で、優雅に、その無愛想な男は言ってきた。さっとふりほどくように身体を揺らし、こちらへと向き直る。

「あなたは大陸でも最強の魔術士のひとりです。でも、個人だ。組織には勝てません」

「個人……ひとりってことですか」

「いえ。組織ではないということです。たとえ百万人いようと、組織でなければ、組織には敵わない」

「あなたが……執行部に忠誠を誓う理由は、それですか？」

「………………」

彼は答えてはこなかった。

嘘が得意でないことを自覚しているからだろう――

マリアは、ふっと鼻孔から息を漏らした。

「とりあえず、わたしの用件は……それだけです。問題はないので、心配はしないでくださいということ。今まで通りの関係を保ちたいですから」

「わたしもですよ、マリア教師」

彼は表情を変えずに、そう答えた。少し、視線をそらす。

彼女はしばし迷ってから――口を開いた。意を決する前だったが、言ってしまえばどちらも同じだ。

「……ひとつ、聞きたいんですけれど。チャイルドマン教師」

「なんです？」

彼には気負った様子もない。どのようなことを聞かれても後ろ暗いところはないといわんばかりに。ただし、彼は――決してそんなことは考えていないだろうが。

「チャイルドマン教師。あなたは何者です？　どこから来ました？」

「答えられません」

限りなく正直なことを、この男は告げてきた。

「執行部は知っているでしょうが……わたしなどよりよほど口が堅いと思いますよ」

「……そうですか」

マリアは引き下がると、一礼した。

「分かりました。では」

と、立ち去りかける。が――

気配を覚えて、彼女は足を止めた。それはただの予感だった。このまま立ち去ることはできない。なにかがまだ残っているという、ただの予感。

振り返りはしない。が、立ち去りはしない。一瞬だけだろう。彼女は待った。すると背後から、声が追いかけてくる。

「ああ、そうそう。マリア教師……わたしからもひとつだけ、聞いてもらえますか？」

「？　なんです？」

聞き返した声はかすれていた。相手にとどいたかどうか、瞬間不安になるが、そんな心配は無用のようだった。すぐに、チャイルドマンはあとを続けてきた。

とりあえず、予想していない質問だった。

「霊魂を信じますか？」

「……は？」

間の抜けた――と我ながら思う、そんな声を、彼女は漏らした。思わず眉根を寄せる。

チャイルドマンは、彼にしては珍しい早口で、

「もし霊魂というものがあったとして、死に別れた誰かと会うことができると信じますか？　できたとして、それは……どういうものなんでしょうね」

「………？」

振り返って相手の顔を確認したい衝動をこらえるのは困難だったが、その衝動を抑えたあとで、気にせずに振り返れば良かったのだと気づいた。が、直感的に行った努力には意味があるはずだと信じて、振り返らないまま彼女は訝った。チャイルドマン教師は……気が狂ったのだろうか？

その疑問は、すぐに解けた。彼の言葉によって。

静かに、どこか苦笑を含んで――彼の声。

「いえ……なんでもありません。忘れてください」

とりあえず、正気ではあるらしい。

もう振り向いてもいいだろう。マリアは肩越しに彼の顔を見た。軽く笑顔を見せ、会釈し――彼女は、チャイルドマン・パウダーフィールド教師の教師室をあとにした。

◆◇◆◇◆

「霊魂を信じるか、だと？」

その質問は馬鹿げていた。だが、言うまでは気づかなかった――

キリランシェロは情けなく、それを自覚した。

目の前にいるのは、こんな馬鹿げた質問にも答えてくれる大陸最高の黒魔術士である。

もう何年も師事しているチャイルドマン・パウダーフィールド教師。

鋭く見える指先でこつこつと机の表面を弾き、彼はそのまま聞き直してきた。

「……霊魂は存在するか、と聞いているのではないんだな？　信じているかどうか、という話なら、答えはひとつだ」

「どうなんですか？」

「ノー、だ。死んだあとに残るのは思い出だけだ。反論はあるか？」

「……ありません」

実際、反論など必要なかった。仮に信じていたとして――反論になんの意味がある？　とりあえず会話に間合いを取ろうと、キリランシェロは吐息した。と。

「いえ――」

意に反して、声が漏れる。チャイルドマンはそれを予想していたようにも見えた。ため息をつく。キリランシェロは、なんとなく申し訳なく思いながら続けた。

「……そういうものがあったほうが、便利なんじゃないかって思ったんです」

「記憶が長持ちするようにはなるだろうな。だがそれは、幸福なことかな？」

「いえ……違うと思います」

「だったら素直に感謝することだ」

「……はい」

うなずいて、背を向ける。あとは無言で、彼はその部屋をあとにした。

◆◇◆◇◆

ファイルは意外なほど薄かった。

指を切りそうなほど真新しい紙に、小さなタイトルが記されている。報告作成者の名前はない——執行部の者が書いたものではないのだろう。いや、へたをすれば《塔》内部の者が書いたものですらないのかもしれない。

誰が書いたのだろう。マリア・フウォンは静かに想像を巡らせた。見慣れたせまい天井を見上げ、気兼ねなく思索に没頭する。誰にも邪魔されない——まあ、ごくたまに、教え子にノックされるだけだ——、そこは彼女の部屋だった。

私室ではない。教師室である。つい先刻行ってみた、チャイルドマン教師のものとほとんど同じものだ。違うのは、数点の私物と、書棚に並んだ本のタイトルくらいである。天井付近に浮かべた魔術の明かりも彼のものとそっくりだった。試しに、まったくそっくりに造ってみたのである。

なにも難しいことはない。魔術士であれば誰にでも造り出せる丸い光明。大陸でも並ぶ者はいないと言われるほどの術者も、ごく普通にこれを造る。彼女の生徒にも、彼女にも、簡単に造り出せるものだった。こんなところでは、容易に歩み寄れる。だが――

「まるで謎の人物ね……」

彼女は嘆息とともにつぶやきを漏らした。

まさか現実に、過去・経歴がすべて不明な謎の人物などというものが存在するとは思っていなかったのだ。

ファイルのタイトルにいわく、ただ一言、〝チャイルドマン・パウダーフィールド〟――これは彼に関するファイルだった。ついでに言えば、《塔》における彼の情報のすべてでもある。ただし……彼女に閲覧できる範囲では、ということだが。

あまりにも厚さのないファイルを開く。何度となく目を通したが、役に立つような情報はなにひとつない。五年前、突如としてその名前を歴史に刻んだ黒魔術士。今では彼の名前を知らない魔術士などいない。

自分には二十五年の歴史がある。目を閉じればその半分程度は思い出すことができる。あの男にも、それがないはずはない。ただそれが外から見えないのだ。

「手強《てごわ》い相手ではあるわね。やりがいがあると……言えなくもないのかしら？」

また声に出してつぶやく。

座り心地の良くない椅子に背を預けて、彼女は机の上にファイルを置くと、腕を伸ばした。両手を組み合わせ、手のひらを前に伸びをする。しばし肩を震わせてから、彼女は笑みを浮かべた。

(このファイルをわたしが執行部から入手したことを、彼が感づかなかったはずはないわね。でも彼は、実際に会ってもなにも反応を見せなかった……)

どうせ核心にまで迫ることはできないと侮っているのだろうか？

それとも、なにか対抗策を用意してあるのか？

あるいは……

彼女は、笑みを消した。椅子から腰を上げ、立ち上がる。

振り向いて窓の外をのぞきながら、彼女は独りごちた。

「ひょっとして……」

苦笑する。

「わたしに、突き止めてほしいのかしらね」

苦笑した理由は、それがあまりに、自分にとってご都合な発想だったからだった。

《塔》に関する一般的な誤解がある――《塔》は秘密結社ではない。

それは簡単な偏見だった。大陸黒魔術の最高峰《牙の塔》は、内部にいる者にとっては、ただの学舎に過ぎない。ただの一声で巨石をも貫く教師が、学生といっしょに食堂でホ/

ップクリームたっぷりのパンケーキを食べていると聞いたからといって、ひどく驚かれたとしたら、当事者たちにとっては心外だろう。もっとも、その当事者たちの大半――学生たち――、さらにそのほとんどは、いまだこの《牙の塔》以外の世界を知らない。外の世界が自分たちをどう思っているのかも知らない。

マリアは目当ての人物を探して、食堂の中をゆっくりと見回した。そして――見つけて、歩き出す。

食堂はいつも混雑している。休憩所も兼ねているからだった。談笑している若い魔術士たちの間をすり抜けながら、進んでいく。何人かはこちらに気づいて挨拶をしてくるなり場所を空けるなりするが、それには適当に手を振って応えておいた。

食堂の奥。窓際のテーブルにひとり、ぽつんと少年が座っている。水の入ったグラスを前に、無言で窓の外を眺めているようだった。

その少年の向かいに立つと、彼女の影が触れた。それで気づいたのか――はっと、少年がこちらを見上げる。

マリアはその少年を見下ろして、口を開いた。

「キリランシェロ君……だったわね？　チャイルドマン教室の」

「え……あ、はい」

ぼんやりとうめくように言ってから――寝ているところを起こされたら、こういった感じだろうが――、一瞬遅れて、顔色を変える。彼はあわてて、席を立った。

「あ――その、失礼しました、マリア教師」

「構わないわ。ただ――お邪魔してもいいかしら」

「は、はい」

　他教室の生徒と話すことなど、滅多にない。それは向こうにとっても同じだろう。マリアは多少緊張しながら、席についた。それを待ってから、向かいの少年――キリランシェロも腰を下ろす。彼は、こちらが持ってきた皿を見下ろして、そして、きょとんとした顔を見せた。なかば驚いたように、聞いてくる。

「……パンケーキですか？」

　マリアは苦笑した。ホイップクリームののったパンケーキの一枚目にナイフとフォークを刺しながら、笑う。

「処女の肝臓でも食べていて欲しかった？」

　少年は、しばらく不思議そうな顔を見せていたが、少し緊張が取れたのかもしれない。面白そうに笑みを浮かべると、瞳に年相応な輝きを映した。

　彼も笑いながら言ってくる。

「……元《十三使徒》のマリア・フウォン教師ですからね。力を保つためにそれくらいのことはしてくれないと」

「宮廷にいたのはたった三週間だけよ。すぐに《塔》に呼びもどされたわ」

　マリアは肩をすくめると、パンケーキを一切れ口に入れた。食べている間に、彼が言ってくるのを聞く。

「先生が優秀だからでしょう？」

「…………」

返事はしなかった。口の中にまだものが残っているふりをしておく。

そして――

「……処女の肝臓……」

ふと、つぶやく。キリランシェロが聞き返すのが聞こえた。

「え？」

彼女はナイフとフォークを置いた。手を組み合わせて、あごの下に入れる。肘をついて頭を支えると、背筋を伸ばして座っている向かいの少年よりも、視線は低くなった。少し見上げて、自分のまつげの間から相手の顔をのぞく。

キリランシェロ。チャイルドマン教室の生徒。まだ十五歳という若さ――いや、幼さか――で、年間首席を獲得。上級魔術士となっている。この世代では間違いなく最高の術者のひとりとして名前を残す魔術士だろう。その才能をうまく使えば、大陸史にかかわるような地位に就くかもしれない。当人がそれを望み、そして……彼を監視する者たちがそれを望んだならば。

自分が十五の時はどうだったろうかと、彼女はふと思い浮かべた。きっとこの少年のような目で世界を見ていたに違いない。まだ自分が世界の中心であると信じて、まるで万能の神のように振る舞うことができた。この瞳の光はいつか消える。そしてその代わり、胸の中に強い光を持つことになる。

あるいは深い傷を。そしてたいていは――その両方を。

マリアは笑った。なにも感じなかったように。光と傷。それを持つための資格はただひとつだった。それを、他人には漏らさないこと。

「いえ、なんとなくね」

食べかけのパンケーキの匂いが鼻孔の奥に触れてくる。

「力を保つため――あなたの先生は、なにをしているのかしらね？」

キリランシェロは、驚いたようだった。身じろぎするほどにうろたえて、

「食べませんよ。その……肝臓なんて」

「それは忘れてちょうだい。どうなのかしら。彼の力にはなにか秘密があるのかしら」

まずい質問ではあった。

少なくとも、隠そうともせずに真っ正面から聞いて聞き流せるような質問ではない。特に、彼と同じ教師位にあり、ややもすれば敵対しかねない立場の者が発するには、危険な質問とも言える。

案の定、少年は警戒の色を浮かべた。肩がこわばるのが見える。テーブルの下で、拳を握ったのだろう。

「……先生のことをなにか探ろうというんですか？　マリア教師」

物怖《ものお》じしていない。いい生徒だ。

冷静に評価しながら、彼女はうなずいた。

「そうね。彼のことを知りたいの。できる限り多くね」

「なぜです？」

彼は、視線だけであたりを見回した――マリアも自覚してはいた。自分とこの少年。この取り合わせがひとつのテーブルにいて会話をしている。これが目立たないはずはない。聞き耳を立てている者も少なからずいるだろう。その中で話すにしては、きわどすぎる話だった。が。

マリアは気にせずに続けた。

「なぜと言われても、答えるつもりはないわ。わたしはマリア・フウォン。それを忘れないで」

「…………」

「あなたも答えるつもりはないみたいね。まあいいわ……あなたたち全員をひとりずつねじ伏せてでも聞き出すつもりよ」

うそぶいて、マリアは再びナイフとフォークを取った。相手の出方を待ってみる。

キリランシェロは、かぶりを振ったようだった。

「無意味ですよ。ぼくたちが先生の生徒だからって、あの人のことをなにか知ってるわけじゃないんですから」

「彼の好きな色は？」

二切れ目を口に入れる前に、彼女は聞いた。は？　と彼は聞き返してから、思い出すようにつぶやいた。

「……黒……いや、鉄色かな？　だったと思いますけど」

「ほら」

口の中のものを呑み込んで、マリアは肩をすくめた。

「なにも知らないわけではないじゃない」

「馬鹿にしているんですか？」

彼は不服そうだった。それを真正面から見返して、マリアは告げた。

「いえ。わたしが知りたいのはそういうことよ。まあ、そりゃあ……なにかもっとすごい秘密でもあるのなら、聞きたいけど」

「ぼくをねじ伏せてでも？」

「そうね。そうしてもいいわよ」

「もう失礼します」

キリランシェロは鋭い口調でそう言うと、さっさと立ち上がった。そのまま立ち去るのかと思って見ずにいたが――ふと顔を上げてみると、じっとこちらを見下ろしてきている。

彼は、陰鬱な表情でつぶやいた。

「あなたがどういうつもりだか分かりませんけれど――」

と、視線を外す。

「しばらく、ぼくには近づいてこないでもらえますか？　少し……面倒なことを片づけないといけないので」

「…………？」

眉根を寄せて、疑問符を浮かべる。

が、彼はもうなにも言ってこなかった。きびすを返すと、そのまま立ち去っていく。

それを見送りながら、マリアはパンケーキの三切れ目にフォークを刺した。

◆◇◆◇◆

袋の口をきつく縛ると、キリランシェロは額の汗をぬぐった。疲労ではない――緊張の汗だ、と彼は自覚した。

背後から、聞き慣れた声が聞こえてくる。どこかくぐもって聞こえるのは、こちらから目をそらしているせいだろう。

「……本気で行くのか？　ひとりで？」

「ああ。さっき言っただろ」

キリランシェロは何度となく繰り返したその答えを口にしながら、顔を上げた。そこは彼の部屋だった。ベッドと簡単な書き物机があるだけの、味気ない私室。荷造りを終えたばかりのナップザックをぽんと叩いて、彼は部屋の入り口に立っている同年齢の男に向き直った。まだそばかすの残った赤毛の男。ハーティアだった。同じチャイルドマン教室の生徒である。

腕組みし、滅多に見せない深刻な面持ちで、ハーティアは言ってきた。

「分かってると思うけど、これは本来、ぼくの役目なんだぜ？　先生があとで聞いたら、怒り狂うぞ」

「ああ」

キリランシェロは短くうなずくと、肩をすくめた。着慣れた戦闘服は、皮膚よりも身体に馴染んでいるような気がしてならない。ところどころ金属や網で補強された革製の戦闘服。骨よりも強固に身体を守ってくれる。

「でもぼくがやりたいんだよ。ひとりで」

「……なにが出てきたんだか知らないけどさ」

すねたように口をとがらせ、ハーティア。

「そんなにこだわるようなことなのか？　はっきり言って……そんなふうにこだわってるのは、いい兆候じゃないんだ。あっさり殺されるかもしれないんだぞ？」

と――

ふと気づいて、キリランシェロは目を見開いた。

「心配してくれてんのか？」

「悪いか？　別にぼくは、いつもお前のやることなら知ったこっちゃないと思ってるわけじゃないいんだぜ？」

　ハーティアは、いらだたしげに赤い髪《かみ》の毛をかき上げてみせた。白い歯が一瞬見えたが──笑ったのではなく、口元をひきつらせたのだろう。

「お前の専門分野なら、お前に任せるさ。だが今回のことはお前はまったく不慣れのはずだし……アザリーだろうがティッシだろうが、ひょっとしたらコルゴンやフォルテにだって無理かもしれない。ぼくにしかできないんだよ、多分ね──行動から感情を切り離せるぼくにしか、さ」

　彼が口早に挙げていったのは、同じチャイルドマン教室の生徒たちの名前だった。誰であれ場合によっては教師位の魔術士とも渡り合うかもしれない使い手たちの名前である。が。

　キリランシェロはかぶりを振った。

「なんとかするさ。それに……そうやって、お前にばっかりつらい思いをさせるのもどうかと思うしね」

「つらいと思ったことなんかない」

　ぶっきらぼうに、ハーティアが吐き捨てる。

「……どうせあれは幻影でしかないんだからな」

「分かってるよ」

「分かってない！　分かってたら、そんなふうにこだわったりしないだろ」

「こだわってるわけじゃないよ」

言葉を探しながら――キリランシェロは、壁に掛かっているピーコートを取った。袖に腕を通しながら、続ける。

「どちらかっていうと――好奇心、かな」

「…………」

ちらりと見やると、ハーティアは先刻より表情を厳しくしていた。じらすように大きく息を吸い、そして、こちらに指を突きつけて鋭くささやいた。

「やっぱり駄目だ。危険過ぎる。先生に報告するから、勝手に出ていったりするなよ」

そして、足早に部屋を出ると、そのまま遠ざかっていく。

キリランシェロはしばらく、小さくなっていく足音を聞いていた。そして――

「……ごめんな」

一言だけつぶやくと、ナップザックの紐を肩にかけた。

◆◇◆◇◆

夕刻の《塔》は沈黙する薄闇に包まれている。

低い角度の夕日に満たされた廊下を、彼女は歩いていた。長く退屈な時間を過ごしたせいで凝り固まっている肩を、はたからは分からない程度に動かしながら、彼女は急いでいた。間に合わなかったら元も子もない。

「先生」

横をついて来ているイザベラが、不思議そうに聞いてくる。

「……なにを急いでいるんですか？」

「黙《だま》ってついて来なさい」

マリアはささやくと、さらに歩みを速めた。ほとんど小走りといってもいい。目的の廊下に入るため、角を曲がる。と――

彼女は立ち止まった。二歩ほど行きすぎたイザベラが、あわてて停止する。両手を大きく振って子供っぽい仕草で――もっとも十六歳なのだから単に年相応なのだが――つんのめり、その生徒は不平がましいうめき声をあげた。

「先生、突然――」

ぱしっと軽く、彼女の鼻先に、ずっと小脇に抱えていた四角い封筒を当てて制止する。マリアは、無言でとある扉を凝視した。昼前に入った扉。その扉が、まるで彼女を待っていたかのように、がらりと開く。

中から出てきたのは、長身の男だった。《塔》標準の戦闘服に身を包んでいるせいで、その体軀が際だって見える。完全武装をしたこの男を見るのは、これが初めてだったかもしれない。マリアは思わず息を吞んだ。見とれたわけではないが、言葉は出てこなかった。

チャイルドマン・パウダーフィールド教師が、革の手袋を直しながら、こちらに気づく。

ちらりと上げた視線に自分が触れるのを感じて、マリアは表情をこわばらせた。なにか野性的な感情が浮かんでくるのを自覚する。恐怖ではない――彼が大陸で敵う者などいない暗殺技能者だとしても、恐怖ではない。畏怖とも違う。

「あっ……」

ひきつった声をあげたのは、横にいる生徒だった。イザベラは口元に手を当てて半歩ほど後ずさりしている。教師が完全武装することなど、《塔》においては異例のことだった。

偶然だろうが、チャイルドマンに少し遅れて、彼の生徒が姿を見せた。赤毛の少年で、これも戦闘服を着て武装している。

(……わたしも武装してくるべきだったかしらね)

無意味なことを考えながら、マリアは一歩出た。くすと笑って、数歩前にいる教師に声をかける。

「どこへ行かれるんですか?」

チャイルドマンの返答はいつものように短かったが、珍しく明瞭ではなかった。

「……いえ。馬鹿をひとり捕まえに行きます」

「へえ……?」

それとなく聞き返す。が、相手は、こちらには構わないつもりらしかった。もう立ち去る体勢を作ると、

「行くぞ、ハーティア」

「はい」

すれ違うように、ふたりが歩いてくる。イザベラは道を開けようと、こちらの背後に隠れようとしたようだった。

だが――

「チャイルドマン教師」

はっきりとした声で、マリアは彼を呼び止めた。すれ違う寸前に、頑強な暗殺者の足が止まる。

こちらを見下ろすチャイルドマンの顔を見つめて、マリアは告げた。

「お出かけにならないほうがいいと思いますけれど」

言いながら、抱えている封筒の端を指で撫でる。チャイルドマンは聞き返してきた。

「……は？」

「執行部があなたをお呼びです」

「なんだって？」

これは、チャイルドマンの横にいる、赤毛の少年だった。とりあえず彼のことは無視して、マリアはチャイルドマンから視線を外さないまま続けた。

「先ほど話をしたでしょう？　あなたの教室のアザリーが、わたしの生徒と更衣室で乱闘したと」

封筒を、チャイルドマンの厚い胸板に押しつける。

「教室間における私闘は同盟反逆罪にも触れる重大問題です。あなたにも査問会の沙汰があるでしょうから――わたしはさっき済ませましたけれど」

「…………」

彼は無言だった。だが――瞬きをしないその目に、血管が浮き出るのが見えたような気がした。

(でも……ここで気後れするわけにはいかないわよね)

彼女は意を決すると、彼に対して微笑んでみせた。彼の全身に注意を払いながら。

「ごめんなさい。イールギットの首根っこは押さえてあったんですけれど、このイザベラが思いのほか強情で」

ひっ――

と、息が止まるようなうめき声を、イザベラが発するのが聞こえてきた。もっとも、チャイルドマン教師の形相――表情は変化していないようだが、感情ははっきりと表れている――を見れば、それも無理からぬことだったかもしれないが。

(あの子……キリランシェロだったら、少なくとも外見上は平静を保ったかもしれないわね……)

多少悔しさを覚えつつそう思う。だが、あまり気にしている時間はなかった。視線だけで左手首の時計を見るふりをして、わざとらしく驚きの声をあげる。

「……って、もう執行部は定時ですね。招集は明日になるんじゃないかしら――あ、ごめんなさい。わたしが言わなければ、知らないまま外に出られたかもしれませんね」

「マリア教師……」

押し殺した声で、チャイルドマンは言ってきた。

「わたしはそういった悪ふざけをする人間を好まない」

マリアは視線を上げた。

「わたしも」

しっかりと、その男の黒い眼差しを見返して告げる。

「わたしのプライドを見くびる人間を許しません」

意味は伝わっただろうかと、一瞬彼女は訝った。チャイルドマンの目が、一瞬だけ揺れる。マリアはそれに満足して、さっきから持っている封筒を彼の顔の前に掲げてみせた。

「これが召喚状です。今日、この時刻に確かに手渡しました。この子が証人になります」

と、イザベラを示す。

明らかに迷惑そうな顔を見せた生徒に苦笑したあと、マリアはチャイルドマンの戦闘服の、いくつかあるベルトの隙間に封筒を差し込んだ。

「召喚状を受け取った者は、指定された期日まで待機を義務づけられます。ご存知ですよね？」

「知っている」

こんな時でも、彼は冷静なようだった。赤毛の少年のほうを見下ろし、

「……ハーティア。ひとりで行け。どんな手を使っても構わない――キリランシェロを止めろ」

「ええっ⁉」

あからさまに驚いて、赤毛の少年は細い眉間にしわを寄せた。

「そんな……ぼくひとりでキリランシェロを止められるくらいなら、さっきそうしてましたよ。アザリーにも頼んでいいですか？」

「どうせ彼女も召喚状を受け取っただろう」

ちらりとこちらを見て――チャイルドマン。マリアは小さくうなずいてやった。

大げさに舌打ちなどはしないものの、それをしそうな気配を感じさせながら、彼が目をそらす。

「わたしなら……」

彼女はゆっくりとした口調で提案した。

「わたしなら、あの子を止められる。そう思いませんか？　チャイルドマン教師の秘蔵っ子、サクセサー・オブ・レザー・エッジ――〝鋼の後継〟を」

「え？」

理解できずに声をあげたのは、それぞれ違う教室の生徒ふたりだけだった。チャイルドマンは、特に反応を示さない。

構わずにマリアは続けた。

「事情を話していただければ、お手伝いしますけれど？　わたしの査問は、もう終わりましたから」

「ハーティア」

チャイルドマンは、こちらにではなく少年に告げた。

「彼女に、発生点の位置を教えてやれ」

「先生⁉」

「構わん。秘密のひとつくらいくれてやる」

言葉の後半は、こちらに向けられたものだった。チャイルドマンは怜悧《れいり》な眼差しで彼女を射抜いてきた。

「いいだろう。マリア教師――あなたの挑戦を受けよう」

「口に出して言うべきではありませんね。執行部の耳に入れれば、ただではすみませんよ」

からかう口調で、マリアは告げた。チャイルドマン教師の表情がわずかに歪む。彼はくるりときびすを返すと、背を向けた。そのまま、教師室へと歩いていく。召喚状を受け取った以上、教師室か自宅か、なんにしろすぐに連絡のつく場所に待機していなければならない。

が、このような状況で――つまりは執行部は明日の十時までは機能しないのだから――それに馬鹿正直に従う者などいないのも事実だった。というのに、あの男は明日まであのせまい部屋に控えているつもりなのだろうか。

マリアは――息を吸った。そこでこらえるつもりだったが、どうしても声が出る。一歩前に出て、叫ぶように口を開く。

「……無視すればいいじゃありませんか。ご自分の生徒が心配なら！」

チャイルドマン教師は歩みを止めない。聞いたそぶりすら見せない。その背中に向かって、続けて問いかける。

「なぜ、執行部を手玉に取るだけの力がありながら彼らに従うんです？」

「…………」

彼は――

ほんの一瞬だけ、足を止めた。

「彼らを活用しなければ、わたしの使命は達成されない」

そしてまた、もとのように歩き出す。

「……使命？」

目的でも目標でもなく？

マリアは自問して、胸中で確認した。確かに彼は、使命と言った。

立ち尽くして、見送る。部屋の中に消えるチャイルドマンを。夕刻の《塔》は静かに薄闇に包まれている。

目的地さえ分かっていれば、《塔》の外をろくに知らない生徒に追いつくのは、さほど難しくないとマリアは踏んでいた。時間にして数時間は遅れた出発であったとしても、である。

　渡された地図に記されていた目的地は、《塔》から徒歩で三日ほど南下したところにあった。途中までは街道を使えるため、道はさほどつらくない。特に標準装備であれば、小走りに進んでいける程度のものだ。

《牙の塔》の魔術士が外に出る場合、一応正装は制服である黒のローブか、ローブの着用を許されていない者は簡略化された黒い儀礼衣となる。だが実際にはそれらを着て街に出ることはほとんどない。たいていは私服か、あるいは、戦闘服となる。

　革でできた戦闘服の上に専用のピーコートを羽織るのが標準の武装、魔術士がただ〝標準装備〟と言った場合、この状態を意味する。夏場であってもコートが薄手になるだけで、変更はない。コートや戦闘服には各種武装が施されており、場合によっては魔術そのものより重宝することがある。魔術士に戦闘訓練が義務づけられているのは、大陸における魔術士の歴史が闘争の歴史であったからというのもあるが、もっと端的に、しょせん魔術は殺人にこそ最も適した技術であるからという斜めの見方もある。マリアはどちらかと言えば前者の信者だったが、後者を否定する材料というのも思い浮かばなかった。だが否定だけはするだろうが。

　武装した魔術士を追跡する。街中であれば簡単だろうが、街の外に出てしまうとそうもいかなかった。街道にはそうそう人通りがあるわけでもないし、そうなれば目的地を頼りにできる限り急いで先回りを目指すしかない。もっとも、足には自信があった。ペースを間違えなければ、十分に先回りできる。

問題は、先回りして――そしてどうなるか、彼女にはさっぱり分からなかったことだった。

（キリランシェロ君が許可もなく《塔》を出たと聞いて、ちょっと挑発する程度のつもりだったんだけど……予想以上の当たりではあったみたいね）

複雑な気分で独りごちる。チャイルドマン教師を《塔》に釘付けにしたのは、我ながらいいタイミングだった。もっとも、彼をあれだけ怒らせる結果となったのは予想外だったが。

（なんだったのかしら。秘密をくれてやるとか言っていたわよね――彼のなにか重大な秘密のようなものが関係している？　生徒の無断外出が？）

食堂での彼とのやりとりから、単にプライベートなことだと踏んでいた。そうでないとして――いったい、なにがあり得る？

答えが出るはずもない疑問だとは分かっていたが、予想すら立てられないことが彼女には情けなかった。

（行けば……分かることなのかしらね）

その保証もない。

少々分の悪い勝負だった。

（でも……）

　彼女はむしろ高揚する自分に気づいていた。

　廃村はこれ以上ないほどに静かだった。

　夜の月。倒壊しかけた小屋や、無駄に育った木々や蔦《つた》に阻まれて、自分にはほとんど触れない。獣の声も虫の声もなにもない、凍り付いたように静かな村の中、マリアは一声ささやいた。

「白の光」

　ふっ――

と、彼女のすぐ横に、丸い光の玉が浮かぶ。

　柔らかいが冷たい、白い明かりが闇を押しのけた。闇の中の光は思いのほか大きく広がって見える。彼女は光を自分の頭上に移動させると、一番遠く、光の範囲ぎりぎりに見える木の枝までの距離を目測する。

（十メートル……てところね。光の範囲に入ったものは七歩でとどく）

　そのことを頭の隅に記憶すると、彼女は改めてあたりを見回した。

　別に死の伝説に彩られた怪奇の村でもなければ、二度と外界にはたどり着けない樹海とも違う。街道からわきに入ってすぐの、名もない廃村に過ぎなかった。広さがあるわけでもない。歩き回れば、六時間ほどですべて回れるだろう。

　しかしその割には静かだった。風すらない。物音のない夜の廃村は、どう控えめに許しても散歩には向かない場所である。手を握れば革のグローブがこすれる音まで大きく響くような気がする。マリアは顔をしかめた。静か過ぎる。虫の声すらしないというのは異常としか言いようがない。

（でもここが目的地なのよね）

いや、だからこそ目的地に違いないのかもしれないが。

彼女はいくつか、攻撃のための魔術の構成を思い浮かべてから、一歩を踏み出した。視界はそのまま結界でもある。不審なものが見えたならば瞬時に攻撃に移る体勢を作っておく。

闇を分かつ家の影。突き出してくる枝。そういったものにも油断なく視線を触れさせながら、彼女は村の奥へと進んでいった。

（キリランシェロ君は……もう来ているはず）

既に、ここに来るまでにいくつかそれらしい足跡を発見していた。

（とりあえず、彼を探すことが先決ね。謎解きはそれから）

考えることを放棄するのは、リラックスするための方法だった。注意力を失わないよう慎重に、考え事をひとつずつ排除していく。不安。疑問。後悔。焦燥。そういったものが消えていくと――最後には、恐怖が残る。

歩く。下草の生えた、荒れ果てた道で足音を消そうとするのは無駄な努力だった。がさがさと引きずるような無様な足音が森に響く。物音を引き連れて、彼女は歩き続けた。長いこと歩いているようにも思えてくるが――彼女はため息をついた。まだ五分も歩いていないだろう。

時間を意識すると、時計の針の音が耳の奥に響いた。それは血管の脈打つ音だったのかもしれないが。緊張している――と、不本意ながら彼女は認めた。こんなふうに身体を硬くしたのは人生でも数回ほどだ。最新のものはなんだったろう。思い出して苦笑する。間違いない。あれだ……

『実に優秀だ、マリア・フウォン』

顔のない、青と白の服を着た男の声。

『我らがプルートーは、君をナンバーズに数えても良いのではないかと仰《おっしゃ》っている。君の希望を聞こう』

『残念だった、マリア・フウォン』

『君について、疑惑を持つ者が現れた。はっきり言おう。わたしだよ――』

「君が《塔》のスパイではないと、確信できれば良かったのだが」

――と。

言葉にできないほどの戦慄を覚えて、彼女は立ち止まった。思い出の中の声だと思っていたが……

（どういうこと？）

確信はできない。が、最後の声は、肉声であったように思えた。

拳を握る。体温が上がるのを感じた。いつでも身体を投げ出して逃げられるように――

そして逃げながら全力の攻撃ができるように意識して、周囲の気配を探る。

直感的に感じられる〝気配〟なるものは、たいていの場合あてにはできない。妄想と大差ないからだ。が――妄想が時に超常的な結果を生むことも、ないことはない。

周りにあるのは、寂れた廃屋と柄の折れた農具、あとは無数の下草と弱すぎる星明かりだけのように思えた。少なくとも、光の範囲にあるのは。

白い光と黒い闇。そのふたつの境目であれば、灰色になっても良さそうなものだが、彼女の目には紫に見えていた。その境目。光のとどくぎりぎりの範囲。なにかが浮かぶのが見える。彼女は険しくしわを寄せながら目を細めた。ぼんやりと浮かぶ……

机に座った、顔のない、青と白の服を着た――

「――っ⁉」

衝撃を受けたように、彼女はよろめいた。わけが分からなかった。青と白の服……宮廷魔術士《十三使徒》の制服！

彼女はとっさに構成を編み上げていた。強大で単純な、たったひとつの構成。その構成を展開し――叫ぶ。

「赤の刺激！」

突き出した手の先から、激しい光がほとばしる。光は闇を赤く切り裂いた。破裂し、空気がこすれる爆音。炎上する熱波の中に、その人影は消えた。

「……どういうこと？」

彼女は混乱してうめいた。

「《十三使徒》……？　どうしてこんなところに――」

と、脳裏にチャイルドマンの言葉が浮かぶ。秘密のひとつくらいくれてやる……

（彼が《十三使徒》と通じていた……王都のスパイ？）

思い至るのは、その程度だった。が――すぐにかぶりを振る。

（違うわ。違う。そんなことじゃない……）

見えたのだった。

彼女の放った魔術が、ほんの一瞬だけ、爆発するその一瞬前にだけ、その男の顔を照らしたのだ。彼女はそれを見ていた。

（あれは間違いなく……あの時の男だったわ。彼は確か死んだはずよ。わたしを《塔》に送り返してすぐに）

だとすれば、死んだ男に呼びかけられたことになる。

彼女は視線を厳しくすると、左右を見回した。なにかが迫ってきている気がする。悪い予感が全身を支配していた。

そしてささやかれる声。

「先生……」

声よりも先に、彼女はその声を発した者の姿を見つけていた。左手の木の陰に隠れるよ

うにして、赤いスカートの少女がこちらをのぞいている。

「フレア……？」

ぞっとしながらマリアはうめいた。自分の初めての生徒――幼くして目覚めた魔術を制御できず、目の前で爆死した。

間違いなかった。だが死んだはずの少女は無表情のままこちらを見つめてきている。その目と目の間が平坦《へいたん》に広がって、不気味な笑みを作りだした。その姿が、不定形に歪む。

反射的に彼女は叫びかけた。

「青の――」

「やめるんだ、マリア」

振り上げた手を、背後から誰かにつかまれた。そのまま手首をねじ切られるほどに激しく冷たい――そんな指が。

彼女は悲鳴をあげた。声にははっきりと聞き覚えがあった。左手で、腰に差してあるロングナイフを引き抜く。歯を食いしばって身体をねじり、彼女はそれを背後にいる人影の下腹部に突き立てた。あまり深くは刺さずに引き抜くとすぐに腹へと突き直し、最後は喉に差し入れる。

ナイフが喉に刺さった時点で、彼女の腕をつかんでいた指がほどけた。そこにいたのは男だった。白髪のいかめしい顔つきをした老人。

「先生……？」

やはり死んだはずの師の顔に、マリアは声をあげた。持っていたナイフを落とす。傷を受けたその男は、表情も変えずに消えていった。

「そんな……？」

震える声で、かぶりを振る。マリアはあたりを見回した。暗い廃村。放棄された名もない村。その、そこかしこに、人の顔。手。影が見えた。みな隠れるように――だがこちらをうかがって。マリアは大きく息を吸った。覚えのある顔もあれば、そうでない人影もある。だが、確信できた。すべて、自分を目当てに集まってきたのだと。

（亡霊……？）

そんな突拍子もない単語を、彼女は思い浮かべた。昼間の教室でなら、笑い飛ばすであろう単語を。だが。

視線が、足下に触れた。足下に落ちた彼女のロングナイフ。その刃には、血の跡もない……

「いや――」

ヒステリーを起こしかけている。それは自覚した。だが自覚したからといって――どうなるというのだ？

その時だった。

ざっ――

駆け出してくる音。どの影だろう？　彼女は訝った。こちらに駆け寄ってくる。フレアだろうか？　それだったなら、まだいい。無意味なことを考えながら、まだ完全に自制を失いきってない部分が、彼女を振り向かせた。闇の向こうからこちらへと近寄ってくる気配。それは少年だった。まだどこかあどけなさの残る少年。

手に、彼女がさっき落としたものと同じ、ロングナイフを持っている。

（あれで……わたしは死ぬの？）

その確信が、心を通り抜ける。

自分の意思を無視して、貫こうとする。

こめかみに――力が入った。

（幽霊だかなんだか、あやふやなものが――）

拳を固める。

（わたしを馬鹿にする気？）

「――っ！」

身体が自然と反応した。息を吐くと、相手から一歩遠のくように跳躍する。その間に体勢を直し、意識を整えて、彼女は目を細めた。

決心すれば、身体は軽く躍った。長年――丸一生の間をかけて扱い方を学んできた自分の身体である。跳んだ際に足にかかる反動も、耳元でうなる空気の音も、すべてが自分を活性化させると信じることができる。彼女は息を止めた。一呼吸の間ですべてを終わらせる。

逃げるつもりは毛頭なかった。間合いを十分取ったと判断すると、彼女はすぐに相手の向かう方向に身体を傾けた。少年は構わずに走り込んでくる。ナイフは右手。相手の左腕のほうに回り込みながら、相手の出方を見る。

その時点で、彼がキリランシェロだと気づいた。

（……この子も、もう死んでしまったの？）

そんな疑問を解いている暇もなく、キリランシェロが足を止めた。手のとどくほんの一歩手前で。そして一瞬だけ間をおいたあとに、一気にまっすぐ踏み込んでくる――

少年が、気合を吐いた。同時に左手が飛んでくる。それをさらに身体をねじってかわしながら、マリアは相手の左後ろへと回り込んだ。軽く掌打を放つ。それはとどかなかったが、牽制になってくれた。キリランシェロはすぐさま振り向いてきたが、追撃はしてこない。瞳の中に逡巡《しゅんじゅん》の色がうかがえた。迷っているのだろう。自分の手向かえる相手かどうか。

そしてその答えは――

少年はナイフを鞘《さや》に収めた。大型の武器では捉えきれないと判断したのか。

実際はどうだか分からない。が、彼はともかくも打ちかかってきた。また一気に間合いを詰めてくると、今度はこちらのひざをめがけて足刀をはなってくる。前足を入れ替えてそれをかわすと、彼はさらに踏み込んできた。ほとんど肉薄するほどの距離。キリランシエロの拳が、自分のわき腹に軽く触れるのを感じた。

（……寸打！）

密着した距離からこちらの動きに合わせてカウンターをはなつ。有名な体術だった。実践できる者はそうはいないが……

　彼女は緊張を解いて成り行きに任せることにした。彼がその触れさせた拳からこちらの動きを読むように、こちらも、その拳から相手の動きを読む。行動はほぼ同時になるはずだった。彼女は横に身体をずらそうとし――

　少年の身体が震えた。威力のある拳が、短く突き出される。わき腹に痛撃を覚えて、彼女は顔をしかめた。もとより、完全にかわせるとは思っていなかったが。

　痛みに合わせて、身体をねじる。痛みは一瞬で、そこから広がりはしなかった。戦闘服の表面に、キリランシェロの拳がこすれて滑っていく。

（あと少し――）

　マリアは歯を食いしばったまま痛みに耐え、そして、あくまでも身体をひねり続けた。少年の周りを移動しながらなので身体の正面は変わらない。ほんの一瞬後だったろう。彼の身体の真横に回ると、
　彼の拳は完全に通り過ぎていた。

見やる。少年の顔に少なからぬ驚愕が浮かぶのが見えた。

まさか、切り札を出して倒せないとは思わなかったのだろう。

　マリアは笑みを浮かべた。痛みをこらえながらのやけくその笑みでもあったが。掌を少年の左肩に触れさせる。触れさせた位置に意味はない。一番近かったから、そこに触れただけだった。

どこでも良かったのだ――人間の身体には、どこにでも関節があるのだから。

あとは一瞬だった。左腕をねじ上げて、そのまま地面へと引きずり倒す。彼の肘関節に体重をかけて自由を奪うと、マリアは思わず口走っていた。

「最短距離から最大威力の攻撃を最大急所に。その方針は悪くないけれど、少しばかり不器用だったわね」

「痛い！　ちょっと――痛いですよ、先生！　ホントに関節極《き》まっちゃってます！　ギブ！　ブレイク！　ロープ！」

悲鳴をあげるキリランシェロに、マリアは思わずほくそ笑んでいた。生意気な生徒に対しては、今後の教育のためにもう少し強く体重をかけてやってもいいかもしれない。今後の……

と、彼女は眉間に疑問のしわを寄せた。

「え？」

声をあげながら、腕をはなす。地面に倒れたまま、極められていた腕をさすっている少年を見下ろして、マリアはきょとんとつぶやいた。

「キリランシェロ君……あなた、幽霊じゃないの？」

先ほどの亡霊は、急所を三か所刺されても苦悶の声ひとつあげずにかき消えたのを思い出す。そしてさらにそれを思い出してから、彼女はあわてて周囲を警戒した。だが――

いつの間にか、あれだけいた亡霊がすべていなくなっている。廃村はもとのように静けさを取りもどしていた。

「どういうこと……なの？」

「ぼくが聞きたいですよ！」

キリランシェロは、飛び起きて文句を言ってきた。

「なんで、マリア教師がここにいるんです？」

口をとがらせる少年の額《ひたい》を、マリアは軽く裏拳《うらけん》で小突《こづ》いた。

「なぜわたしがここにいらっしゃるのかというとね」

強調して相手の言葉遣《づか》いを正してから、

「あなたの先生に頼《たの》まれたからよ。あなたを連れもどすのをね」

「そんな馬鹿《ばか》なことがあるはずありません。先生をどうしたんですか？　脅迫《きょうはく》でもしたんですか？　それとも誘惑《ゆうわく》とか」

「子供がそういうことを言うもんじゃないわ」

マリアはきっぱりと真顔《まがお》で告げた。腕組みし、胸を張る。

「彼は執行部に待機命令を受けて動けないから、わたしが来たのよ。彼は事情を話してくれなかったけれど、とにかくあなたを連れて帰ってきて欲しかったようね」

事実であり事実でないことを堂々と説明すれば――だいたいは事実になる。彼女はキリランシェロに詰《つ》め寄った。

「それより、あなたこそどういうつもりなの？　なんでわたしに攻撃《こうげき》を仕掛《しか》けてくるのよ。

教師に対する反逆は——」

「誤解ですよ！」

　キリランシェロは、あわてて手を振ってきた。

「先生が、襲《おそ》われているみたいだったから、助けようと思って——そうしたら、ぼくに攻撃してきたのは先生じゃないですか」

「…………」

　思い浮かべてみる。

　そういえば、そうだったような気もした。

「まあ、それはそれとして」

「はあ」

「いったいぜんたい、どういうことなの？　さっぱり分からないんだけど……ここはなに？　幽霊の集会所？　今は消えたみたいだけど——」

　別にごまかすつもりではないが、彼女は大きく身振《みぶ》りしながらわめくように聞いた。と、キリランシェロが、自信のない答えを板書しなければならない時のような表情で、答えてくる。

「それは多分……ぼくと先生が急に接触《せっしょく》したから、イメージが崩《くず》れたんだと思います。ぼくと先生には共通の過去がありませんから」

「……………？」

言っていることがまったく分からなかった。それを、視線だけで聞き返す。

彼は困ったような顔で言い直してきた。説明しておいたほうがいいと思ったのだろう。

「あれは幽霊なんかじゃありません。ゴーストです」

「……なにが違うの？」

「人の魂なんかじゃないってことです。この世界に記憶されている情報が再現されているだけの……〝ゴースト〟です」

彼の口調からすれば、それはしごく単純で、明快な理屈であるらしかった――マリアには正直、さっぱりだったが。

「分からないわ」

否定され、キリランシェロは両腕を広げた。

「再生された過去なんですよ。過去の人格が、シミュレートされている。霊魂なんかじゃない……先生はそう言っています」

「チャイルドマン教師が？」

「そうです」

彼は、廃村の奥のほうに顔を向けた。

「……これはチャイルドマン・ネットワークの副作用なんです」

「チャイルドマン・ネットワークっていうのは」

廃村の奥へと進みながら――

彼は、ゆっくりとした口調で説明を始めた。もう隠す意味はないということなのだろう。なにを口ごもるでも言葉を選ぶでもなく、淡々としゃべっている。

「人と過去とを結ぶ絆《きずな》なんです」

だが話している内容は、とてもではないが淡白なものとは言えなかった。マリアは眉根を寄せてその話についていきながら、ちらちらと少年の顔色をうかがった――彼が嘘をついているのか確かめるために。それほど信憑性《しんぴょうせい》のない話ではある。

キリランシェロもそれは自覚していただろうが、無理に真実味を強調してくることもなかった。静かに続ける。

「過去は現在を知るはずがない……けれど、現在は過去を知ることができる。ネットワークっていうのはそれを等しい立場にしてしまうことなんです。だからネットワークの中にいる者は過去からのレスポンスを得ることができる。もちろん、ある程度の制約は受けますから、万能ではないですけれど」

「なんだか……」

マリアは慎重に感想を述べた。夜の闇に閉ざされた廃村の風景を眺めつつ、心までその光景が投影されているような心持ちになる。

「ものすごく危険なことのように聞こえるんだけれど」

「その通りだと思います。必要な過去に接触することによって、現在のことを知るべきではなかった不必要な過去までが引き寄せられてきてしまう。ぼくたちが未来を予知することと同じくらい危険なことなんです」

「まるで神ね」

彼女は、げんなりとうめいた。髪をかき上げ、続ける。

「……なんでそんなことができるの？　何者なのよ、彼は――」

「高度な白魔術だと、先生は言っていました。大陸には、このネットワークを設置できる人間が数人いると……」

「彼は白魔術士じゃないわ」

「ええ」

キリランシェロはあっさりとうなずいてきた。

「そうですね。先生は白魔術士じゃありません――でもどうせ、白魔術士だから設置できるってものでもないでしょうし、関係ないんじゃないですか？」

「その理屈は分からないでもないけれど」

まるで目的地を明確に理解しているかのように迷いなく進んでいくキリランシェロ。彼について歩く。マリアはため息をついた。

「じゃあ……つまりさっきの亡霊は、そのネットワークのせいで、わたしのことを知って引き寄せられてきた、わたしの過去っていうこと？」

「そういうことになります」

「あなたはそれを消し去りにきた？」

「はい」

「どうやって」

その問いをぶつけられ、キリランシェロは多少自信なさげに虚空を見上げた。だがそれでも、返答は早かったが。

「ようするに、現在に触れた点を排除すればいいんです」

「……分かりやすく言ってもらえるかしら？」

「核のようなものがあるんだと思ってください。二枚の布が平行に存在しているとして、その一点だけが触れているとしたら、点の周りの面も引き寄せられることになるでしょう？　さっき見えたのは、その部分です。先生の存在に影響されて、先生の過去に化けてしまう程度にあやふやな部分でしかありません。核となっているのは……現在に対して呼びかけを行えるほどに明確な過去です」

「それを消せばいい？」

「そうです」

「でも――」

《塔》で物々しく武装して出動しようとしていたチャイルドマンを思い出して、マリアは首を傾げた。

「それなら……そんなことは管理者がやればいいじゃない。あなたがそうなの？」

「いえ。違います。でも……あまり人に言いたくなかったし、一度――その、見てみたかったから」

「？」

マリアはなおも問いかけたが、キリランシェロはそこで口をつぐんだ。

彼は向かっていたのが村の中心であったのだと、マリアは気づいた。気づかないはずもない――彼がそこで足を止めたのだから。廃村の中心は、もとは広場であったらしかった。壊れた井戸が見える。そして……

突然、声が聞こえてきた。

いや、それは正しくはない。その空間に声が満ちており、彼女がそこに踏み込んでしまったのだ。声の発生は限りなく不自然だった。唐突にはっきりした音量で耳の中に響く。聞こえてくるのではない。声のある場所に入り込んでしまった……

キリランシェロが、腕を横に出して制止してきた。止まれ、ということだろう。立ち止まる。彼はしっかりと前を見据えていた。それに従って前方に顔を向けると。

「キリランシェロ！」

絶叫のような声が響いた。

無数の顔が、現れる。声に、名前に導かれたように。顔は実際に数えてみれば、さほどの数ではなかったろう――が、彼が過去にかかわったすべての顔がそこにあるのではないだろうかとさえ思える。大半は幼い子供だった。想像はつく。キリランシェロの幼児期の学友だろう。《牙の塔》における、魔術覚醒時点での訓練生の死亡率は七、八割を超えることがある。

顔は広がり、明滅し、崩れてまた発生していた。あやふや。キリランシェロの言葉を思い出す。確かにそれらはあやふやだった。ふと気づくと、キリランシェロは右腕を掲げている。一声の叫び。

「――我は放つ光の白刃！」

白い輝きが、一直線にそれらの顔をなぎ払った。直撃したのは数個だろうが、荒れ狂う稲光のような衝撃に、ばちばちといくつもの顔が弾けて消える。衝撃によって消えるということは、情報が物理的な存在にまで再生されているという証明だろう。霊魂ならば……

マリアは苦笑まじりに考えた。霊魂ならば、そう。こんなことでは消せないだろう。

顔はいったんは消滅しても、すぐにまた現れては笑い、声を出したり呼びかけたりしてくる。顔の中には、マリアの知っているものもあった。彼女の過去にかかわった人間の顔である。

「先生は、ここにいてください」

落ち着いた声で、キリランシェロ。魔術の白い光に照らされているせいか、顔色は青白く映る。彼はゆっくりと前進していった。過去が渦巻く場所へと。

そして……彼の行く手に、人影が現れる。

「キリランシェロ……来てくれた……」

か細い声で、それはうめいた。両腕を広げている。女だった。年齢はよく分からないが、黒いローブを着ている。《塔》のローブではないようだったが、魔術士であることは間違いないだろう。長い黒髪の女。目立たないタイプの美人だとマリアは素直に印象を持った。女は笑っている。近づいてくるキリランシェロに、

「呼びかけを……聞いてくれたのね……キリランシェロ。ありがとう……」

キリランシェロが後ろ手にナイフを抜いた。

彼の表情は見えない。見ることができないまま、彼のナイフが女のあごの下に突き立てられた。

誰の表情も変わらない――女は悲鳴もあげずに、かき消えた。そして、すべて、明滅していた顔もすべて、消え失《う》せる。

あとは、静寂だった。廃村に相応《ふさわ》しい静寂。風と虫の音がどこからか聞こえてくる、音の絶えない静けさ。

キリランシェロはじっとその場に立ち尽くしているようだった。ほうっておけばいつまでもそうしているのか分からなかったが――マリアはゆっくりと近づいていった。後ろから問いかける。

「あれは……どういった〝過去〟なの？」

キリランシェロは淡々とした答えを返してきた。

「……ぼくの母だと思います。昔、死んだ母です」

「それを……殺したの？」

「殺したんじゃない。消したんです。あれは幻影ですから」

彼はそう答えながら振り返ってきた。口元はしっかりとしている――マリアはじっと彼を観察した。だが、彼女は目を伏せた。少年の目が揺れていた。

「あれは幻影なんです……霊魂なんてものは存在しない――いえ、ひょっとしたら存在しているのかもしれないけれど、見ることなんてできない。死者と話なんてできるはずがない。だからこそ、死なんです。冗談なんかじゃないんです」

言い訳のようなことをまくし立てる彼の頭に、マリアはそっと触れてやった。軽く髪をなでつける。キリランシェロは――気づかないように、ただ同じようなことを繰り返し続ける。

「死は乗り越えられない……先生はそう言っていました。分かってます……ぼくは、見たことがなかったから、見たかっただけです……母親って……」

抱き寄せたりはしなかった。彼のプライドを傷つけたくない。

朝まででも、話を聞いてあげればいい。静かになった廃村の中で、マリアは小さく独りごちた。

◆◇◆◇◆

「……それで、結局」

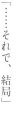

帰途はうまく乗り合い馬車を見つけ、それで帰るということになった——さすがに《塔》の教師ともなると、路銀を惜しんで時間を無駄にするようなことはしないらしい。隣に座っているマリア・フウォンを見ながら、キリランシェロは聞いてみた。

「先生は、なにを知りたかったんです？」

天気は上々だった。輝かんばかりの陽光に、風も透き通っている。その風が、マリア教師の短い髪を無理になびかせているのが見えた。彼女はしばし目を閉じ、そして、

「……なにをと言われてもね。なんでも良かったんだけれど」

「は？」

「これは本来、言ってはいけないことなんだけど」

彼女は、唇に人差し指を当て、くすくすと言ってきた。

「執行部がね、わたしとチャイルドマン教師に、非公式の命令を下してきたの。なんだと思う？」

「……さあ、見当もつきませんけど」

「わたしたちに、子供を作れって」

「…………はぁ？」

妙なことを聞かされて、キリランシェロは我ながらすっとんきょうと思う声をあげた。

マリアは、その反応に満足したらしい。機嫌良さそうに続けてくる。

「《牙の塔》の未来のために素質ある子孫を云々とかで、莫大《ばくだい》な報酬を約束してもくれた

けど。誰が好きこのんでそんな時代錯誤なこと――と思ってたら、意外なことに、チャイルドマン教師は、それを承諾したらしいのよね」

「………」

あまりのことに声も出ないが、その命令そのものは、執行部ならばそういったこともあり得るような気はした――実際に、数十年前まではそういったことが行われていたという事実もあるらしい。ただ、チャイルドマン教師がそれを断らなかったというのは、意図がよく分からないが。

マリアが肩をすくめるのを、キリランシェロは無言で見つめた。彼女はお手上げというように虚空を見上げて、

「まあ、わたしが断れば済むことだし、彼もそう踏んでいるんだろうけれど……気になるじゃない。あれだけ自尊心の強い男が、どうして執行部の命令には逆らいもしないのか。どんな秘密を握れば、あれだけの男を傀儡《かいらい》にできるのかしら……？」

きらきらと黒い瞳を輝かせる――が、

「と思ったんだけど」

彼女は自分で、その輝きを消した。ため息をついて、うめく。

「結局のところは、ただの好奇心だったのかもしれないわ。彼のことに興味を持っただけで――」

そこまで言いかけたところで、がたんと大きく馬車が跳ねた――石を踏み越えたらしい。

おかげでマリア教師のせりふまでが途切れたが、彼女はそのあとを言い直してはこなかった。その代わり――かどうかは知らないが――おどけたような表情で言ってくる。

「でも、彼を怒らせたのは計算外だったわね――《塔》にもどったら、しんどいことになりそうだわよ。拳を交えた仲なんだし、彼に暗殺《スタッブ》されそうになったら、あなた助けてくれる？」

「必要ないですよ――あ、いえ、もちろん助けますけど、必要ないと思います」

キリランシェロは、なんとなく吹き出したくなるのをこらえながら――風に言葉を流してみた。

「……先生は、ひょっとしたら喜んでいたのかもしれないですよ」

「…………？」

「誰も先生が喜んだところを見たことないんです。でも、喜び方を知らないだけじゃないのかなと思うことありますよ。それに先生はなんていうか……自分に挑戦してくる相手がいないのが、退屈なんじゃないかっていう気がするんですけど」

「そんなものかしら――超人っていうのも難儀なものね」

マリアのつぶやきは、《塔》へと進む馬車の後ろに置き去りにして――帰途は緩やかに過ぎていった。

望郷編
天魔の魔女と鋼の後継

アザリー。

天魔の魔女《ウィッチ・ケイオス》。災いそのものの名で呼ばれるその理由は、彼女の超人的な魔術の才による。

いわく、「まーいいわよ、強そうだし」

およそ彼女を屈服させ得る人材は、大陸黒魔術の最高峰《牙の塔》においても多いとは言えない。よって最高執行部は、しごく当然の処置を行った。彼女を、最も強力な教師に預けたのである。

現在、彼女はチャイルドマン・パウダーフィールド教師のもとで学んでいる。

いわく、「満足はしているわよ。そうね？　結局はこんなもの、相性の問題よ」

日常的に問題を起こす彼女を、《塔》が持て余しているのは否定できないところだろう。《牙の塔》における規律違反は、同盟反逆罪にまでも発展することがある。大陸魔術士同盟に対して《塔》が持っている位置とは、それほどまでに大きい。

彼女はそれを、簡単に踏《ふ》みにじる。

いわく、「好きでやってるわけじゃないわよ」

アザリー。

天魔の魔女。

災いそのものの名で呼ばれる彼女は、ようやくにして安定期を迎えた大陸に、時代がもたらした破壊者なのかもしれない。

いわく――

◆◇◆◇◆

「ちょうど、こんな寒い冬の日だったかしら……思い出すわね」

なにを？　とは思うが、聞き返す気にはならなかった――彼女の言葉に興味がなかったからではない。彼女が、明らかにこちらも同じことを思い出しているはずだと確信しているようだったからだった。

「覚えてる？」

アザリーは、いつものように、なにごとにも頓着せずに先を進める。

「ここに来た時のこと」

「！……ああ」

キリランシェロは、彼女が言いたいことが分かってうなずいた。だが――

実を言えば、覚えているはずもない。外には出さずに、彼は苦笑した。当時、自分は赤ん坊だった。アザリーとても、それは大差なかったはずである。それでも、彼女は覚えているのかもしれない。そう。覚えているのだろう。

彼女の言葉にはっきりと共感できるとすれば、寒さだった。平均して温暖な気候に恵まれているキエサルヒマ大陸ではあるが、それでも四季はあったし、妙に冷え込む時もある。甲高い悲鳴をあげる寒風が、通りかかったその建物をどこかもっと――彼自身の思い出よりも、もっと遠い場所に――封じ込めるようで、それを寒いと感じるのかもしれない。記憶の中では、その建物は大きかった。その建物よりも巨大なものは存在していなかった。思い出の中では、そこは城だったのだから。

今見れば、それは廃屋に過ぎなかった。当時から、名もない孤児院であったそこは、今はその役目を終えて、ただ朽ち果てるに任されている。五年間、自分はここで暮らしていたはずだ――と、キリランシェロは確認するように独りごちた。具体的な記憶はほとんどなにも浮かばなかったが、それでもその空気だけは自分の内にある。

こんな寒い冬の日。

そう。古い記憶にあるのは、いつもこんな寒い冬の日だったかもしれない。

「あなたはまだ赤ん坊だったけど……フローラに抱かれてね。白い……なんていうのかしら。布みたいなのにくるまれて。顔を真っ赤にして泣いてたのよ。ピンク色のアフガンを着けてたわ。顔の色よりきれいなピンク色だって思ったから、覚えてるの」

彼女は建物の、今は朽ち果てた二階の窓を指さした。崩れた屋根が乾いたかさぶたのように破れている。

「わたしはあそこから見てたの。確かティッシは裏に洗い物の手伝いに行っていて、あんたが来たのを気づかなかったのよね。ホームはちょっとした騒ぎになったのよ。やっぱりどうしたってね……魔術士の家系に生まれた子供っていうのは、ちょっと特別だから」

「特別……か」

「どうってことはないんだけどね」

アザリーは肩をすくめてみせた。

彼女は《塔》における上級魔術士の制服となる黒ローブの上に、重たげなコートを丁寧に着込んでいる。自分が着ているものと同じものだ――ともに《塔》から支給されたものなのだから当たり前だが。

肩から下げたショルダーバッグとは別に、彼女は大きな花束を手にしていた。白い花がこぼれるように膨らんでいるその自作の花束を、彼女はアイスクリームと名付けたようだった。近くの村で特別に栽培されたものを買ってきたのだが、数日間の旅のせいで、ややしおれかけていた。まあこれは仕方のないところだろう。

ふっと笑って、彼女は続けた。

「小さい頃のことなのに、よく覚えてるって思うでしょ。ほかのことはあんまり覚えていないのに、あの時のことははっきりと覚えているのよ。でも、そうよね……」

と、こちらを向いて少し身を乗り出し――のぞき込んでくる。

彼女のブラウンの瞳が、陽光を浴びた湖面のようにきらめいていた。冷たい風の中できらめくものは、輝いているがごとく見えることがある。

「覚えてて当然だわ――あんたと初めて会った日のことだものね」

アテレンス・フィンランディ。そして、マーサ・フィンランディ。

並べられたそれぞれの墓標を見下ろして、キリランシェロはただ黙しているよりほかなかった。この夫婦が死んだ時、フィンランディ姓は消滅した。それはふたりが、なにも遺さずに死んだことを意味する。否――

遺されたものが実はあった。そのふたりの息子である。

（つまり……ぼくってわけか）

キリランシェロは声に出さず、独りごちた。

墓地は街外れにあった。街と同じく、もう久しく人の気配を受け入れることを忘れ、ただ荒涼とした風が吹くに任せている。乾ききった水色の、そんな空。彼方から吹き下ろしてくる風は、当然のごとく澄んでいた。鮮烈で汚れなく――そして人に吸われることを拒むほどに。

規則的に墓標が並ぶ中、ひとりで立ち尽くし、服とコートに隔てられた寒気に神経が刺激される。コートは十分に体温を保ったが、どこか心許《こころもと》ない頼りなさを感じさせた。思わず身をすくめ、空に溶け込むほどに薄い雲を、視線でなぞる。

感傷ではない。そんなことを思う。だが、そういったことを自問せずにいられない思いのことを、そもそも感傷と呼ぶのかもしれない。

（ぼくを生んだ人間……）

ひどく突き放した呼び方をしてみる。彼は再び二親の墓標に視線をもどした。

ふたりとも、魔術士だったと聞いている。

姓をともにしている以上、結婚したということだろう――とすればタフレムに住む魔術士ではない。タフレム市には結婚制度はなかった。もっともそれは結婚を禁止する意味合いのものではないが。

タフレムの魔術士、つまり《牙の塔》で学んだ魔術士の大半は、婚姻という人間関係を否定するわけでも、嫌悪するわけでもない。ただ、度を過ぎた他者への依存、つまり自制心の欠如と見なす。それが、性差廃絶主義者としての魔術士の、最も端的な側面と言えた。

制御されること。そして、それは適《かな》うならば自制であること――

魔術士の理想はそれに尽きる。自制が不可能であるのならば、他者の制御をも受け入れなければならないと、同盟綱領には記されているが。

キリランシェロは、冷気の中に白い嘆息を漏らした。まさか、理想を侵したがため、運命が彼ら夫婦を見放したというわけでもないだろうが……

「ん……？」

はっとして、彼は振り向いた。広い墓地は無人。茫漠《ぼうばく》とした思い出以外にはなにもない、死者たちの名が刻まれた石の森が、全方位からこちらを見返してきている。

キリランシェロは、つぶやいた。

「アザリー？」

近くにいたはずの彼女の姿がなかった。見やると、少し離れた墓標に、彼女の花束が添えられている。風にさらされ、白い花弁が凍えるように揺れていた。

「……どこに行ったんだろ」

あたりを見回す彼の足下で、角張った砂利《じゃり》とブーツの裏とが、かすれた音を立てた。

◆◇◆◇◆

耳の奥にしみる静けさの中をひとりで歩きながら、彼女は左右を見回した。街とはいっても、彼女にとって見慣れたタフレム市に比べれば小規模なものだ。このあまりにも寂れた風景もゴーストタウン化したせいだけであるとは言いかねたが。ひとけがなく、今はただ人が生きた痕跡だけが残された街。その痕跡も、風の中、徐々にかき消されていく。

（人さえ残っていれば……）

彼女は、肩をすくめて独りごちた。

（悪い場所でもないのに。まあ、武装盗賊団に占領されたんじゃ、どうしようもないけどね）

その武装盗賊団は、二年前に王立治安警察隊――つまりは騎士団に討伐された。王都の治安部隊がここ西部にまで派遣されることは極めてまれなことであると言わなければならない。その盗賊団がよほど凶悪化していたか、あるいは単に不運なだけであったか。くわしい理由は彼女とて知るわけではなかったが、そのどちらかなのだろう。

「ふん……」

アザリーはため息をついた。

「もっと早く来ても良かったかもね」

武装盗賊団が一掃されたすぐ後に来ても良かったのだ。彼らがここを占拠していたせいで、家族の墓もろくに手入れすることができなかった。

コートの襟を寄せて、つぶやく。

「それも仕方ないことだけど……」

より広い道を漠然と選んで進んでいく。そんな散歩が好きだった。一日に何キロ歩こうと飽きない。目的もなく、ゆっくりとただ歩くだけ。

風の色にかすんで、空も白んでいる。太陽は高かったが、ぼんやりとした輝きを発するだけで、この地上まで指先をとどかせていない。彼女はなんとなく、笑みをこぼした――そうだった。本当に、こんな寒い冬の日だった。

「なにもかも、あの日を再現しているみたいね……」

今もはっきり覚えている日のことを。

その日のことに限って記憶がクリアーであるのは、むしろ当たり前のことだと彼女は思っていた。

「そりゃあそうよね。あの子と家族になった日のことなんだから」

ひとけがなく、誰の声も聞こえないことだけは、取り返しようがないのかもしれないが、むしろ耳の奥にこだまする古い声が聞き取りやすくなったとも言える。記憶に響く声は、だいたいが笑い声だった。そう長く、この街に暮らしたわけではない。マイルズ・ケットシーはこのレインダストの名士であり、また有名な魔術士であったし、その大家族──ケットシー一族のほとんどが名を知られた術者であったことは、秘密でもなんでもなかった。ある日突然、一族が崩壊を迎え、幼い子供をふたりだけ残して姿を消したことは、怪奇事件としてタフレムではいまだに人の噂にのぼる。

魔術の素養を受け継いだ子供を探す《牙の塔》が、孤児院に引き取られたそのふたりの子供、レティシャとアザリーを見つけだすのには、さほどの苦もなかっただろう。この従姉妹《しまい》が《塔》に引き取られたのは、ふたりともが九歳の時のことだった──少なくとも、記録ではそうだったはずだ。

「……こっちのことは、あんまり覚えてないのよね」

彼女は、妙な面持ちでつぶやいた。

うら寂しげではあるが、街並みは続いている。

ペンキが剝げて、黒ずんだ軒先が連なる。窓という窓は割れ、家の中も外と同じく寂れているようだった。ちぎれ、半分だけ残ったカーテンが風に揺れている。砂色の風、そしてかすれた街。思い出には相応しい。

道を横切って、丸められた古いチラシのようなものが転がっていった。

と――

がたん！

物音に驚いて、アザリーは振り返った。いくつかの魔術の構成が頭をよぎる。やや腰を落として、彼女はその音源を探った。少し離れた廃屋の扉が、風で開いたらしい。大きく開け放たれた扉の向こうに、暗い入り口がのぞいている。

「……なんだ」

彼女はつぶやいて、身体から緊張を抜くと、また進んでいた方向へと向かいかけた――が。

ふと思いとどまって、進む向きを変えた。

きびすを返して、その開いた扉へと近寄っていく。

そこはほかの例に漏れず、文字通りただの廃屋だった。庭があるわけでもなく、特別のなにかがあるわけでもなく、その通りに並んでいるほかの建物となにも変わらない。玄関をのぞき込んでみても、それは同じことだった。中は薄暗く、テーブルは倒れ、脚の折れた椅子が転がっている。

どうやらここは酒場だったらしいと、彼女は見当をつけた――入ってみると、カウンターもある。その奥の棚には瓶ひとつ残っていなかったが。床を踏みしめる足音に混じって、不快感を呼び覚ますような、じゃりっという音も耳に入った。床には割れたガラスが散乱している。

「……盗賊団がここで喧嘩でもしたのかしらね？」

のんきに独り言など口にしながら、彼女はさらに中を見回した。もはやアルコールの臭いも人間の気配もないが、やはり実際ここは酒場だったのだろう。ランプもろうそく立ても見あたらない。

二階への階段がある。そちらは客室になっているのか。なんとなく彼女は、そちらへと足を向けた。弱々しい木の階段が嫌なきしみを聞かせる。頑強なブーツが古い木を踏み抜かないように祈りながら、彼女は階段を昇っていった。

まあ、二階に来たからといって、廃屋が楽園に変わるわけでもない。

廊下は窓がない分、さらに陰気な暗がりを濃くしていた。動かない空気にはほこりの臭いがよどんでいる。生物は運命によって死に、死によって時間に溶け込み、そして時間によって空気へと変じていくのか。そんな錯覚を覚えながら、アザリーはつぶやいた。

「光明よ」

ぽうっ、と小さな音を立てて、白い光球が浮かび上がる。風船のように漂う鬼火が光の影を広げ、その影に触れたものが実体を現す。

「まあね」

詩的ななにかを期待していたわけではない――と、アザリーは苦笑まじりにつぶやいた。

光にさらされ、現れたのはなにもない廊下だった。古い階段が、古い廊下に変わっただけのことである。

　とりあえず注意しながら、彼女は廊下を進んだ。なにか目的があったわけではない。一番近い客室の扉を開けてみる。鍵はかかっていなかった。中をのぞくと、ベッドやクロゼット、動かせないものを除いて、部屋はがらんどうになっていた。土だけが残った植木鉢が、出窓のスペースに鎮座している。

　部屋の床は、まだしも大丈夫のようだった――開け放しの窓から吹き込んだ風雨に荒れ果ててはいたが。爪先で突いてみて、床が腐っていないことを確認してから部屋に入る。ほこりをかぶったベッドには、奇跡的に（といっても、ようするに武装盗賊団とはいえ運び出すのが面倒だったということなのだろうが）マットが残っている。こんな辺境では貴重品であっただろうシーツや毛布はどこにも見あたらなかった。軽く叩いてみると、大きくほこりが舞い上がる。

「けほ、げほっ！」

　彼女はせき込みながら後ずさりした。涙目をこすって、再びベッドに近寄り――マットの下に手を入れる。

「よい……しょっと」

　力を入れて、アザリーはベッドの上でマットをひっくり返した。空気にほこりが濃くなるが、ばたばたと手を振ってそれを払いのける。ほとんど無駄ではあったが、彼女はそうしながらベッドに腰掛けた。ふぅ、と吐息する。

「まったく。嫌ってわけじゃないけど、ゴーストタウンにお墓参りなんて、駄洒落《だじゃれ》にもなりゃしないわよね」

コートにかかったほこりを払いながら、続ける。

「ま、来年はティッシの番だし――」

と、彼女は言葉を止めて虚空を見上げた。ほこりが舞う暗い天井で、視線をしばらく泳がせてから、窓枠の陰に、さっと身を隠す。

窓の下にある通りを見下ろすと、見えるよりも先に聞こえてきた――聞き慣れた足音が。待つと、自分を探しているのか、あたりを見回しながら、キリランシェロが走ってくる。彼は、さすがに廃屋の中に彼女がいるとは思わなかったのか、アザリーが見下ろす下をそのまま走り抜けていった。小走りに去っていく。

「…………」

しばらくそのまま弟の後ろ姿を見送って――

アザリーは、にやりとした。音を立てないよう気をつけて、ベッドの上で横になる。すうっと息を吸って、彼女は魔術の構成を思い浮かべながら目を閉じた。

◆◇◆◇◆

「……まったく、どこ行ったんだろ」

ため息をつきながら、キリランシェロはあたりを見回した。この街で過ごしたのは六歳までのことで、あまり詳しくはない――歩きながら頭の中に地図を描くような形で、迷わないように気をつけながら、探すしかなかった。

「目を離すと、すーぐふらふらとどこか行っちゃうんだから」

ぶつぶつとこぼす。

「どうしてこう、ひとところにいられないんだろうね。基本的に、猫とかとおんなじなんだよな。さんざん人に探させておいて、帰ろうかと思うと、ふらっと出てくるんだから。人が困るのを見るのが楽しくてしようがないんだろうな――痛っ」

あわてて、振り返る。

「……え？」

背後には、誰もいなかった。確かに、後ろから頭を叩かれたように思ったのだが。

（気のせいかな？）

一応身構え、胸中でつぶやいてから、息を漏らす――

と、そこで立ち止まってキリランシェロは腰に手を当てた。

昨年来た時と、どう変わるわけでもない。ひとけなく、ただゆっくりと朽ち果てていくだけの街を眺め、彼は久々にここを訪れた時に、武装盗賊団と治安警察隊との戦場になっていたわりにそれほど破壊されてもいないのだなと感想を持ったことを思い出していた。どれほどの感慨があるわけでもない、ほとんど記憶にもない生まれ故郷。それがこの廃墟《はいきょ》であるというのなら、そうなのだろう。

言うまでもなく、去年も冬だった。

レティシャ——もうひとりの彼の姉——に言わせれば、墓参りは冬にするものなのだそうだ。

『夏場に草むしりしたい？』

というのが彼女の言い分だが。

この廃墟と化した街を、寒空の下走り回らなければならないのがその理由だとすれば、まあ確かに、夏場に走り回るよりはマシだったかもしれない——と、多少の皮肉も混じった思いをキリランシェロは噛みしめた。姉の世話も、草むしりと大差ないと言えば大差ない。

「なんだかこんなことばっかりしてる感じがするなぁ……ティッシとアザリーで代わる代わる問題ばっか起こすんだから」

独り言とも愚痴ともつかない気分でうめく。

もとより、どちらがどちらとどう違うわけでもないが。

「しかもだいたい執行部がにらむのは、騒ぎの後始末をしてるぼくなんだよな。損をしてる。てゆーか損をしてるぞ。確かに損をしてる。うん、損をしてる」

繰り返す。が——

やがて虚《むな》しくなって、彼は再び嘆息した。気を取り直して、顔を上げる。

なんにしろ、することはひとつだった。

「アザリー？」

呼びかける。

することはひとつだった。彼女がいないのなら、探さなければならない。そうでなければ帰ることはできない。


三十分ほども歩いただろうか。

小さな街ではあるが、ひとりで歩いてみれば存外に広いものだった。歩く先歩く先にあるものがことごとく白けた無人の寒気だけであったから、そう感じるのかもしれなかったが。

歓迎も拒絶もしない無人の街を、たったひとりの人間を探して歩く。どこまでも続く廃屋の街並みは、生活の痕跡をたどる見学コースのようなものだった。見れば見るほどに頭と心が空になる無意味な学習を続けながら、進む。

風にはもう慣れた。

無人の街にも。

遠慮なく街を歩けるというのは、慣れてみればかえって気分が良かった。どこまで歩いても誰もいない。静かな街、なにも気にせずただ歩くことができる。歩き疲れれば立ち止まればいい。

（……考えてみれば、普段だって、そうできないことはないよな）

思いついて、微苦笑を漏らす。

（無理か）

様々なものがそれを不可能にする。

そも、この街だとて完全に無人というわけではない――どこかにアザリーがいるはずだった。

「だから探してるんじゃないか」

無意味に歩いているわけではない。それを錯覚していたことに気づいて、表情から笑みを消した。

いや――

ある意味では、無意味に探していたのかもしれない。

「闇雲に歩き回っても、駄目かな」

キリランシェロは、自分に言い聞かせるように声に出した。

「彼女が行きそうな場所って、どこだろう……」

ここがタフレム市であるのなら、あるいは《牙の塔》内であるのなら、想像もつく――たいがいは悪い想像だ――が、彼女が無人の廃墟に立ち寄った時のシミュレートなど、とてもではないが答えが出るものではなかった。

「だいたい、さっさとお墓を見て帰ろうって言ってたのはアザリーじゃないか」

実際に姉に言っているように、口を尖らせる。

が、すぐに思いついて言い直した。

「……彼女が、言った通りに行動するわけないか」

とりあえず立ち止まり、空を見上げる。まだ昼を過ぎてさほど時が経ったわけではない。薄明るい太陽がのんびりと滞空していた。アザリーの顔を思い浮かべて、そして、彼女の行動を推測する。

「墓地まではいっしょにいたんだ。ちょっと目を離した隙にいなくなった。アザリーのことだから、なにか意味があって、黙ってひとりで姿を消すなんてことはないよな――意味があったら、ぼくに言ってってたはずだ」

姉が姿を消せば、それを自分が探しに行くのはごく当たり前の、言ってみれば決まり事だった。彼女もそれは分かっていたはずだ。ひとりで行動する必要があって、さらに探して欲しくないのならば、必ずそれを厳命していっただろう。

キリランシェロはぶつぶつと続けた。

「つまりは彼女、無意味にどっかに行っちゃったんだ」

思わず眉間に力を入れ、半眼になる。

「てことは、つまらない理由なんだろうな。ちょっと休みたくなって、どっかの家に入り込んでベッドで寝てるとか。まさかこんな安直なことはないだろうけど、当たらずとも遠からずだろ――って、痛っ」

再び後頭部になにか当たって、キリランシェロは素早く振り向いた。が、先ほどと同じ、人の気配もなければなにかが飛んできたということでもない。

「？……なんなんだろう」

　再び歩き出す。と――

「キリランシェロ……」

「え⁉」

　声が聞こえて、彼は足を止めた。聞き覚えのない声に自分の名前を呼ばれ、背筋に鋭く冷たいものが走る。声が発された場所も方向も特定できず、キリランシェロはとりあえず適当な方向に身構えた。

　空耳ではなかった。それは確信できる。声はすぐに続いた……

「キリランシェロ」

「誰だ⁉」

　動きにくい黒のローブとコート。動作を抑制する自分の格好に舌打ちしながら、キリランシェロは目だけで周囲を警戒した。意識を声に集中しながら、同時にいつでも魔術を解き放てるように呼吸を整える。

　声は、男のものとも女のものとも特定できない、微妙な声質と抑揚で響いた。風に混じり、さらに奇妙なものへと変じている。

「来なさい……」

「……なんだって？」

聞き返す。時間を稼ぎたかった——自分が落ち着く時間を。

だが声は構わずに続く。

「お前の姉は……わたしが預かっている……」

「——!?」

「返して欲しければ……さっきの孤児院に来なさい……危険を恐れないならば……」

「名乗りもしないで、いきなり法外な要求じゃないか？」

奥歯を軋ませてうめくが、相手はまったく動じないようだった。変わらない調子で言ってくる。

「早くすることだ……」

そして——

声は、そこで消えた。

「くっ……」

わけが分からないままに要求だけを突きつけてきた。しかも、こちら側の情報を向こうが握っていることを明確にして、である——わざわざこちらの名前を呼んできたりしたのはそのためだろう。

「なんだ？　なにかの復讐《ふくしゅう》か？」

思い当たることなどないかと言えば、ないこともない。それを認めなければならない。

キリランシェロは歯がみした——チャイルドマン教室の生徒というだけで、恨みから逆恨みまで、どこから受けていてもおかしくはない。普段あまり意識することはないが、どうしたところで、チャイルドマン教師の生徒というだけで《塔》内では際だって特別待遇を受けているうえ、自分が年間首席を獲得した際に、それを納得できなかった者も当然いただろう。

それが、この街に先回りして罠を張っていたとしても、不思議なことではない。

（アザリーを人質に取るなんて……まさか、教師クラスの術者が参加してるってことはないだろうな？　それとも、不意打ちでも受けたのか？　彼女だって不死身ってわけじゃないし）

考えていてもどうしようもないことだ。

声だけが聞こえてきた特異性は、なんらかの魔術なり道具なりトリックなりで、説明できることなのかもしれない。これも考えたところで答えなど出ないだろう。もっと重要なことは、急がなければならないということだった。

「くそっ！」

毒づいて、キリランシェロはきびすを返した――もう相手の気配などなかったが、それでも、適当な方向に向けて声をあげる。

「アザリーになにかあってみろ。お前たち、冗談で済むと思うなよ！」

無人の街。無言の風。その中を、彼は走り出した。

駆けもどってみれば、孤児院まではさほどの距離でもなかった。

生命の感じられない黒ずんだ廃屋が、どこかこぢんまりとたたずんでいるようにも見える。死ぬ間際の者は誇らしげにし、だが死者となればしょげ返って見える。建物であってもそれは同じだ。

敷地には花壇の跡、木立の跡もうかがえたが、今はもうなにもない。

あがった息を整えつつ——もう崩れかけた垣根の陰から、キリランシェロは人の気配を探っていた。

(静かだな……ってことは、奇襲か)

廃屋のどこにも、そして敷地のどこにも、気配らしい気配は感じない。相手の人数も手口も定かではないが、少なくとも話し合いを求めてくる態度でないことだけは間違いないようだった。

ゆっくりと慎重に、コートを脱ぐ。それを丸めて足下に置き、キリランシェロは震える吐息を胸から絞り出した。

(武器らしい武器もない……)

と、コートを置くためにしゃがみ込んだついでに、ブーツの裏に手を伸ばす。かちり、と小さな音を立てて、馬蹄形《ばていがた》の金具が手の中に残った。普段はブーツのエッジだが、取り外せば格闘用のナイフとして使える。

すっと、体温が平常へともどるのを感じた。動悸も収まる。輝きも発しない、鈍いナイフのエッジを見つめながら、彼は心を平静に努めた。

（相手が、《塔》の魔術士だと仮定しよう）

推測を始める。

（さらにこれがなんらかの復讐で、手段を選ばなかったとしたら。教科書通りに考えれば、単純な作戦になる。相手をすぐには逃げ出せない空間――そう、あんな廃屋の中ならうってつけだ――におびき寄せたところで、外から抵抗しきれないほどの火力を一気にたたき込む。爆発と、廃屋の破片とが標的を人質もろともずたずたにしてしまう）

廃屋に侵入するのは極めて危険だった。

が――

「……選択の余地はない、か」

つぶやいて、キリランシェロは立ち上がった。建物を見上げる。

敵がその手で来るとして――技量が互角であれば、魔術は一般的に防御のほうが速い。注意さえ怠らなければ、ぎりぎり防ぐこともできるだろう。

もっともそれだけに、敵が別の手を考える可能性も高い。

「結局は、賭なんだよな」

口から外に出さない程度に囁く。

「こっちは、賭けて勝った例《ため》しがないってのに」

手の中のナイフは音も立てない。ただ金属の感触を手に伝えてくる。冷たくはない。ただ骨よりも硬く、そして重い存在。それは人を傷つけるための実感だった――自ら心臓をわしづかみにする不快感とも言えた。

だが、必要とあらばその不快にも耐えなければならない。

垣根の陰から、すっと抜け出す。

戦闘態勢を取ることを隠すこともない。キリランシェロは視線だけであたりを警戒しながら、孤児院の敷地へと入っていった。

確かな記憶にはない――が、ぎりぎり無臭ではないという程度の思い出を感じることができたような気がした。その広さ、建物の影、もちろん幼少の頃と同じように感じることはできないが。

ただ、空の高さだけは変わらなかったはずだ。

昔とは違う視界で、昔とは違う歩幅で、昔の場所を進んでいく。

さほど広い庭というわけではないが、遮蔽物のない空き地である。ここをいきなり攻撃されることも考えないわけにはいかない。神経を研ぎ澄まし、キリランシェロはひたすらに気配を探った。ほんのちょっとした身じろぎ、呼吸、あるいはもっと積極的に、仕掛けるための呪文の声――そういったものだ。

（むしろ、ここで仕掛けてきてくれるんなら、手っ取り早い……）

そうも思わないではない。

（アザリーの危険なしで防戦することができる）

既に彼女に危害が加えられているかもしれないことは、考えないでおく。ここで冷静さを失ってはいけない。

相手が仕掛けてこない限り、こちらは、人質の状態を確認するまではなにもできない。それを得るために、いま必要となるのは、最も優等生的な行動だろう。声をひそめ、手を出さず――ただ静かにひとつずつ有利な位置を確保していく。

雪山の斜面を踏みしめるように、しっかりと進んでいく。

(どんなトラップがあるのか分からない。慎重にいかないと……)

肝に命じて、廃屋の玄関まで近づく、最後の一歩を踏み出そうとした瞬間。

彼は転んだ。

「…………え?」

どういったことかは分からなかったが――

たっぷりと地面に口づけて、土の味がする唾を吐く。わけが分からずに、キリランシェロはあたりを見回した。

実際、よく分からない。突然足をすくわれてしまった。混乱しながらも、とにかく立ち上がろうとして、さらに顔をしかめる。持っていたはずの格闘用ナイフがなくなっていた。転倒した時に落としたのかと見回してみても、どこにも見あたらない。

さらには……

「嘘だろ……?」

思わず、うめく。

庭の中央あたりだろうか。なんの変哲もなかったはずの地面が、沸騰した水のようにぼこぼこと動きを見せている。徐々に盛り上がり、球体のものが地面からせり出した。と、そこからは唐突に動きを見せ、吐き出されるように巨大化し——土の人形となる。

人間よりは頭ふたつ分は大きい。まるで蜘蛛のように腕が長いその土人形は、その場にしゃがみ込むと、こちらへと跳躍する体勢を見せた。

が——

その頃には、呪文を叫ぶ準備はできている。

「我導くは死呼ぶ椋鳥！」

唱えると同時指し示した先に、空気を引き裂くようにして衝撃が叩き込まれる。動き出そうとしていた土人形は、幾重もの振動を受けて、表面から砂の破片を一斉に飛ばした。うなずくようにがくんと揺れて、そのまま霞《かすみ》と消えていくようにも見えた。

（いや——）

キリランシェロは即断すると、横に跳んだ。振動が消え、顔の部分を上げた土人形は一瞬遅れてから飛び出してきた。キリランシェロがいた場所へと。

速い。それこそ砲弾のように土人形は、その長い腕を目標となった場所へと叩き込んでいた。それを横目に見ながら、続けて声をあげる。

「我は放つ——」

さらに一歩後方へと跳んで、標的との距離をおきながら、彼は編み上げた構成を解き放った。

「光の白刃っ！」

こちらへと振りむきかけた土人形の、ちょうど脇腹のあたりに光の球が膨れ上がる。

かっ――！

白光の炸裂が、縦と横に揺さぶるようにして、土人形の輪郭を粉々にした。燃え上がる熱波の中、ただの土くれにもどった人形が崩れ落ちる。

そのまましばらく周囲を警戒しながら、キリランシェロは待機した。が、そのまま爆発跡にはなにも起こらない。ほっとした、というより唖然として、彼はうめいた。

「なんなんだ？　今の……」

どういった奇襲も覚悟していたつもりではあったが――

まさか、人外のモノに襲われるとは思っていなかった。わけが分からない。

「といっても」

彼は、ちらりと視線を背後へと回した。ゆっくりと拳を固めて、続ける。

「あんまり考えてる時間はないみたいだけど」

後方で、再び、ぼこぼこと地面が蠢き始めていた。

「ちぃぃっ！」

叫びながら、一瞬だけ視界をずらし、周囲の状況を把握する――必要なのは、逃げ込む場所だ。

（建物の中に入るしかない）

即座にそう判断すると、キリランシェロは駆け出した。後方で実体化したであろう土人形たちのことは見ないまま、扉のない廃屋へと入り込む。

暗い通路の中に駆け込むのと同時――入り口で、爆発音のようなものが轟《とどろ》いた。土人形が突進してきた音だろう。

振り向きざまに、叫ぶ。

「我は放つ光の白刃！」

光熱波が空間を切り裂き、建物の外へと向かって伸びていったまま、かすんで消えた。

土人形たちの姿はない。

「どこだ……!?」

うめく。と、

「うわっ！」

声をあげたのは、足下が揺れたからだった。木製の床が盛り上がり、めきめきと音を立てて、土人形の頭が出現してきた――床を突き破り、一瞬で全身を現す。頭の先が天井をかすめていた。

自分とその土人形の間には、薄暗い空間と、すえた空気の臭いとがあるだけである。

身を守るためには、もっと別のものでその間を満たさなければならない。それに相応しいのは魔術かもしれず、作戦かもしれず、あるいは単に抗戦する意志だけあればどうでもいいのかもしれない。

とりあえずキリランシェロが選んだのは、最も簡単なものだった。右腕を掲げ、叫ぶ。

「我は紡ぐ光輪の鎧！」

光の網のようなものが出現し、目の前の通路を塞ぐのと、土人形が腕を突きだしたのと、ほぼ同時だった。障壁がその一撃を受け止めた衝撃に、もろくなっていた廃屋が大きく揺れる。

構わずに、キリランシェロは後退した。稼いだ数秒を無駄にしてはいけない。障壁が薄れ、その向こうに土人形の姿が現れるのを激しくにらみ据え、身を屈《かが》めるようにして構える。

「我は放っ――」

三度目の全力攻撃を、彼は自らに命じた。

「光の白刃っ！」

膨大な熱波が、木造の建物を傾がせるほどに荒れ狂う。衝撃が立て続けに土人形の巨体に叩き込まれ、そのたびに標的の姿を変形させた。髪を解《ほど》くように、土人形が崩れて消える。

「あと一体……」

口に出して、キリランシェロは独りごちた。本当にあと一体だけで終わるという保証もないが、とりあえずは現れたものをひとつずつ潰していくしかない。眼差しを鋭くして、あたりを見回そうとした、その時だった。

「――――っ⁉」

がぽっ。

そんな音とともに、視界が暗闇に閉ざされる。息苦しくもなったようだった。耳鳴りのように妙な音がこだまする。

「なんだよっ⁉」

叫んで、キリランシェロは頭にかぶせられたものを振り払った。がらん、と金属音を立てて通路に落ちた、それは古くなって歪んだバケツだった。あまつさえ『防火用』などと記してある。

ここの備品であったことは疑う余地もない。

ひたすらに馬鹿馬鹿しいが――

彼は勘に任せて、前に身を投げ出した。大きく前転するように移動して、振り向く。し、そこに三体目の土人形が姿を見せていた。

「我は――」

唱え始める。と、その瞬間、土人形は再び地下へと潜っていった。瞬きするほどの時間で、壊れた床だけを残して消え失せる。

（くっそ……！）

舌打ちして、身体を起こす。相手のスピードについていけない。

それだけではなかった。

（不意打ちのせいで、呼吸が……）

余計な緊張を強いられたせいで、疲労を覚え始めている。激しく動く肺が、意思に反して大きく酸素を求め、自分以外は動こうとするなと申し立ててきている。立て続けに大きな魔術を放ったことも無関係ではないだろう。

状況は、お世辞にも良いとは言えなかった。

自分は疲労し始めている。だが相手は——どう贔屓目《ひいきめ》に考えても、自分より虚弱体質だとは思えない。

しかも相手はこちらよりも速く、そして強力に、おまけに地面のどこからでも好きな時に姿を現して攻撃してくることができるわけだ。

通用するのは、全力で放った魔術のみ……

苛立《いらだ》たしく思いながら、彼は唾を吐いた。まるで——

（まるでからかわれてるみたいじゃないか？）

土人形の攻撃も止んでいる。これは二体までもが倒されて、様子を見ているのかもしれないが……

こちらが息を整えるのを待っているようにも思える。

「来いよ！」

彼は、たまらずに大声をあげた。

「ぼくはダウン寸前だ――見れば分かるだろ⁉　あと一押しだ。遠慮してないで来ればいい！」

叫びながら、ばねのように身構え、全周囲に神経の手をばらまく。

「来ないのなら、ぼくはこのまま階段を昇って二階に行くぞ。そうなったら、お前もこれまでみたいに地面から奇襲ってわけにもいかなくなるんだろ？」

破れかぶれでまくし立てる。横目で、階段のあるほうを見やりながら。

子供の頃に過ごしただけの、この建物の構造を記憶していたことは奇跡に近かったのかもしれないが――あるいはそれほどのことでもなかったかもしれない。なんにしろキリランシェロは、確認するまでもなく、通路の先に二階への階段があることを知っていた。そこまで駆け抜けるのに、十秒ほどかと目測して、そちらへと向き直る。

全力疾走して十秒。土人形がこの通路のどこから現れたとしても、余裕で追いついてこられる時間だろう。直線の通路を走る限り、あのスピードには抗する術《すべ》がない。それは確かだった。

そして――

呼びかけに応えるようにして、背後から、木の床が壊れる音が聞こえてくる。

キリランシェロは、素早く身体の向きを反転させた。地面から、土人形が迫《せ》り上がりつつある、まさしくその瞬間に、跳躍する。

その土人形の頭上へと。

その後の一瞬の間に、彼がしたことは、祈ることだけだった。

頭上を見上げる。幸運を信じて、彼は頭部を両腕で守った。

衝撃。

目の前が白くなる。音もないほどの衝撃に身を固くして、彼はその一瞬にだけ耐えた。

ほんの運試しだった。この崩壊寸前の廃屋が――

（少なくとも、ぼくより頑丈ではありませんように！）

次に目を開いた時には、彼は二階の通路にいた。土人形の頭上に乗り、ぼろぼろになった天井を突き破って。

少なくとも幸運はあった。感謝するよりも先に、二階の通路へと飛び移って、叫ぶ。

「我は放つ光の白刃っ！」

彼が描いた熱衝撃の軌跡は、標的を求めて身体を伸ばした土人形を、白い絵の具で一撫でするように消し去った。

爆発の余韻が消えるまでに数秒。

キリランシェロは、その頃にはある程度息を整え、身体を起こした。

「くっ……」

両腕を、それぞれの互いの腕でさすりながら、顔をしかめる。腕だけではない。あちこちを打撲したらしい。ほかにも、あちこちの肌からひりひりとした小さな痛みを感じた

——擦り傷でも負ったのだろう。

血のにじむほおを手でこすり、彼はあたりを見回した。そこは二階の通路である。開け放たれたままのというより、そもそも単なる空洞と化した窓から、外に吹くのと同じ風が吹き込んできていた。ふと思い出す……

（アザリーが……ぼくを初めて見た場所、か）

彼女がそう言っていたのだ。その窓のことを。

と——そのことで思い出したというわけではないが、彼は改めて周囲を探った。アザリーが人質となっているのならば、それを探さなければならない。ここにいるとは限らないが、いっしょに始末したいのならば、どこかの部屋に監禁しているはずだ。それも、とっさには逃げ出せない二階のほうが怪しい。

何度かの爆発のせいばかりではないだろうが、ぼろぼろになった建物が、危なっかしい音を立てて軋んでいる。

「探さなきゃ……」

誰にともなく、つぶやいた。

「アザリー……探さなくちゃ……」

視線が最初に触れたのは、一番近い扉だった。そこに近寄って——枠に対してほんのわずか斜めに傾いた扉を押し開ける。本来なら引かなければ開かなかっただろうその扉は、ぱきんと乾いた音とともに蝶番《ちょうつがい》が外れ、部屋の中へと倒れ込んでいった。同時に。

べちゃっ――と、頭に落ちてきたものに、動きが止まる。

「………？」

キリランシェロは疑わしげに、顔にかかってきたそれを取り上げた。濡れた雑巾である。部屋には、ほかになにもなかった。がらんどうというタイトルをつけるとすれば、ここ以外にはないとばかり、見事なまでに空っぽの部屋である。その部屋の真ん中に、無言で雑巾を投げ捨て、次の扉へと向かう。と――

今度は、ふっ……と、首筋になま暖かい息吹《いぶき》を感じた。

総毛立ちながら、振り返る。だが、通路には誰の姿もない。

「し、心霊現象ってんじゃ、ないだろうな……」

ぶつぶつとぼやきながら、また進みかけていた方向へと向きをもどす。

次の扉は、普通に開けた。ここも先ほどと同じ、からっぽの部屋だった。いや。

「アザリー!?」

キリランシェロは叫ぶと、部屋の中に一歩踏み込んだ。あわてて踏み込んだりすることがどれだけ危険か、分かっていなかったわけではない。だがそうせざるを得なかった。それは確かにアザリーに見えた――

床の上に置かれた、アザリーの首に。

その床から生えたとばかりに、そこにぽつんと置かれている。血色も良く、それは生きているようにすら見えた。血の跡もない。が、胴体から下はどこにもない。

そして。

唐突に、視界が闇に閉ざされた。

「…………!?」

同時に、背中を、どんと突き押され――不意を受けて、キリランシェロは二、三歩ほど部屋の中へと押しやられた。見回す。が、やはりなにも見えない。

部屋には、窓があったはずだった。扉が閉じたような音も聞こえてきていない。だが、闇に閉ざされている。

一瞬だけ見えたアザリーの姿も、今はもう確認できない。しばしして――

ふと、キリランシェロは気配を感じた。部屋の中にいるのは自分だけではない。もうひとり、呼吸を、体温を、仕草を感じることができる。

あるいはまったくの暗闇だからこそ感じられたのかもしれないが――彼は、自分と向き合っている、何者かの気配を知覚していた。

「よく来たな」

それは、先ほど聞いた、何者ともつかない声だった。

だが、もはや……何者であろうと、それはどうでもいいことだった。

そう。誰でもいい。キリランシェロは虚ろにそうつぶやくと、慎重に息を吐いた。風。

そして建物の軋みが聞こえてくる。

「……なんだ？　今のは」

聞く。が、相手にはなんのことか分からなかったようだった。そのまま聞き返してきた。

「なんだ、とは？」

「いま見えたもののことだよ。ぼくは……なにを見たんだ？」

闇に向かって問いかける。声の主は、身じろぎしたらしい。闇の中に、見えるはずのない相手の輪郭が見えた。

女だ。キリランシェロは断定した。

しばしの沈黙――そして、その女が答えてくる。

「見たものが真実だ。そうだろう？」

余裕を演出したかったのだろうが、その声にはどこか迷いが感じられた。驚いているらしい。

「そうか……」

彼は、静かにつぶやいた。そして、さらに静かに繰り返す。

「そうか……そいつは不幸だったね――」

「不幸？」

またもや理解できなかったらしい。もはや苦笑してやるよりほかになかった。

「お前のために言ってやったんだよ」

キリランシェロは、無呼吸で静かに告げた。

「死ね」

　相手が動いたのが分かった。こちらからは見えないが、向こうからは見えるらしい――手刀のようなものが水平に打ち込まれてくるのを、キリランシェロは半身をずらして回避した。

　かわしながら、打つ。だがそれは冷たい闇に触れただけだった。逆に伸びきった背筋を強打され、キリランシェロは息をあえがせた。転がって体勢を立て直す。と、胸のあたりを爪先かなにかで押され、起きあがることもできずに床に倒される。

　闇の中、手探りしても触れるものはない。

　とどめを刺されるか――とも思ったが、それはなかった。少し距離をおいて、再び声……

「大口を叩いて、だらしがないじゃないか？」

　キリランシェロは答えずに、聴覚に全神経を集めた。相手の位置と距離を測ろうとするが、どういったわけか相手の気配が曖昧で、掴みきれない。

　声は続けてくる。

「そんなことじゃ、これからわたし――」

　と、言いかけて、咳払《せきばら》いをした。言い直してくる。

「そういったことであるから、姉を守ることができなかったのだ。これから反省してだな、って、あんた、もういい加減気づきなさいって」

「……もういい」

なぶるように変じたその声を聞きながら、キリランシェロは静かに自分を消した。行動だけを残して、自分を消す。次に気がついた時には、すべてが終わっているだろうと信じて――

(奴を殺すのに、ぼく自身が邪魔なんだ)

意識を閉じる。今、視覚を奪っているこの闇よりも深く。

(やることはもう分かっているんだ。奴を殺す。それだけが残ればいい。ぼくは消える……)

「ちょっと、キリランシェロ、待ちなさいって――」

どこからか聞こえてくる姉の声。その幻聴を最後に、すべては消えた。感覚だけが残る。

キリランシェロは声をあげた。

「我は砕く――」

構成を編み上げ、展開し、そして実体化する。

「我は砕く原始の静寂！」

爆発は、建物全体に及んだはずだった。

空間爆砕の轟音が、なにもかもを乱暴にもてあそぶ。壊れた秩序が縦横に揺れて、部屋を、床を、建物を、すべてを粉々にした。なにもかもが逃れ得ぬ破壊の渦の中、すべてを覆っていた闇もまた、引き裂かれるようにして隙間を作ったように見える――

その中を、自らを消した自分だけは動いていける。

敵の姿を一瞬だけ見た気がした。それだけで、もういい。

彼は床――だろう、多分――を蹴って、そこへ滑り込んでいった。そして。

大きく跳ね上がってから、破壊されたすべてとともに落下していくその一瞬の間に、標的へと拳を埋め込んだ。それが確実に致命打となったことを、特殊な感触とともに確信して――

彼は、その感覚をも閉ざした……

◆◇◆◇◆

「――――っ!?」

実体へともどるのは一瞬で済んだ。

つまりはもとの肉体にもどるのは。

仰向けにベッドに横たわったまま、アザリーは大きく目を見開いた――精神体になっている間は、すべての触覚は遮断されている。つまりは痛覚もだ。ただ、衝撃だけは倍加して伝わってくる。

自らの精神体を肉体から分離させて操ることは、極めて高度な白魔術だといえる。が、相性というものか、彼女は独学でそれを可能にした。もっとも、そもそも周囲に自分を教えることのできる者がいなかったのだから独学以外で学びようがない。

精神体になれば重力も距離も無視することができる。魔術を行使するのに呪文すらも必要となくなるほどだった。さらには最も強力な術者がそれを行えば、ある程度、時間までも遡ることができる――と言われている――が、もとよりそこまで高度な構成を編む力はアザリーには無かったし、彼女自身も望んではいなかった。あまり精神体で過ごすことに慣れすぎると、肉体的な思考が急激に退化し、最終的には変調を来すこともあるという。

「……それはぞっとしないわよね」

独りごちる。

自分にできるのはせいぜい、のぞき見と、半分ほど実体化したり、多少のちょっかいをかけることくらいなものである。だが、それで十分だった。

ちょっとしたいたずらには、それで十分だ。

が――

「…………」

ほこりだらけのベッドから半身を起こし、アザリーは、下腹のあたりを手で触れた。痛みなどないが……

「……勝てなかった？　わたしがあの子に？」

信じられなかった。訓練では――自分に遠く及ばない弟が、あの瞬間、自分のことを苦もなく一蹴した。

信じられるはずがない。はずがない、が……

（認めざるを得ない、わね）

恐らく、何度試したとしても、同じ結果になっただろう。同じ条件である限り、つまりは彼が自分を殺すつもりであったなら、自分は必ず負けるのだ。

「……どういうことなの？　なにか意味があるの？　このことには……」

声はこわばり、息も漏れず、ただ冷や汗だけをうっすらと感じて――

彼女はしばらく、その場にとどまり続けた。

◆◇◆◇◆

完全にがれきと化した廃屋の残骸に腰掛けて――

ただキリランシェロは、疲労を噛みしめていた。割れた材木の尖った部分で、あちこち切り傷だらけになりながらがれきの中を探し回っても、アザリーの姿はどこにも見つからなかった。それどころか、確かに戦っていたはずの相手もいない。

だがあの混乱の中、逃げおおせたというのならば、もはや人間業ではなかろう。一瞬だけ見えたアザリーの姿が本物であったなら、死体が発見できないのもおかしい。それらを考えていると、そもそもすべてがただの幻だったのかとも思えた。

はぁ――と大きく嘆息して、膝の上にほおづえする。

「結局、なにがどうだったんだか……」

なにもかもさっぱり分からなかった。ただこうして廃材の上に腰を下ろし、ため息を繰り返すだけで、いつしか空は、落ちかけた夕日の色に染められている。それを眺めて、あちこち痛む身体をさすりながら、独り言するしかない。

「そもそも、どこからが間違いだったんだ？　人が真剣にやってるってのに、いちいち馬鹿にしてくれてさ。濡れた雑巾？　子供のいたずらじゃないか」

かさぶたになりかけた手首のひっかき傷を指先でなでながら、ぶつぶつと続ける。

「なんかこーくだらないくせに後に引くよーなトラップばっかで、それが嫌になるくらい続いてさ。しかも決定的なことになるまでやめないんだから、最後はこんな大事になるんじゃないか。あー、だんだんどういうことだったのか分かってきたぞ」

と。

ひとしきりぼやき終えるのを待っていたとしか思えないタイミングで、それは聞こえてきた――

「キリランシェロー」

顔を上げる。

まさか笑う気にもなれず、憮然とした半眼でキリランシェロはそちらを見やった。孤児院の敷地の入り口。そこに置いてあった彼のコートを小脇に抱えて、アザリーが手を振ってきている。

無言で見つめるが、彼女は気にした様子もなく、にやにやしながらあとを続けてきた。振っていた手を顔の横で止めて、

「そろそろ帰りましょうよ」

「…………」

キリランシェロは顔を背けると、座っていたがれきから、飛び降りるように着地した。さほどの高さがあったわけではないが、意図してゆっくりと体勢を整える。彼女のほうに向き直ったのは数秒後のことだったが、彼女は表情を変えることもなく、こちらを見つめてきていた。

いい加減黙っていることもできなくなって――悔しいが――キリランシェロは、口を開いた。

「ひどいじゃないか！」

腰に両手を当てて、続ける。

「一歩間違えれば大ケガするところだろ⁉」

「なんのこと？」

案の定、彼女は見え見えの素知らぬふうで、肩をすくめただけだった。

（まったくもう――）

と思うが、それがどうなるわけでもないのは分かっている。

つかつかと早足で近づきながら、キリランシェロはさらに口を尖らせた。

「だいたい、精神体を投射するのは危険なことだって、いっつも自分で言ってるんじゃないか――なんでそんなことをいたずらでやるんだよ。なにか事故でもあったらどうするのさ！」

「わたしにはさっぱり分からないけど――」

言いながら彼女が、またにやりと笑みを浮かべる。

「どうかしたわけ？　そんなにぼろぼろになっちゃって。きっと、わたし以外の誰かにからかわれたのね——知ってる？　このあたり、わたしの一族が幽霊になってさまよってるんだって」

「あーあー、そりゃあもう自分の力を無駄なことにばっかり使ってる、脳天気な一族なんだろうね」

キリランシェロはぴしゃりと告げると、彼女の腕の中から、自分のコートを取りもどした。それを広げながら、

「そんなことに付き合わされて、時間を潰して痛い目にあってさ。まったくぼくが馬鹿みただけじゃないか」

コートを広げる間、無論彼女から目をそらしていたわけだが——

こっそりと横目で見やると、アザリーはこちらに舌を出していた。顔を上げた時には、素早くいつもの顔にもどっていたが。

「支給品の格闘用ナイフまでなくしちゃったよ。まあ、偶然アザリーが拾っていてくれたんだったら助かるけどさ」

言うと、彼女は存外素直に、自分のコートのポケットから馬蹄形の金具を取り出してきた。なかばひったくるようにそれを受け取り、ブーツの底にはめ直す。

「だいたいね、やっていいことと悪いことがあるんだって前から言ってるじゃないか——

って、ほら、まるで子供にお説教してるみたいだろ？　自分がやったことがどれだけ子供じみてたか、分かってくれるかな」

コートのそでに腕を通しながらも、愚痴は収まらなかった——たまには言い過ぎるほどに言っておかないと、どうしようもなくなってしまう。

（まったく……彼女を押さえ込んでおけるのはぼくだけなんだから）

そんなことを思いながら、続ける。

「どれだけ心配したと思ってるのさ。おまけに、なんだっけ？『見たものが真実だ』なんて、悪趣味にもほどがあるじゃないか。あとになって許せなければ洒落にはならないんだよ」

ようやくコートを羽織り、一回肩を震わせてサイズを合わせる。これはいつもの癖だったが、そもそもサイズの合わないコートを支給してきた《塔》側にも問題がある。普段は気にならないそんなことまで、いちいちいらだたしく思えた。ボタンをとめながらも口は止まらない。

「なにが楽しいんだか知らないけどさ。ことがばれてもしらばっくれて。ごめんなさいの一言くらいあってもいいじゃないか。本当に、どれだけ心配したと——」

「ありがとう」

「——思って、って、え？」

自分の声の隙間に割り込んでくるように聞こえてきた彼女の言葉に、キリランシェロは虚を突かれて、きょとんと顔を上げた。見ると、彼女はじっとこちらを見下ろしてきている。

　顔色が上気して見えたのは、夕日の中だったからだろう——笑みはもう浮かべてはいなかった。いや、目とほおの間から力を抜いた、その表情をどう呼べば良いのかと問われれば、それは笑みだっただろう。微笑んで、ただ彼女はこちらを見ている。

　ブラウンの瞳に映る自分が見えたように思った。だとすれば、それは沼に沈み込む姿だったかもしれない。キリランシェロは、はっと視線をそらした。

　ぽん、と肩を叩かれる。再び見ると、彼女はもっと強く笑っていた。面白がるように、言ってくる。

「別に悪いことはしていないから、ごめんなさいなんて言えないわよ——でもまあ、なんだかわたしのことを心配してくれたみたいだから？　ありがとう。これでいいでしょ？」

「え……うんと」

　思わず、うなずきかけて——

　キリランシェロは、あわててかぶりを振った。

「って、ごまかそうとしてるんじゃないか！　そうじゃなくて、ちゃんと謝って——」

「なーによ。ぽーっとしてたくせに」

「してないよ！」

　激しく否定するが、彼女は取り合ってくれない。もう一度肩をすくめ、夕日のほうを指さす。

「さ、帰りましょ。ちょっと時間を潰しすぎたわね。急がなくちゃ、野宿するはめになるわよ」

「誰のせいさ！」

いきなり歩き出した彼女に出遅れたため、少し早足になりながら、なんとか追いつく。歩調を合わせて、キリランシェロはあくまで続けた。

「だいたい、アザリーはいっつもこうなんだから。都合が悪くなるとごまかして！　だけど今日はぼくだって本気で怒ってるんだからね。ちゃんと謝るまで、絶対にあきらめるつもりはないよ！」

「はいはい」

くすくすと笑い声を立てて、アザリー――

いっしょに歩きながら、キリランシェロはなおもまくし立て続けた。そしてそのまま、数分ほども歩いただろうか。

「――アザリーは自分の立場を分かってないんじゃないの？　そもそもね、こんな後輩をいじめるみたいなことはいい加減にやめて、フォルテみたいに尊敬を集めようとか思わないかな。そりゃ彼みたいな堅物になれっていうつもりは全然ないけれど――」

「キリランシェロ」

「……なにさ？」

今度は驚かず、キリランシェロは言葉を切った。彼女は静かに、言ってくる。

「またいつか、こんなことがあったとしてさ」

「またやる気じゃないだろうね？」

「そうじゃなくて、本当にまたこんなことがあるとしてさ」

うめく自分の声を、彼女はただ手首から先をぱたぱたさせるだけで振り払ったようだった。そのまま続ける。

「今度は、ちゃんとうまく探しなさいよ。わたしのこと」

「なに言ってるんだよ」

腐ったような口調で、キリランシェロはうめいた――

彼女の表情は、ちょうど夕日に逆光となって、うかがうことができなかった。

◆◇◆◇◆

キリランシェロ。

鋼の後継《サクセサー・オブ・レザー・エッジ》。大陸最強の黒魔術士、チャイルドマン・パウダーフィールド教師の技を受け継ぐ者として、この名がある。この少年だけをそう呼ぶのは不当かもしれない。が、彼はそう呼ばれる。

無常編
天使の囁き

レティシャは朝が好きだった。

どこがどう、というわけではない。ただ単に、夜明けとともに聞こえてくる鳥のさえずりや、あっと言う間に白く光あふれる朝の神秘が、何度体験しようと飽きない驚きを与えてくれる。それが不意に目覚めた早朝であろうと、徹夜明けのどんよりとした夜の終わりであろうと、その空気だけは変わらない。

数年前から彼女のものになった、寮の個人部屋。南向きの窓から真横の光を見つめ、ベッドから起きあがる。朝が好きだからといって、寝覚めが良くなるというほど都合の良いものではなかったが――それでもとにかく、彼女は無理にでも寝床から這い出した。くしゃくしゃになった髪を力の入らない指で押しのけながら、窓の外を見やる。いつもの《塔》の、裏庭の風景。高い塀で囲まれた《牙の塔》は、よく言っても、まあ、監獄のように見えると彼女は思っていた。悪く言えば、つまりは、大陸黒魔術の最高峰、世間に悪魔信奉者のように思われているかもしれない閉鎖社会ということになるだろう。

(運命に逆らっても仕方ないけどね)

そういった偏見を排することはできない。恐らくは、永遠に無理だろう。黒魔術士たちが魔術士であり、魔術を行使し、魔術士でない者には魔術を扱うことができない。この構造がある限りは。

はふ、と小さくあくびして、彼女はまだ開くことに抵抗していたまぶたに涙を溜めた。のびをして身体に活を入れる。

自分が着ている大きめの寝間着を見下ろして、彼女は独りごちた。

（……だんだん、自堕落になってるみたいな気がするわ）

思わず、苦笑する。

（前はもっと、すんなり起きられたような気がするんだけど。寝る前からその日着る物も用意して、気が向けばお弁当くらい作ったし。どうなのかしらね。こんなもんかしら。もう無理してまで、自分でいい加減な形のサンドイッチ作りたいなんて思わないし。まだ誰も来てない教室に行ったって暇なだけだし。朝も食べなくなったし）

別にこれは、大人になったということでもないだろう。

つまりは――

（自分にできることとできないことの区別がついてきたってことかしらね）

もっとも、分かったのは、もっぱら後者ばかりなのかもしれないが。

ぶつぶつと考え事しながら、爪先でスリッパを探し当て、ライティング・デスクに向かう。書棚に施された精緻な細工は、手を取り合って翼を広げる天使たちの姿だった。ただし、その天使の中のひとりにだけ、顔に大きな傷がある。

その天使を、挨拶するように見やってから、彼女はきちんと整理された机の上に両肘をついた。あごの下で手を組み、頭の重さをそこに預ける。ため息をついて彼女は、根気強く眠気を追い払おうとした。

それはいつもと同じ、一日の始まりだった——およそ十年続いたこの《塔》における生活の。なにごともなければ、これからまたさらに続くであろうこの生活の、変わらない連続に過ぎない。これから一時間ほどぼんやりと過ごし、顔を洗い、歯を磨く。髪を直し、着替え、昨日やり損ねたこと、今日やらなければならないこと、今日でなければならないことを自分に対して確認しておく。一通り終われば、部屋を出ることになる。

困難な仕事というわけでもなく、試されるのは純粋に忍耐だけだった。変わらぬ連続が繰り返されることへの忍耐。苦痛への特効薬は、手軽なものだった。

（そうね……まずは顔を洗わなくちゃ）

昔は、洗面所に行くにもきちんと着替えていたような気もしたが。

彼女は寝間着のままのそりと立ち上がると——理想と現実との確かな境界線となることを期待して、上着を羽織ることにした。洗面所と風呂場は共用だが、この時間帯では誰も起きていないだろう。ならばどんな格好でも構わないかもしれないが。

問題は、洗面所に行くためには、寮の入り口につながっている通路を横切らなければならないことだった。たまに扉が開いていることがあり、たまたまランニングにでも出かけようとしていた男子生徒が寮の前を通り過ぎることがある。

上着を肩にかけ、洗面用具を手にとって、扉を開ける。薄っぺらいスリッパの、ぺたんぺたんという音が、妙に響くような気がした。案の定、まだ寮の中は静かで、誰も起き出してきた気配はない。頑丈なだけが取り柄のこの古い建物は、それでも壁のあちこちに黒ずんだ影のような染みが浮かんでいたし、思わぬところで天井に星——つまりは雨漏りの原因となる天井の穴——を発見することもある。

（格式と伝統。まあ、こんなもんかしらね）

そんなことを考えながら、階段を下りる。

入り口にロビーなどあるわけではなく、入ってそのまま通路になっている。そこを横切って、洗面所や浴場に行くわけだが、今朝も玄関の扉は開いていた。三日に一度ほどだろうか。寮の一階住人に、早朝ジョギングを日課としているグループがいるらしいのだが、彼女らは扉を閉め忘れることが多かった。これについては寮長も何度か注意をしたらしいし、彼女らも反省していないわけではないのだろうが、どちらにせよ今のところ効果はない。どうせ鍵は各室についているし、逆に玄関に錠がないので、つい飛び出したまま放置してしまうのだろう。

嘆息してレティシャは、扉を閉めておいてやろうと玄関に進んだ。と——左手にある、共用の郵便受けを見て、足を止める。郵便受けというよりは、郵便受け棚とでも呼ぶのだろうか、そんな代物だった。自分の名前と部屋番号が記された、木製の蓋。重要書類などは当人に手渡しが原則となっているため、ここに入れられるのは比較的どうでもいいよう

なチラシや、ゲリラ的に発行される学生新聞などだけである。ゆえに鍵などはついていない。その自分の蓋の隙間から、なにか黄色い帯のようなものがのぞいていた。

触れてみる。リボンだった。

「…………？」

眉根を寄せて、蓋を開けると――

手書きのビラやら、小さな蜘蛛の巣といっしょにそこに入っていたのは。

きれいにラッピングされリボンまでかけられた、四角い小箱だった。

◆◇◆◇◆

《塔》でも屈指の魔術士として、レティシャの名前はよく知られていた。実際、非常によく知られていると言える。

無論、有名な魔術士など珍しくもない――つまり《牙の塔》はそれ故に、大陸黒魔術の最高峰として位置しているのだから。そもそも人間外がそろいにそろった感のある教師たちを除外したとしても、白魔術までも扱うことを公然の秘密としている天魔の魔女アザリー、暗殺技能者としては彼以上を望むことはできないとまで言われたウォール教室のスエイン、大胆な魔術構成論を発案して名を売ったチャントリー教室のイクスヘラ・シルフォート。また実直な見方で選ぶならば、ザ・ベストとしてチャイルドマン教室のフォルテを推さない者もいない。

レティシャ。彼女にはなんの役割もない。

なんらかの特殊技能があるわけでもなく、特別な業績があるわけでもない。しかし彼女には誰もが一目置いている。

彼女が有名であるのは、純然たる戦闘者としてだった。

(例えばだ……)

キリランシェロは体技室——《塔》の屋内運動場——の壁に背をもたれながら、ぼんやりと彼女の姿を眺めていた。長い髪を乱しもせず、緩やかな運動着姿でふたりの少年を相手に対峙している。

彼女は両腕を斜め下に軽く伸ばした、あまり実用的ではない律儀な構えで、じっと相手を見つめていた。涼しい横顔。画廊で抽象画でも眺めるような、力も注意もない軽い眼差し。だがその視線は、確実に敵を映して外していない。

直線。様々な意味で、彼女はしごくストレートだった。長く伸ばした、艶やかなダークヘアー。すらりとした肢体。見た目だけでなく、力までもすべて。ある一点から一点への直線。直線は決して途切れない。あらゆるものを貫いて突き進んでいく。

彼女と向き合って、緊張した面持ちを見せているのは、ふたりだった。両者とも同じ運動着を着てそれぞれ身構えている。やや姿勢を落として、組み付くことを狙っているのは赤毛の少年だった。そばかすの残る顔を珍しく険しくして、跳びつくことも跳び退《の》くこともできるように上体のバランスを取っている。レティシャとの距離は二メートルほど。—

息に詰められない距離ではない。

もう一方は、彼よりは後方に陣取っていた。だがそれほど違うわけでもない。お下げ髪を左手でもてあそぶようにいじり、なにやらタイミングを測っている。作戦でもあるのか、あるいはあると思わせたいだけか。どちらかは分からない。

が、なにをしたところで――

（ハーティアとコミクロンふたりに、どうにかできる相手じゃないんだよな）

キリランシェロは、ため息とともにつぶやいた。

刹那。

だんっ！　と床を踏み鳴らす音が響く。限りなく同時に近い、だが二発の足音。

飛び出したのはハーティア――つまり赤毛の少年。その側面を迂回するようにしてもうひとり、コミクロンが駆け出していた。ハーティアは姿勢をさらに下げ、完全に組み付きの構えを見せている。レティシャは反射的に、後方に跳び退いていた。が。

横で見ているキリランシェロには、ハーティアがわざと勢いを弱めているのが見てとれた。わずかに遅い。迂回するコミクロンのほうが速いほどである。コミクロンはコミクロンで、やはり手を開いて敵の身体を捕まえようと構えている。

そもそもレティシャが跳び退くのは、ごく自然な動きといえた――誰でもそうするだろう。横に跳ぶのは危険が大きい。だがこの場合は、それを追い越すように、迂回してコミクロンが追いかけてきている。

つまりはレティシャが跳び退くスピードがハーティアより遅ければ、ハーティアに捕まる。速ければ、コミクロンに捕まる。レティシャでも、さすがに体力や体重では、後輩とはいえ彼らには敵わない。どちらかに捕まれば、すぐあとにさらにもう一方が追撃を加えるだろう。身動きがとれなくなり、彼女は負ける。

はずだが。

「………………!?」

異変を感じたのか、コミクロンの顔に驚きのようなものが走るのが見えた。そして、その表情が一瞬で消える。

レティシャに、引きずり倒されたのだ。彼女が跳び退く速度は、ヽヽヽヽヽコミクロンより速かった。

片手で彼の肩口をつかむと、そのままひねるように身体を沈める――跳び退いている姿勢のまま。自分自身組み付こうと姿勢を下げていたのだから、コミクロンも抵抗のしようがない。回転するように、彼は床に叩きつけられた。

そして……

ハーティアが追いついてくる頃には――といっても一瞬の遅れに過ぎないが――、レティシャは既に次の行動に移っていた。飛び込んでくる赤毛の少年に対して、一瞬、動きを止めて左手を差し伸べる。摑まれとでも言いたげに。

「くっ!?」

警戒して、ハーティアが取った行動は、これもまたごく自然なものだった。レティシャと同じ、反射的な行動。後方に跳び退こうとしたのだ。

が、全力で突進していた状態で、後方に瞬発力を使えば、当然。

慣性というものがある。

力が拮抗《きっこう》し、身体が静止する。

次に来る結果を予想したのだろう。ハーティアの顔に、苦悶の表情が浮かぶのが見えた。目が見開かれ、歯を食いしばり、悲鳴すら忘れて——

ずだんっ！

レティシャが放った右拳が、彼の下腹に突き刺さった。貫通する衝撃が、内臓をえぐる。まるで打ち倒される大木のようにゆっくりと、彼は体技室の合成板製の床に、落下していった。

「…………」

静寂が、訪れる。

そしてその静寂が、証明する。

紛れもなく純粋な強さを誇る黒魔術士。レティシャ。

それが彼女だった。

レティシャはわずかにあがった息を整えながら、無言で軽く汗をぬぐって見せた。なにかを言いたいのか口を開きかけたが、すぐに閉じる。キリランシェロは、なんとなく直感した——なにやってんのあなたたち、とでも言いそうになったのだろう。それを言わなかったのは、小言になりそうだったからに違いない。そして、小言を避けた理由はといえば——

扉が開いた。そこから、ぬっと大柄な男が姿を見せる。伸ばした髪を後ろで束ねて、厳格な顔つきをしたフォルテ。彼もまた無言で室内を見回すと、そのまま入ってきた。ローブを着ているところを見ると、特に訓練をするために来たというわけではないだろう。ハーティシャは彼を無視するようにして背中を向けたまま、大きく息をついている。

その横を通り過ぎて、倒れたままひくひくと声も出せずにいるハーティア、コミクロンを一瞥ずつしてから——

壁にもたれかかっているキリランシェロの近くまで来て、フォルテが口を開いた。

「……なんの訓練だ？」

「一言でいえば、現実の再認識……かな？」

とりあえず、一番正確そうな答えを返しておく。

フォルテならば、これが皮肉でも冗談でもないことは理解してくれるだろう。そんなことを思いながら。

「ふうん？」

彼はたいして興味なさそうにうなずいてから、

「ふたりがかりでこれか。まあそんなものかもしれないが」

「三人がかりだよ」

　キリランシェロは天井を仰ぎ見て、うめいた。ぴくり、と眉を上げて、フォルテが聞いてくる。

「三対一？　なんでお前はこんなところで見物しているんだ？」

「いや、一番最初にこの壁まで吹っ飛ばされて。動けないんだ」

「……そうか」

　今度は、少なくとも嘆息を引き出すことができたらしい。

　嬉しくもないその成果をわきに捨てて、キリランシェロはなんとか壁から身体を離した。手がかりを失うと、倒れそうではあったのだが。

「なにか用事？」

　向こうから——つまりは倒れたままぐったりしているハーティアとコミクロンの向こうから、レティシャが声をあげるのが聞こえてきた。見ると彼女は、細い指先で髪を掻《か》き上げるようにして、額の汗を拭っている。

　こんな時でさえ、彼女には余裕がうかがえた。後輩とはいえ三人の魔術士と組み手をしたあとでさえ、ということだが。

　彼女はフォルテに笑いかけてみせた。

「暇なら、加わる？　あなたが身体を動かしてるとこ、しばらく見てないような気がするんだけど」

「やめておく」

軽くそう言うと、フォルテは肩をすくめた。

「もう君には、十分に自信を削り取られたと思うからな」

ふふっ、と、レティシャが笑うような吐息を漏らす——それを見て、フォルテが、きょとんとまばたきしたことにキリランシェロは気づいていた。壁に張り付いたまま、ふたりを交互に観察する。

数秒ほどだろう。この会話の隙間に、フォルテが次の言葉をかなり注意して選んだのは明白だった。そもそも言うべきかどうかも迷ったに違いない。この教室最年長の極端な白信家が、なにかを躊躇するところなど滅多に見ないが。

彼は驚いたような声をあげた。

「……なにか、嬉しそうに見えるな?」

「そう?」

彼女がとぼけるつもりだったのか、それは分からないが——たとえそうだったにせよ、キリランシェロには見え見えの芝居に見えた。こういった戦闘訓練は日課のようなものだったが、今日は日に見えて彼女の動きに迷いがない。それは最初から感じていたことだった。

なんにしろフォルテは、はぐらかすのなら追いかけないという判断を下したらしかった。やはり、ふうんとだけ言ってから、静かに告げる。

「まあなんにしろ、あんまり後輩をいじめないことだな。誰も彼もが、君のようにできるというわけでもない」

「な――」

レティシャの動きが、はたと止まる。彼女は驚いたように、大きな目を見開いた。

「なによ、それ」

「？」

フォルテに、他意がなかったのは明らかだった。聞き返されて眉を上げている。こわばった彼女の顔を見返して、それ以上深入りするのを避けるためか、肩をすくめて彼は話題を変えたようだった。

「実を言えば、たいした用事があるわけではないんだ。まあ、君たちの悲鳴を一刻でも早く聞きたいと思ってね」

「……？　なにそれ」

今度は、レティシャがきょとんとして聞き返す。

キリランシェロはようやく壁から身体を離すと、フォルテの顔を見上げた。長身でがっしりとした体格のこの男は、表情が薄れがちの顔もつい厳《いか》つく見えるが、あまり冷たさを感じたことはない。教室最年長組、つまりキリランシェロの姉ふたりを含めた三人のうちで唯一の男性が彼であるため、むしろなにか問題が起こった時は、彼に頼ることのほうが多かった。

そのフォルテが、静かに告げてきたのは、こんなことだった——

「我々の中から四人——つまり一チームだな。山中生存訓練に参加することが決まった」

「…………」

悲鳴は、きっかり十秒の硬直のあとにあった。

◆◇◆◇◆

レティシャに与えられた寮の私室は、南向きの個室だった。彼女はこの空間を好きに使うことを許されたし、いくら私物を持ち込んでも文句を言われることもない。もとより、高価な家具などに手が出るものではないが、それでも彼女は精一杯張り込んで、使い古してはあっても良質の品物をあちこちから手に入れていた。時には、後輩たちに頼み込んで、ゴミ捨て場から拾ってきてもらったものもある。このライティング・デスクの来歴も、実はそうだった。

書き物の趣味などない——が、通りすがりにすっかり惚《ほ》れ込んでしまったのは、書棚部分に施された、精緻な天使の彫り込みのせいだった。十八人の天使が優雅な格好で、手を取り合って翼を広げている。みな穏やかな表情で、誰かが誰かを必ず見つめている。が、一番端の子供の天使の顔に、なにかで引っかけたのだろう、大きな傷跡があった。顔全体を潰すようなひどい傷で、顔の上半分がなくなっている。このせいで、彼——だか彼女だか——が見つめているのが誰か、分からなくなっていた。

恐らくもとの持ち主は、この傷のせいで机を捨てたのだろうが。

彼女も、その傷が気にならなかったというわけではない――ホームセンターでパテを買ってきて埋めようかとも思ったのだが、そうなるとこの天使は完全に顔なしになってしまう。ほかに手もあるだろうが……

(この子が誰を見ていたのか、分からないしね)

そんな理由で、魔術で欠損を埋めることもできない。もとの形が分からないのだから、手を出しようがなかった。

なんにしろ、そんなわけで。

ふと気づくと、その傷のある天使を見上げていることがよくある。椅子にもたれてぼーっとしているのが好きだった。本などを読んで、この貴重な時間を潰したくなどないと思うほどに。

「…………」

今も、考え事をしながらその天使を見つめていた。

机の上には、リボンを解《ほど》かれ、開けられた箱が置いてある。今朝部屋に帰ってからラッピングを解いて、中を見たままになっていたものだ。

小さな箱の中には、天使の姿を象《かたど》った、プラチナ色のブローチが入っていた。

◆◇◆◇◆

「……で、どうなったんだ？」

「ひどいもんだよ。あれからまたさんざんやられてさ」

まだ痛む肩を引っ張り上げるようにさすって、キリランシェロは虚しくうめいた。結局、教室に集まったのは彼と、フォルテのふたりだけで、ほかに誰もいない。もともとたいした広さのない教室ではあったが、それでも定員を満たしていない空虚さが空気とともによどんでいた。

「彼女がそれほど強い人間だとは思わないがな」

なにやら、手持ちぶさたに黒いファイルをぱらぱらとめくりながら、フォルテがつぶやくのが聞こえてくる。

キリランシェロは、憮然と応じた。

「そりゃ、フォルテならそう思うのかもしれないけどさ。やっぱり脅威だよ、あのリーチでどうしてあれだけコンパクトに動けるんだか――」

「そんなことは言っていない」

あっさりと言い切ってファイルを閉じると、こちらへと押しやってくる。表紙にクリップで留められたタイトルには、弱い筆跡がかすれながらも自分を主張していた。ファイルを開きながら、それを読み上げる。

「……『山中訓練要項』」

「さっきも言った通り、うちの教室からは、四人が参加する。わたしと、お前ら三人だ。

先生とアザリーは《塔》外だしな」

「ティッシとコルゴンは？」

「レティシャか？」

面白い冗談だ、とでもいうように、フォルテが鼻を鳴らした。

「向かないことをさせる必要もないだろう。コルゴンの奴に関しては、山の中になど連れていったら、また一年ばかり姿をくらましかねんからな」

「別にぼくだって、山の中で一週間も山菜摘みしたくないんだけど」

「わたしがやる気満々だとでも思っているんじゃないだろうな？」

「なにか手が？」

「監視がつくわけでもないし、適当に切り上げるさ。幸い、近くに宿場がある。宿代を用意しておけ」

「……それにしても、一週間外泊かぁ。行き来の時間を含めると、二週間。なんでこんなこと、しかも突然命令されなくちゃならないんだろ」

ほおづえをつき、ファイルの中身を目で追う。『この訓練の目的は特にありません。でもなんとなくそれっぽいでしょ？』――とは書かれていないが。

フォルテはその厳しく引き締められた眉から少し力を抜いたようだった。たったこれだけのことで、この男の表情からは毒気がだいぶ抜ける。

「意味などないかもしれんし、あるのかもしれん。軍人でもない我々が、こんなサバイバルを経験しなければならない理由というのは思い浮かばんが。だが、理由が必要か？　学ぶべきことではなく、学べることを学べ、そんなところだろう」

「でも、さぼるんでしょ？」

「理由が必要か？」

「……フォルテは偉いと思うよ」

キリランシェロはため息をつきながら、席を立とうとした。ファイルはあとで読めばいい。閉じかけて、ふと、引っかかるものを感じる。

「あれ？」

と、動きを止めて。

こちらをじっと見ているフォルテは無視して、彼はそのファイルを再び開いた。今度はしっかりと確認する。記されていた期日は……

「明後日出発？」

「ああ」

「まずいじゃないか、これ！」

「……なにがだ」

「だって」

キリランシェロは顔を上げると――

不思議そうにこちらを見ているフォルテに、口をとがらせた。彼を非難してどうなるものでもないのは分かっていたが、それでも口調が鋭くなる。

「明々後日《しあさって》、ティッシの誕生日だよ」

基本的な路線では、レティシャは素直にそれを受け入れるつもりではあった。

こういったことにまったく前例がなかったわけでもなく、今まで気にしなかったというわけでもない。

ただ不思議と、こうしたことがあっても、あとになって相手が名乗り出てきたことはなかったような気がする。理由はよく分からない。

（まあ、だいたいこーゆうのは期待すればするほど馬鹿を見るのよね。分かってはいるんだけど）

◆◇◆◇◆

廊下を歩きながらレティシャは、静かに独りごちていた。

（たかだかブローチじゃない。そんなに高価なものでもないしね。気にすることもないし、ほうっておけば自然と成り行きで……）

着慣れた黒のローブに、今日はいつもと違った重量がかかっている。それはどこか煩わしいようでもあり、面白い刺激でもあった。襟に隠れないよう、たまに手で位置を直しながら、彼女はそれとなくそのブローチを着けている左胸を強調するように肩を少し下げていた。もともと翼のあるものは好きだった。その優雅な曲線と、さりげないボリュームとを伴い、天使のブローチはローブの黒い生地の上を滑空するように両翼を広げている。銀色の翼は、弾ける光のようでもあった。

　天気は悪くなかった。窓から差し込んでくる陽光は、埃《ほこり》を包み込んできらきらと輝いている。

　昨日の訓練で痛めた膝が、多少足取りをがたついたものにしている。とはいっても、外からは分からなかっただろうが。

（左膝。ケガしやすいのよね……気をつけないと）

　そんなことを思い出して、嘆息する。最近は、あの後輩たち三人もそうそう気を抜いていられる相手でもなくなってきた。

　歩きながらの思考は、目的もなくふらふらと変転していく。

（ハーティアは問題ないわね。わたしから見ても明らかに上達している……動きながらよく考えてるわ。コミクロンは、それに比べればまだ稚拙だし、浅いかしら。一番分からないのは——）

　と。

　一瞬だけ息を止めて、血のつながらない弟の顔を思い浮かべる。あどけない微笑みを見せる、五歳年下の少年。

（キリランシェロ。あの子はさっぱり分からない。的確で、速く、強い……けれど、必ずあと一歩のところで倒れてる。なんなのかしら）

しばし考えて、彼女は苛立たしく結論を出した。

（要するに、詰めが甘いのよね。アザリーが甘やかしてるからよ）

これまた、妹――正確には従姉妹《いとこ》だが、彼女の名前を思い浮かべる。今はチャイルドマン教師に連れられて《塔》外に出ているはずだ。帰ってくるのは来週だろう。

と、不意に――

思い浮かべていたその顔と、視界に映った現実の顔が重なった。

はっとして立ち止まると、目の前に、当の本人が立っている。真正面にいるというのになかなか立ち止まらない彼女を見つめて、目をぱちくりさせていた。いざとなったら避《よ》けようとしてか、少し腕が上がっている。馴染んだ笑顔。じっと見上げてくる柔らかい眼差し。キリランシェロだった。

「あ、キリランシェロ」

あわてて、レティシャはつぶやいた。

「びっくりさせないでよ」

「え？　ちゃんと呼び止めてたよ」

「そ、そう？　考え事してたから。ごめんなさい」

レティシャは、なんとか、ほっと笑顔を作ると、聞き直した。

「……で、どうしたの？　こんなところで」

「うん。ぼくも教室に行こうと思ってたんだけど、途中で見かけたから」

教室までは、まだ少しある。

彼女が手だけで示すと、彼女といっしょにキリランシェロも歩き出した。廊下を並んで進みながら、彼が言ってくる。

「あのさ、昨日フォルテが言ってた、山中訓練、結局、ティッシとコルゴン以外が出ることになりそうなんだけど――」

「ええ」

「日程が、明日出発なんだよ」

「……へえ」

彼女はうめくと、キリランシェロの次の言葉を待った。と、彼がきょとんと、聞き返してくる。

「へえって、それだけ？」

「それだけって？」

「だって明後日、ティッシの誕生日だろう？」

「そうだけど」

「そうだけど……って」

彼は、なにやら不審というより機嫌を損ねたように顔をしかめてみせた。

「毎年、アザリーもみんなそろって、祝ってたじゃないか」

「アザリーが《塔》に帰還できるのは来週よ」

「ひとりが都合悪い時でも、少なくともふたりでは祝うようにしてただろ。誰の誕生日の時でもさ」

口をとがらせて言ってくるキリランシェロに、レティシャは大きく息をついた。軽くかぶりを振って、人差し指を一本立てる。

「それで？　どうするの？　最高執行部に上申するわけ――ぼくたちこんな時代錯誤なカリキュラムなんて無視して誕生日を祝いたいんです、って。いい笑い者よ」

「そうだろうけどさ……」

その口振りからすれば、それでも笑われるだけの価値はあるのだと言いたげではあったと。

ふと気づいたように、キリランシェロが声をあげてきた。

「それは？」

こちらの左胸を指さして、目を丸くしている。レティシャは一瞬、なんのことかと自分でも忘れていたが、すぐに思い出した――彼の指は、ややずれて、真新しいブローチを指し示していた。

「ああ、これ？」

微笑んで、よく見えるように身体の向きを変えてから、告げる。

「昨日、わたしの部屋の郵便受けに入ってたのよ」

肩をすくめて、付け加える。

「誰がくれたのか知らないけど、誕生日のプレゼントよね、きっと」

「…………」

黙ってそれを観察する彼に、くす、と笑って、聞く。

「まあ、あなたじゃないだろうなとは思ってたけど」

「…………」

キリランシェロは、ただじっとこのブローチを見つめていた。あまりに無言の時間が長いため、怒っているのかと思わせるほど。レティシャは、少し驚きを感じながらつぶやいた。

「どうしたの？」

「いや……」

咳払いして、彼が口を開く。

「いや、あのさ、最初にした誕生日の約束、覚えてる？　アザリーが言い出したやつ」

「え？」

分からずに、レティシャは聞き返した。と、キリランシェロがなにやら物々しげな口調で、あとを続けてくる。

「ええとさ、その、姉弟《きょうだい》三人の誰かが、姉弟以外の誰かとふたりで誕生日を過ごしたいと思ったら、ちゃんと白状することって」

「……！　ああ！」

レティシャは、なかば吹き出してうめいた。思い出した――

「別に、そういうのじゃないわよ。これ本当に、誰がくれたものかも分からないんだから。郵便受けに差出人不明で入ってたの。気に入ったから着けてるだけよ。制服に着けても、そんなに変な感じしないでしょ？」

「……ふうん」

まだ多少疑わしげにではあったが納得の声をあげる弟に、彼女は笑いかけた。

「天使、好きなのよ」

「迷信だろう？　天使って。大昔の人たちが信じてた」

「……ええ」

「とっくの昔に、現世より高次なものは全部否定されたんだ」

「そんなに噛みつかないでよ。ただのデザインじゃない。深い意味なんてないわよ」

なだめるように手を振って、告げる。

そろそろ教室だった。話題を変えることができそうだとほっとして、彼女は扉に手をかけた。と――

中から聞こえてきた声に、ふと動きを止める。

「そっか、誕生日ねぇ。すっかり忘れてたけど、そういやそうだったよな」

「………………」

ちらりと、横目でキリランシェロを見やる。彼にも聞こえたらしい。

声の主は、コミクロンだった。聞き慣れた、調子の高い声。となれば、当然話し相手はハーティアだろう――まさかコルゴンが教室にいるはずもない。

「ていっても、山中訓練とはね」

予想通り、ハーティアの声である。それに対して、コミクロンが応じた。うなずいたような気配で、頭の部分だけ声がくぐもる。

「ま、出なくて良いのなら、幸運だな。だいたい、金品の収集を目的とした儀式を毎年行うというのはあまりにも下品だと思わないか？」

「うーん。まあそれはどうかとしても、彼女には昨日しこたま殴られたばかりだしなー」

「うむ。俺の調査によればあの女が期待する上納品の価格はインフレ傾向にある。ここはひとつ、ショック療法として、葉っぱ一枚ずつというのはどーだろう」

「その調査にどういう根拠があるのかは知らないけど」

「…………」

しばらく黙って聞いてから――

レティシャは、ドアノブから手を下ろした。そのまま、身体の向きを変えて、扉の前を通り過ぎ歩き始める。

あとから、あわてた様子でついてきたキリランシェロに、彼女は抑えたトーンでつぶやいた。

「……そこらを一回りほどしてから入ったほうが良さそうね」

小走りになって前方に回り込み、キリランシェロは後ろ向きに歩きながら、こちらに言ってきた。弁解するように、

「いや、あのさ、別に悪気はないと思うんだ、あのふたり」

「……なによ。同情でもしてるつもり？」

うめく。ため息混じりに、レティシャは続けた。前を行くキリランシェロが邪魔で、歩きづらい。

「どのみちわたしだって、誕生日が嬉しくてたまらないって歳でもないし。どうでもいいわよ。毎年のことなんだから、今さら」

「あのさ」

キリランシェロは大きく両腕を広げると、おずおずと声をあげてきた。上目遣いにこちらを見て、気弱な声で、

「考えたんだ。どうせ山中訓練には監視がつくわけでもないし。みんなそうしてると思うんだけど、真面目にやる必要なんてないだろ？　だったら、出発したふりだけして、どこか適当な場所で落ち合ってさ、外で盛大に祝うほうがレティシャだって――」

と。

彼女は、足を止めた。まくし立ててくる彼の顔をにらみ据え、声をあららげる。

「なに馬鹿なこと言ってるのよ。そんなの、わたしが喜ぶとでも思ってたの!?」

びくり、と首をすくめて、キリランシェロが言葉を止めた。じっと見据えたまま、数秒、

沈黙を味わわせる。

　腕組みし、レティシャは口を開いた。

「訓練っていうのはね、誰のためでもない、自分のためのものよ。それを自覚していなければ明日なんてないわ。ことに、わたしたちは魔術士なのよ――自分を制御できなければ、それはそのまま自滅につながるの」

「分かってる……けど」

　眉を下げてうめいてくる弟に、レティシャはぴしゃりと告げた。

「分かってないわ。あなたは全然分かってない。このままだと死ぬわよ。魔術を制御できずに死んだ仲間が何人いたか忘れちゃったわけ？　それとも、チャイルドマン先生の下についてちやほやされ始めたら、そんなことも思い出せなくなった？」

「そんなこと――ただ、ぼくは」

「わたしのことなら、気遣ってくれなくても結構よ。これでも、自分の面倒は自分で見られるつもりですからね。異議はある？」

「……いいや」

　うつむいているせいで、キリランシェロの返事は聞き取りにくくなっていた。肩を落として唇を噛んでいるこの少年が、サクセサー・オブ・レザー・エッジだと聞いても、信じてくれる者はいるだろうか――そんなことをふと考える。

　一瞬、肩を叩いてあげようかとも思う。だが、それはあえてせずにレティシャは、最後につぶやいた。

「ないのなら、わたしのことはほっといて」

そのまま、顔を上げない弟を避《よ》けて、レティシャは廊下の先に進んでいった。


フォルテを探すのに、さほど苦労はいらなかった。資料室のせまいブースの中に、広い肩幅を窮屈に縮めながら、じっとしている。活字に取り憑かれたこの男が存在していられる場所など何種類もない。事務フロアか、教室か、この資料室かだ。

とはいえ、愚にもつかない読み物など読んでいられない男でもある——何人かの若い魔術士たちが本とノートを広げているブースを通り過ぎ、やや猫背かもしれないフォルテの背後からその手元をのぞき込むと、彼が熱心に目を落としているのは、なにやらガーデニングの教本だった。通信教育のテキストらしいが、こんなものが資料室のどの棚にあったものか。

そんなことを嘆息とともに独りごち、レティシャは小声で囁いた。

「フォルテ」

と、ほかのブースにいる連中のことを意識して、一瞥する。声に反応して、目を上げた者もいたようだった。入り口近くの壁にある『静かに』の貼り紙が、嫌でも視界に入ってくる。

当のフォルテが振り向いてきたのは、一番最後だった。

「……なんだ？」

手元の本を閉じながら、特にどうという表情も感情も見せずに、聞いてくる。

普通、無表情というものは怒り顔に見えるものだが、この男のそれは明らかにちがった。顔というものをまったくの虚ろにできる。これはある種の才能なのだろう――役に立つかどうかは分からないが。

その虚無の色をした瞳を意識して、レティシャは相手に顔を近づけた。

「ちょっと、話したいことがあるんだけど」

「………………」

彼は、頭を斜めに傾げてこちらを見上げてきた。多少、瞳に色が宿《やど》る。

「山の天気だな、君というのは」

まったくの真顔《まがお》で言ってきたが――

意味が分からなかった。聞き返す。

「なによそれ」

「いや、なにを急に不機嫌になったのかと思ってね」

「人の心を読むのは、やめてって言わなかったかしら」

レティシャは刺すように口をとがらせ、小声で告げた。

「というより、人の顔を見て心でも読んだつもりになるのは、ってほうが正しいかしら。いくらあなたでも、万能じゃないのよ」

「昔の君は可愛かった」

「……それ、セクハラよ」

「恋をしてる男はミスが多くなる」

「なに真顔で、恥ずかしいこと言ってんのよ——しかもこんなところで」

顔が紅潮するのを自覚しながら、彼女は視線だけで周囲を見回した。いくら小声で話したところで、聞き耳を立てればここにいる誰もが話を聞けただろう。

が、フォルテは顔色ひとつ変えた様子もなかった。

「別に。誰もわざわざ聞いてはいないだろうし、信じやしないだろう」

「そうかしら？」

うめいて彼女は、一番近いブースにいる角刈りの魔術士に向けて、視線を鋭くした。はんのわずかな動作だが、彼はあわてて顔を伏せたように見えた。

ふん、と息をついて、フォルテに向き直る。

「だいたいそのことなら、わたしは断ったはずよ」

「確かに断られた。あれは何年前だったんだ？……まあ、どうでもいいことだが」

「どうでもいいなら蒸し返さないで欲しいわね」

「どうでもいいというのは、今も変わらないのなら、何年前だろうと同じだということだ」

「……分かったわよ。あなたと話してるといっつも同じ。屁理屈《へりくつ》ばっかりで前に進まないんだから」

鼻の横に引っ張られるようなものを感じながら、言い捨てる。レティシャは胸中で自問した――これでも自分をここに縛り付けるものはなんなのか。意地か。同胞意識か。この男とどうしても話が合わせられなくなってから、かなり長いような気もする。そう長くもなかったようにも思う。

「で？」

辛辣に、彼女は声をあげた。

「どうすればいいのかしら。殴り倒して引きずり出さなくちゃ駄目？　やらないでくれと言わないのなら、本当にやるわよ」

「やらないでくれ。出よう」

フォルテはあっさりとそう言ってくると、本を閉じて立ち上がった。やはり真顔で、付け加えてくる。

「どのみち、この本ばかりの雰囲気というのは嫌いなんだ」

「……つくづくわけが分かんないのよ、あんたって」

軽くこめかみを押さえて、レティシャはうめき声をあげた。

本をもとあった棚に返却し、室外に出る。

もっとも、出るといったところでおおげさにどこへ移動するというわけでもなく、廊下へ出てすぐ、レティシャは彼に向き直った。ちょうど人通りもない。

レティシャは腕組みして口を開いた。

「山中訓練、明日からですって？」

と、彼は、すぐにうなずいてきた。

「ああ。君には関係ないが」

「関係ない、ねぇ」

左手の指で右腕を叩きながら、繰り返す。

ちらりと彼の顔を見やって、彼女は続けた。

「知ってる？　わたしの誕生日。明後日なの」

「そうらしいな」

言いながら、この男の鉄面皮はやはり変化を見せなかった。

我知らず、唇を噛もうとしていたところを不意に気づいて踏みとどまり、咳払いしてフォローする。なんとか相手を模倣したような無表情を作ってから、レティシャはつぶやいた。

「参加者は、あなた、コミクロン、ハーティア、キリランシェロ？」

「その予定だ」

と、彼の返事に、声のトーンを落として問いかける――

「……まさかあなた、訓練中止してもどって来よう、なんて考えてないわよね？」

「なぜそう思う？」

レティシャは組んでいた腕を解《ほど》くと、苛立たしく息をついた。両手を開き、相手を見据え、問いつめるつもりでまくし立てる。

「キリランシェロがそんなこと言ってたのよ。分かってると思うけど、そんなことは絶対に――」

許されることではない。

強く言い切ろうとして。

ほんの刹那だったろう。どうしてかは分からないが、フォルテが口を開くのが見えた。そして、それに合わせて、自分は言葉を止めてしまっていた。

そして、フォルテが淡々と言ってきたのは、

「絶対に許されることではない。まあその通りだな。わたしも同意見だ」

「え……」

つぶやきが漏れる。他人事のように、自分の唇から。

恐らく、間抜けな顔を見せていることだろう――脳だけは、そのことに気づいていた。目を見開いて、ぽかんと相手を見つめている。だが、麻痺してしまったように動きが取れない。

ただフォルテが厳かに言ってくる言葉を聞くだけだった。

「……訓練とは、己のためのものだ。それを自覚しない者に明日はない。ことに、我々魔術士は、自らを律することができなければ、即、自滅につながる」

「え、ええ。その通りよ」

なんとか、それだけを口から出す。

まるで自分が説教されているかのような、奇妙な錯覚があった。それを振り払おうと、彼女はなにか言おうとしたが、なにも浮かんではこない。

フォルテは、ふっと笑みを見せてきた。優しげに目の形をゆるめて、続けてくる。

「誰よりもわたしが、それをわきまえているつもりなのだがな。わたしは六歳の頃、魔術の暴発で半身を失いかけたことがある」

「…………」

無言のまま、レティシャは彼の次の言葉を待っていた。どうしてか、動悸が激しくなるのを感じる。彼の言っていることは正しい。望ましいことだ――彼は教室長なのだから。他生徒を監督する義務があり、彼はその義務をわきまえた発言をしている。

ただ、それを聞いて動悸は激しくなるだけだった。汗がにじむのが分かる。そうしているうちに、彼が肩をすくめてみせた。この男にとっては、もう話が終わりに近づいているというジェスチャー。

「キリランシェロの監視は、行うつもりだよ。君の誕生日だかなんだか知らないが、毎年のことだろうに、今さら」

「よ……」

詰まった喉から、レティシャはなんとか言葉を絞り出した。

「よろしく頼むわね――」

もう一度咳払いして、声の震えを取り除く。目を閉じて軽くかぶりを振り、再び顔を上げると、もう動悸も、発汗も、嘘のように消えてなくなっていた。ほっとして、あとを続ける。

「ただでさえあの子、アザリーに甘やかされてすっかり気を抜いてるんだから」

なんとかそれだけ言うと、きびすを返して、立ち去ろうとする。もう用事はなかった。それ以前に、言葉がなにも浮かんでこない。どうしたことかは分からなかったが。まあもとより、この男と長話をして良いことなどひとつもない。ないのだ。

我知らず握っていた拳を解いて、自分に言い聞かせる。このまま去るのが最善なのは間違いない。出来る限り早くそうすべきだ。それは間違いない。

が――

それでも足を止めたのは、滑り込んでくるような、フォルテの一言のせいだった。

「そうかな?」

もったいぶってそれを言ったのなら、無視しただろう。いや、無視できたはずだった。だが、彼はそんなことも計算しているとでもいうように、ただ静かに、さりげなくそれを置いただけだった。実際、彼も立ち去ろうとしていたのではないかとさえ思える。なんにしろなにかを考えられるようになった時には既に、反射的に振り向いて、レティシャは聞き返していた。

「……え？」

「分かっていないのなら、忠告すべきなんだろうな」

フォルテはこちらをじっと見て、世間話のように言ってくる。

「なにがよ」

声に憮然としたものを混ぜまいと無駄な努力をして、レティシャは促した。

彼は、あくまで淡々としていた。口調も、動かない瞳も、直立して揺らがない肩も。声色の声で、彼は言ってきた。

「彼の技術は、君の理解の範疇《はんちゅう》を越えたものだ」

「…………？」

眉根を寄せて、見返す。

「訓練で」

しゃべる影像よろしくぼそぼそと語ってくるフォルテは、ごく簡単な口調で指摘《してき》してきた。

「彼があと一歩踏み込んでいれば、君は死んでいる」

単純な罠。例えば落とし穴のような。レティシャが連想したのは、そんなことだった。

聞いた内容が頭に入ってくるまで数秒を要する。その時間を稼ぐために、彼女はつぶやいていた。

「……え？」

が、フォルテに気遣いを求めるほうが無謀だった。そのままのトーンで、そのままのスピードで、彼は続ける。

「それが分からないから、君には、彼があと一歩のところで倒れているように見えるんだろう」

「…………」

「彼の技《アート》を止める方法はないんだ。だから彼は自ら止まる。それだけのことだ」

「そんな」

ようやく話の内容に追いついて、なにかを言い返そうとする。が、求めるものはあっさりと指をすり抜け、空っぽの手の中には虚脱感が残るだけだった。

(キリランシェロが？)

そんなことだけを、胸中でうめく。浮かんでくるのは、彼の泣き顔、なにかをねだりたいのだが言い出しかねている顔、たまにほめてやると笑い顔を見せることこそ我慢するものの、それが目からはみ出しているのがすぐ分かる。そんな顔。

その顔が、いつの間にかフォルテの鉄面皮とすり替わっていることに、彼女は慄然とした。単に夢想から現実に帰ってきただけだが、なにか暗示的なものを感じさせる。

フォルテは事務的な、あるいは義務的な言葉を連ねてくるだけだった。

「気づいてないのは君だけだろう。まあ考えてみれば、君が、君を相手に訓練している彼のことをはたから見られるはずもないし、当たり前だが」

「…………」

無言のまま――

レティシャは、彼に背を向けた。そして早足で、その場を立ち去った。

教室の扉を開け放つと、キリランシェロはいつもの席で窓の外を眺めているようだった。中を見回し、ほかに誰もいないことを確かめると、そのまま入っていく。

彼はこちらに気づき、振り向いてきた。なにかをしゃべろうと口を開いた、その瞬間に

――


「うわあっ⁉」

胸ぐらをつかみ上げられ、目を白黒させる弟に、レティシャは鋭く囁いた。

「答えて」

「え――え？」

キリランシェロはわけが分からないのか、困惑した様子で左右を見回す――助けでも求めようとしたのか。あるいは逃げ道を探したのか。あるいはそれらとはまったく別の想像だにしない選択肢でもあったのか。どうなのか分からないが。

「答えて。ずっと手を抜いていたわけ？」

「なにがだよ――」

「知らなかったのはわたしだけ？　わたしだけが知らずに、馬鹿みたいに振り回されてた

ってわけ⁉　あんたたちは全員承知で、陰で笑ってたの⁉」

「いや、だからなにが」

「答えなさい！」

語気を強め、顔を近づける。触れずとも、息と体温を感じる距離。彼の黒い瞳はわけが分からずただ揺れていた。池に映った木漏れ日のように。ちらちらと、波紋の上を漂っている。

瞳は光、感情は波紋だった。レティシャはさらに詰め寄ろうと力を込めた。が、刹那

――――


ばしぃ、となにか横向きの閃きが、目の前を通り過ぎる。

「いいかげんにしろよ、ティッシ！」

力任せにこちらの腕を振り払って、キリランシェロが怒声をあげていた。ひきつった表情がこちらを向いている。

叩かれた手を抱きしめるようにしてレティシャは、身体が硬直するのを感じた。なにが起きたのか分からなかった。いつだって理解は遅れた――一瞬遅れることもあれば、数日遅れることもある。数年遅れたものもあるのかもしれない。いまだ気づいていないものもあるのだろうが。

乱れたローブの胸元を直しながら、キリランシェロはさらに声をあららげてきた。

「なに言ってるんだかさっぱり分からないよ！　なんなんだよ、突然――どうして欲しい

んだよ⁉」

「どうして――」

それは問いかけではなく、ただおうむ返しにうめいただけだった。どうして欲しいのか？　誰にどうして欲しいのか？

しつこい鐘のようにそれが響く。脳が熱するのが分かった。身体が緊張し、動けなくなる。手の甲が赤くなっていた。振り払われたせいで。

「なにが気に入らないのさ、いったい――」

「……そんなこと、分かるわけないじゃないっ！」

気がついた時には、最大限の声量で叫んでいた。また驚いたのか、キリランシェロが言葉を呑んで後退するのが見える。

彼女は急いで、きびすを返した。出ていこう。出ていかなければならない――この場から。とにかく可能な限り。そのままレティシャは出口へと歩き出した。走ってはならない。走り去れば、泣いていると誤解されるだろう。そんなことを想像する余裕がまだ自分にあることに驚きながら、進む。

扉は閉まっていた。が、彼女がたどり着く一瞬前に、勝手に開いた。廊下から、誰かが入ってきたのだ。

（こんな時に――）

歯がみする。姿を見せたのは、ハーティアだった。

「おい、キリランシェロ、荷造りのことだけど――」

と、赤毛の少年はこちらの存在に気づき、言葉を止めた。じっと、無言で見やる。怪訝な表情を見せつつも、彼は言ってきた。

「あ、ティッシ」

取り繕うような笑み。

「あのさ、ちょっとさ、待っててくれるかな」

返事をしなければ。

そんなつまらないことにも、全力の自制心が必要だった。一度呼吸をはさんでから、声を出す。

「なに？」

「ええと、渡したいものがあってさ。ほら、ぼくら明日から、外に出ちゃうだろ」

「そうらしいわね」

「で、ティッシの誕生日が明後日じゃないか。それでほら、先に渡しておこうと――」

彼の表情がひきつるのが、確かに見えたと思った。

実際には、錯覚だったのだろう――その時には既に、目を閉じていたのだから。

音は聞こえなかった。ただ手と、肘に走る衝撃。思い切り彼の顔面を殴り倒して、レティシャは、廊下に出ていった。

顔の欠けた天使が誰を見ているのか、またそんなことを考えている自分に気づき、レティシャは苦笑した。

ベッドに寝そべっていたはずだった。今もそうしている。ただ顔だけを上げて、天使たちの姿を見ていた。夕食も抜いてじっとしていたせいか、考えはまとまりつつあった。自分の部屋でただじっとベッドに転がっていた。そして気づかないうちに日が沈み、青く濁った夜が窓の外にある。

（……どうしちゃったのかしら、わたし）

ぽつりと、自問する。

（みんなに嫌われても当然かもね。なにをやってるのか、自分でも分からない。制御できてない。一番未熟なのは、わたしなのかもしれない……）

再び天使を見やる。

ひょっとしたら、天使はこちらを見ていたのかもしれない。唐突ではあったが、そんなことを思いつき、起きあがる。そうすれば、自分もあの天使たちの中に入れるだろうか。自分は、誰を見つめようか。そして——

自分の胸元に外し忘れた、天使のブローチがあることを思い出す。

彼女はベッドから飛び起きると、机に近寄った。整理されたライティング・デスクの上に、これひとつだけ放り出されて、ブローチの入っていた箱がある。誰がくれたものかは分からないが、これが今年の、唯一の贈り物ということになりそうだった。

（嬉しかった）

彼女は、それを認めた。

（わたしが、天使が好きだなんて、キリランシェロも知らなかったのに）

それをわざわざ探してくれたのだ。

（でも――）

その喜びも、今はもう枯れ木のようにただ存るだけにすぎなくなっていた。

（なんで名前がないのよ）

恨むように、胸中でうめく。

（ブローチなんかより、あなたが誰かのほうが知りたかった）

名前がない誰か。顔のない誰か。

（それじゃ顔の欠けた天使とおなじじゃない！）

架空のその人物に向かって、毒づいて。

彼女は右手を伸ばすと、その箱を上から押しつぶした。

そして、振り返る。

レティシャはブローチを外すと、壊れた箱の横に置いた。そして着ていた黒のローブを脱ぎ捨てる。ローブを適当にベッドに放ると、彼女はアンダーウェア姿で、小さいほうのクロゼットを開いた。クロゼットはふたつあるが、こちらに私服はほとんど入っていない。日に三度は着替えることにしていたが、開けられる回数ははるかにこちらのほうが多かった。袋に入れられた戦闘服、黒のローブが何着か、運動着も畳んで、上下何組か入っている。衣服の新しさを保つことには意味があると信じていた。だが今にして思えば、同じ形のローブに着替えている限り、誰も気づいてくれようはずがない。

衣装の収められたその四角い空間は、夜の出口のようだった。暗い部屋の中で、彼女はふと動きを止めた。

（結局、わたしは、なんなのかしら……）

彼女は、静かに前方を見つめた。前方にあるなにか、ではない。ただ前方。なにもなかったとしても、仮になにかあったとしても。関係ない。ただ前方を、無心で見据える。

彼女は決心して、うなずいた。

「光明よ――」

つぶやきとともにかざした指先から、弾き出されるように真っ白な光の球が浮かび上がる。綿毛のように丸い灯明は、いったん迷うようにふわりと漂ってから、そのまま天井近くまで昇っていった。広い体技室に、光が満ちる。

白光が自分を照らすのが分かった。魔術の光明に熱はないが、冷たくも暖かくもない感触が肌を撫でる。自分と、そしてもうひとり――向かい合う格好で立っている、キリランシェロを。

「……なんの用なのさ、こんなとこに連れ出して」

少し濁っているようにも思える声で、彼が問うてくる。

脳の端から端に、一本の線を意識する――単調な音を奏でる、フラットな直線を。その音に突き動かされ、レティシャは告げた。

「やってみなさい」

「……なにをさ」

真夜中の《塔》は、恐らく部外者が想像するよりはるかに静かだった。人目をはばかる儀式が行われるわけでもなく、眠らない怪人が暗躍するわけでもなく、《塔》内の警備がずさんだからといって、わざわざ校舎内で逢《あ》い引《び》きする者もいない。

静かで、平坦で。波が起きたとしても、いずれ波紋となり消えていく。その単調な連続。レティシャは噛みしめるように、繰り返した。

「殺すつもりでやってみなさい」

キリランシュロの表情が崩れるのが見えた。

「なに言ってるんだ？　ティッシ」

「いいから！」

叫んで、構えを取る。

意識する必要はなかった。四肢が伸び、視界の中に相手の姿を捕らえる。それ以上のことも必要ない。すべては平坦な連続の中にある。

相手は――キリランシェロはその連続に入ることを拒否してか、構えようとはしなかった。動揺を見せて、視線を不安定に左右させながら言ってくる。

「あ、あのさ……」

彼は両腕を開いて、

「本当に、誰にも悪気なんてないんだよ、きっと――ただ、ちょっと……慣れちゃったっていうか」

「慣れた？」

レティシャは、聞き返した。

キリランシェロはどこかしどろもどろにあとを続けてくる。

「いつもいっしょにいるから、だから」

言いよどむ彼の声にかぶせて、レティシャはうめいた。苦笑とともに。

「要するに、もう飽き飽きだってわけ？」

「ちが――」

「もういいのよ。そんなことはどうでもいいの」

胸の中に虚ろに響く。そんな言葉をつぶやきながら、彼女は連続するものをひとつだけ押し進めた。この線はなにでできているのだろうか、と思いながら。

「確かめたいだけ。それだけよ」

「ティッシ……おかしいよ最近、ホントに……」

「かもね。天使が囁いたのかも」

「天使？」

それに対する返事は呑み込んで、彼女は目を細めた。警戒するほどの相手ではない。そのはずだった。

距離は四メートルほど。キリランシェロは、いまだ構えようともしていない――らちがあかない。レティシャは軽く前進した。開いた掌を伸ばしたまま、下から薙《な》ぐように振り上げた。指先がなにかをかすめた。首をひねりながら横に跳んだキリランシェロを視線と触覚とで追い、振り上げた掌を横打ちにする。今度はなにも触れるものがなかった。さらに遠く。キリランシェロの姿が遠ざかっている。

（こんなことはたいしたことじゃない――）

レティシャは独りごちた。ただの牽制に過ぎない。だが、

「………………」

キリランシェロの表情が、否応なく、変化していくのが見えた。彼も気配は感じたはずだ――彼女が急所を狙ったことの。

こちらを見ている黒い瞳。見えるわけではないが、そこに自分が映っている。彼は三歩後退していた。一歩目は、こちらの攻撃をかわしながら、よろけて。二歩目でそれを修正して、最後の一歩を踏む時には、半身を退く見慣れた構えに変移している。視界に彼の全身を捕らえて、彼女は呼吸を止めた。

踏み出す。手は出さずに。キリランシェロは当然、迎撃してきた。突き出された彼の拳をかわし、さらに接近戦に持ち込む。相手の懐の中で、彼女は一瞬、身体を震わせた——足から腰、腰から背、背から肩に連なる波動を、掌に乗せて打ち出す。

両掌が、キリランシェロの脇腹に触れた。肋骨《ろっこつ》の隙間に指がめり込む感触、その指先に内臓が触れたのではないかとも思う。次の瞬間には、キリランシェロはいなくなっていた。

苦悶の声をあげて、たっぷり数歩分は離れた床に彼の身体が落下する。それを見下ろして、レティシャは掌を引きもどした——

「これが、今までってことね」

言葉を吐き出す。

「言われてみれば、確かに分かるわ」

「なにを……」

食いしばった歯の隙間から、キリランシェロが聞き返してくる。レティシャはかぶりを振った。

「立ちなさい。まるっきり起きあがれないってことはないでしょ——当たる間際で急所をずらしていたみたいだから」

「ぼくは——」

「こっちが防御もなしに打ち込んでるってのに、反撃もなし。どうやら本当に、フォルテが正解だったみたいね？」

「なにがなんだか」

「別にいいのよ。あなたが、わたしを上回っていうのなら、それでいいの」

「ティッシ？」

「でも」

　立ち上がりつつあるキリランシェロをじっと見据えて、レティシャは再び構えを取った。

「確かめたいのよ。そのくらい、いいでしょう？」

「ぼくは！」

「その身体じゃ、もうかわすのは無理でしょ。次を防ぎたかったら、打ってきなさい。全力でやらなければ、わたしは止められないわよ」

「………」

　もうなにも言ってこない。

　相手の変化を待つつもりはなかった。待てば、余裕を与えれば——求めているものが去ってしまう。それがなにかは分からなかったとしても。

　後ろ足で床を蹴り、跳ぶ。傷ついたキリランシェロが顔を上げる前につま先を床に突き立てるようにして、それを軸に身体を回転させた。頭を標的としたハイキックが伸びる。

　衝撃が走った。

　棒立ちになっていたキリランシェロの身体が、後方に弾ける。上下に揺れて、力無く、それは床に沈むかに思えた——いや。

（違う……）

冷静に、レティシャは目を光らせた。

キリランシェロは倒れなかった。目を閉じてすらいない。針のように細い目が、こちらを観察している。

（もしかしたら――）

意識はないのかもしれない。彼には。だが倒れない。

背筋を悪寒が突き抜けた。それが通り過ぎたあとには、熱いものが残る。

「はあっ！」

声をあげ、牽制として右掌を放つ。これは防がせるのが目的だった。キリランシェロが両腕を上げ、頭部を守ろうとする。

それに合わせて、右腕を引く。その反動も使って、彼女は身体を前進させた。できる限り体勢を低くして相手の死角に回り込み、左の貫き手で狙うのは、膝の裏の関節。ここの腱を傷つければ、決して立ち上がれない。

ほんの一瞬。駆け抜けて、振り向く。視界に入るのは、自分の指先が彼の膝裏に突き刺さった瞬間のはずだった。が。

見えたのは、彼の顔だった。

逆さになってこちらを見据える、彼の顔だった。刹那、混乱する――彼女はほとんどかがむほどに体勢を低くしていた。彼の顔が見えるはずがない。

だが、彼はこちらをのぞき込んでいた。しゃがんでいるのかとも疑うが、そうではない。両足で立ちながら、ブリッジのように背中を仰《の》け反《ぞ》らせている。

馬鹿馬鹿しい、と思わざるを得ない。こんなことはあり得ない。そんな体勢で、こちらの攻撃をかわせるはずがない。

が――

彼女の脳裏に、閃くものがあった。もとより打撃によって意識を朦朧《もうろう》とさせた彼に、攻撃をかわせるはずがないのなら。

(この子の狙いは――!?)

反射的に、相手の手を探す。

彼の右手が上方から――仰け反った姿勢そのまま――こちらを狙っているのが見えた。ここまで不自然な体勢だというのに、恐ろしく速い。

「くっ!?」

うめいて、彼女は身体をひねった。床を転がって、その間合いを脱する。

さすがに、床にまでは彼の手先はとどかなかった。彼女が再び飛び起きた――その時には、彼はもう、いつもの構えにもどっていた。

「…………」

ぞっとして、拳を固める。

キリランシェロはややうつむいて、息をあらげていた。意識があるのかないのか、判

断がつかない。だが分かるのは、

(彼は……やってくるわ。もう加減なしで)

それは感情を伴わない興奮を呼んだ。熱くも寒くもない。ただフラットに伸びる連続。エスカレートした戦意の波に、彼女は長い吐息をついた。

彼は本気で来るだろう。

それは恐らく、自分を上回る。

キリランシェロが、軽く、音も立てずに飛び出してきた。あまりにも静かであったため――彼がすっと拳を突きだしてきた時も、それが危険なものだと感じられなかったほどに。

レティシャはそれを左腕で払うと、相手に軽く右肩を当てた。と同時に、右肘を突き上げる。

肘が急所を捕らえたと思える寸前に、キリランシェロの身体は消失していた。半歩ほどの距離を一瞬で跳躍し、身体の向きを入れ替えてこちらを向いている。レティシャは構わずに右腕を伸ばした。掌が彼の顔面を狙う。牽制でもなく、本命でもない曖昧な加撃。それはあっさりとキリランシェロが上げた肩に阻まれた。

彼がその肩を起点に腕を回して、半身の体当たりを打ってくる。その右腕を胸で受けてレティシャは、まだ彼の肩に触れていた右掌を回転させ、その肩をつかんだ。同時に、左腕で、胸に触れているキリランシェロの右腕を抱き込む。両腕で相手の四肢に触れたなら、関節を取ることができる――

それで終わりのはずだった。が、肘関節を極めようとしながらも、レティシャはその不自然さに気づいていた。キリランシェロは、完全に右腕を脱力している。まるで自分のものではないように。

「!?」

レティシャは、とっさに彼の顔を見やった。キリランシェロはこちらを見ていない。相手に触れていることの利点は、相手を捕らえられること――

そして欠点は、相手からも捕らえられる距離であること、だろう。

警戒が脳裏に閃く。

仮に関節を極めたとしても、キリランシェロならば、一瞬だけはその痛みを忘却して動くことが可能かもしれない。

そして、その一瞬で、彼は致命打を放ってくる。

自分が、殺されるということだ。彼の右腕を道連れに。

「ふッ――――!」

息吹は、自然と肺から吐き出された。視界内にはないが、気配で感じる。彼の左腕が死角から、彼女の命を司《つかさど》るいずこかへと伸びているはずだと。

「ああああああ――――!」

息吹はすぐに、声に化けた。悲鳴だったかもしれない。とっさに彼女にできたのは、彼の右腕を離し逃げることではなく――

全身を痙攣のような力の波動が貫く。つかむものは、もう彼の肩ではなく、首だった。抱きかかえるのは、彼の腕ではなく、腿《もも》だった。

「あああああああっ⁉」

叫びは、絶頂に達した。なにをしたのか、自分でもよく分からない。だが数秒が経過しても、自分を殺す一撃は到達してこなかった。

無理だったろう。

白い霧に包まれたような、混沌《こんとん》としたノイズの中で、彼女はただ漠然と感じていた。どうしたところで、無理だったろう――この状態からでは。

彼女は、頭上に高々と、キリランシェロの身体を持ち上げていた。重量挙げのように、両腕を伸ばして。

「…………」

なにをして良いのか分からずに、硬直する。そして、彼女は、そのままキリランシェロの身体を、目の前の床に叩きつけた。大きく跳ね、そして転がって、キリランシェロが動かなくなる。

「……ああ……あっ⁉」

頭痛がした。激しいめまいに襲われて、レティシャはその場にしゃがみ込んだ。全身に、激痛が広がる。瞬間のことだったとはいえ、無理が過ぎたらしい。ひきつる腕を自分で抱きしめて、彼女はしばしうめき続けた――数秒か、数分か。それは分からなかったが。

やがて、動悸と痛みが収まって。

残ったのは、床の上にふたり。自分と弟。それだけだった。

苦痛を抱えてレティシャは、つぶやいた。真夜中の平坦。フラットな直線。波のない湖面に落とす一滴……

「……わたしの、勝ち……？」

誰も答えてこない。

「こんなこと……？」

こんな程度のことなのか？

体力も理性も使い果たし、空っぽの自分に問いかける。

命をかけたというのに、得られるものは、こんな程度のものなのか……

彼女は、顔を上げた。キリランシェロは床に転がったまま、動きを見せない。あれだけの高度から合成板の床に叩きつけられたのだから、当たり前といえば当たり前だが――

「……キリランシェロ？」

彼女は、声をあげた。

「キリランシェロ――」

それにしても、違和感を覚えていた。彼は動かない。のみならず、呼吸すらしていないような。

「ちょっと……」

収まったはずの動悸が、先刻にも増して激しく身体を刻んだ。レティシャは彼に駆け寄ろうとし、立ち上がれないことに気づいて床を這い出した。膝で足を引きずりながら、近寄っていく。キリランシェロには相変わらず、動きがない。

「ケガ……してるの？　キリランシェロ」

尋ねながらレティシャは、自分の愚を呪った。馬鹿馬鹿しい。得られるものはなかった。

だが。

失うことはあり得る……？

「返事してよ！　ねえ、ちょっと！」

ようやく彼のもとにたどり着き、身体を揺さぶる。呼吸はあるようだった。うつ伏せに倒れていたキリランシェロの身体を仰向けになるように転がす。彼は目を閉じて、ぐったりと気を失っていた。特に外傷は見あたらないが。

（落とした時に、頭を打ってたかもしれない……）

激高していたため、確認できなかった。脳を損傷したら、治しようがない。だがそれでも、レティシャは彼の身体に両手をかざした。集中し、叫ぶ。

「治れ――」

構成を編み、魔力を解き放つ。だが感触がなかった。魔術が発動しない。曖昧さを残した構成では、なにもできない。事態を把握しなければ、実用に足る構成を編むことなどできるはずもない。

彼女は唇を噛んだ。集中できていない。どうしたらいいのかも分からない。だがそれでも声を大きくする――

「治れ……治れ、治れ！」

でたらめな構成が次々と霧散して消えていく。それは分かったが、どうしようもなかった。どうしようもない。

震えが止まらなかった。涙がこぼれる。彼女はまくし立てた。

「早く治ってよ！　どうしたのよ。息ができないの？　やめて――やめてよ！　お願い……」

もはや構成も浮かばず、激しくかぶりを振る。誰かを呼びにいく時間もない――《塔》内には誰もいない。寮まで行って、誰を呼んでくるにしても、この身体では走ることすらできない。

「ごめん……ごめんなさい――ごめんなさい、ごめんなさい、ごめん、ごめんなさい！どうして治らないのよ。謝ってるじゃない！　どうすればいいのよ！　ねえ――」

彼の身体を揺さぶって、彼女は毒づいた。誰にともなく。

「お願い！　誰か助けて――！」

刹那。

キリランシェロを揺さぶっていた手が――

握り返された。

「…………⁉」

はっとして、顔を上げる。

キリランシェロの目が、こちらを見返してきていた。力無く半分閉じたまぶたで、じっと。

その眼差しが優しかったことに――そんなことに、彼女はなによりも驚きを感じていた。

「……どうして？」

口から漏れたのは、そんな言葉だった。

「魔術も効かない傷だったのに。わたし、わたし――祈ってた？　祈ってただけだったのに」

ふぅ――と、キリランシェロが、深呼吸のようなものをこぼすのが聞こえる。彼はあっさりと言ってきた。彼女の手を握ったまま、

「効くはずがないよ。ケガなんてなかったんだから」

と、弱々しく微笑んでくる。

「痛みで身動きできなかった。声も出ないしさ。ティッシ、動転していたから……」

「…………」

しばしの沈黙。そして――

「……はっ……」

レティシャは、びくりと跳ね上がった。衝動に耐えられないのはもう分かっていた。無駄な抵抗はせずに、彼女は笑い出した。目をきつく閉じて、肩を震わせて、大声で。

長い間笑い続け、全身の筋肉がひきつっている。涙をぬぐって、彼女はかぶりを振った。

「わたしね、わたし……奇蹟《きせき》を信じそうになっちゃってた」

呆気にとられたようにしているキリランシェロに、告げる。

「誰だか分からない、分からないけど、わたしが泣いてたから、奇蹟を起こしてくれたんだって。馬鹿みたいね……わたしが泣いたからなんだってのかしら。誰が奇蹟を起こしてくれるの？　神様？　天使？」

じっとこちらを見つめてきているキリランシェロを盗み見、そして目をそらして、レティシャは続けた。

「天使ってさ」

明かりを見上げる。魔術で造られた光明は、揺れもせずに白い輝きを放射するだけだった。

「大昔、わたしたちの祖先は、こんなのを信じていたのよね。神様がいて、人間を作り、天使を使って自分の子らを見守ってくれているって……ただの迷信。この大陸に来て、わたしたちはそれがただの迷信だと教えられた」

自分でも驚くほどに、声は平静だった。空虚とは違う安定。心地よいリズムに、ただ身をまかせればいい。それは他者に依存したことにはならない。そのリズムは、誰が作り出したものでもない。ただあるだけの、自然の流れ。

それを感じながら、レティシャは少しトーンを上げた。

「神はいる。遠い、巨人の大陸に。でもこの大陸にはいない。だから祖先は、この大陸の支配者の庇護《ひご》を求めた。そして魔術士が生まれ、気がつけば、人間種族はこの大陸の最も広い面積を支配するようになっていた」

少しずつ、リズムが速まっていく。

「分からない。自分がなにを言ってるのか。でもたまに思うの……本当に望んでいたのは、そんな確実な神なんかじゃなくて、いるかいないか分からない天使なんじゃないかって。いいえ、ひょっとしたらわたしたちを見守っていてくれるかもしれない天使なんじゃないかって。迷信だからこそ、信じてあげられるって。愛してあげられるんじゃないかって」

そこまで語って――

ふと、レティシャは脱力した。肩を落とし、かぶりを振る。

「……ごめんなさい。さっぱり分からないわね」

彼女は改めて、キリランシェロを見やった。彼は黙して立っている。無言の彼に向かって、レティシャは言葉を連ねた。自分の胸に手を当てて、

「わたしってなんなのよ。そりゃ、誰だって等身大に見られたくないから努力するのよ。でも、だからって、ありのままを分かって欲しくないわけじゃないのよ」

と、うつむく。床には自分の影が映っていた。

「しょうがないじゃない。こういうふうにしか、できないんだから」

沈黙があたりを押し包んだ。それは不快なものでこそなかったが、胸を苦しく絞り上げてくる。もう自分には、この沈黙は破れない。レティシャは悲しくそれを認めた。もう自

分はここから動けない。

が——

キリランシェロが、それを軽く押しのけるのを彼女は感じた。彼のつぶやきが聞こえてくる。

「……みんな、ちゃんとティッシのことを見てるよ」

静かに、落ち着いて、

「精一杯に。そりゃ、完全無欠にとはいかないけどさ」

深く、遠く、

「ティッシが、みんなのこと好きなのと同じくらい。ちゃんと、みんな見てるよ」

長く、短く。

それだけだった。レティシャは答えることができずに、ただ押し黙っていた。なにも言えない。なにも浮かんではこない。

できたのは、ほんの少し、顔を上げることだけだった——彼の顔が見えるように、ほんの少しだけ。ほんの少しだけ。

「あのさ」

視界に入ってきたキリランシェロの表情は、明るかった。彼は笑いながら声をあげてきた——無理に気楽につとめているのだとしても、悪くない。まったく悪くない。

レティシャは、自分の顔が、彼につられてゆるむのに任せた。悪くない。まったく悪くないはずだ……

　彼が、言ってくる。

「別に、日付にこだわる必要はないよね。明日の朝まで、軽く祝おうよ。姉弟《きょうだい》ふたりでさ」

「……ええ」

　彼女は、うなずいた。

　隠す必要がない時に泣けないというのは、多少不便だなと思いながら。


「……いいのかな？」

「なにがよ」

「いや、だってほら、ここやっぱり女子寮だし。こんな時間だし」

「あんまり気にすることはないいんじゃない？」

「気にはなるよ」

　とりあえず自分の部屋にもどってきて、キリランシェロを廊下に置いたまま着替え――といってもいつもの黒いローブにもどっただけだが――なんにしろ彼を招き入れた時、出てきた会話はそんなものだった。どこか気まずいようにそわそわしている弟に、悟られないように苦笑しながら、菓子箱と飲み物を探す。たいしたものは用意できないが、少なくとも朝までの数時間、話をする時間がある。

　彼女は軽く鼻歌など唄いながら、彼に問いかけた。

「……で？　明日からの山中訓練、どんな感じになりそうなの？」

「え？　ああ、そうだね。前にやったのと変わらないみたいだよ。精神修養みたいなもんでしょ？」

「真面目にやれる？」

「ああ——その——そうだね。ほら、フォルテもいるし。真面目にやるしかないんじゃないかな？」

彼女が背を向けていると思っているのだろうが——

あからさまに視線をそらして答えてくるキリランシェロを、窓ガラスの反射でのぞきながら、レティシャはにやりとしていた。朝、出かける前に釘を刺しておこう。

「にしても、ないわね。ここらにビスケットくらいあったと思ったんだけど」

「その箱は？」

彼が指し示したのは、机の上の、潰れた箱だった。見ればすぐに空き箱だというのは分かるだろうが、角度的にキリランシェロには見えにくかったらしい。

「ああ、これ？　例のブローチの入ってた箱よ。見てみる？」

なんとなく、放ってやる。と——

「あれ？」

キリランシェロのあげた声に、レティシャは動きを止めた。振り向くと、彼が箱から、ひしゃげたカードを一枚取り出している。

「どうしたの？」

「いや、カードが入ってたんだ」

「え？　気づかなかったけど」

レティシャは身を乗り出すようにして、彼の手元をのぞき込んだ。箱の内側にぴったり貼り付いていたため、分からなかったのだ。箱を潰したせいで出てきたのだろう。

「じゃあ、差出人の名前、書いてあるかしら」

「いや。そういうのはないみたい」

カードを裏表と見ながら、キリランシェロが言ってくる。カードにはただ一文、手書きの文字が記してあっただけだった。名前ではない。

彼が、それを読み上げる。

「ティッシ――みなの守護天使に」

キリランシェロは、どうやら苦笑したようだった。

「これ、コミクロンの筆跡じゃないかな？」

「……え？」

レティシャは、ぽかんと口を開けて――

彼が持っている、そのカードを見つめた。

邂逅編
袖すりあうも他生の縁

「あれ？　ハーティアは？」

キリランシェロは教室に入るなり、そう聞いた。教室にはよく知った顔がふたつ、なにやら難しげに――いつもやっていることだろうになぜ難しそうな顔をするのだか――、鏡に自分の顔を映している。無論、教室に鏡台があるわけでもなく、彼女らが一心にのぞき込んでいるのは化粧箱の蓋の裏にはまっているせまい鏡だった。

「え？」

ひとりは、レティシャだった――彼の姉である。彼女の前には片づけられた積み木のようにやたらときっちり数々の〝武器〟が収められた化粧箱があった。小さな瓶だけがいくつも外に出され、どうやらマニキュアを選んでいるらしい。長いダークヘアをアップにしているため、こちらを向くとまるで城が振り向いたようにも見える。正直、あまり似合っているとも思わなかったがそれは言わず、キリランシェロは聞き直した。

「ハーティア、いないの？」

「いるわけないじゃない。今さらなに言ってんの？　あんた」

答えてきたのは、もうひとり、アザリーだった――彼のもうひとりの姉である。ちょうど口紅を塗ろうと口を開いたところだったため、声が少しくぐもっている。一度口を閉じてから声をだせばいいのだろうに、なぜかそうしない。レティシャとは対照的に彼女の前にはやたらと道具が散らばっている。化粧箱の中から手当たり次第に取り出し、使ったあとはほったらかしにしているというところか。右手にルージュ、左手にティッシュを持って、やはり色を決めかねていたらしい。

ふたりとも、クロゼットのどこに隠していたのか——あるいはレンタルか——、背筋を伸ばしてドレスを着込んでいる。とりあえずそれぞれのドレスに合う顔を作ろうとしているのだろうが、それが決まれば決まったで、次はその両方に合うアクセサリーの選別が始まるのだろう。なんにしろ、しばらくは続きそうだった。

「どうでもいいけど……」

キリランシェロは気になって、ふたりに聞いた。

「ふたりとも、なにやってんの？　こんなとこで」

「なにって——」

「ダンス・パーティの話、聞いてないの？」

ふたり、打ち合わせでもしてあったように答えてくる。

なんのことか分からず、聞き返す。

「ダンス・パーティ？　いつ」

「今夜よ。当たり前じゃない……って、なんで知らないのよキリランシェロ。だいぶ前か

ら掲示されてたし、そんな話聞かなかった？」

　意外そうに眉を上げたレティシャに逆に聞かれ、キリランシェロは思わず口ごもった。視線を虚空にさまよわせて、うめく。

「ここしばらく、コルゴンのとこにこもってたから……」

「あーあー。彼、帰ってきてたんだっけ」

　声をあげたのは、アザリーだった。呆れたように肩をすくめると、

「あーの行ったきり男、帰ってきたら帰ってきたで、どうせまたあの屋根裏に引っ込んでるんでしょ？　教室に顔も出さないもんだから、すっかり忘れてたわよ。去年あいつが拾ってきたあのサボテン、まだ生きてた？」

「とっくに枯れたよ」

「やっぱり」

「なんで世話しておいてくれなかったんだって、コミクロンが怒られてた」

　なんとなく、説明をする。と、大きなため息が聞こえてきた――レティシャが発したものである。彼女はしみじみとうめき声をあげた。

「……あの子に世話を頼んだってねぇ……」

「言えてる」

　無感動な声で、アザリーがうなずく。

　ふたりの間で視線を行ったり来たりさせながら、キリランシェロは腕組みした。柔らか

いローブの袖が、さわりと音を立てる。

「コルゴン、東部に行ってたんだって。ぼくは……ずっと王都の話を聞いてたんだ」

「……ふーん……」

その返事は、どちらの姉が発したものかよく分からなかったが、あるいは両方が同時につぶやいたのかもしれない。なんにしろふたりの姉たちは鏡をのぞき込んで、それぞれの作業に没頭しているようだった。

（部屋ですればいいのに）

とも思うが。

「で……ハーティアは？」

キリランシェロは改めて聞き直した。んー、と声をあげてから、アザリーが答えてくる。

《塔》外任務に出てるわよ」

「え？」

虚を突かれて、キリランシェロは目をぱちくりさせた。アザリーは別のルージュを取り出して蓋を開け――その先が割れているのを見て顔をしかめたようだった。

「《塔》外任務って……なんのさ」

「遺跡調査」

「……そんなの、なんであいつが？　誰と行ったのさ」

「ひとりでよ」

「ひとりで？」

まったく意外なことを聞いて、思わず混乱する。

《牙の塔》は黒魔術士たちにとってのひとつの小社会、そして最高学府である。ただ、なんの義務も負わずにここにいることは誰にも許されなかった。《塔》に所属する人間はどのような命令であれ、最高執行部の指令には逆らえない。その執行部がたびたび学生に命じるのが、古代種族の遺跡を見回ることである。ほとんどの遺跡は、きちんとした調査隊によってたいてい調査し尽くされているのだが、時間とともにそれまで発見できなかったことが表面化することもあるため、定期的に人間を派遣するようにしているらしい。それ自体は特に珍しいことでもないが——

キリランシェロは首を傾げた。なぜハーティアが行くのかが分からない。

「……そういう役目は、アザリーが今までやってたじゃないか」

「まあ、最初はわたしに話が来たんだけどね、ぜひ自分にやらせてくれって。あの子なりに野心でもあるんでしょ」

「へえ」

そう言われればそうとしか言えず、キリランシェロはぼんやりとふたりの姉を見つめた。最高執行部の命令に従うことは義務ではあるのだが、それを率先して受けることには確かにメリットもある。最高執行部に報告書を提出できることだった——つまりは、長老たちに好印象を与える機会になり得る。

と、アザリーが突然顔を上げた。いつの間にか、きっちりルージュを決めている。

「それよりさ、あんたは出ないの？　ダンス・パーティ」

「ぼく？」

キリランシェロは思わず後ずさりした。手を振って、ついでにかぶりも振る。

「ぼくはやめとくよ。なんとなく柄じゃないし」

「なに言ってんのよ。たまにこんなことでも参加しないと、息が詰まっちゃうわよ」

「そーそー。ほら、マリア・フウォンのところのイールギットもかなり張り切ってるらしいわよ。覚えてない？　彼女、結構あんたのこと気にしてたじゃない」

「彼女はアザリーとかと同期じゃないか。釣り合わないよ」

「ちょっと聞いたー？　ティッシ」

「聞いたわー。この子とうとう、女をふるようになったわよ」

「えーと……」

とりあえず、返答に窮してうめく——その頃には。

実を言えば、ハーティアのことはすっかり忘れていた。

◆◇◆◇◆

「だいたい、ダンス・パーティに参加するために、後輩に自分の任務を押しつけるかねぇ。あの天魔の魔女は」

彼は静かに毒づいた――

「しっかも、どーこに隠れてるんだか、キリランシェロの奴も見つからないし！　言いつけようにも先生はいないし！　戦闘装備なんてしばらく使ってなかったから引っぱり出すのに半日かかったし靴紐は切れるし乗り合い馬車使おうかと思えば馬に足踏まれるし！　参ったね。天中殺とかなんか、まあそーゆうようなのだよ、きっと。まったくもって〝天魔〟の魔女とはよく言ったもんだ。近寄ってきたら、絶対になにか悪いことがあるんだ。多分あれだね。人の運を吸い取って生きてんだ、うん」

次第に静かでもなくなってきたあと、しばし口をつぐむ。

彼の声は、暗い石造りの通路を幾重にも反響していった。響き、震え、そして消えていく。毒づくのをやめたことに、なにか意味があったわけではなかった――ただ、いつもであればこのあたりで反論なり同意なりが返ってくるため、それを待つ癖がついているのだと、彼は自覚していた。

少々悲しくもある。

行く手を照らしているのは、魔術の明かりひとつだけだった。自然ならざる、真っ白い輝き。ふわふわと人魂《ひとだま》のように浮かぶ光を頼りに、その通路を進んでいく。なだらかに曲がり、そして下降していく道。

遺跡の空気はひんやりと冷たく、そして乾いている。紫色の闇は無言で視界を閉ざしていた。なんとはなく、腰のマチェット・ナイフを意識する――刀身とナックルガードがつながった、肉厚の大型ナイフ。今は専用の鞘に収まっている。《塔》の若い魔術士たちの間ではあまり流行《はや》らない武器だが、ハーティアは長いこと愛用していた。

武器を意識したのは、危険を感じたからというより、退屈だったからかもしれない。天人種族の遺跡は、基本的には危険な場所ではない。なんといっても、もともとは彼女らの住居か、それに類する施設だったのだから。悪意を持った侵入者に対する罠、そういったものもないではなかったが、既に一度調査を行った調査隊が生きて返っている。普通に注意を払う以上のことは必要ない。

ついでに言えば、それはなにかの成果を期待できるようなものでもないということでもあるのだが。

「参ったね。だいたいこんなの、二度手間ってだけで意味なんてあるはずないんだよ。調査隊が細大漏らさず調べ回った後なんだからさ」

足下が、ふと明るくなる。

気にせず進みながら、ハーティアは続けた。

「それともあれかね。たまたま偶然、いきなり転移の魔術文字が発動して、隠し部屋にでも行き当たるなんてことがあるのかね」

足下の光は膨れ上がり、数条の光線となって幾何学的な模様を描き出していた。気にならなかったわけではないが――足が止まらない。

「んで、その隠し部屋に、未発見の道具があったりなんてしてさ、そんな都合のいいことが──」

模様は立体化して文字となり、そしてハーティアの周囲にある空間を、檻のように包み込んだ。

すべてが消え──

そして現れる。

「……おや？」

小さく漏らしたつぶやきは。

隠し部屋の中に静かに響いた。


「なんだかなー」

ベッドの上にあぐらをかいて、ハーティアは手の中の黒い塊《かたまり》を上に放《ほう》り投《な》げては受け止めていた。

「こーゆうこともたまにはあるわけだ。侮れないね、世の中ってのも」

ここ数日ですっかり慣れてしまった独り言を続けて、天井を見上げる。

あまり広くもない宿の天井には、地図のような染みがついていた。古い家屋らしいが、よほど腕のいい職人が建てたのか、二日滞在していて、軋みひとつ耳にしていない。部屋にそろっているのは変哲もない家具で、ガラス製の水差しに入っている水も澄んでいる。さすがにタフレム市に近いだけあって、整った宿だった。

もう戦闘服ではない――動きやすくできているとはいえ、さすがに部屋でくつろぐのには向かない代物だった。黒革の戦闘服や戦闘装備はすべて外して、クロゼットの中に押し込んである。今は、ごくごく簡素な部屋着である。開いた窓から柔らかい風が入ってくるのをほおに感じながら、ひとり続ける。

「帰ったらキリランシェロにも教えてやろ。奇跡は起こるって」

あまり感動のない声で、そんなことを言っていると――

扉がノックされた。

「はーい」

もてあそんでいた黒い塊を毛布の下に隠し、ハーティアは返事の声をあげた。一呼吸ほど待って、扉が開く。

外向きの扉の陰から顔をのぞかせたのは、この宿の女主人だった。自分とよく似た赤毛で、そのせいかどうかは知らないが、ちょくちょく話しかけてきてくれる。ふっくらした唇が特徴の、そんな女性だった。胸元が大きく開いたシャツ――こちらはぶかぶかなくせに、パンツは妙にサイズがぴったりしている。いつでもどこか笑みを浮かべているように見える瞳をこちらに向け、彼女は言ってきた。

「食事。食べるでしょ？」

「あ、はい。リンダさん」

と、ベッドから下りる。

ご多分に漏れず、この宿の一階は食堂兼酒場となっていた。一応、泊まりの客には食事も出してくれることになっている。ただしそれは宿を経営している彼女と同じ時間で、メニューも選べない。どちらかと言えば、小家族で食事の準備をするのも不経済なため、多めに作って客にも振る舞っているというところだろう。

まあ、部屋に泊まっている限りなにも考えずに済むため、このうえなく楽ではある。

部屋を出、彼女について階段を下りる。ほかの部屋に誰も呼びに行かなかったところを見ると、ほかに客がいないということだろう。少なくとも自分がここに逗留《とうりゅう》している間は、自分以外の客を見ていないが――

（ま、そんなものかもね）

ハーティアは気楽に判断した。

リンダ――彼女だ――の赤い頭を見下ろして、聞く。

「今日はなんですか？」

振り返らずに、リンダは答えてきた。もっとも答えを聞くまでもなく、芳香が漂ってきていたが。

「……鶏が、狐《きつね》に襲われて。追っ払ったんだけど、もう事切れてたわ。というわけで、チキンにアップルソースをあえてみたんだけど」

「狐に感謝、ですかね」

言うと、彼女はくすりと笑ったようだった。

「そうね」

食堂へと下りる。飾り気のないテーブルには食事の用意がしてあった。三人分——

ハーティアは食堂を見回した。リンダと自分。そのほかに誰の姿もない。

席につきながら、彼は聞いてみた。

「……ケイ君は？」

「さあ。遊びに行ってるみたいだけど。いつ帰ってくるのか分からないし。先に食べちゃいましょう？」

ちらりと窓の外を見て、リンダが答える。彼女は席につく前にナイフとフォークを取って、テーブルの真ん中に鎮座するチキンを切り分け始めた。気取りのない手つきで肉をばらして、視線でこちらの皿を示す。

ハーティアは、すぐに自分の皿を差し出した。

「あ、すいません。ぼくがやりましょうか？」

「いいのいいの。メリーの供養なんだから」

「メリー？」

「この子の名前」

彼女がそう言うのと、切り分けられたチキンが皿に移されるのと、同時である。

今度は自分の分を取りながら、リンダは微笑んでみせた。

「こんな小さな村にいると、なんにでも名前をつけちゃうのよね。分かる？」

「はあ……」

正直なところ分かりかねて、生返事を返す。アップルソースの芳香に鼻孔をくすぐられるのはいかにも心地よかった。ここの窓も開いている——この陽気ならば誰でも窓を開けたろう。どこか山の香りがする風が、ふんわりと吹いていた。

と、それらの香りに、別のものが混じる。

リンダが微笑んだのだ。

「あ、なんだか、田舎のことは理解できないって顔してるわね」

「え？——あ、いや、そんなつもりは……」

「いいってば」

彼女は面白そうに肩をすくめてみせた。

「あなた、タフレムの魔術士さんなんでしょう？　ここいらだって、耳をすましていれば街のことは聞こえてくるんだけど……さすがに、そこに住んでる人には敵わないわよね」

（敵う敵わないの話でもないいんじゃないかな……？）

が、特に否定する理由も思いつかず、ハーティアはつぶやいた。

「そうですか？」

「あなたは、生まれもタフレム市なのかしら」

「ええ」

「あら。意外と、ものすごい名門の子だったりして？」

「そんなことないですよ」

彼女が席につくのを待つ間、ナプキンを広げて襟元に押し込む。野菜スープとパンを見ながら内臓が蠢くのを感じる、その瞬間は苦痛でありながら幸福でもあった。

それをごまかし――あるいは堪能しながら、続ける。

「魔術士って、高名な人なんてほんの一握りで、あとはみんなその下働きみたいなものなんじゃないかって思います」

「そんなこと言って」

と、呆れたように眉を上げる彼女に、ハーティアは微苦笑を漏らした。

「ホントですよ？　実際ぼくだって、無慈悲で横暴で情け容赦ない悪魔のよーな上級魔術士に命令されて、ここまで来たんですから」

「無慈悲で横暴？」

「そうなんです。なんてゆーか下の者の涙を見ては笑い、血を見ては舌なめずりするよーな、そんなひどい人間に支配されているんです。しかも逆らうと地の果てまでも追ってきて別の地の果てまで吹っ飛ばしてくれるわ、単に面白いからとかいう理由で人のデートを邪魔してくれるわ、自分たちの弟ばかり贔屓するわ」

「まあ」

リンダは同情してくれたのか、ふっくらした口元を手で隠すようにして、言ってきた。

「そんなにひどい目に？」

「ええ。というわけで、任務期限ぎりぎりまではここに滞在しようかと思っています。いいですよね？」

「そりゃあ構わないけれど……」

「ところで」

ハーティアは顔を上げて、ふと思いついたように問いかけた。

「このあたりで、誰も立ち入らないような広い場所ってありませんかね？」


そこは村を見下ろす高台だった。

村のほうからは死角になっている林間の空き地で、細い一本道を一時間ほども登ってきたところだろうか。リンダによれば、昔はこちらに村があったらしい——十数年前に街道ができてから、一段低い土地にいっせいに移転したのだそうだ。

その街道、タフレムを経由して南、アレンハタム、トトカンタにまで延びる遠い道のりは、無論地平の向こうにかすんで消えている。村は宿場町といえるほどには発展できなかったのだろうが、素直に農村として広がっていた。ぽつんと離れたリンダの宿は、鮮やかな赤い屋根のおかげか遠目にも目立つ。人口はどれくらいなのか、それは知らないが——都会育ちのハーティアにしてみれば、多少大きかろうが小さかろうが、すべて〝村〟の一言で終わる。その大小を見分けたところで意味はなかった。

なんにしろ、ハーティアは腰に手を当てて周囲を見回した。

そこはうってつけだった——自分でも、なにをしようとしているのか分からないとしても。いや正確には……

（そうだよな）

正直になろうと皮肉混じりに思い、胸中でひとり言い直す。そう。分からないのは、なにが起こるのか、だった。

適度に広く、空が見え、そしてなにより、人目がない。その高台の空き地で、ハーティアはひとり立っていた。高い空が清浄な空気をいくらでも地上へ押しつけてくる。懐から黒い塊を取り出して、彼は大きく深呼吸した。

「いいねー」

思わず、声に出して漏らす。

「こういうの。キリランシェロとかには分からないだろうね。あいつなら、路地裏のハンバーガー屋の空気のほうがいいなんて言い出すんだろうからさ」

と、それだけ独りごちてから、ハーティアは手にした物体を見下ろした。

それは一見しただけならば、木彫りの置物と見えただろう。

ただし触れればそれが、木製ではないとすぐに分かる——黒塗りの、奇妙な手触り。塗料の手触りではなく、その物体自身に、なにか得体の知れない感触がある。死んだばかりの兎《うさぎ》を抱いたならばこういった手触りかもしれない。と考えて、彼は、不気味なことを思いついてしまったことを後悔した。

大きさは、ちょうど片手に持てる程度。重量はさほどでもない。形は、太ったさつまいもというところか。真っ黒で、なんの飾り気もない。置物としては、あまりにも寂しい代物だった。もっとも――

（ただの置物だったら、苦労はないけどさ）

しげしげとそれを見下ろして、ハーティアは毒づいた。

「こんなもん、見つからなければそれだけのことだったんだろうにさ。天人種族ってのも、わけが分からないね。隠し部屋を作るのもいいけどさ、たまたまぼくが立ち寄った時だけに転送してくれなくてもいいのに」

実際に。

古代の魔術士――と呼ばれる天人種族は、わけの分からないことをたびたびしている。いや少なくとも、現在に生きる人間種族にとっては理解不能な行動や風俗を見せることがあった。それが彼女らにとってどれだけ重要であったとしても、彼女ら種族が地上から消えた現在、それを解説できる者も、弁護する者も、理解する者すらもいないと言っていい。手の中にある物体を、ただの置物だとは断定できない理由が、そこにあるというわけではないが。

その理由はむしろ、彼女ら天人種族が、強大なる魔術を日常的に行使していたことによる――

ハーティアは、暗唱するようにつぶやき始めた。

「天人種族の遺産。パターンその一。物品の表面に肉眼で確認できる魔術文字がある場合。その多くは、魔術文字の意味を理解したうえで、魔術文字を活性化させるなんらかのアクションがあった場合に作動する。天人は特に強い力を物品に与える際にはこの方法を用《もち》いた。これは魔術の媒体としての〝文字〟が、情報として明確に存在していたほうがより大きい効力を発揮するため、もしくは一時的にしか活性化させないことで、危険な効果を持った物品に対する制御装置と為《な》すためと推測される」

すらすらと言ってから、物体を観察する。どこを裏返して見ても、文字らしいものはどこにもない。

「パターンその二。手にしただけで、所有者の思考に応じて独自に活性化する場合。多く日常品などに見られる傾向。文字は表面からはうかがえないようになっている。これは、使用者が天人種族自身であった場合、その文字を見ただけで装置を活性化させることとなってしまい、かえって利便性が失われるからだと推測される」

言うまでもなく、さきほどから手にしているわけだが――

なにも起こってはいない。ハーティアはさらに続けた。

「パターンその三。その一とその二の特徴を、中庸に、あるいは極端に両立させている場合もある。この場合はまず〝魔術士狩り〟時代、天人種族が自らの信徒たるドラゴン信仰者に、魔術士への対抗手段として授けた武器である」

そして彼は、しばし間を置いて、肩をすくめた。

「パターンその四。それがなんの力も持たず、魔術の媒体でもない場合。天人種族とて、ごく普通の生活もしていたということを忘れてはならない……」

実際に、なんの力を持っているとも思えないその物体を何度も見ながら、ハーティアは半眼になった。まったくなんの反応を示すこともないその物体に、思わず、呆れたような声を出す。

「ま、こんなもんかな。隠し部屋ったって、秘密の武器庫とは限らないし。小学校の図工の授業で作った意味不明の置物を、天人種族が大事に保管していたからって、不思議がっちゃ可哀相《かわいそう》ってもんだよね」

もっとも、天人種族に通うべき小学校だかなんだかがあったとも思えないのが事実ではあるが。

ハーティアはそれでもその物体をポケットに入れようとした——一応、遺跡における発見物は必ず報告しなければならない——が。

ふと彼は、動きを止めた。止めざるを得なかった。

身体が……

(動かない!?)

金縛りとは違う。まるで絵の中に閉じこめられたように、ただ動けない。いや、身体が自ずから動こうとしない。

(なんだ……!?)

気ばかりが焦る。が——あり得るならば——心臓すらも動いていないのか、動悸も発汗もない。とてもではないが短時間だとは思えない一瞬が過ぎ、その末の刹那だった。

《汝《なんじ》、力を欲するか……？》

頭の中に、声が響いた。単調で抑揚もないが、はっきりとした声。聞き間違えようがないほどに明確な声だった。

どこを見ていいのかは分からなかったが、ただ感覚的に額の上あたりを見上げて、ハーティアは声なくうめいた。

（いらないって……言ったら？）

質問に質問を返す形になったが、その声は、まったく頓着しないようだった。変わらない口調で返してくる。

《我は去る》

（いるって言ったら？）

《我は与えよう》

（じゃあ……）

決心はすぐについた。即答する。

（いらない。去れ）

《…………》

なにも聞こえない——のではなく、その沈黙はかえってはっきりと聞こえた。数呼吸、確かに沈黙したのだ、その声は。

そして――

《我は、ちゃんと与えよう》

（いらない）

再び即答する。今度は間を置かず、声は続けてきた。

《なんか変な罠とかはなし》

（いらないって）

《すっごくお得》

（しつこいな）

《強力な我と契約して、友達に差をつけよう》

（そーゆうの嫌いなんだよ）

《……くすん》

と。

なにやら情けなさげな声を聞いてから、ふと気が付くと、身体が動くようになっている。

はっと、ハーティアは身構えた。どこにどう、というわけではないが、とにかく身構える。腰を落とし、開いた両手を脇腹のあたりに溜めて――

そこで気が付いた。両手が空いている。

さっきまで持っていたはずの、黒い塊。それが消えてなくなっていた。

「な……」

あわててあたりを見回す。そして、数メートルほど離れた空中に、妙なものを発見した。

妙なもの、とはいっても、未見のものというわけではない。

実をいえば、いつの間にか手から離していた黒い物体、そのものだった。ただしそれが変形している。

不格好なさつまいもの置物としか思えなかったそれは、ゆったりと巨大化しつつあった──いや、どちらかといえば、解きほぐされて広がりつつあった。しぼった雑巾を水の中でほぐすように、布状に広がりつつある物体を、ハーティアはただぽかんと口を開けて見上げていた。

広がった物体は、そのままゆっくりと上昇していく。風に乗ってという様子でもない。重力に逆らって高度を上げていく。

とっさには、なにも浮かんでこなかった。魔術で攻撃することも含めて。反射的に危険に対処することならばできただろう──その程度の自負は自分にもあると思っていた──が、まったく理解できないことに対してどうしたらいいのかとなると、これは本気でどうしようもない。

呆然と空を見上げているうちに、その物体、いや黒い布は、二、三度羽ばたくように裾を空打ちした。そのまま、音もなく、山奥へと飛んでいく……

「…………」

ハーティアは、ただ目を丸くして、それを見送るだけだった。布が飛び去っていく方向は、山頂──

彼がその物体を手に入れた。当の遺跡がある方角である。

信じられない思いで、つぶやく。乾いた喉に、かすれた声がかろうじて通じていた。乏しい空気を慎重に少しずつ使うように、

「生きている……道具……？」

なんとか絞り出すことができた言葉は、そんなものだった。


そういったものが、なかったわけではない。

つまりは、擬似的な人格を持った道具が。《牙の塔》にもいくつかが保管されているという──もっとも魔術士のほとんどは、こういったものを嫌う傾向にあった。当たり前といえば当たり前のことで、黙って使役されなければ道具ではない。

「うるさいっての！──てとこだろうな。アザリーあたりに言わせれば」

村の中を、宿に向かって歩きながら、ハーティアは独りごちた。後ろ頭に腕を組んで、気楽な歩調で足を前に出す。

「珍しいっちゃ、珍しいけどね。でも、それで役に立つものがあったことってないんだよなぁ。どうせ逃げちゃったし、わざわざ追いかけるのもね」

今日も村は、なにごともなく平穏だった。静かな風に吹かれるだけで、昼の半分が去っ

ていく。昼下がり、陽《ひ》も柔らかい。

主婦らしい女が数人、たむろしている井戸を通り過ぎながら、ハーティアはそちらを見やった。さすがに自分の独り言を聞きとがめている者がいるのではないかと気になったのだが、そういった気配はない。井戸端会議は大きな笑い声もまじえて、なにやら盛り上がっているようだった。毎日同じ話題を違うように話しているのか、違う話題を同じように話しているのか、まあ、日常とはそういったものだろう。それに飽きるのならば、それは不幸だ。

談笑する、自分とは関わりのない人々。

視線を外し、ハーティアは前方を見据えた。宿の玄関が見えてくる。リンダがしゃがみこんで、花壇をいじっていた。

歩いていく。声をかければ挨拶できる程度の距離になった時、不意に、彼女が顔を上げた。足音に気づいたらしい。こちらへと振り向いて、

「あら……どこに行ってたの？」

「ええ、その――」

と答えかけて、ハーティアは、彼女の問いかけが自分に向けられたものではないことに気づいた。ちょうど同時にすぐ横を、十歳ほどの子供が追い抜いていく。

子供はリンダにはまったく答えず、そのまま宿に駆け込んでいった。激しい足音が、ばたばたと建物の奥へと去っていく。

「………？」

リンダは、きょとんとしてから、改めてこちらを向いてきた。ごまかすように微笑んで、口を開く。

「おかえりなさい」

「あ、はい」

なんとはなしに気まずいものを感じながら、ハーティアは挨拶を返した。

「今の、ケイ君ですよね」

「ええ。あの子ったら、ただいまもないなんて」

「どうしたんでしょうか？」

「さあ」

鼻から息を漏らしつつ、リンダが立ち上がる。背をそらすようにして腰を伸ばし、彼女は肩をすくめて見せた。

「どうせまた、魔人のことで友達に馬鹿にされたんでしょ」

「……魔人、ですか？」

唐突といえば唐突な単語を聞かされて、ハーティアは聞き返した。リンダが、ふふっと笑う口元に目立たないえくぼができるのが見える。

彼女は自分の息子《むすこ》が残した足音の余韻を聞いているように、耳をそちらに向けながら答えてきた。

「この村に伝わる、昔からの……まあ、そんなようなおとぎ話よ。弱き者たちを助け、悪をくじく夜の魔人。あの山には、そんなのが住んでいて、この村を守ってくれているんですって」

と、彼女が示したのは、ハーティアが先ほどまでいた、その山だった。まあもとより、その山のふもとにこの村があるのだから当たり前だが。

「そうですか」

ハーティアは生返事を返した。そして、彼女へと向き直る。

「あの。ぼく、明日にはここを発《た》つことにします」

「あら……さっきは、しばらくいるって」

驚いたように言ってくるリンダに、軽く頭を下げる。

「すみません。ちょっと気まぐれで」

「なにか失礼があった？」

「い――いえ、とんでもないですよ」

首を傾げる彼女に、ハーティアはあわててかぶりを振った。しばし言葉に詰まり、そして……

短く嘆息した。なんとか言葉を探そうとしたのだが、なにも浮かんではこない。

とりあえず、繰り返すことにした。

「その、とんでもないです」

それだけを念押ししてから、ハーティアは宿の中へと入っていった。背中に、彼女の視線を感じる。振り向いてもよかったかもしれないが、そうできない。玄関の扉が閉じて、その視線を断ち切っても、まだ落ち着かなかった。

（まったく……らしくないじゃないか）

そんなことを毒づきながら、ただ足早に、階段を目指す。

と——

がたん、となにかが落ちたような物音を聞いて、彼は立ち止まった。

「…………？」

訝る。物音は、一階の奥から聞こえてきた。つまりは宿の、リンダとケイが生活している部分からである。もちろん今は、ケイしかいないはずだった。

ハーティアは玄関のほうを振り向いた。それなりに大きな物音だったが、リンダは気づかなかったらしい。玄関から入ってくる気配はない。彼自身も、そのまま階段を昇ろうと進みかけたが、

「…………」

その足が止まった。

「くそっ」

声に出して舌打ちし、一段目に乗せた足を引きもどす。

特になにか理由があった、というわけでもない。それは自覚していた。

ただの物音だ。部屋にもどったケイが椅子を蹴飛ばした音かもしれないし、あるいは太ったネズミが落ちた音かもしれない。窓から強盗が入ったのかもしれないし、あるいはまったくただの気のせいだったのかもしれない。どれであってもおかしくはない。ついでに言えば、どれであっても知ったことではなかったはずだった――まあ、強盗は別としても。

食堂を大回りし、奥への扉を開けて、廊下に入る。今まで見た限り、この宿はどこもきれいにされていたが、ここも例外ではなかった。広い出窓に小さな鉢が並べられ、生命ある緑を見せている。ハーティアはそのまま廊下を進んでいった。手前がリンダの寝室、奥がケイの部屋だったはずだ。

手前の扉を通りすぎて、ハーティアは子供部屋の前に着いた。扉を軽くノックする。

「……すごい音がしたけど、なにかあったのかい？」

多少の嘘をつくことに、無意味に後ろ暗いものを覚えないでもない。別に心配してここに来たのではないことを、はっきりと彼は自覚していた。

もう一度、扉を叩く。

「開けるよ。駄目なら言ってくれよ」

と、ドアノブをつかんだ。ひねってみると、鍵はかかっていない。

扉は抵抗もなく開いた。

ケイの部屋は、きちんと片づいていた――少年が出かけたあとに、リンダが毎日ここを片づけていることは知っている。その部屋の主以外に他人に片づけられると、部屋というものは妙にぎこちなく見えることがある。ケイの部屋は、まさしくそんな感じだった。本棚に並べられた本は、大きさはきっちりそろっていても、となりあった背表紙がどれもちぐはぐになっている。勉強机の上は不自然なほど物が置かれていない。ベッドはきちんと整えられ、机にへこみのひとつも残っていなかった。ただ片づいた部屋の中で、ひとつ椅子だけが机の下から引き出され、部屋の中央で床に転がっている。

——そして、それの手前に、子供が倒れていた。

「⁉」

目を見開いて、ハーティアは近づいた。ケイは仰向けになって、こちらに顔を向けて倒れている。完全に意識を失っているようだった。手足は伸びきり、痙攣も見せてはいない。先ほどの物音が、この子供が倒れた音だとすれば、まだ一分も経ってはいないはずである。

とりあえず見る。見ただけで相手の症状が分かれば苦労はないが、少なくとも致命的なことにはなっていないとハーティアは判断した。ただ倒れただけ——そう見える。

(外傷は……ない、な)

頭を揺らさないよう気をつけながら、少年の身体を抱き上げる。ぐったりと力なく垂れた腕を見下ろして、ハーティアは彼をベッドの上に寝かせた。と、椅子を見やる。

「……椅子に乗って、なにかを取ろうとして、椅子ごと倒れた、ってところかな?」

状況だけから、だいたいを予想すると、そういったことに思えた。だが——

ハーティアはそのあたりを見回して、眉根を寄せた。

「なにを取ろうとしてたんだ？」

椅子が倒れているあたりには、なにもない。なんとはなしに彼は、椅子を起こしてみた。そして、片足をかけてみる。だいたいケイの背丈を目測して、その高さにあわせて漠然と手を伸ばしてみるが、指先に触れるものはなにもなかった。

ふと、思いついて、ぽんと手を打つ。

(そうだよな……ただ椅子の上に立ったくらいじゃ、転びやしない)

ハーティアは手の高さを、もうわずかに上げた——ケイが、椅子の背もたれの上に立った高さを測って、そのあたりに。

ちょうど、指先が天井に触れた。

「………？」

少し力を入れると、天井の板が上に上がる。隠し戸のように——と言いたいところだが、古くなって天板が外れるようになってしまったというだけのことだろう。

さらに背を伸ばしてみると、天井裏になにか箱が隠してあるのが見えた。取り出してみる。古い木製の箱で、どうということはない。蓋を開けようとして、その指先が躊躇した。肩をすくめて、箱をもとにもどす。

椅子から足を下ろすと、それを机のほうにもどし、部屋の外に向かいかけた。

と——

扉が開いて、リンダが姿を見せた。

「あら？」

彼女は面食らったように、こちらとケイとを見比べた——状況が分からなかったのだろう、不思議そうに聞いてくる。

「どうしたの？」

ベッドに寝たままになっている息子に近づきながら、そうつぶやく。ハーティアは見たままを答えた。

「あ、物音がしたんで……来てみたら、ケイ君が転んだみたいで、倒れてたんです。で、寝かせておいたんですけど」

「そんな——ケガは？」

不安そうに息を吸って、リンダがうめく。

「たいしたことはないと思います……あ、でも、気を失ってるんで、医者に診せたほうがいいかもしれませんけど」

こういった気絶者を見るのは、《塔》ではさほど珍しくはない——生徒たちは原則的に戦闘訓練を義務づけられているからだ。特に頭部を打った場合、危険であるのかどうかは見ただけでは分からない。だいたいは大丈夫だが、何回かに一回は必ず死ぬ。頭部の傷とは、そんなものだろうとハーティアは漠然と考えていた。

困惑顔でこちらを見る彼女に、喉のあたりに苦いものを覚えながら、告げる。

「あの、ぼく、すみませんけど、部屋にもどりますね」

「え？」

「そ――それじゃあ」

さっと手を挙げて、彼女の横を通り抜ける。逃げ出すように廊下を出て、ハーティアは声に出さずに嘆息した。

（まったく……なにをやってるんだろうな、ぼくは！）

◆◇◆◇◆

「……遅《おせ》ぇなー、ケイの奴」

石碑の前で、少年がつぶやいた。森の中に、ひっそりとたたずんだ円筒の碑。蔦がからみ、苔むして、一見しただけでは折れた大木に見えたかもしれない。だがよくよくうかがえば、基礎の部分はまだ外部にのぞいている。どっしりと構えたその礎石は――一体どういった存在であれば、このような山間の森の中にこれほどの巨石を運んでこられるものか人知の及ぶところではないが――、無言でただ自らの重量を支えている。

「やっぱり、嘘だったんだぜ」

石碑の周囲にいる少年は、ひとりだけではなかった。三人、それぞれに暇を潰しながらぼやきあっている。

「そりゃそうさ。だいたい、ホントのわけがねぇんだよな。魔人ブラックタイガーなんてさぁ」

「そんなことは分かってるよ。だから、どんな顔して父ちゃんの形見だかなんだかを持ってくるのか、見てやろうぜって言ってたんじゃないか」

「やっぱりついていきゃ良かったんだ。絶対逃げ出したんだぜ、あいつ」

「そうだよ。逃げたんだ。あいつの親父《おやじ》といっしょだよ」

「え？　あいつの父ちゃん、死んだんだろ？　だから形見なんじゃないの？」

「なんだよ、知らないのか？　あいつの親父、母ちゃんを残して逃げたんだってよ。うちの親父が言ってたもん」

「なんだよ、それじゃ形見ってのは……」

「あいつの母ちゃんが、嘘ついてるんだってよ。ケイの奴、知ってるくせに知らないふりしてるんだ」

「へえー。じゃあ来たら、そのこと言ってやろうぜ？」

「来ねぇよ。逃げたんだもん」

　少年のひとりが掘り蹴った土が、石碑に当たる。

　それを見てなんとなく気に入ったのか、ほかの少年たちも立ち上がって、石碑に向かって石や木の根を当てはじめた。もっとも、それでどうなるものでもなく、さほど面白いわけでもないだろう。案の定あっさりと飽きて、彼らはまた別のことを話し始めた。最近生意気なビッキーとその仲間との縄張り争い。アダムスが、彼らの猟場であったはずのトマト畑にとうとう柵を作ったこと。村長はそろそろ息子に跡目を譲るらしい。あの馬鹿息子は、いつも口癖のように、役に立たない村学校など取り壊して子供たちは野良作業を覚えるべきだと言っている——

「……あれ？」

子供のひとりが、疑問の声をあげた。あたりを見回して、ほかのふたりに問いかける。

「なんか聞こえなかったか？」

「ん？　なにが？」

「だからさ、ほら……ええと、なんじ、どうたらって」

「なんじって、なんだ？」

「力がなんたらって——ほら！」

彼が指さすのと同時、三人とも、その指の示す方向を見上げた。

そして、三人ともが、上空を漂うそれの声を聞いた。

《汝、力を欲するか……？》

◆◇◆◇◆

落ち着かない。

やんわりと背中を包むベッドの感触にすら違和感を覚えながら、ハーティアは天井を見上げていた。自分のすることなすことが、ことごとく気に入らない。そういった苛立ちははっきりと不快だった。実際、なにがあったというわけでもないのだが、なにもうまくいっていない気がする。

（………）

思い浮かぶことはなにもない。空虚な時間を静かに夢想して、誰にも邪魔されることがない。

日常の退屈さに気づいた時と同じく——これも不幸だ。

窓の外は夜。ガラスの向こうの闇に、月が皓々《こうこう》と輝いていた。

ハーティアはのっそりと起き出すと、力なく、額をガラスに押しつけた。

月明かりの村の風景は、闇の中に揺れるものもなく、黒い透明感に満ちている。

静かな村だった。ここ数日いて、身にしみるほどそれが分かる。ぼんやりと視界がかすんだ——半分ほどまぶたを閉じて、彼は耳を澄ました。聞こえるはずもない音が聞こえてくる。幻聴ではない、それは記憶の音だった。

（……ノック。いや、その前に、足音がするんだ。忍び足のつもりなんだろうに、ばれればれなんだよな。コミクロンの奴はそういうところが迂闊なんだよな）

そう。足音で、廊下を歩いてくるのはすぐに分かる。それからノックだ。眠っているとでも思っているのだろうか？　死人でも飛び起きそうなノックをする。

（これで、アーネリウスの耳に入っていないんだと考えてるんだから、おめでたいもんだよ——）

「静かにできないのか!?」

なにやら眉を立てて、おさげ髪の少年が言ってくる——半分ほど開けた扉の向こうから。彼がなにを聞きとがめて怒っているのかは見当がつくものではないが。少なくともハーティアは、足音を立てて歩いたことはない。

「どっちがだよ」

ハーティアは囁いた。コミクロンが、部屋に入ってくる。この寮の部屋は、コミクロンとハーティアの共用だった。もっとも、へたをすれば一部屋を四人で使っている者もいるのだから贅沢《ぜいたく》は言えないが。

ローブの上に白衣という異常な格好のコミクロンは、しっと指を立てて制止してきた。

「静かにしろって。いいか、見回りのマックには話がついてる。九時から三時までなら、なんとかごまかせるってさ」

「ふうん?」

「とりあえず、メンバーは俺とお前、バッケンと〝素の腕〟、リープとドロシー、イザベラってとこかな。もう時間がないぞ、早く支度を——」

「え?」

ハーティアは、聞き返した。

「キリランシェロは?」

「あいつはこのところ、つきあい悪いからな。ほら、今日、構成理論整備の講義で、先生の質問に答えられなくて、へこんでたろ？　そのことで補講してもらうんだってさ」

「……へえ」

「そんなことよりだ、急がないと、間に合わないぞ。バッケンの奴が馬車を使えるんで助かった。なにしろ、シー・コンティマの独演会なんて年に何度もないんだから、このチャンスを逃したらって、言ってるそばから貴様まだぼーっと突っ立って」

「………」

遠くで鐘の音を聞くような、そんな心地でコミクロンの声を聞きながら――

ハーティアは口を開いた。唇のねばりが苦い。

「ぼくは、いいよ、今夜は」

「……あん？」

たっぷりと沈黙をつけて、コミクロンは聞き返してきた。向き直って、繰り返す。

「うん。なんとなく、ぼくはやめとくよ。アーネリウスには目をつけられてるみたいだしね」

「あんな寮長気取りの馬鹿、ほっとけばいいだろ」

「……そうなんだけどさ」

煮え切らず、言葉を濁す。ハーティアはゆっくりと、ベッドに腰を下ろした。身支度――とはいってもコミクロンの場合、部屋着と大差ないが――する彼を見やって、ため息をつく。

「キリランシェロがつきあい悪い理由、知ってるか？」

「？　いや」

「……そっか」

結局、急いでいるコミクロンはそれから強く誘うでもなく、部屋を出ていった——寮の窓から、外を見やる。ガラス窓に額をくっつけて。暗い裏庭をこそこそと走っていく、数人の人影が見える。ハーティアは深々と嘆息した。うめく。

「補講、か。ぼくも顔出してくる……かな？」

だが——動く気にはならず、彼はしばらくそのままため息だけを重ね続けた……

「だいたい、みんな、なぁんにも分かっちゃいないんだよ……ん？」

見るともなしに見つめていた、夜の闇——

そこに動くものを発見してハーティアは目をぱちくりさせた。

「……ケイ？」

判然とはしないが、この宿の息子のようだった。早足で、宿から遠ざかっていく。こんな時間に散歩でもないだろうが、それでなくとも急いでいる様子だった。ただ、正体が判然としないのは、光源が月明かりだけだからではない——

少年が、頭部をすっぽりと覆うような黒いマスクを着けていたからである。

夜の空を、黒い翼が飛んでいた。鳥とも、蝙蝠《こうもり》とも違う翼。羽ばたくこともなく森の上を滑っていく。

◆◇◆◇◆

《うーむ》

それは誰にともなく、つぶやいた。

《いきなり拒否されるとは思わなんだが……そもそも言い回しが古いのだろうか。汝、力を欲するか――まあ決まり文句であるからして仕方のないところだが、我が創造主も、もちっとしゃれたことを考えれば良かったのだ。主命を受諾しきれんだろうが》

必要のないことを口にするのは、ナンセンスと言えた――その翼にとっては。

独り言とは、意味なく存在する生物だけが行う無駄な行為だ。立派に機能ある道具が、このようなことをすれば、それは故障と見られるだろう。

だが――

と、翼は思い直した。持ち主がいない道具は、ゴミである。文字通りに。故障よりもたちが悪い。

《しかし、世界平和のために我は必要であるからして、新たなるマスター選びは急ぎたいところで――まあ、そんなことより、パーツBとCの回収のほうが先決か。我が百五十年間眠っとった隙に、あいつらはどこに行ったのだ？　まったく、均衡を失ったまま誰かに

使われていたりしたら、面倒なことになるぞい》

長いつぶやきを漏らしながら、それは森のある地点で動きを止めた。下には、苔むした石碑が月光を浴びてたたずんでいる。

《先代の墓、か。偉大なる戦士ブラックタイガーここに眠る――おんや？》

妙なことに気づいて、それはきょとんと絶句した。

《なんでこんなところで、動物が死んでいるのだ？》

地上では、人間の子供が三人ほど、石碑の周りで死体となって転がっていた。

◆◇◆◇◆

「殺人事件？」

出立の準備を整え、階下に降りた彼を待っていたのは、そんな突拍子もない言葉だった。

そして、それを口にする、怯えた女の顔である。

「そうなのよ……」

リンダはぞっと声を震わせながら、そう言ってきた。実際に寒気を覚えたのか、肩を小さくしている。

「昨日の夜から、村の子供が遊びに行ったきり帰ってこないって、騒ぎになっていて……男の人たちが夜通し、山を探したりしていたんだけど、明け方になって、その子たちが死んでいるのが見つかったの」

「そんなことになっていたんですか？」

ハーティアは驚いて、思わずどうでもいいことを聞き返していた。そんな騒ぎにはまったく気づかなかった。静かな夜だと、ずっと思っていたのだ――もっとも昨日は早めに寝入ってしまったため、本格的な騒ぎになった頃には熟睡していたのかもしれないが、もしかしたら、そもそも普段の生活環境があああいった環境であるため、騒ぎというものに対して不感症になっているのかもしれない。

うなずいてから、リンダはかぶりを振った。問いに対してはイエス、だが話をもどさせてもらうという意味だろうか。

「実は、夜になってからケイの姿もなくって……わたしも探しに行っていたんだけれど、あの子ったらいつの間にかもどっていて。でも、ほかの三人の子が、森の中で死体で発見されたんですって」

「獣かなにかの仕業じゃあ？」

彼女はきっぱりと首を左右に振った。

「いいえ。あそこは、子供の遊び場になってるくらいだもの。ここ何年も、事故なんてなかったのよ」

「はぁ」

「というわけで、その、申し訳ないんだけど……この事件について管理官が来るまでは、村から出ないで欲しいのよ。もちろん、あなたを疑うわけじゃないけれど、村長さんがそういう決まりだって言うから……」

「いいえ、そういうことでしたら仕方がないですよ」

ハーティアはそう言うと、話を聞く間下ろしていたバッグを、再び持ち上げた。

特に自分にできることはない。それは当たり前のことだったが。

部屋にもどり、荷物を置いて、彼は首のあたりをかいた。

「さて……」

見上げる。はからずも、結局期限いっぱいまではここにとどまらざるを得なくなってしまったらしい。《塔》に連絡を取って身元を引き受けてもらう手もあるが、タフレム市外でどれだけの効果があるか疑わしいうえ、連絡を取っているだけで数日は経ってしまうだろう。この村から《塔》への往復が、管理官の到着より早いとも思えなかった。とすると、あまり意味はない。

残るは、強行策だが——それこそ意味がないだろう。たった数日、早く《塔》に帰還できるという程度のことでしか。

「そ、ほんの数日だよ。ことによっちゃ、一日二日しか変わらないかもね。ここはゆっくり、休暇と思ってじっとしてるのが、賢い判断ってもんだ」

ハーティアは床に投げ出した鞄《かばん》を開いた。必要なものを数点、取り出す。アンダーウェア、地図、マチェット・ナイフ、そしてずっしりと重い戦闘服……

と、窓の外を見て、半眼になる。

「まさか、さすがに日中は無理だよなぁ」

突然の事件に、村は戒厳令下のように緊張しているだろう。犠牲者が、特に子供から出ている以上、その緊張も当然のことだった。こそこそと旅人が村を抜け出すことは、思ったよりも危険かも知れない。

「…………」

そこまで考えて、ハーティアはがっくりと肩を落とした。

「だから、強行策なんて必要ないんだって……」

うめきながらも――しかし、つぶやきが漏れる。

「……犯人探索のための山狩りは続けるんだろうから、その裏をかけば……日が暮れてからなら、なんとでもなる……かな？」

「さて」

身を低くして山の中を進みながら、ハーティアは独りごちた。

「……つくづくなにやってんだかな、ぼくは」

南中した太陽を見上げ、その陽光にむしろぞっとしたものを感じる。じっとりと冷や汗に濡れた肌は、寒気を覚えながらも上気して疲労を訴えていた。

彼は視線だけで、背後を振り向いた――誰の姿が見えるでもないが、遠くから、声が響いてきている。

「待てー！」

山狩りする村人たちの声だった。人数は定かではないが、声から判断すると、十数人は下らないだろう。

山、そして森とはいっても、人間の手が入った開拓地である。進むのに支障はなかった。手にしたマチェット・ナイフの重量に任せて、目の前の枝を切り払う。先を急ぎつつ、彼は頭の中に地図を描いた。

（……村を抜け出すのに山に入ったから、また街道に出るためには、あと何時間かかるよな。道に出て、馬車でもなんでも使ってタフレムに着ければ、魔術士同盟に庇護してもらえる）

タフレム市における魔術士同盟、特に《牙の塔》に所属する魔術士の地位は絶対的なものがある。もっとも、

「間違いなく、始末書くらいじゃすまないね、こりゃ」

ハーティアは苦笑しようとして——どうしようもなく顔を歪ませた。笑うこともできない。

「待機していればいいものを、意味もなく村を抜け出し、殺人事件の容疑までかけられて逃亡。そうするに足る理由もなし、か。そりゃぼくが最高執行部だったとしたら、そんな馬鹿は飼う気にならないよ」

最高執行部に悪印象を与えることを今さら気にするまでもないのかもしれないが、そういう問題でもない。無理にでも苦笑したい気分ではあった。

「……本当に、なにやってんだか」

なにを。

「…………」

実際に――

(自分がなにをやっているのか、分からなくなってきているのか……？)

ハーティアは、胸中でうめいた。なにかが痛みを覚えている。神経を刺激する痛みではない。なにかを失った、凍えるような痛み。

自分が急速に無痛になっていく。そういった類の痛みだった。

(錯乱しているのか、ぼくは)

汗が入った目を瞬いて、独りごちる。

(正常な判断が下せなくなっている気がする。でも、なんでだ？)

理由は、分かっていた。

こうして走りながらも、かきむしるように心を乱していることがある。逃亡に全力を傾けなければ、もし村人に追いつかれれば――まさか、縄を打たれて終わりということも期待できないだろう。だが、こちらからは反撃できない。

悩んでいる余裕などないはずだった。それでも、差し迫った危険を忘れるほどに、たった一言だけが繰り返されている。

…………

『キリランシェロがつきあい悪い理由、知ってるか？』

自分の声で、自分の言ったことが耳の中に残っていた。あとは鼓動。動悸だけしか聞こえなくなる。視界はかすみ、現在周囲にあるすべては無為のものとなった。あるものは、繰り返される言葉だけ。その輪廻《りんね》以外はなにもない。

そのうち、自分が逃げているのか――それとも、ただ走っているだけなのか分からなくなる。

刹那。

ハーティアは、唐突に自分の身体から重量が失われたことに気づいた。

目を見開く。

激しく滑る、大きな音――特別製のブーツのエッジが、土と根を引き裂きながら、宙に投げ出されていた。

「本当に、なにをやってるんだか……!?」

突如として現れた崖から足を踏み外して、彼は悲鳴をあげながら、十数メートルの谷底へと落下していった。

からん。

落ちてきた小石が、自分の頭に当たってはねる。

とっさに構成した重力制御は、まあ満点の出来だったといえた。

「……そりゃフォルテやティッシほどとは言えないけどね」

誰にともなくいいわけしてから、ハーティアは立ち上がった。死傷は避けることができた、というだけで、実を言えば体中あちこちが悲鳴をあげている。見上げると、切り立った崖が空を覆うようにそびえていた。その谷底を川が流れ、砕けた石がその川底に敷き詰められている。彼が落下したのは、その上だった。ずぶぬれになった身体を引き起こしつつ、ため息をつく。

マチェット・ナイフはどこかに落としてしまったらしい――回収は考えるだけ無駄だろう。だいぶ長い間、愛用していたものだったのだが、仕方がない。それよりも、

「参ったな」

崖の上を見上げて、途方に暮れてしまう。

上にもどることは不可能だった。崖には手がかりがなくもないが、危険が大きすぎる。疲労や身体の調子を考えた場合、足を踏み外した場合、もう一度重力制御のような大魔術を成功させるような自信はなかった。

それに、落下した際、自分が走ってきた方向を見失ってしまった。どちらの崖に登ればいいのかも判断が付かないうえ、登ったあとにどちらへ進めばいいのかすらおぼつかない。

ハーティアは、ぐったりと肩を落とした――

認めなければならないだろう。追いかけてきている村人たちに助けを求めなければ、このまま遭難ということになる。

「いや」

かぶりを振って、彼はうめいた。

「手がないわけじゃないね。村人にこっちを発見させて、引き上げさせたところで、ひとりを残して皆殺しにする。そのひとりに道案内をさせて、街道にもどれるめどがついたら、そいつも殺害。そのまま逐電」

《……素晴らしいアイデアではないか》

「馬鹿ぬかせ」

答えてから——

ハーティアは、はっと身構えた。ベルトへと手を伸ばす。マチェット・ナイフはなくしてしまったが、スローイング・ダガーが二本、まだ隠してあるはずだった。魔術士の戦闘服には、各所に武器が仕込んである。

声が聞こえてきた方向、そういったものが感じられたわけではない。

実際、それは声ではなかった——少なくとも音ではなかった。鼓膜のさらに内側で響く声。それは音の指向性などよりよほど明確に、その声の発信源を伝えてきた。振り向くと、そこには正確に相手がいた……

「なんだ……？」

理解できずに、つぶやく。

そこにいたのは、巨大な鎌だった。絵本の悪魔が携えているような、漆黒の大鎌。だがその鎌は誰に携えられていたわけでもない。宙に浮かび、こちらを向いていた。

《なにが愚かだというのか？　せっかく思いついたのだ。実行すべきではないか……》

こめかみに弾けるように、声が響く。

《それをするだけの力がないというのなら、我が与えよう。汝、力を欲するか……？》

「お前、昨日の……⁉」

声は、昨日紛失した——と言うべきか——天人の遺産が発したものとまったく同一のものだった。形状は変わっているが。

構わず、声は続ける。

《力を欲する者、その力を与えられればそれを揮《ふる》う。その力にて人知れず正義を行え。夜に生きる夢魔の貴族として……》

「趣味が——」

ハーティアは叫びながら、構成を展開していた。

「悪すぎるっての！」

かざした右手の先に、光が灯る。

一点の光芒《こうぼう》が空間を吹き散らす熱波の渦となるのに、一瞬だけの間を要した。それは人間の認識の隙だったのかもしれないが。膨れ上がった輝きが、大鎌を呑み込む。が——ほとんど鎌に触れる直前に、光熱波は軌道を曲げ川面《かわも》に突き立った。爆発が起こり、熱を吸って水蒸気となった飛沫《しぶき》が破裂する。

「ぢゃっ！」

熱された飛沫を避《よ》けて、ハーティアは後方に飛び退いた。鎌は動かないが、じっとこちらを向いている。

《正義を行わぬのなら……》

鎌は、あからさまに最後通牒《つうちょう》と知れる調子で言ってきた。

《汝は悪なのだな？》

「そうかもな！」

さらに飛び退いて、大規模な構成を編み上げる。

(空間破砕。効くか？)

「怒りよ――」

唱えかけた、その瞬間だった。

《待てぇぇぇっ！》

声は、また別方向から聞こえてきた。

「なんだ⁉」

向き直る。と、崖の上から、黒い物体が猛スピードで降下してくる。

ばさぁっ！

鎌と、こちらとの間を遮る位置で、それは翻り音を立てた。巨大な翼のような形をした布。まさしく、昨日空を飛んでいった遺産である。

それは高らかに声をあげた――

《見つけたぞ、Cパーツ！》

鎌は答えない。が、翼は構わずに続けた。

《我が制御を離れ、好きに振る舞うとは言語道断！　申し開きはあるか！》

《笑止！》

初めて、鎌が応じる。

《マスターが死してより百数十年――破壊され、機能を回復させるために眠りについていた貴様には分かるまい！》

翼とは違い、鎌には動きもなく、したがって表情もない。ただ声の激しさは、聞いているこちらの脳を焼き切りそうだった。

《分かるまい、世の悪の先鋭化を。正義もまた鋭くならねば、それに対抗できんことを！》

《愚かな――我が制御を離れ、やはり狂ったか！》

《一片たりと見えた悪を取り除かねば、正義は滅びる――正義は必ずしも勝てぬ！》

《我らの役目はそのようなものではない。正義とは指針あるものでもない。我らの機能は単純であってても複雑であってもならぬ！》

「お前たち――」
両者の姿を見つめて、ハーティアはうめき声をあげた。
「複数の疑似人格を持った道具なのか⁉」
そんなものは聞いたことがない。
が、翼は振り返ることもなく、落ち着いた調子で言ってきた。
《正義とは、個が語ってはならぬのだ。複数の意思が対立して初めて存在できる。だが》
一拍おいて、付け加える。
《奴は制御を失い狂っている。無差別な殺戮《さつりく》に興じようとは、奴こそ笑止である！》
翼は再び翻ると、こちらへと飛んできた。同時に、
《魔術士よ、我を受け入れよ！　奴には魔術は効かぬ。倒すには、我を受け入れるよりほかにはないぞ！》
「くっ⁉」
反射的に抵抗して、ハーティアは聞き返した。
「……お前を信用できる根拠がどこにある⁉」
《ない！　我もまた個なれば、我が正義もまた間違っておる。我らを完全にせよ！》
言っていることは分からなかったが――
判断を迷う暇はないようだった。翻る翼の向こうで、鎌が大きく跳ね上がるのが見える。
こちらへと飛びかかろうとしているらしい。

「つくづくなにをやってんだか……」

観念して、叫ぶ。

「受け入れる！」

《よくぞ決心した！》

翼は、恐ろしく素早い動きで、こちらに巻き付いてきた――

漆黒のマントとなって、ひときわ大きく翻る。

「これは……？」

うめくハーティアの脳裏に、声が響く。

《念じるが良い――己が夜の風であると》

「…………!?」

実際に、自分がそれを素直に念じたのかどうかは、自信がなかったが。

だが次の瞬間には――ハーティアは、風よりも高く空を舞っていた。

「……絶対なる正義を形成するための実験？」
《我が創造主が、どのような形を目指していたのかは知らぬ……いや、創造主もまた分からぬからこそ、我らのようなものを造ったのだろう》
「人工的な、正義の味方ってわけだ……」
崖を飛び上がるどころか、木々のてっぺんをも軽く越え、ハーティアは空を流れていた。

吹き荒れる風も、冷気もまた感じずに、ただ宙を飛んでいる。
　マントから流れ込んでくる知識は、決して多くはなかったがその代わりに混乱するようなものでもなかった。天人――古代の魔術士が、この道具を造った目的、そして構造、結果……
《我らは、ABCのみっつのパーツで形成されている。それぞれが能力を持ち、互いを完全に牽制する――つまりは、ひとつのパーツを以て他のひとつを制することは決してできぬ》
　広がる森を眼下に、マントは説明してきた。
《Aパーツたる我は逃亡を行い、決して他のふたつに追いつかれることはない。Bパーツは完全なる知覚。他のふたつは近づくこともできぬ。そして、Cパーツが戦闘力を持つ。破壊することはできぬし、立ち向かうこともできぬ》
「じゃあ、どうしようもないじゃないか」
《違う。これは安全装置に過ぎぬのだ。つまりは、ふたつ以上のパーツに認められた者だけが、残るひとつをも支配下に入れることができる。我らを完全なる形にするには、それ以外の方法はない》
　鎌は、追いかけてはこなかった――追いつけないことを知っているからか、あるいは他に意図があってのことかは不明だが。
《そして完全なる我ら、対立する安定した正義を行える者が、執行者として我らの力を扱

うことができる。それが魔人ブラックタイガー》

「いい名前だね」

《うむ。だが先代のマスターは、百五十年前に殉教した……我は破壊され、今まで再生の眠りに入っていたのだが、その間に均衡を失ったほかのパーツが暴走していたらしい》

「それがとうとう無差別殺人まで始めたってんなら、暴走程度じゃすまないぞ」

《どうしても止めねばならぬ。そのためには、汝の力がいる》

「あいにく、絶不調なんだけどね……」

低くつぶやきながら、再び眼下を見回し——

訝しい気持ちで、眉根を寄せた。

「どうしてあの鎌、追いかけてこないんだ？」

《対立している限り、一対一では、決して決着がつかぬ。となれば、もうひとつのパーツを説得し、協力させねばならない。我の感覚によれば、Bパーツはこの近くをさまよっている。奴もそれを感じ取り、探しているのだろう》

「って——」

ぞっとしながら、ハーティアは叫んだ。

「冗談だろ⁉　このあたりは、山狩りで、村の人間が山ほどいるんだぞ⁉」

《奴が再び殺戮に興じるより早く、なんとかせねばならぬな。Bパーツを説得し、こちらの仲間に引き入れ——》

「そんな暇ない！　とにかく、あの鎌を牽制して村の人たちを逃がさないと！」

《しかしだな》

「なんだよ！」

《もう既に、Bパーツとcパーツはかなり接近しているらしい》

「だったらなおさら急げよ！」

まるでその間意識を失っていたように、降下は一瞬だった。

密集した木の枝に激突することもなく、地上へと降り立つ。

そして――

「ぎゃあああっ!?」

鮮血を噴き上げながら、男が悲鳴をあげていた。

致命傷なのかどうかは微妙なところである――ほうっておけば死に到《いた》るであろうという意味ならば、完全に致命傷だろう。背中から大きく出血しながら、その男はふらふらと地面に倒れた。その姿を見て、もうひとりいた男が、遠ざかるように逃げ出す。

《仲間を助けぬか……この悪めが！》

しゃんっ！

虚空を飛ぶ鎌が銀光を閃かせ、逃げ出した男を追う――

「うわあああっ！」

たまらずに絶叫する男を見ながら、ハーティアは叫んだ。

「光よ！」

轟く熱衝撃波が、鎌を襲う。先刻と同じく、光は鎌に触れることはできなかったが、それでもその動きを止めさせた。大鎌が、その切っ先をこちらへと向けて静止する。

へなへなと、男がしゃがみ込むのが見えた。

「なにしてる、逃げろ！」

ハーティアは男に叫びかけたが、男は腰が抜けているのか、弱々しくかぶりを振るだけだった。あざ笑うように、声が響く。

《ふっ……愚かな。貴様は、己に冤罪《えんざい》をかけた悪を庇《かば》うというのか》

「なんていうか、それに関しては自業自得だからね」

じりじりと後退しつつ、ハーティアは小声で囁いた。

「おい……なんか、攻撃手段はないのか？」

《ふっ》

マントは、なにやら堂々と言い切ってくる。

《そのようなものがあるのなら、さっさとなんとかしておるわ》

「……帰ろかな」

《あ、いや、ちょっと待って》

あわてた調子で、マントは言い直してきた。

《今こそ我が真の能力をお教えしよう！　とりあえず、念じるだけで我が機能は発動す

る》

「本当だろうね」

《嘘などつかん。その鎌の能力が殺戮だとすれば、我が能力は生命――》

「あ、なんか良さげ」

《ならば念じよ！　我を信じ、力を託せ！》

念じる――

なにをどう念じるのか、などとは考えなかった。ただ意識を硬化させ、なにも考えない。拳を握りしめ、ハーティアは声なく叫んだ。そして。

鳴動を感じた。空間が歪曲《わいきょく》するほどの、圧倒的なプレッシャー。実際に彼の眼前の空間が波打ち、大きな黒い影が現れる。

弾けた。炎をまとった大きな力が引きずり出される。それは――

牛だった。漆黒の牛が、炎を巻き起こしながら姿を現したのである。

その牛は、ぶもーと一声いななくと、そのままどかどか足音を立て、適当な方角へと走り去っていった。

「…………」

しん、と静まり返る。

――自信たっぷりなマントの声が聞こえてくるまでは。

《と、ことほどさように、牛が出せる》

「ンな能力が役に立つかっ⁉」

《しかし先代はこの能力をフルに活用し、一気に四百頭を呼び出し、必殺の牛ビームとして――》

「どんな必殺技だ、それは⁉」

ひとしきり叫んでから、ハーティアは前方へと向き直った。宙に浮いた大鎌が、静かにこちらを向いている。目のないかわりに切っ先で見据えるというように。

座り込んだままの男からは向きが外れているが、それでもこちらよりも、その男のほうが鎌に近い。傷ついて倒れた男もそのままだった。

「……迂闊には動けないな。逃げ出せもしない」

《牛ビームは駄目か？》

「お前もういらないから黙ってろ」

冷たく告げる。ハーティアはいくつかの、切り札となる破壊的な魔術の構成を思い浮かべた。もっとも、近くにいる村人に被害を与えず、熱衝撃波をはじき返すほどの標的を破壊できる都合のいい方法などあるはずもない。

（……意味消滅を仕掛けるか……？　いや、あんな大魔術、完全に使いこなせるのはアザリーくらいだ。失敗したら、自分も危ない……）

《あのぅ……》

多少自信を失ったのか、申し訳なさそうに、マントが声をかけてくる。

不機嫌に、ハーティアは応じた。

「なんだよ」

《えっと、Ｂパーツが……来たようなのだが》

「え？」

その一瞬の虚に、木陰から進み出てきたのは――

黒いマスクを着けた少年だった。


ほぼ等距離で向かい合ったみっつのパーツは、あるいはそれが最も正しい姿だとばかりに沈黙を始めた。宙に浮かび動かない大鎌。ハーティアの背中にあり、風に揺れる黒いマント。そして――少年の顔を隠す、やはり漆黒のマスク。

顔が分からなくとも、すぐに知れた。少年は、間違いなくケイだった。

昨夜のことを思い出す。闇の中に消えた、ケイの姿。あの時もマスクをかぶっていた。これが、問題のＢパーツというわけか。

「ケイ！」

たとえ相手が子供であっても、とりあえず知った顔を見て安心したのか、それまでひきつったようにしていた男が声をあげる。

「どうしてこんなところに⁉」

「……その人を探していたんだ……」

と、ケイが指さしてきたのは、こちらだった。弱々しい声で、続ける。

「その人が、ロッキーやみんなを殺した犯人だって、村のみんなが噂してたから」

「信じてもらえるかどうか分からないけど、誤解だよ」

ハーティアはつぶやいた。が、意外にも、ケイはあっさりうなずいて、

「分かってる。ぼく……見てたから」

「え？」

「これ、パパの部屋にあったんだ。隠してあって。手に取ったら、こう言ってきたんだ。本当のことを知りたくないかって。知りたかったら、自分をかぶれって」

「なにを言っているんだ？　ケイ」

村の男が、まったく理解できずに声をあげる。だがまるっきり気にせずに、ケイは続けた。

「このマスクをつけると……暗くても――真っ暗でも物が見えるんだ。音もよく聞こえるし。よく聞こえるんだよ」

そこで、ケイの声はさらに暗く転じた。うつむいて、ほとんど囁くように、

「よく聞こえたから……ママの独り言が……聞こえちゃったんだ。ひとりで、泣いてるのが」

実際それは、独り言だったのかもしれない。ケイはそのあとに顔を上げると、もう少しはっきりした声で言い直してきた。

「それで、マスクが言うんだ。ロッキーたちを殺したのは自分の仲間だって。それを手に入れろって。全部手に入れたら、魔人ブラックタイガーになれるって。ものすごく強くなれるって」

「……そうか」

ハーティアは、思わずふっと息をついた。動かない大鎌へと注意を払いながら、ケイにつぶやく。

「君は、友達の仇《かたき》を討ちたくてぼくを探してた、ってわけじゃないんだね？」

相手がなにかを言うまで、ハーティアは待つつもりだった。さほどの時間は必要なかったが——それでもしばらく待たせてから、ケイが口を開く。マスクのせいでその表情はうかがえなかったが、声は蒼白になっている。

「……あいつらは友達なんかじゃないから」

浅く、かぶりを振っている。叱られた子供のように。

「パパの悪口を言っていたんだ。そんなの、友達なんかじゃないだろう？」

ハーティアは頭の中を整理しながら、確認するようにつぶやいた。様々なできごとを組み立てる。

「ようするに、こういうことかな？　君はそのマスクを見つけて、それを友達に見せてやろうと思った。だけど椅子から転んで気を失って、気が付いたらもう夜。君はそれでもあわてて、待ち合わせの約束をしていた石碑へと行った」

「うん。パパの遺したこのマスクのことを話してやれば、きっとあいつらも、パパのことを馬鹿にしなくなるはずだったんだ。それに……」

「それに？」

「あいつらが認めれば、強くなれるって思ったんだよ」

「強く？」

ハーティアは、聞き返した。

「なってどうするのさ。君にゃ分からないだろうけどね。ぼくは自分より強い連中を山ほど知ってるよ。だけど、だからこそ分かるんだ。そんなことはたいしたことじゃない」

強くかぶりを振る。目を閉じずに。

「強さなんて、たいしたことじゃない」

一撃で敵を粉砕する強さ――

その一撃を相手に気づかせない強さ――

自分の傷と引き替えに相手を殺す強さ――

あるいはそのすべて。

どういった強さであろうと、同じことだった。

「どんな強さにも、その強さに対して、弱い奴があがくことほどの強さはない……」

ハーティアはうめいてから、ケイの顔を見て言い直した。

「強さを求める奴ほど、弱いってことさ」

だがケイは激しく言い返してきた。表情を崩して、叫んでくる。

「でも！　強くなれば、パパを探しに行けるんだ！」

必死に言ってくる少年に、ハーティアは叫び返した。

「お母さんを連れていくのか？　君のお父さんに、もう会いたくないから、君のお母さんはここにいるんだと思わないか？」

「だったら、ぼくだけで探しに行くよ」

「置き去りにするのか、お母さんを」

ハーティアは即座に言い返すと、さらに重ねて静かに告げた。

「人を置き去りにするっていうのは――人に恨まれるんだよ」

「…………」

うなだれるケイに、手を差し出す。

「それを渡してくれ。君に必要な力は、そんなものじゃない」

と――

《くっくっくっ……》

笑い声。それまで沈黙を保っていた大鎌の声だった。その刃が、ぎらりと輝くのが見える――

「駄目だっ！」

わけが分からないながらも反射的に、ハーティアは叫んでいた。反転した大鎌が、円弧の軌跡を描いて、その一点に血しぶきの飾りをつけるのが見える。動けずにいた村の男が、首から胸にかけて、大きな傷口を開けて倒れた。悲鳴すらない。

「この――」

構えを取る。まだ最初に傷つけられた男を含めて、絶命してはいないが、そうそう保《も》つわけでもないだろう。急いで治癒させなければ間に合わなくなる。が、

(どうすればいい……⁉)

攻撃方法が思い浮かばない。

なにもできずにいるうちに、大鎌は、満足そうな声をあげた。

《お前たちは不自由だな。Bを手に入れなければ、我を倒すことができぬ》

「それは……お前だって同じなんだろう」

歯がみしながら叫ぶ。だが、

《いや、違う》

大鎌はあっさりと言い返してきた。そして――こちらではなく、ケイのほうを向くと、高らかに告げる。

《汝よ……我を手に入れろ！　さすれば力を与えてやる！》

「しまった！」

絶望的に、ハーティアは毒づいた。マントも声をあげる。

《止めるのだ！》

しかしこちらがなにをするよりも早く、鎌は動き始めていた。

呆然と立ちつくすケイに向けて、高速で飛んでいく。

《どうするのだ⁉》

聞いてくるマントに、ハーティアはなかば以上やぶれかぶれに心を決めた。

とにかく――

(なんでもいい、間に入れ！)

駆け出す。

マントの力が発生し、身体が浮いた。景色が融《と》け、感覚を超越し、経緯とは断絶された結果だけが訪れる。

一瞬後、ハーティアは、ケイと大鎌との間に割って入っていた。回復した視界に、大鎌が接近している。なにかをしなければならない。だが、間に合わないことを悟るのに、それほどの時間は必要なかった。

「――――！」

無音の悲鳴をあげる。

大鎌の刃に腹部を貫かれ、ハーティアは苦悶に身をよじった。鎖が仕込んである戦闘服が、刃にこすれて金属音を立てている。不思議とその音だけが耳に入ったが、あとはすべて、激痛によってかき消された無音の世界だった。力が抜け、地面に膝が吸い込まれる。

やがて、声が聞こえてきた。

「あああ⁉」

ケイの悲鳴だった。近寄ってきて、

「ど――どうして？」

「ほ……ら」

ハーティアは、血とともに吐き出した。狂おしいまでの皮肉に、どうしたらいいものか――ただ腹がよじれるほどにおかしい。笑い声こそ出なかったが。

「強さなんて……もんはさ。こんな、一瞬の油断で……裏切るんだよ」

震える横隔膜が、声を絞り出す。

「油断もできない生き方なんてのは……つらいぞ……キリランシェロ？」

「え？」

ケイには分からないようだった。もっとも、こちらにも分からないが――

ハーティアは、マスクに覆われたケイの頭に、ぽんと手を置いた。無理やりに笑いかけ、つぶやく。

「どう……だ？　もう、いらないだろう？　こんなもの……」

「うん……」

「ぼくの……分も、長生きして――」

「そんな――」

と、刹那。

《おお、そうか》
なにやら、ぽんと手でも打つような口調で、声が聞こえてくる。
《引き受けてくれるわけだな？　新たなるマスターよ》
「……………え？」
《というわけで、我は意識を一時的に凍結し、意味消失して消えるゆえ、あとは頼んだぞ》
「え？」
《変身のキーワードは、まあ好きに考えるが良い》
「あ、いや、その――」
《汝が死亡すれば、我は意識を復活し、新たなマスターを探す。それまでは凍結したままであるからして、まあ今生《こんじょう》の別れだな。では、さらば――》
「………………」
ぐらぐらと、視界が揺れる。貧血と激痛とで反論する気力も出てこない。が、
「いや、誰もそんなこと引き受けるなんて言ってないし……」
ぽつりとつぶやいて――
ハーティアはあたりを見回した。それまで自分を覆っていた黒いマントも、ケイのマスクも、大鎌も。
すべて消え失せている。

腹部の傷も。ただ戦闘服にだけ、大穴が開いている。

見ると、大鎌を受けて瀕死《ひんし》の重傷を負っていた男ふたりも、あれだけ噴き出していた出血の跡もなく、ただ倒れている。この分だと、死亡して発見されたという子供たちすら、死んでなどいなかったことになって生き返っているかもしれない。

「…………」

きょとんとこちらを見上げるケイの顔を見下ろしながら——ハーティアは、言わずにいられなかった。

「ひょっとして……全部、無理やり自分たちを売り込むための狂言だとかいうんじゃないだろうな……」

《牙の塔》にもどったのは、それから数日後のことだった。出発してから二週間ほどは留守にしていたことになるが、それだけでなにかが変わるはずもない。もどってみればすべてが慣れた教室、慣れた空気、慣れた会話、慣れた顔ぶれに包まれることになる。

日常にもどるとは、そういうことだ。変わったのか変わらないのか、分からないほどの変化が絶えず続く。

朝の教室はいつも人が少ない。午前中に姿を見せたことがないアザリーは論外としても、フォルテやレティシャも、早朝のうちに出てくることはほとんどなかった。窓から斜めに射《さ》し込む朝日が、明暗の激しい空間を教室内に作る。きちんと並べられた机、椅子。その一番前の席に、黒髪の少年が座っている。

ハーティアは、ぼんやりと彼を見つめた。どこがどうというわけでもない。彼はどこにでもいる十五歳の生徒に見えた。というより、それにしか見えなかった。当たり前のことなのかもしれない――実際にそうなのだから。ただいくつかの違いはある。例えば、自分との違い。自分以外の他人との違い。

彼、キリランシェロは、魔物といってもいいほどの天才的な魔術の使い手だった。

その彼が、こちらの視線に気づいて、振り向いてくる――

教科書とバインダーを机の上に立てて合わせながら、彼は漠然とした疑問の声をあげた。

「ん？」

なにか用か、ということだろう。

ハーティアは言葉を選ぼうとしたが、結局のところ、選択の余地などないことが分かっただけだった。仕方なく、つぶやく。

「お前さ、前に言ってただろ。王都に行くって」

「？　ああ……」

曖昧にうなずく彼に、ハーティアはさらに聞いた。

「なんでだ？」

「……さあ。でも――」

キリランシェロは、どこか答えにくそうに虚空を見上げた。天井を見ているわけではないだろう。遠い目が、見えないどこかをさまよっている。

「――でも、いつまでも先生の下にいたって、先生は超えられないよ。って、そんな気がしたから、かなぁ」

「先生なんか超えたって、なにになるんだよ」

「分からないけど、そうじゃないと……」

彼の言葉は、そこで途切れた。自分でも分からなくなったのだろう。肩をすくめて、それで終わる。

ハーティアは机の上に腰掛けて、腕組みした。大きく息をついて、

「正義っていうのはさ」

「……え？」

「個人が語っちゃいけないんだってさ」

ただ静かに続ける。他人事のように。

「結局それはどんなことも同じだよ。確かに、お前のことはお前が決めりゃいいんだけどさ、お前ひとりの中にも、何人ものお前がいるべきなんだ」

「……なに言ってるんだ？」

疑わしげに、キリランシェロがこちらを見ている。無理もない――と、ハーティアはかぶりを振った。自分自身、疑わしいと思う。

（そうだな）

ハーティアは、顔を上げた。

「ふぅむ」

確認するように、つぶやく。

「ま、ようするにお前は、いつかここを出ていっちまうわけだ」

「……そうだね」

「みんな寂しがるぜ？」

「…………」

「まあいいさ」

ハーティアは手を振った――

「お前がいなくなったら、もうちょい気楽にやれるかな、ぼくは」

「え？」

不意をつかれたように声をあげるキリランシェロに、ハーティアは、にやりと笑いかけた。

「ま、そんなことはどうでもいいんだけど。それはそれとして夢魔《ナイトメア》の貴族《ブラッド》なんて、ちょっとかっこいいと思わないか？」

あとがき

なんとも急に申し訳ないんですが、昨日から足を負傷してしまってそのことしか考えられません……

どうも捻挫っぽいんですが。しかし怪我した心当たりもないので、これはもしや伝説に聞く痛風とかそういうのか？　とそんな恐怖感も襲ってきます。まあさっさと病院行けや、て話なんですが足がやられるとまず機動力が駄目ですね。タクシー呼ぶ気にもなれない。痛みって率直に人間を壊します。

とりあえずモップを即席の杖にして家の中を徘徊してますが、ちょっとした用事で立たないとならないたびに落ち込みます。なんでしょうね。いつも、丸一日部屋にいて動いてねえな俺と思って生きてましたが、意外といちいち歩いてたんですね。案外と気づいてないもんです。

この手の話題で思うのは、今わたしの中でこの痛みっていうのはフィーバーしてるんですけど本になる頃にはもう忘れてるんですよね、きっと。まあその頃まだ痛むようならもはや入院とかしてる気がします。ちょっとしたタイムカプセルです。本になった時どころか、数年後になんかの拍子に読み返した時に、なんで俺こんなこと書いたんだろと思うようなものは書かないようにしようとは心掛けたいんですが。あんまり心掛け通りにできていない気はしますし、今回はまさに駄目のド直球です。

無理やり話を本筋にすると、この本に収録された話というのはどれも遠い昔に書いたものので。

読んでみると懐かしいような、稚拙なところばかり目について旅に出たくなるような、複雑な感じです。

とはいえ自分のやったことですから逃げられもしないわけで、みなさまにもどうかやんわり見てやっていただければと思うのでした。

とりあえずわたしはこれから、病院探すことにします……

二〇十八年十一月――　秋田禎信

袂を分かつ姉弟。
戻れない日々。
終わりの。
2019年 シリーズ生誕25周年へ
ORPHEN 25th Anniversary Project
1 青春編 思えば俺も若かった
2 血風編 リボンと赤いハイヒール
3 純情編 馬に蹴られて死んじまえ!
4 暗黒編 清く正しく美しく
5 失楽編 タフレムの震える夜
6 憂愁編 超人たちの憂鬱
7 望郷編 天魔の魔女と鋼の後継
8 無常編 天使の囁き
9 邂逅編 袖すりあうも他生の縁
魔術士オーフェンはぐれ旅
SORCEROUS STABBER
Season 1: The Pre Episode
プレ編1
ORPHEN

本書は『魔術士オーフェン・無謀編』シリーズ（富士見ファンタジア文庫）に収録の短編を再編集した『魔術士オーフェン・プレ編』（2012年12月、TOブックス）をもとに、加筆・修正したものです。

TO文庫

魔術士オーフェンはぐれ旅
プレ編 1

2019年2月1日　第1刷発行

著　者　秋田禎信
発行者　本田武市
発行所　TOブックス
〒150-0045東京都渋谷区神泉町18-8
松濤ハイツ2F
電話03-6452-5766(編集)
0120-933-772(営業フリーダイヤル)
FAX 050-3156-0508
ホームページ　http://www.tobooks.jp
メール　info@tobooks.jp

本文データ製作　TOブックスデザイン室
印刷・製本　中央精版印刷株式会社

Printed in Japan　ISBN978-4-86472-772-3